U0636299
唐朝之
唐逝
上
SUI TANGSHI
来 江山美人谁堪摘
去 笑看盛唐繁华开
重庆出版集团
重庆出版社

图书在版编目（CIP）数据

隋唐逝.上/青诤著.—重庆：重庆出版社，2008.5

ISBN 978-7-5366-9583-2

Ⅰ.隋… Ⅱ.青… Ⅲ.长篇小说—中国—当代
Ⅳ.I247.5

中国版本图书馆CIP数据核字（2008）第041138号

隋唐逝（上）

SUITANGSHI

青诤 著

出 版 人：罗小卫
策　　划：光　南 庄少兰
责任编辑：吴向阳 庄少兰
责任校对：代媛媛
装帧设计：80图·桃子

重庆出版集团
重 庆 出 版 社 出版

重庆长江二路205号　邮政编码：400016　http://www.cqph.com
深圳大公印刷有限公司制版印刷
重庆出版集团图书发行有限公司发行
E-MAIL:fxchu@cqph.com　邮购电话：023-68809452
全国新华书店经销

开本：787×1092　1/16　印张：19.75　字数：345千字　插页：2
2008年5月第1版　2008年5月第1次印刷
定价：24.80元

如有印装质量问题，请向本集团图书发行有限公司调换：023-68706683

引 子

那是一座高耸入云的城楼，那是一个镶金嵌玉的宝座。

御女绛色衣绛采，击磬石，鸣钟鼓。

玉用苍璧，牲用玉色，乐用夹钟为宫乐，作六变。

凤冠压发。

两旁标有龙纹图案的黄色刀旗迎风飘扬，众人行稽首之礼的尽头处，一个人在等着她。

身姿挺秀，容貌秀伟。

日月星辰，是其照临；山龙华虫，现其洁净；火粉黼黻，因其决断；藻彝亚兽，取其明辨。

上玄下朱，十二纹章。

礼曰：天地玄黄。

她微微一笑，迎着他走上去。

皇上万岁万岁万万岁——

娘娘千岁千岁千千岁——

山海一样的欢呼顷刻震耳欲聋地响起来，大地仿佛都在震动。

大唐皇帝，大唐天下。还有她，大唐皇后。

承天楼下的群民黑压压一片，高矮胖瘦，踊跃虔诚，神情欢喜；而阕内众臣，亦伏倒满地，庄严肃穆。

起兵，征战，杀戮，结义，智斗，危荣……

欢喜的，应当欢喜；已逝的，换成今日。

她看一眼身边的男人，那平和英俊的脸上，也许有些微的喜悦激动，却终究蕴在了一双精华内敛的眸子里，遂成宁静与雍然。

情重，她可肯定。情深？

目光飘飞开去。

斜地里一个清秀俊丽的人儿蓦然抬起头来，幽幽朝她一笑。

鲜艳生动，窒息迷眼。

她一惊，正待开口，他拉她一拉：“皇后，该坐下了。”

是错觉吧，那个人儿转瞬就不见了踪影。她顺从地坐下，不知为何又想起了昨儿个，他亲手所书的那块“永安宫”的牌匾。

“皇后……”男人侧身过来，低声说了句什么。她却难得神情恍惚，竟一时没听清楚。

皇后，他对她的称呼。

翟章帏衣，玉玺在握。

是啊，她是他的皇后。

无垢，也许再也不会有人这么唤她了吧；也许这个名字，终会湮没在籍籍史书之中，淡没在人们消散的记忆里。

世人记得的，不过是长孙皇后四字。

永安，永安……

其实，她愿用一世贤名，换得一个人对另一个人悠长到永久的思念。

楔子

“什么叫命不该绝？难道我连死的权力也没有吗？”奢侈豪华的办公桌后，一个黑发女子对着正坐在她面前的自称是“牛头”的男子大叫。

西装革履的男子掏掏耳朵：“阎王叫你三更死，我们是不敢留人到五更的，反过来也一样。”

“那我现在算怎么回事？灵魂出窍？”

“鉴于你采用的是跳楼这种自杀方式，躯壳已经损坏，故而再想把你塞回去也是不可能了。”

“我才不要回去。”女子坐下，跷起二郎腿，恢复一贯自在的神态，“我不要面对那一大堆贪婪势利毫无人性的人。”

“安心，女，二十八岁，安氏财阀总裁安道宇的私生女。毕业于著名学府东大中文系，擅剑道，好围棋。后在母逼迫下进入家族企业，确认为正式继承人之际，恋人林霖被亲戚所害，于是亲手报仇后于安氏二十八楼顶层跳下。”

男子轻松地念完这一段，伸手一点，左墙上出现了一大串人名，宛如一个巨大的电脑屏幕。

他摸着下巴：“呃，让我看看，有哪个是跟你同时同刻灵魂离体的。”

女子注意到他身前挂着一个镀金牌子，蛮像现代的工作证，上面写着“２１”，便问道：“你们的穿着打扮怎么这么时髦？”

“与时俱进嘛！”牛头先生盯着屏幕上不断滚动的数据条，“有了！老七那儿有一个！”边说边按下了桌上一排标着数字的键。

“你想怎么样？”女子皱了皱眉，她一向不愿任人摆布。

“让你借尸还魂。”牛头哈哈一笑，恰巧门被推开，进来一个人，她看了顿时瞪大眼。

此人一身古代装束，广袖宽袍。“廿一，你有完没完？这个世纪的人这么难搞吗？”

牛头满脸堆笑："哪有你那个时代那么好？人类越进化心思越多了，害得我们的工作也越来越难做。"

"算了算了。"那人摆摆手，过来拉安心。

"你干吗？"她反手推开他。

"果然，女子都变得如此泼辣。"他皱皱好看的眉，再次拉住她时她便怎么也挣不开了。

"你们到底要把我带到哪儿去？"

"公元七世纪。"

一　异地天涯

床板好硬。这是她醒来后的第一个感觉。

门外传来说话声。

“这丫头命还真大，扔到林子里也饿不死，还被人救回来！”

“我说你啊——就这么容不下她吗？”男声显得无奈、悲哀。

“可以啊，”妇人嗓音尖锐，“你多赚点钱回来啊，我们才养得起这个赔钱货！”

“要不，要不，让大弟迟两年再进书堂——”

“你这老不死的！自己穷了一辈子还不够，还想拖累我们的儿子不成？你看看人家，凡是会认几个字的，哪个不是谋了个好差使？！整天就知道砍柴砍柴，官府老爷又拿走那么多，家里已经没米下锅了！”

男人被骂得消了声。

隔了好一会儿，妇人又道：“这赔钱货长得像个骷髅，卖了也没人要。唉，我怎么那么命苦哟！”

喉咙干得要命，她试图发出点声音，却徒劳无功。

这到底是哪里？破烂的茅草房，小山似的柴火堆满了半个屋子，自己躺的根本就不能称之为“床”，只是一块大木板，光秃秃的什么也没有。她撑手想坐起来，低头一看，却吓了一跳。

这，这，自己的手几时成了这般恐怖模样？皮肤下面就只有骨头，跟非洲难民里那些瘦弱小的儿童有得一拼。目光慢慢转向手臂、腿、身体……天！她变成了一个好小好小的女童，而且显然还是那种过着悲惨生活、濒临死亡的女童！

是因为自己以前当安小姐的生活过得太舒服了，所以现在来个彻底大颠覆么？她呆了半晌，缓缓无声地笑开来：以这个身体的情况来看，大概不久又可以去牛头先生那里坐坐了。

命不该绝？好，那就看看，我到底是怎么个命不该绝法！

一瞬间，她像看破了生死，想笑的同时，一滴眼泪却自眼角慢慢流

了下来。

从此以后，自己真的就是无亲无故，无牵无挂了。

刚刚说话的两人走了进来。

前面是个中年妇人，粗布裙，腰间围了条围裙。看她醒了，走上前来往她胳膊上重重拧了一把："摊尸呢？还不给我干活去！"

"孩子他娘，丫头刚醒，还是先弄点东西给她吃吧。"一个满脸皱纹、脸色黄黑的大叔从她背后冒了出来。

妇人对着他大叫："不想活了是不是？还让老娘给她弄吃的？！"

"那，那我去。"大叔歉疚地朝安心笑笑，转身就走。

"回来！"妇人上下瞟了安心一眼，懒懒道，"我去看看地里还有没有野菜，给她弄点粥吧。"又拧了她一把，才转离去。

安心只觉被她拧得痛不欲生，可身上却使不出半点力气来反抗，只能恨恨地看着妇人离去的方向。

大叔待妇人走了，方慢慢蹭到她身边坐下，只坐了个床角："丫头，不是阿爹不疼你，只是孩子他娘那脾气，赋税又重……阿爹实在是没想到她会把你抛到野猪林里要活活饿死你啊！你，你不怪阿爹吧？"

安心费力地抬手，指指喉咙，"嗬嗬"几声。

大叔明白了，从窗台上拿起一个破碗，出去盛了碗水回来，边慢慢喂她喝，边叹气："你亲娘死得早，要是她在，我也断不会娶这恶婆娘。"

喉咙舒服多了，她试着发声："阿爹？"

虽然嘶哑难听，大叔却高兴地笑了："你认我就好。"

"这附近有哪户人家，或是官府，要招丫鬟的？"

三个月后。

"小安，今天是你第一次出府，记得按时回来，知道吗？"淮阳府衙侧门外，一个大丫鬟对着一个小小的身影仔细叮嘱。

"嗯。"小人儿应声。大丫鬟摸摸她的头，想想还是不放心，"小竹那丫头也是今天放假，还是让她先送你回去吧。"

小女孩摇头："竹姐姐急着回家看她娘亲的。我认得路，菊姐姐放心！"

"好吧。"大丫鬟终于放手，"常听师爷说近来流寇日盛……幸好我们县还算太平。去吧，去吧。"

安心，不，现在她已改名为安逝了，朝小菊挥挥手，总算脱得身来。

那日自她醒后，非常明白那个所谓的"家"肯定是待不下去的，于

是要求“阿爹”带她四处打探有没有人家要丫鬟，不要工钱，只管吃住就行。岂知由于长期饥饿的缘故，那些总管掌事什么的一见她面黄肌瘦骨瘦如柴的模样便纷纷摇手。灰心丧气之余，却巧遇此县师爷，可能书生悲天悯人之心生来就盛，又惊见她居然能书会算，当即收了她做小书童，算是有了个安身之地。

想想那日“阿爹”见她突然开口念诗时张大嘴的表情，她不由扑哧一声笑出来。师爷也曾问她小小年纪怎知这么多？她笑说自己不久前在野猪林中濒死之际遇到了仙人，得到仙人点化。也许古人比较迷信，她这么说他们竟都信了。之后一阵，野猪林里的香火渐盛。

她走走停停，沿路欣赏着二十一世纪所没有的淳朴风景。

大片大片的水田，辛勤耕种的农夫，黄牛水牛哞哞叫，白发垂髫悠然自乐。

县府规定，新进府的丫鬟家丁每隔三个月可回家一趟。但她并不想回那个“家”，他们不欢迎她，她也不喜欢他们，除了懦弱的“阿爹”外。

“金风荡初节，玉露凋晚林，此夕穷途士，郁陶伤寸心——”她循声望去。

不远处有一座学堂，里面十来个孩童在追逐嬉戏。堂外，一名青衣人对着田野徐徐念到：“樊哙市井徒，萧何刀笔吏。一朝时运会，千古传名谥。寄言世上雄，虚生真可愧！”吟罢泪流满面。

她突然睁大眼，这个人，这个人难道竟是——

“先生，先生！”几个小孩朝青衣人拥过去。

他用袖子把泪擦了，板起脸：“怎么啦？”

一个小孩扯着另一胖胖童子：“他见我在练字，就故意打翻了砚台，把我的书都给染坏了！”

“有这等事？”

胖童子见先生面色不好，慌了，拔腿就跑。

“别跑！”几个孩子一齐喊道。

只听“哎哟”一声，两个人影同时扑在了地上。

胖童子呼哧呼哧爬起来，见面前是个瘦瘦的女孩子，哼也不哼，径自又往前奔去。

“你没事吧？”青衣人和一帮小孩追了过来。

安逝拍了拍身上的泥，摇头。

“好了，大家先回去念书，待会儿我可要去查你们的。”青衣人朝孩子们挥挥手，“小胖的事，我自会处理。”

青衣人看着他们远去，似是发出一声叹息。

过了半晌。

“你还没走？是不是伤到哪儿了？”

安逝笑笑，转头走开：“杜鹃再拜忧天泪，精卫无穷填海心。”

余音袅袅飘散在风里，青衣人一时呆住了。

淮阳归凤楼。

时值公元614年正月十五，正是闹花灯的传统日子。初时为北周定例，到了隋朝便已十分红火。彩灯如星河，人流如海潮，龙灯虎灯狮子灯，猪灯牛灯生肖灯，宫灯谜灯走马灯，直把人看得眼花缭乱，目不暇接。

最好看的当属县衙归凤楼前那盏一垂到地，由彩缎装成，里面插了上百支明烛的麒麟灯了，观者无不驻足赞叹。

“快来快来，猜猜这个！”人山人海中，一个身着绿衣十四岁左右的小姑娘朝身后一名七八岁的女孩子使劲招手。

女孩挤过人群，仰头朝身前一串大红灯笼看去。

“明月落阶前。打一字。”

“原来是个字谜啊！”绿衣姑娘瞪大了眼睛看那几个字，只可惜字也许识得她，她却一个也不认识它们，“小安，是个什么字啊？”

“阳。”

“嗯？”一时没反应过来。

“是个‘阳’字。”安逝微笑，踮脚把字条撕下来。

“又猜出来啦！啊呀呀，小安你真是神童！”绿衣姑娘从她手中接过条子，塞进鼓鼓囊囊的袖中，“呵呵呵，解了这么多，到时能去摊主那儿好好挑一些好东西了！”

说话间两人又走到另一个灯笼下。

“先给两勺葫芦头。打一花名。”她侧头想了想，“两勺葫芦头……哦，芍药！”

她当即又伸手去揭，好像灯笼挂得高了些，正想叫小竹，半空却伸过来一只手，帮她取下了。

她讶然望去。

一个身穿蓝色绸缎的少年正对着她笑。

这少年有如微晨朝露，凤目微挑，斯文中不失俊朗，举止气质看得出出身良好。

“谢谢。”

“小姑娘很让人惊讶啊！识文断字，才思敏捷。”他看了眼小竹手中掏出来的厚厚一叠谜面，笑得更开。

她笑着点头示意，拉过一旁已经看呆了的小竹：“走吧。”

小竹回过神，又看了看蓝衣少年：“小安，这排灯笼只剩最后一个了，猜完再走嘛！”

说话间蓝衣少年已走到那个灯笼旁：“众皆出手，悉败于布。打一物样。”

安逝停下来，布，应指三国吕布了。悉败于布……众皆出手……

蓝衣少年亦沉思不语。

小竹拉了拉她：“这个很难吗？”

她不语。

“难的话就别猜了。这些也够了。”

“石头！”

小竹吓了一跳。

只听蓝衣少年跟小安口中同时蹦出这两个字，然后又同样惊喜地望向对方。

“石头，剪刀，布。猜拳时玩家出手若出了石头，碰到布就死定喽。”少年笑道。

“既然公子先行解释，此谜面当归公子。”安逝点头微笑，“竹姐姐，我们走吧。”

少年伸手阻止：“已经猜出，要不要谜面于我并不重要。更何况姑娘你与我同时猜中，为聊表敬佩之意，还烦姑娘取走吧。”

小竹“扑哧”一声：“公子，她才多大，你就有‘敬佩’之意啦？”

少年正色：“世人岂可因年龄而分高下？这位姑娘岁数虽小，却绝非常人。”

安逝心想，我当然不是“常人”了，从一千年后而来，明明是个大人却寄生在一个小孩的身体里。唯一还算庆幸的是自己当初选择了中文系，到了这儿倒还能露上一手。

一旁小竹已取下谜面，连声道谢。

双方告辞。小竹兴高采烈地捧着一大堆写上谜底的谜面要去换些小玩意儿，安逝见人太多，推说不舒服，挑了个地方等。小竹叮嘱她一番后，自顾去了。只是此刻她们怎么也不会料到，这竟是两人最后一次见面。

安逝举目眺望着四周灯火，酒楼茶肆，走马撮戏，锣鼓喧天……谁

会晓得，这样一副歌舞升平的景象，其实竟已到了隋朝末年？

耳边忽然传来一个男音：“这位婆婆，一人在此啼哭是何道理？”

妇人哭道：“老身汪氏，与小孙女相依为命。我俩年年进城来观灯，岂料今年看灯时被县衙公子门下的恶棍盯上了，硬是将我家孙女抱住，交给了归凤楼内观灯的公子。那公子……那禽兽竟当场将她奸污……老身高喊救人，大家却都知那恶公子厉害，无人敢救。待我那可怜的孙女儿冲出来，见着我，尚来不及说上一句，悲愤之中一头就撞死在了南墙上……日月昭昭，天理何在啊！”

“岂有此理！”男人听罢怒气冲天，大步往归凤楼方向去了。

安逝抬头一看，原来是之前在私塾见过一面的教书先生。微一沉吟，她也立刻跟了上去。

待她赶到时，归凤楼已杀声震天。只见一人手提白刃，于府衙官兵中横劈竖挑，堪有万夫不当之勇。

楼外聚集了议论纷纷的人群：“那不是刘先生吗？他怎会突然刺杀起了府衙公子？”

“平日见他，就觉得他不像一个教书的，气势太过！”

“为人倒也还好的……”

“哎呀，双拳难敌众手，猛虎不敌群狼，我看刘先生要支持不住了！”

安逝边听，眼珠左右转了转，趁乱绕进楼里，点了一把火烧起来。

熊熊火光冲天而起。

“着火啦——着火啦——”

“快来救火啊——”

局势变得更加混乱。一部分官兵被迫分神去救火，就在此刻，刘先生已一手逮住府衙公子，手起刀落将他劈成了两半。

同时，另一队官兵也闻讯而来。为首的捕头一眼瞥见他，惊叫道：“李密！那不是协助杨玄感造反的叛贼李密吗？快快给我抓起来！”

一伙人拥上来……刘先生，不，此刻应该称他为李密了，红着眼杀出一条血路，一路冲撞来到城门前。

他倚在一间屋舍旁，边喘息着，边打量城头的情况。忽然一只手从后面拉住他：“我随你出去。”

他大惊，反手甩开，转身拿刀指向来人，却又吓了一跳：“是你？”

瘦瘦的小女孩笑着：“你把刀抛了，趁现在城门尚通，赶紧混出去。”

他想了想，点了点头，当机立断把沾血的外袍也脱了，又道：“我为何要带你一起？”

小女孩眨了眨眼："从今天起，我就是你的幸运星。"

"传令！"三匹快马朝城头而来。

"何事？"城墙上的戍卫队长叫道。

为首之人取出一道令牌："传县府令，马上关闭城门，不许任何人进出！"

戍卫队长下得墙来，验证令牌无误后，挥手："关闭城门——"

"喂喂喂喂，城门要关了，现在不能再出去了。"城门内，左边一名守卫拦住一大一小两个人影。

男人头发凌乱，遮住了大半个脸，眼中厉芒一闪而过。

忽见小女孩摔倒在地，男人忙抱起她。

只听她哽咽道："爹，我……我这麻风病恐怕是治不好了，您，您还是把我带回去找个地方埋了算了，免得传染……叔叔婶婶们都被我害死了……要是您也死了……"

"什、什么？这小东西得了麻风病？"守卫一听，立刻捂住口鼻，弹开三尺远。

男子低下头："是的。县中无药可医，只好出城寻找。"

"哎哟倒霉！可别传染了我才好！快走吧快走吧，最好别回来了。"士兵一个劲挥手。

就在城门仅剩一人过身之际，他们脱身出来。

月光下，二人相视一笑。

二　初遇李氏

弘化。李府。

"月色正朦胧，与清风把酒相送；

太多的诗颂，醉生梦死也空。

……

是我想得太多，犹如飞蛾扑火那么冲动；

最后，还有一盏烛火，燃尽我。

曲终人散，谁无过错。

我看破。”

凉亭内，一个小女孩手中高举着小小的酒囊，对着月亮扬声吟唱。

“这是哪来的野丫头，敢在我李府大叫大嚷？”一名十二岁左右的男孩子走进来，声音中流露出一种霸气。

安逝转身，歪着头，打量着这个身材瘦小的小鬼：“你又是谁？”

“嗬，胆子倒不小。”男孩扬了扬手中一对大锤，“见过这个吗？”

安逝瞅了瞅他扬扬得意的神色，走过来，围着那对大得令人咋舌的锤子绕了两圈。

男孩哼哼：“不认识吧！小心着点，它压死你可不费半点事儿。”

“擂鼓翁金锤，当年汉朝马超的先祖汉浮波将军马芫所使，重三百二十斤，需膂力过人者使。你姓李名玄霸，是也不是？”

男孩越听嘴越发张大：“你……倒还有些见识。”

“何止见识。三弟，栽跟头了吧？”朗朗笑声传入，伴随而来的，是一个紫袍少年。

少年生得眉宇开阔，剑眉星目中又奇异地掺着一丝柔和之感。

“二哥！”玄霸高兴地叫道。

李世民！这就是开启了大唐盛世的唐太宗李世民吗？！

安逝心中泛起了久违的激动。自从下定决心跟李密走出来见识一番起，她就抱着要识尽此间各路英雄的宏愿。此刻碰见这么一个大名鼎鼎的人物，怎能不让人慨然感叹？

玄霸见他俩互望着对方，直感莫名其妙，“砰”一声把自己那双三百斤大锤放下来，一屁股在凉亭石凳上坐下：“我说你俩干吗呢？”

世民咳了咳：“小姑娘，你怎会一人在此？”

“我叔叔被你们老爹拉进书房谈话去了，叫我在外面等着。”

“原来如此。”世民点了点头，“刚才你咏唱之词句，奇异曼妙，是姑娘自己所作？”

这个，咳咳，好像侵权了……不过管他呢，安逝点头，勉强表示是。

世民笑：“这还是我第一次听到这种曲调。实在新奇，妙！”

一句“过奖”尚未说出，亭中又袅袅婷婷走进两位少女，身量较高的那个笑道：“二哥一向喜爱结交，这次又碰上了什么好事？”

世民转身一瞧：“原来是三娘跟长孙姑娘。三娘，平日你我自负才思敏捷，见识不少，今日碰见这小姑娘，当真知外面世界实在广阔这句话。”

李三娘走过来：“就是这位小妹妹？”言语中惊讶、欣喜之意甚浓，

毫无贬低之意。

哈哈，这就是日后统率数万娘子军，助李渊平长安，后来被封为平阳公主的传奇女子——李家三女李三娘呢。真真亮然如一把出鞘的剑，隐隐璀璨高贵焉。

三娘巧笑：“来，给你介绍一位姐姐，长孙无垢。呵呵，不久后，她就是我的二嫂啰！”

说得另外两名年轻人不好意思起来。

安逝瞪大眼瞧向另一个眉目修长、气质沉稳的少女：“你就是长孙——姐姐？”皇后二字被她生生吞下。啊，长孙皇后，千古一后的长孙皇后居然也让她见到了——今晚真是她的幸运之夜！

三娘见她一副嘴巴就要咧到耳根的样子，摸摸她的头：“见到长孙姐姐那么惊讶？”

安逝赶紧恢复常态，笑笑摇头。心头暗想，公元614年，是了，正是今年，十三岁的长孙皇后嫁给了李世民。

“小妹妹，还不知道你叫什么名字？”长孙无垢开口，声线温和，隐约又带着一线丝铿锵。

“我叫安逝。安然之安，逝者如斯夫之逝。”

一伙年轻人围着亭中小石桌坐下。

三娘唤来丫鬟摆上瓜果糕点：“难得大家聚在一起，不如以茶代酒，行个酒令如何？”

玄霸反对：“行酒令那种文绉绉的事儿，太费脑子，我不喜欢。不如来猜拳，又简单又助兴。”

世民笑：“人家都是女孩子，跟你猜拳有什么意思？”

安逝想了想：“不如这样，我们来行一支《卜算子令》，只要唱其词，然后根据词来逐句做动作，若是稍误，即行罚酒或其他。”

“这法子不错，仔细说来听听？”

安逝自院中折回一枝开了些许小花的树枝，边唱边做动作：“我有一枝花（指指自己），斟我些儿酒（点向酒囊），唯愿花心似我心（指花），岁岁长相守（放下花枝，叉手）。满满泛金杯（拿起酒盏），重把花来嗅（以花嗅鼻），不愿花枝在我旁（把花指向下座人），付与他人手（把花付下座接去）。”

“好玩好玩。”三娘拍掌。

“说令词时，动作要连贯一致，不许太慢及停顿。当然也可以在这基础上作些即兴发挥。”

“好好好。”众人一致同意。

半个时辰后，亭中嘻嘻哈哈笑成一团。

三娘笑道："玄霸，你这套锤法已经耍过三遍啦，能不能换点新的？"

玄霸嘟囔："那我学二哥射箭好了。"

"不要不要，你箭法又没二哥好。"

窦夫人正待回房，途经花园听到熟悉的笑闹声，皱皱眉，循声走过去："这么晚了，你们这是在干吗呢？"

世民、三娘、玄霸见了她，一齐止住了笑，乖乖站起来："娘。"

长孙无垢也立到一旁，微微行礼："伯母好。"

窦夫人扫了一眼众人，不期然看到一张陌生的面孔，而那个小女孩也正兴味盎然地看着她。

"这位是——？"

世民接话："她叫安逝。她叔叔正在书房跟父亲谈事情，所以我们陪陪她。"

窦夫人点头，在世民的搀扶下坐下来，突然咳嗽了两声："怎么有股酒味？你们谁私自喝酒了？"

她家教甚为严厉，女孩子自不必说，即便是男孩子，不经允许也是不能擅自喝酒的，她认为喝酒伤身。

几人面面相觑。安逝微微一笑：

"天若不爱酒，酒星不在天。

地若不爱酒，地应无酒泉。

天地既爱酒，爱酒不愧天。

已闻清比圣，复道浊如贤。

贤圣既已饮，何必求神仙。

三杯通大道，一斗合自然。

但得酒中趣，勿为醒者传。"

众人皆看向她，一脸的惊叹。当然，除了那个对此十窍仅通了九窍的李玄霸外。

窦夫人原本紧绷的脸色缓和下来："小姑娘好诗才！"

"夫人，酒并非只是毒药。用得好，它亦可为百药之长。举以一例，若将人参、当归、玉竹、黄精、首乌、枸杞六味切片，放入陶瓷坛内，加入白酒浸泡十天后饮用，足可润肤乌发，健身益寿。"

窦夫人微微一笑："这调调倒是新鲜。看来酒是你带进来的了。罢罢，今晚我便不再追究。"

几人偷偷掩嘴而笑。

窦夫人道："看你们几个，倒像我平时有多管着你们似的——"

正说着，两个人影匆匆往凉亭而来。

当先一人长相雄伟，身材高大，有种不怒而威的气势，正是李渊。而后面那人面庞黝黑，剑眉横卧，眉间巧生一粒朱砂痣，乃李密是也。

见这边如此多人，李渊微拧眉头："夫人，带大家回房歇着吧。我送他们出府。"

世民看了安逝一眼，问道："你们今晚就要走？"

"世民！"李渊沉声唤了一句。

少年知道了，低头撇撇嘴，恋恋不舍地跟众弟妹随母亲回房。

待人散后，李渊秘密将他俩送至后门："我也只能帮你们到此，还望后路多加珍重。"

李密一拜："刚才误会，请李兄多多包涵！"

"哪里。"李渊伸手托住他，"你我本为同宗，怎可抓捕你？快走吧。"

"多谢。"

一连急急行了数日，到了雍丘境界。

"此地县令是我妹夫，你先在此等候，我去探探他的口风。"

安逝点头，李密朝她笑笑，转身去了。

找了个台阶坐下来，安逝托着下巴，无聊地观望着熙来攘往的人群。前面角落有几个小孩正拍手唱着童谣："天下水，黄河堤……"

她心念一动，笑眯眯地走上前去："我会一首新的歌谣哦，你们肯定没听过。"

"是什么？"众小童踊跃问道。

"桃李子，皇后绕扬州，宛转花园里，勿浪语，谁道许！"歌词简单易记，调子亦朗朗上口。

"好好听！教教我们吧！"

待她教得差不多时，李密出来了。

"怎么样？"

李密叹口气："说什么朝廷命官不敢收留通缉犯……不过，他介绍我到本地游侠王秀才家中去。据闻此人性格豪爽，兼爱打抱不平，是个人物。"

来到王秀才家中，李密将自己的真实身份向他告明，端看他如何反应。

王秀才四五十岁，只见他一手摸着络腮胡，仰头大笑："当今皇帝

暴虐无道，一条运河，弄得民不聊生；三征高丽，次次惨败而归。公乃公卿子弟，敢带头率先反抗，难怪现在义军如潮啊！”

“王兄见笑了。”李密拱手。

“密兄切莫如此。只管安心住下，我这虽不是广厦美宅，但挡风蔽雨倒是可以的。”

当夜。

“小丫头，你在干吗呢？”李密推门而入。烛光下，一个小小的身影正拿着小刀修着一节竹子。

安逝头也不回：“做竹酒筒呢！”

“哦？”李密凑前一瞧，一个约半个手掌长的中空绿色竹节摆在那儿，盖上盖子后，嘿，竟然丝毫不露痕迹，外形十分逼真。

“巧啊！”他左看右看，“不过，你一个女孩子家的，年纪又小，爱喝酒总是不好。”

安逝笑笑：“小酒怡情。”

“真是个怪丫头。”他叹口气，放下竹筒，“整日这样飘来荡去，躲躲藏藏，要到几时？”

她结着挂竹筒的穗子：“如今起义反隋者甚众，雍丘不正有一支义军吗？你可去游说试试。”

“李公逸？”

“正是。”

“之前我也曾投靠过一些义军，可那些人一般都目光短浅，只图一时之利，根本毫无大计。”

“正所谓不积跬步，无以致千里；不积小流，无以成江海。依我之见，你也并非要去投靠他们，多去联系、认识，以后总会有些用处。”

李密想了想：“说得不错。”

辗转结识各路英豪，大半年过得飞快。

中间遇到一件奇事。

有天上山，半路遇到一块石碑，前面立了个五六十岁的老者，他皱着眉，做百思不得其解状。

第二天经过，老者还在那儿，不过这次是坐着的，目光炯炯，仿佛能把石碑上那些字射出个洞来。

第三天上山，他竟然还在，改成了卧的姿势，嘴角含笑，一边用手顺着字体勾画，面有激动兴奋之色。

李密和安逝两两相望：他们接连三天上山来找山上豪杰周文举，半

途竟一次不落地碰上这名老者，太巧了吧！

安逝咳嗽一声：“老爷爷，您在干吗呢？”

老者不理她，已进入浑然忘我的境界。

安逝的声音提高八度：“啊呀，这块字碑破破烂烂的，又挡路，叔叔，不如我们把它铲掉——”

“掉”的尾音还没拉出来，老者已然跳起：“荒唐！荒唐！此乃西晋书法家索靖所书之章草石碑，内藏书法用笔之精妙，岂可如此对待！”

安逝扑哧一笑：“您老还魂啦？”

老者见两人神情，已明白他们是故意的，遂跺脚：“真是世风日下，竟拿我这老头子来消遣。”

“对不起对不起啦。”安逝忙赔笑，“我们只是见您在此观摩了三天三夜，深为佩服，故而想请教先生大名？”

老头看了看她：“你这小丫头，气质也不似官家小姐，却又像读些书写过字的，是哪家的姑娘？”

“爷爷您先回答我嘛！”

“老朽复姓欧阳，单名一个询字。”

“欧阳询！您就是欧阳询？！”安逝瞪大眼，连李密也露出了敬佩之色。

他上前道：“原来是欧阳大师，久仰久仰。”

这边厢安逝已经在翻包找笔了：初唐三大家、“欧体”的创始者大书法家欧阳询耶！要是能得到他的签名，既有艺术性，又有观赏性，兼富收藏价值……哇哇哇哇，怎么想都赚到啊！

老头看看他俩激动的神色：“你们认识我？”

李密答：“文帝时您的书法就已经名扬海外了，只是没想竟会在此处巧遇。”

“当当当当——”一旁安逝跳了出来，一手捧纸，一手持笔，“请您签个名！”

“签名？”欧阳询不解地看向她。

“就是在纸上写上您的名字就好了。”

“什么意思？”

“哎呀，爷爷，您不知道我有多么崇拜您，我的毛笔字写得又不好，您给我写两个字，以后我就照着您的字天天练，夜夜练——”

“小姑娘，其实还有很多古代圣贤的书法比我好得多的，你这样说，倒是让老朽越发惭愧了。”

不是吧？安逝呆了一呆，忙道：“没有没有，您千万别惭愧，您只

要签个名。”

“这样吧，”欧阳询推开纸笔，“以后若有缘再见，老朽定当送你一本字帖，你只要照着练，把字练好一定没问题。”

“我不是这个意思——喂——喂——”山谷回声中，欧阳询瞧着上了年纪，可那健步如飞的速度居然不比任何人慢，在两人的瞠目结舌中，一溜烟就下山去了。

李密笑：“丫头，今天怎么回事？看你把人家大师吓成这样。”

“我表现得很过分吗？”安逝眨眨眼。

“虽说你这个样子比较活泼，不过可能太活泼了，所以……”

“算了，以后总会再碰到他。”在她印象中，欧阳询好像挺长寿的，活到了八十多岁吧？

“签名是什么玩意儿？”冷不防地，李密问道。

“这个啊——”

安逝正准备搪塞过去，突然一个人影朝他们奔来，不是王秀才家的小厮又是谁？

小厮气喘吁吁，满脸惊恐：“不好啦不好啦，府衙丘大人的侄子丘怀义把你们告了，现在梁郡太守正在搜捕你们呢！秀才已经被杀了，丘大人也被抓了起来，你们还是快逃吧！”

两人大吃一惊，当即决定往城外走。

两人正要渡河，“得得”一匹黑马快速追到，跳下一名猛汉：“叛贼李密哪里跑！”

李密抽刀迎上，双方噼里啪啦打了一阵。

安逝看得心中焦急，可一来自己手中无剑，二来即使有，但大学时学的剑道在此时不知有没有用？

“哐当”一声，李密手中的刀被震掉，那猛汉左手揪住他的衣领，右手就要劈下。

只听“咻”的一声，凌空一支疾箭射来，正中猛汉右手。

三人皆抬眼望去。

河对岸，一名灰衣男子手持弓箭跨坐马上，姿势刚劲。

“看我射你左手！”随着一声朗喝，又是一箭射来，稳稳当当贯穿了猛汉的左腕。

猛汉看着左右两手的箭，呆了两秒，这才意识到痛，“妈呀！”一声叫出来。

“还不走？”男子微微一笑，“看我取你心脏！”

搭箭，再拉弓——

猛汉大叫一声，转身急奔，逃命似的去了。

“伯当老弟！”李密这才欢呼一声。

灰衣男子渡得河来，与李密抱在一块，欣喜之情溢于言表：“好久不见！密兄！”

安逝在一旁微笑，这个浓眉大眼的男子，应该就是当年隋炀帝钦点的武状元却辞官不做、箭法百步穿杨、外号“勇三郎”的王伯当吧。

王伯当这时是注意到她，奇道：“呀，这位小姑娘是——？”

李密笑：“她是我的幸运星。”

三 逼上瓦岗

在王伯当的推荐下，李密与安逝上了瓦岗寨。

寨主翟让是个身长八尺的魁梧男子，他明白李密也是被逼得无处容身才来投奔他的，因而道：“你就留在这里吧。大伙儿食饭，不会让你喝粥便是。”

李密拱手：“将军错了。密是慕名而来，与将军共谋大事的。如果仅仅为了糊口，我可另谋别处！”

翟让笑笑：“密公胸怀大志，翟某佩服。可是说说容易，瓦岗寨万余人马，眼下温饱都难以为继，还能图何大事！”

“衣食不保，是因瓦岗地处东郡，而东郡又正是翟将军家乡，父老乡亲不宜侵扰。荥阳、梁郡两地距瓦岗不远，近邻运河，商旅货船不断，将军为何不去那儿拦截商船漕运，一定足以供给军需。”

翟让沉思不语。

第二日，他派了一队人马去荥阳运河上干了一把，果然获得大量军资钱粮，一时士气大振。

李密趁机道：“我觉得将军应有更大的志向。如今皇上昏庸无道，荒淫糜烂，民怨沸腾，何不趁势而起，诛灭暴虐，取而代之？”

翟让有些不以为然：“我们虽说是举旗造反，可终究也不过是些流民草寇，你说的那个大事业，凭我手下这万把口子人……”

“人少并不足虑。现今四方各地有许多举旗义士，但多为小股，四

处分散。密愿奔走于各部之间，游说大计。若能将四方义军联合起来，定然所向披靡！”

翟让正好想看看他到底有什么真本事，便爽快地答应了。

入夜。

“丫头，事到今日，我才知当初你要我多去联系各方义军真乃先见之明。”房内，李密一副兴致勃勃的神情，在桌旁自斟自饮。

安逝挟了一口青菜：“自端门行刺和雁门事变之后，炀帝不敢再待在东都，而西京又离突厥太近，他更是不安。左思右想之下，当然是逃往他发迹的江都比较安全。如今正好，中原空虚，给义军发展创造了外部条件。再加上你穿梭于各路义军间多时，也有了一些对你有利的传闻。”

“就是那些什么‘杨氏将灭李氏将兴’的话？”

安逝笑笑：“张须陀现已被隋炀帝提拔为齐郡郡丞通守，并加授河南道十二郡黜陟讨捕大使，镇压这一带义军。到时也可以此为要点，说服各首领共同对付他。”

“真是什么都被你算到了。”李密看了眼这个不过十一岁的小女孩，“当初我就觉得你精灵古怪，现在越发觉得你少年老成了。”

是啊，若以我在二十一世纪的年龄算，都要满三十了。安逝叹口气，从随身携带的竹筒里倒出色泽金黄的液体：“祝你马到成功！”

公元616年。

瓦岗寨聚义厅里灯火通明，各路豪杰与义军首领围坐在一张长长的案桌周围，桌上摆满了一盆盆的野味山珍，每人前面的大碗里都斟满了酒。

松明火把缭绕的烟雾，与桌上散发着的肉味酒香混合在一起，使整个大厅里充满了一种志在必得的豪气。

长桌尽头的首席座上，并坐着翟让与李密。接下来便是瓦岗诸将，以及聚义而来的济阳王伯当，韦城周文举，离狐的徐世勣和二贤庄的单雄信等等。

酒过三巡，翟让招手示意诸位首领安静，道：“各位将军，今天与大家共聚一堂，同谋大计，乃翟某三生有幸。想来诸位与翟某一样，耍枪弄棒好说，然要论谋略计策，还得听密公的。”

在座的纷纷点头称是，拍掌叫好。

李密站起身：“国君无道，致使民不聊生。密虽不才，但也知除暴

虐、兴天道这个道理。承蒙各位看得起，来助我瓦岗，从今以后，就望大伙儿齐心协力，共襄义举！”

一名面色青黑、头发微黄、浑身散发着绿林气息的汉子站起来：“我单某干的就是劫富济贫的勾当，交的就是三山五岳的朋友，性子可能暴躁了些，但既来结盟，对诸位兄弟就绝对掏心掏肺！”说罢端起身前的那碗酒一饮而尽。

大伙轰然叫好。

李密微笑，续道：“今儿个咱们队伍壮大了，粮草供应就成了当务之急，不知各位有何建议？”其实他早与安逝商量好了对策，现在故意提出，也是应安逝要求，好发掘人才。

离狐人徐世勣站起来：“荥阳离我瓦岗较近，守备又不严，不如攻下荥阳，以壮声威。”他年纪颇轻，面容白皙，看起来实在温和无害，像个富家翩翩贵公子。

王伯当道：“徐老弟此言正是。以我们现在的实力，夺取荥阳当不在话下。”

李密点点头，对翟让道：“密也正有如此想法。还请将军定夺。”

翟让哈哈一笑：“李老弟都这么说了，还有什么好讲？稍后好好布置一番，咱们首攻荥阳！”

散会后。

“密公，你经常挂在嘴边的那个小丫头，可一定要带我们见识见识。”出了厅，徐世勣一伙数人边随李密回议事厅，边笑道。

“那是自然。即便你们不说，我也会带她给你们看看。”

徐世勣心中一动：那女孩究竟是何人物，竟让李密重视至斯？

单雄信则直话直说：“李兄，咱们男人商量个事儿，用不着弄个女的来瞎搅和吧？”

王伯当笑：“单兄莫要小瞧了安姑娘。我瞧安姑娘胸中是藏了百万兵书，颇有丘壑的。”

一席话引得众人更加好奇。

来到安逝房前。李密敲了敲门：“丫头？”

没人应。推门一看，房中无人，桌上留了张条：我在药房。

众人又来到药房，还没进门，老远就闻到一股酒香味。

“哇，瓦岗寨何时有了这么香醇的美酒？”单雄信伸长脖子闻着，转眼一看，发现大家也都一副如痴如醉的样儿——没办法，这年头，男人基本都好这一口。

“肯定是丫头又酿出什么好东西来了。”李密摇头失笑，率先走进去。

房内，杂七杂八的药柜旁，背坐着一个身着绿色衣裙的小姑娘，正用长杵搅动着陶罐里的液体，酒香正是从中散出的。

“丫头！”

小姑娘反过头来看他一眼，也没注意他身后一大群人，又回过头去：“密叔叔，我这个竹叶青总算调制成功了。待会儿你尝尝。”

“苍梧竹叶青，宜城九酝酿。”徐世勣缓缓道。

安逝这才真正回过头来，黑白分明的大眼睛把众人细细打量了一回，最后落到徐世勣身上：“你知道竹叶青？那——可知它的酿法？”

“据我所知，竹叶青以汾酒为基础，用竹叶及药材浸泡，色泽翠绿，芬芳爽口。”

“大体不错。所加药材不同，竹叶青呈现的色泽亦不同。我在里面加了广木香、紫檀香、公丁香、零陵香等十余味药，所以碧绿中带了金黄。来，各位英雄尝一口试试。”

说罢，安逝从一旁取出几个小盏，自罐中打出颜色异常美丽的液体来，端到众人面前。

单雄信早已忍不住，抢先一口喝光：“妙！实在是妙！只是刚过了喉咙就没了，小丫头你看——”

安逝板起脸：“我酿一罐竹叶青可不容易，哪能用你们大碗喝酒时的那种灌法？”又见单雄信一副辩解不得的样子，扑哧一声笑开，“好啦，看在你是绿林总瓢把子的分上，破例再敬你一杯。”

单雄信这才咧嘴，端过酒，咂着嘴喝着。

王伯当细细品完，笑道：“姑娘真是越发厉害啦！酒越酿越好不说，单单看单兄进屋前后相差那么多的态度，说出去恐怕没人信呢！”

安逝转了转眼珠：“单叔叔对我有所不满？”

“没有没有！”单雄信连忙否认，同时用眼光射死那些想要开口说话的人：要是让这位会酿酒的小祖宗知道了自己刚才说过的话，以后岂不是半滴好酒也捞不着？

众人终于憋不住，齐齐放声大笑起来。

金堤破，取荥阳。

隋炀帝闻讯，急命大将张须陀为荥阳通守，率精锐追击出动。

荥阳城内。

周文举道：“张须陀来势甚凶，昔日他曾相继击破王薄、刘霸道、李德逸等山东、河北境内的十余支农民起义军，残杀动辄以数万计。我们吃过他不少苦头，还是撤退为宜。”

翟让之兄翟弘附和："张手下两名悍将秦琼跟罗士信更是了得，特别是那姓罗的，年方十四，却凶残无比。每次击破义军，他就割下义军的鼻子领功请赏，致使山东一带的豪杰谈'罗'色变！"

徐世勣在一旁笑道："炀帝倒是满欣赏他的，据闻还特派专使到齐郡替罗士信画像，把像带回京师供他欣赏呢！"

翟让坐在大座上，沉声道："徐老弟别闲说笑了，瓦岗军在他们手里输过十来次——依我看，咱们还是引兵回退吧。"

李密站起来："将军先莫慌。我认为，张须陀此人性格暴躁，有勇无谋，再加上多次大败义军后，更加轻视我们，这就让他有了骄横自满、狂妄自负之心。不如，我们利用这些弱点，周密布置一番，说不定可将其一举擒获。"

翟让见他胸有成竹，想了一想："密公可是有了什么好对策？"

"这倒不是。"李密抱拳，"尚不知众位英雄的意思，须待议论后才行。"

"既如此，这次荥阳的指挥权，我就全权交给你了！"

"定不负将军所望！"李密昂首谢过。

晚饭后。

安逝看着眼前这匹高头骏马，暗自吞了口唾沫。

这个……这个……看起来跟实际操作起来果然就是有差距的啊！明明觉得别人骑的时候都不怎么样，可原来——马是长得这么高大的！

"小丫头，怕啦？"一个声音自身后传来。

她扭头一看："翟伯伯！"

翟让微笑着走过来，拍拍马头："这匹马性子温驯，不要怕。你先上去试试，翟伯伯在一旁护着你。"

"真的？"安逝高兴地笑起来，"谢谢翟伯伯。"

翟让牵着缰绳，稳住马。她慢慢爬上马背，嗯，不是很舒服。

"坐好了？"

她点头。

"喏，我先牵着它走几步，你试试掌握平衡。"

"好。"

翟让引着马走起来："你不是一向粘在你密叔叔身旁吗？怎么今天没在一块？"

"唉，他们一伙人商量对付张须陀的计策，从下午讨论到现在了，还没个结果，我觉得没意思，就跑出来了。"

“咦？我们的小丫头不是一向颇有奇谋吗？”

“嘿嘿，”安逝贼笑，“他们商讨得那么有滋有味，我要是插多个几句，不就显得太过多事？”

“你个坏丫头。有好计了还不说出来，倒让他们头疼。”

“没有。”她一本正经，“我这是相信他们攻无不克、战无不胜的智慧。”

语毕，两人同时笑出声来。

“对了，翟伯伯。”她的语气变得有丝迟疑，“你——就这么把指挥权交给密叔叔，不怕他打败仗？或是，打了胜仗后名望会超过你？”

高大的背影沉寂了一会。“他智谋所图皆远胜过我，既然他有这个雄心，我就放手让他去做。败了，不过重新退回瓦岗；胜了，该是他的，也始终就是他的，我又何必害怕？”

“可是——”始终你才是老大，始终是你先收留了他。

“好啦，越扯越远喽。”翟让回过头来笑了一笑，“各人能吃几碗饭，能挑几斤担，自己心中有数就行。”

议事厅内，点着几根红烛，映着憧憧人影。

桌案上摆着一张巨大的地形图，李密站在图前，目光炯炯。这张地图是他亲手绘制的，也自打他上山后，瓦岗军才开始使用地图。

“哎，我说，”单雄信用手敲了敲桌子，“张须陀会这么听话，乖乖进入我们的埋伏圈？”

徐世勣点点头：“密公刚才分析得很有道理。现在决战，条件对我们最有利，因为敌人骄狂得不得了，总以为我们不是他的对手，这时候最容易打他个措手不及。”

“啪！”单雄信一拍大腿，站起身来，“那就打吧！老子早在二贤庄的时候就看他们不顺眼啦，现在还被他们追得到处跑，真是他奶奶的太窝囊了！打，打！看看是你死还是我活！”吼声震得屋顶的瓦片都发起颤来。

王伯当笑：“现在就是想退也退不得，敌人逼得太近了。再说，当真要退，也要狠狠咬他一口，才退得出去，黄河不是那么容易过的。”

徐世勣点头称是：“那就按计划行事，打他一仗吧。”

“对！干他一场再说！”单雄信大叫。

李密微微一笑，很满意大家的反应，目光扫过众人一圈：“咦？小丫头呢？”

“出去好一会儿了。小孩子，坐不住吧。”王伯当随口应道。

一阵肉香味飘来。

单雄信窜到门口：“哪个小子知道我的心意，送吃的来了？”

安逝笑呵呵迎门而入：“看各位深夜还如此辛苦，特地慰劳。”

“哎哟，好贴心的小姑娘！”这下连王伯当也走上前去，探头往她挎着的篮里瞧。单雄信早已从篮中揭起一块羊肉嚼了起来：“好味道！要是有酒更好！”

王伯当帮忙将肉分给众人：“议事怎可喝酒？”

“虽没酒，不过我倒是带了一些花生来，跟肉一起吃味道还不错。”安逝又从身后大汉手中端起一锅花生，放到桌上。

众人皆眉开眼笑。

安逝看了看地图：“气氛如此之好，看来已定下计策了？”

李密伸手往图上某处一指，做了个合抱的动作：“这儿，合围。”

“大海寺？”她点头，“不错，又有密林遮掩——密叔叔，胜券在握哦！”

李密笑道：“这可是我的小幸运星的预言？”

本来就是你们胜。安逝心想着，做了个鬼脸，点头。

徐世勣扔颗花生入口：“安姑娘真有预知未来之能？”一时间，众人忽地都安静下来。

安逝环视大家一眼，那包围而来的目光里有惊讶，有迷茫，有不信，有热切……她缓缓一笑：“我只是照常理推测，多给大家点信心而已。”

“好，有你这话就够了！”单雄信拍了拍大手上的花生屑，“既是密兄的幸运星，自然也就是我们所有人的幸运星！”

众人恢复了常态。王伯当嚼着花生点头，徐世勣则不再说话，只是看向她的目光里，仿佛多了点研究的意味。

安逝对李密道：“我跟你们一起去。”

李密愣了下，反应过来后哈哈大笑：“你还小，战场上刀枪无眼，万一顾不到你——”

“我不会跑到战场上去厮杀啦，在高地上看看就好。”

“不行，还是太危险了。”

安逝拉过身后的大汉：“那让刘叔叔在我身边保护我好了。”

李密愣了愣，打量起面前眉开眼阔的英武男子：“你叫什么名字？”

“在下刘黑闼，见过李将军。”

“刘黑闼？”

安逝道：“刚才我骑马的时候差点摔下来，还好刘叔叔及时制住了马，他武艺很高的。”

李密笑："你见识过？"

她笑眯着眼："我就是知道。"

刘黑闼心中称奇，他并未展露过什么招式，这小姑娘何以对自己如此有信心？莫非真不是寻常人？

单雄信提起他的金钉枣阳槊，打了个嗝："这位兄台我没见过。不过，要保护丫头的话，可得先过我这一关，看够不够劲儿才行！"

"对对对，再跟我比试比试箭法，顺便和方天画戟过过招！"王伯当招招手，表示算他一个。

刘黑闼暗自吸了口气，在座各位都是名头响亮的豪杰，一两个说不定还吃得消，若轮番上场，自己怎搞得定？

偏偏李密又加了句："当然，若你胜了，最后还得过我这一关。"

刘黑闼不由看向那个一直笑眯眯的小姑娘，只见她不慌不忙道："密叔叔，若刘叔叔胜了，是不是代表我可以上战场了？"

李密同样笑眯眯地回答："等他胜了再说。"

四 荥阳海战

日光耀耀，照在一排又一排的长枪上，顶尖糅出冰冷的光。

枪旁竖着连接如墙的盾牌，盾牌后面站着弓箭手。

隋军方阵刷刷向前，脚下踏出整齐的响声，头顶腾起漫天的灰尘，如同一座移动的堡垒，迅速朝前移动。

张须陀骑着马，在方阵中有条不紊地指挥着队伍向前推进。军鼓手跟随在他身边，通过简洁而有力的鼓声将他想要表达的意思传达出来——进，或退；攻，或守。战刀高高竖着，握着它的手时不时做出一些动作，显示了主人的狠断果决，以及不容忽视的自信。隋兵们在他的吼声下齐声呼应，有种挡者必死的残酷意味。

当翟让率领着上万人马浩浩荡荡奔杀过来时，这种意味就开始真正显现在阳光之下。

"前进——"军刀一指，军鼓变音，随着"咚咚、咚咚、咚咚咚"的响声，方阵步伐开始加快，与瓦岗军的前沿厮杀在一起，如同水与火的

较量，不是你杀了我，就是我灭了你。

瓦岗的长枪手投过来一把把呼啸的长枪，隋军射出去一排排密如雹雨的弓箭，处处溅血，互不相让。

张须陀大吼一声，军鼓更加急剧地响起，隋军采取了强攻，前排枪手不顾生死踏着同伴的尸体上前，瓦岗竖起了盾牌；人与铁的挤压中，后面的长枪手又从前排空隙钻出，向瓦岗军盾牌的侧翼乱戳，瓦岗顿时抵挡不住，连退了十几步才稳住阵脚；第三排长枪马上跟着贴了上来，负责辅阵的弓箭手发起了一场箭雨。

瓦岗军终于招架不住，像浪一般一波又一波地往后退去，但阵形并未散乱。

张须陀又一挥军刀，隋军所有长枪向前，形成了一片枪的树林，排山倒海般冲来。瓦岗前锋最终败退，上万人转身向后逃奔。

"骑兵出击！"随着一声大喊，等候多时的隋军数千轻骑呐喊着冲出，向逃跑的瓦岗军杀将过去。

两军在原野上奔跑，一方且战且退，另一方强有力地推进，迅速离开了原来的战场。

高岗之上。

一个娇小的人影远眺着奔腾而来的人马，笑道："翟伯伯做得不错啊。请君入瓮。"

刘黑闼挑挑眉："请君入瓮？"

"就是武则天时期——"安逝突然住嘴，武则天这会儿还没出世呢，"唉，反正就是让他们乖乖进入我们包围之中的意思啦。"

刘黑闼点头："要是张须陀像往常作战一样领着骑兵冲在最前面，那他肯定就能发现不对劲了。"

"所谓'骄兵必败'，自有它的道理。"安逝看着张的骑兵步兵呼啦啦越过大海寺，摇了摇头，"天意如此。"

此刻，李密带着数十名游骑和一千名士兵从大海寺北面的树林里冲出，出现在隋军步兵方阵的后头。

如摩西分海，白刃插背，只见带头的那几名瓦岗骑士绝尘而来，挥舞着刀枪，所到之处即把大批来不及转身弄清楚到底怎么回事的隋军步兵砍翻在地，而后头的士兵随之拥来，将方阵一割为二。

"不要慌！不要慌！听我号令！"张须陀勒马转身，想去堵截惊惶失措的步兵。但一道完整的命令尚未下完，身后的骑兵又乱哄哄地向步兵方向退来，左右两边的军士也惊惶骚动起来——广阔的原野上，有三支瓦岗军，正从东西南三个方向滚滚杀来：

南面是反身拒战的翟让部，约上万军士；

西面是从一处洼地杀出的徐世勣部，有五千人马；

东面是从一条水沟跳出的王伯当部，有三千将士。

这三支瓦岗军很快杀了过来，将隋军团团围住，又不断派精锐凶猛的军士突入隋军阵内，把隋军冲得步骑交错，互相践踏，乱作一团。

“安姑娘，你怎么啦？”刘黑闼正自高兴己方形势大好，恨不得下去杀个两手，无意中却看到安逝竟脸色发白，唇间更是无一丝血色，不由骇然，“哪里不舒服？”

“没事。”安逝勉强笑笑，把目光调回战场，心中努力抑住作呕的冲动：一将功成万骨枯。原来冷兵器时代的战争，真的如此血腥。

刘黑闼猜到几分，暗道如此一个小小十来岁的女娃儿，纵是聪明绝顶、天分再高，碰到这种阵仗，终究还是——

突听她道：“那个穿白色衣服的人是谁？在我方军中几进几出竟来去自如？”

他顺着看去：“哦，是罗士信。”

“就是那个年纪轻轻却爱割人鼻子的隋将？”

“正是。”他看着那人所到之处如惊雷闪电，近身者无不人仰马翻，“此人年纪虽轻，一杆亮银镔铁枪却使得出神入化，无人能敌。其所率燕云十二骑，更被人称为‘不败铁骑’。”

她蹙眉：“能冲出去却不走，看来不是在找张须陀，便是在找秦琼了。”

“呀，单将军正与秦琼斗在一块呢。”

安逝连忙看过去。果不其然。

秦琼身边簇拥着二百多名骑兵，横刀竖戟，布成半弧形。单雄信一槊挑了三名隋兵，得了缺口，当头就向秦琼闪刺；秦琼用一双镀金熟铜锏将它架住，大吼一声，反转双锏将长槊朝下压。两件兵器在空中较起了劲，胯下对冲的战马却擦身而过，把缠斗的兵器生生拆开。

单雄信猛勒战马，正要掉头再冲过去，忽见一员飞将从外面杀了过来，冷眉冷眼，白衣白袍，袍上竟不沾一丝鲜血。正是罗士信。

“你小子怎么长得跟个娘儿们似的！”一愣之后，单雄信哈哈大笑。

少年斜睨他一眼，将手中所提一物猛地向他掷去。单雄信挥臂将它格开，感觉好生古怪，往下一瞧，一个人头正在地上打滚儿，激得他浑身一颤。刚生出“好汉不吃眼前亏”的念头，一个灰衣人拍马而来，他大喜：“王老弟，你来得正好！今儿个咱哥俩一起解决了他们！”

王伯当轻轻点头，手中长戟朝天一划，指向对面的白衣少年。

罗士信冷哼一声，也不见他有多大的动作，银枪快如白色闪电照来，擦着王伯当的左耳轻轻而过，吓得他当即出了一身冷汗。

这边，单雄信与秦琼重新较起了力气。再一次双马交错时，秦琼忽地一锏，反打在单雄信坐骑的后腿上，坐骑后腿应声而折，整个马身顿时仰倒，把他跌了个四脚朝天，看上去有说不出的狼狈。

单雄信翻身爬起来："秦琼你这个王八蛋，偷袭马的屁股算什么好汉，有种跟我……"吵嚷间，瞧见徐世勣带着上千人组成的长枪队浩浩荡荡从远处过来，高扬左手："看啊，张须陀的脑袋！"

秦琼与罗士信皆是一惊，有些不敢置信。秦琼年长，到底先回过神来，朝身旁士兵道："要活命就不要慌！听我号令，前队变后队，东进与步兵靠拢！"

两人旋风般兜了一个圈，单雄信与王伯当阻拦不得，眼睁睁地看着他们率领铁骑朝剩下的步兵群驰去。

"追！"待徐世勣赶来，三人一齐纠结了队伍，围剿剩下的隋军。

"乱世出英雄啊。"高岗之上，一声长叹随风而逝。

荥阳大海寺一役，是隋炀帝进攻农民起义军以来所遭受的第一次惨败。自此以后，瓦岗军发展成了河洛地区的起义军主力，河南郡县守吏对之无不闻风丧胆。

公元617年元月。寒风凛冽。

将士们在校场上的喊号声整齐划一地传来，他们仿佛丝毫不畏刺骨的风雪。

"安姑娘？"门口传来敲门声。

房内烧着旺旺的柴火，可屋主显然还是觉得冷，坐在床上靠着墙，拉上背子盖着，只留了手在外头翻着小案上的书本："请进。"

一个高大男子推门进来，见状笑笑："这么怕冷？"

"是啊。"她招呼他坐，"听闻刘叔叔已经升为裨将了，恭喜恭喜。"

刘黑闼摸摸后脑勺："还不是托了你的福。翟首领封了密公做蒲山公，我们也就跟着升了。"

安逝笑："找我什么事呢？"

"哦，蒲山公在练兵，他说如果你没什么事的话，就过去看看。"

寒风猎猎，恍若刀割。

校场高台上，依次站着李密、王伯当、徐世勣、单雄信等人，对着

士兵演练的阵形指指点点。

单雄信看了半天，道："蒲山公，这阵法练得好是好看，就是人数少了点。"

徐世勣收回手中令旗，做了个让士兵们休息的动作，转回头道："昔武侯问'兵以何为胜？'吴起答曰'以治为胜。'又问曰'不在众寡？'，可知吴起怎样回答？"

单雄信瞧他一眼："看你笑得那样，肯定跟我不是一个想法呗！"

李密缓缓道："起答曰，'若法令不明，赏罚不信，金之不止，鼓之不进，虽有百万，何益于用？所谓治者，居则有礼，动则有威，进不可挡，退不可追，前却有节，左右应麾，虽绝成城，虽散成行。投之所往，天下莫当。'"

"正是如此。"

一个笑嘻嘻的声音传来："故而，想要以少胜多，以一敌百，除需治军有道外，阵法也是不可忽视的。"

"哟，哪里冒出来一头小熊！"王伯当见了安逝的穿着打扮，不由笑道。

"太冷了太冷了！"安逝搓着手又跺跺脚。

李密见状，把自己的挡风斗篷取下，替她披上："整日待在屋里烤火，总要出来适应适应才好。"

"哎哎，丫头，你来看看他们这布的是什么阵？"单雄信拉过她。

她伸头往下看看，片刻后道："将位在阵形中后，以重兵护围，左右张开如白鹤双翅，既可抄袭敌军两侧，又可合力夹击突入阵型中部之敌——呃，练得不错，应该是攻守兼备的鹤翼阵吧。"

"啪啪啪"，徐世勣鼓掌，"好眼力！"

安逝转向他："你建议采用的？"

李密插道："有何不妥吗？"

"那倒不是。"她摇摇头，极力思索着自己以前看过的那点阵法知识，以及之前亲眼目睹过的战争场面，"长枪是队伍中最常用的攻击武器，在十二尺来长的范围内，它无疑是最有效的，可是——如果不能刺中敌人反让其进入了枪杆距离之内，那这一武器不就立即等于废物？"

"再给他们每人配把大刀嘛！"单雄信咧嘴，为自己的快速反应得意。

安逝笑："步兵打仗可不同于你跟别人单挑对决。他弃了长枪，却被别人的枪刺到怎么办？"

徐世勣双目闪闪发光："如此说来，姑娘可是有了妙策？"

李密拊掌："可以在每个步兵班同时配置长兵器跟短兵器，只是这如何配置？"

"有一阵，名为鸳鸯阵。"安逝紧了紧披着的斗篷，鼻子被风吹得通红，"一个步兵班，配队长一名，战士十名。十名战士中，以四名手操长枪作为攻击的主力，其前又配四名士兵：右方一名持大型方藤牌，左方一名持小型圆藤牌，之后则有另两名士兵执'狼筅'——即连枝带叶的大毛竹，长一丈三尺左右。长枪手之后，最后两名各携带短刀及长箭，近可杀敌，远可射人。"

王伯当连连点头："右方持牌者，可保小队既得位置，稳住阵脚；左方持牌人则可掷出标枪，引诱敌方离开有利的防御位置。如果引诱成功——"

徐世勣迫不及待地接道："如果成功，后面两人则以狼筅将敌人扫倒于地，然后手持长枪的士兵就一跃而上……最后两名负责保护本队后方，警戒侧翼，必要时还可支援前面的士兵，构成第二线的攻击力量！"

李密哈哈大笑："看来，我们接下来要做的，该是训练士兵们的配合才对！"

"密叔叔决定用这个阵型？"安逝不好意思地笑笑。

单雄信嚷道："你说的，蒲山公哪次没听？"

"单兄！"徐世勣、王伯当同时叫道。

单雄信见到把头偏过去的安逝和面色开始沉下来的李密，明白说得有些过火了，忙咳两声："我快言快语说惯了，大伙莫计较。"

安逝在意的其实并非他所说的话，而是在想自己是否插手太多了？历史——应该不会因为自己的这些小插曲而改变吧？

于是她轻轻道了句："我先回去了，把鸳鸯阵的列法详细写下来。"

"咳咳！"有人咳嗽了两声。

她抬头望去，放下手中的笔，搓手呵气："三位大驾光临，可是要阵法？可我还没写完呢。"

徐世勣拍着身上的雪花，把门关上："没有没有，我们是陪单兄来的。"

"哦？"她望向手中拿着个长布条包、神色好像有些紧张的单雄信，"什么事？"

单雄信把长布包一抖，一样精光闪闪的东西露了出来。

安逝眼睛一亮："你从哪儿弄来的？"

那是一把细细长长、摸起来柔韧却不失硬度的软剑。它此刻静静地

躺在桌子上，沉静如水。

“你喜欢就好啦。”单雄信松了口气。

“送给我的？”安逝不敢置信。

“之前说错话，这就当是我的赔罪之礼。”

“我并没有生气啊。”安逝爱不释手地摸着剑身，喜悦之情溢于言表，“谢谢啦！可是——你怎么知道我要这种样子的剑？”

单雄信咧嘴笑：“徐老弟告诉我的。不过你这玩意儿还真不好弄，我找人专门做的。”

安逝闻言不由瞧了正笑吟吟的徐世勣一眼，自己不过在闲聊时提到过几句，此人就记在心中，足可见其心思之缜密。

李密走到桌旁翻看她写的东西，道：“你还会使软剑？”

她持剑左甩右甩：“好久没练了，也不知还找不找得到感觉。”她在大学里学过剑道，虽然现在武器有所不同，但应该还能凑合。

过了一会儿，徐世勣道：“经大海寺一役，瓦岗寨声威日高——趁现下情况于我方有利，思来想去，蒲山公刚刚与我订了下一步计划，想让姑娘参详参详。”

安逝停了下来，半晌才接话：“其实，你们有什么行动或计划，只要策略无误，放手去做就行了，我——”

“不，姑娘过谦了。”徐世勣摇手，“姑娘的才智见识远高常人，又何必拘泥于年纪大小，或是男女之嫌？大家虽然出身来处高低不同，但看人的心都是一样的，能为推翻暴政效力，换得天下太平，又有何不能为？”

李密点头：“世勣说得好。丫头，你随我一路流亡到今天，吃了不少苦，我早把你当成女儿般对待。你说，对着我，你有什么好顾忌的？”

说安逝不感动是假的。她看着自己细小的手臂，难道自己真的就以这样一个身份，在这个时代里活下去？跟在李密身边，原本不过想冷眼当个过客，潜意识里认定自己终究是不属于这里的。可是，相处久了，再无情的人也会产生感情——更何况，李密的下场……

三人见她久久不语，皆感到有些奇怪。徐世勣大叹一声：“唉，单兄你知不知道，现在河洛正闹饥荒，百姓啼饥号寒，饿殍遍野，据说每天都有上万人在饥寒交迫中凄惨地死去啊！”

单雄信并非笨人，见他眼色，使劲点头：“是啊，这可怎么办才好？”心里却暗道，难怪老子在二贤庄的时候投奔来的人这么多，原来都是来混饭吃的。

安逝被他俩的一唱一和引回了注意力，瞬时明白了徐世勣的意思，

慢慢道："在这种饥荒动乱的时候，谁能解决老百姓的吃饭问题，谁就能赢得他们的爱戴和拥护，在群雄逐鹿中也就最有号召力。"

李密接道："丫头，你看——兴洛仓怎么样？"

"兴洛仓？"

徐世勣答："又叫洛口仓，是当朝最大的粮库。仓城方圆二十里，有三千个大粮窖，每窖储米八千石，与洛阳附近的回洛仓和黎阳仓同为三大储粮基地。"

安逝点头："粮仓守备如何？"

"东都并未派大军屯驻。"李密摊开桌上的地图，"如果我们从阳城出发，越过这座方山，来个急速偷袭，出其不意——"

"再配上我们新排练的鸳鸯阵！"徐世勣龙飞凤舞地在纸上刷刷写下几个字，"它就是我们的啦！"

安逝与李密相对一笑。

纸上，重重书了三个大字：兴洛仓。

五 翟让禅位

"瓦岗军开仓放粮啦！"

"听说可以任我们随便拿啊……"

"真是义军哪——"

"白花花的大米堆得跟小山一样高呢！"

……

公元617年2月，瓦岗军攻取兴洛仓，开仓赈民。消息传出，一时间人群如流，扶老携幼达百万之众。取米群众或背得太多，或盛放的布袋、箩筐不结实，结果沿途洒漏。从仓城至廓门的路上，掉在地上的米粮厚达数寸，任凭来往的车马碾压践踏。

李密骑在马上，看着这片盛景，朝一旁的刘黑闼道："这下不愁吃啦！"

刘黑闼笑："蒲山公尚未到洛水那边去瞧瞧，两岸五公里长的河滩，百姓们用荆筐淘米时倒漏在上面和漂漏到河中的大米，一眼望去，犹如

一片白沙。”

安逝在一边直皱眉：“密叔叔，这样不行，这简直就是惊人的浪费。我们应该设立一个专人负责的管理机构，维持秩序。”

李密不以为然地笑：“我打兴洛仓为了什么？还不就是让大家吃饱饭！大伙儿饿成这样，尽量让他们吃吧。”

“密叔叔，我所谓的管理并不是说不让他们吃，而是为了让更多人都可以吃上。”

“哎，大伙兴致这么高昂，浪费点也没关系。既然他们都来支持我瓦岗，就有这个资格浪费。”

“密叔叔！那以后呢？我们自己还要打仗，也需要粮食。现在不一点一滴积累，以后人越来越多时怎么办？”

李密的兴致显然被打断，他叹口气：“好吧好吧。只是这管理说起来容易，做起来恐怕不简单。要不，我派一部分人手给你，你来负责这事。”

看了眼地上被踩成了黑色的米，安逝重重地点头。

秦琼、罗士信跟着裴仁基进屋的时候，李密正看着桌上的地图。

屋子不大，到处垒着一堆一堆的书，摆设也十分简朴。中间一盆炭火，已渐渐熄灭，显然李密也无暇顾及它。

“蒲山公！”裴仁基当先一拱手。

“哎呀，裴将军，秦将军，罗将军，欢迎欢迎！”李密快步迎上来，显得极是恳切。

“瓦岗如今真是声威俱震啊！”裴仁基坐下，“刚才经过，看到成百的儿郎好汉踊跃参军，恐怕日有数千吧。”

李密哈哈大笑：“三位见过翟将军了？”

“刚刚见过。翟公为人大度，不计前嫌，实在让人佩服！”裴仁基满脸感慨，“来，我来介绍，这两名虎将，左边是秦琼，右边是罗士信。”

秦琼身长一丈，河目海口，极具威势，他抱拳为礼：“蒲山公。”

李密端详着：“果然是条好汉。秦琼秦叔宝之名，久仰久仰。”

秦琼微微一笑。

右面的少年身材颀长瘦削，一袭白衣，眉目清冷，给人感觉竟是极高贵傲慢的，也不说话，只是点点头，就算见过了。

李密愣了一愣，蓦地想起荥阳役后王伯当对他讲的那句话：“罗士信之强，世所罕见。我在他面前，竟一招也过不了。”眼前这个太过年轻、太过骄傲也太过英俊的人，当真如此厉害？

李密当下也并未表露什么，依旧笑道：“能得罗将军相助，乃瓦岗之幸。”

裴仁基道：“听说曾担任东平郡宿城县县令的文学家祖君彦也前来投靠了，是吗？”

李密点头：“此人文笔确实极好。自来之后，丫头跟他两人倒是常常喝酒吟诗的。”

“丫头？”

“就是——”尚未说完，门口闯进一个人来，大叫：“听说秦琼来了？在哪儿？快跟我出去打个三百回合！”

正是持槊的单雄信。

李密与裴仁基都乐了，李密道：“单兄，如今秦将军已随虎牢关守将裴将军一起响应我们，大家都是自己人了。”

“不行不行。”单雄信摇头，“公归公，私归私，我定要与他分个胜负的！”

李密正要说什么，秦琼跨前一步道：“既然单将军非要比试，秦某愿意奉陪。”

“好好好！那咱俩现在就出去打一遭！”单雄信转身就走，秦琼朝众人拱拱手，提锏走了出去。

一众人等都跟了出来。

刚摆好架势，匆匆走过来三四个人。为首的看了这边一眼，叫道：“单叔叔，你在这里正好！快帮我去摆平件事儿！”

秦琼看去，是个小姑娘，穿得厚厚的，眼睛十分有神。

单雄信看到她，浑身杀气迅速敛了去，叫秦琼不由一愣，暗忖这小姑娘究竟何人？

单雄信道：“丫头，我正要跟人比武呢！有什么事待会儿说罢。”

安逝走过来，看看秦琼，又看看裴仁基、罗士信：“单叔叔，发米处好像来了一帮闹事的，你熟悉，还是先跟我去吧。”

“你让王老弟他们任何一个去都行啊！”

“哎，你以前是绿林总瓢把子，谁见你不畏个三分？再说了，秦叔叔现在跟我们是一家的，比刀弄剑多伤人？以后改成拼酒得了，煮酒论英雄嘛！”

“这个……”单雄信犹豫了一下。

安逝又道：“更何况，秦叔叔他们来了，你以后就可以自称是天下第一武将了。”

“为啥？”

“秦叔叔现在已经不算官兵，以后你见着官军，大喊一声自己是第一武将，哪个敢上来挑你？”

单雄信连连点头：“有理，有理。”

安逝拉着他就往外走：“那不就得了！还比什么武啊，快走吧。”

单雄信乐呵呵地随她而去。安逝回过头来朝秦琼眨了眨眼，秦琼不由得笑了。

裴仁基好半天说不出话来：“蒲山公，这位小姑娘是谁？竟把大名鼎鼎的单二员外说得服服帖帖！”

李密笑：“这就是我刚才跟你提到的小丫头啊，叫安逝，跟着我有三年了。”

“你亲戚？”

“啊，不，不过比亲戚还亲。”

“翟将军，您可曾听过近来民间流传日盛的《桃李章》这首歌谣？”书房内，翟让、徐世勣、王伯当各自坐定，徐世勣喝着茶，慢慢道。

翟让点头：“桃李子，皇后绕扬州，宛转花园里，勿浪语，谁道许！”

“那它的意思，将军可曾知道？”

“徐老弟给解说解说。”

“桃李子，是说逃亡者是李氏之子；皇与后都流连扬州，宛转花园里，意即迟早将要葬身在野地沟壑之中；勿浪语，谁道许，说的是要人说话做事严密，落在个‘密’字上。这还不是天意吗？”

翟让有些明白他们的意思了，心中生出丝许涩意。不过他生性豁达，大海寺一役得胜后更是反复想了很多，当初自己举旗造反，是因为在乱世中迫不得已，倘若有人能使天下重获太平，而自己又不是这块料，让了理也应该。李密才加入瓦岗军不久，就已经取得了两次辉煌的胜利，再加上他出身武将世家，眼光谋略也非自己能及，而且听说以前逃亡期间多次命悬一线也安然无恙——莫非他真的就是拯救世人顺应天命的那个？

徐世勣见他有些动摇，又道：“将军，您的‘翟’字接近‘泽’的音，而李密将军承袭蒲山公，落在个‘蒲’字上。蒲是芦苇，非泽不生。所以啊，李将军要成就大业，还非得靠您托着不是？”说罢朝王伯当眨眨眼。

王伯当会意地点头：“将军，人跟人总是不同，什么人干什么事！您看现在咱瓦岗手下，文的武的，远的近的，真的没得说，咱们得把咱

义军的局面向前推啊。”

此刻翟让已被那什么什么天意、泽蒲之论给震晕了。隋朝真的会被自己这些人，不，应该说是在李密带领下的自己这些人给推翻了么？这可是整整一个大隋朝啊！天命果真有这般神奇的力量？如果是，那自己的确不能再犹豫了。更何况，天命还要自己帮衬着呢！

三人当即去找李密。李密表现得像刚刚才知道这件事，他对翟让说：“明公的大义，实在让人感动。明公啊，你是真正的海量！离了你，我确实不行啊，没有泽，哪儿有蒲！——这话说得太好了，其实整个瓦岗那些出生入死的兄弟们，我是一个都离不了啊！”

翟让伸出青筋跳凸的手，紧紧握住他，激动得满脸通红。

公元617年2月，瓦岗军在巩县建立政权。翟让主动让贤，推李密为主。

李密称魏公，兼行军元帅，改元永平，大赦天下，设置府衙，封文武百官。翟让为上柱国、司徒、东郡公，府中设长史以下各官。单雄信、徐世勣分任左、右武侯大将军。其余一一封赏。

树林里，一黑一白两匹马徐徐前行。三丈之外，不远不近又跟了十二名骑士。

“罗将军，听闻你今年已满十五，不介意的话，我叫你一声罗大哥如何？”黑马上，一个小女孩打破自出发以来多时的沉闷。

白衣白马的少年不置可否，径自前行。

“那我就当你默认喽，罗大哥！”女孩笑眯眯地“咬牙切齿”说了一句，心里暗暗不爽——哪来的臭屁小孩，要是我还是原来的样子，你叫我阿姨还差不多！

少年冷冷道：“以你这种速度，再过十日也到不了洛阳。”

“不急不急。反正裴伯伯已经把回洛仓打下了，这信儿说不定早传到密叔叔耳边啦。”

正式建立政权后，李密抓住时机开始扩充势力，将大军主要分成两部，一部由裴仁基率领，打第二大粮仓回洛仓；自己则领兵围攻洛阳外围，意图两路同进。安逝及罗士信跟随裴仁基一部，不久即攻下了回洛，此刻两人正担当着传此喜讯的要任。

“兴洛仓、回洛仓相继失守，东都已经陷入了严重的粮荒之中，杨侗肯定会派大军疯狂反扑，我们不单单是回去报信，更要做好支援的准备。”

“好吧好吧，我知道了。”安逝这才发现少年所想的竟是如此周密，不可小觑，“可是，我刚刚学会骑马没多久，实在是——”

罗士信皱了皱眉，过了好久才道：“我带你一程吧。”

安逝瞪大眼：“你的意思是……我跟你共共共，共乘一骑？”

少年伸出手来，修长有力。

她迟疑了一下，握住，感觉这手布满了薄茧，不过，形状比自己的还真是漂亮多了。

少男少女的身体第一次接触，双方都有些尴尬。

虽然自己是只老鸟，可后面毕竟是个绝世美少年哎！安逝背脊挺得笔直，尽量不要去靠后面那个胸膛，却又感觉极不舒服：“要不我还是——”

罗士信则感觉像是抱了个木块，加之平时从不和人近距离接触，也觉不快，可这主意又是自己提出来的，当下便哼了一声：“别啰嗦了，坐好！”

身后十二骑面无表情，心里却忍不住发笑。

这时，前方传来一把洪亮的嗓音：“你们也不去听哨听哨，你程爷爷俺贩过私盐，卖过耙子，小孤山长叶林劫过皇杠，外号又称混世魔王……”安逝扑哧一笑，不用见人，光听那调调，已可猜到出场是何人。

程咬金原也是个本分人——每次他这么向人介绍自己时，都让人忍不住发笑，谁原来又不是个本分人呢？——后来改行当了响马，于是换了套“介绍词”，顺便给自己罩了个混世魔王的称号。不过他的一举成名当然不是凭介绍词得来的，而是靠那桩首次便震惊了天南地北的生意——仅凭着一柄宣花大斧，他居然劫了皇杠，轻易地从当今皇上的皇叔、靠山王杨林属下手中夺回了百姓的血汗。

后来事情曝光，同道们都暗自替他捏了一把冷汗——杨林是何人？开国元勋呐！玩深沉估计没几个玩得过他。这么容易的就劫了皇杠，程咬金自己也觉得好笑，若非皇杠上插着龙旗，明晃晃的看着刺眼，他反而可能并没有兴趣。劫富济贫不是他的想法，自己一贫如洗尚需救济。偏偏护杠那几个人要趾高气扬地惹上来——对不起，这实在是眼睛长到脚底板下怨不得他程爷爷了。在他的心里，杨广、杨林固然不是什么好东西，但在他们跟前俯首帖耳却在百姓面前不可一世的走狗们就更可恨。于他而言，动不了祖宗那就动动那些爱装孙子的人也好，量力而行即是。

现下也是同样理由。哪里冒出来的一群小兔崽子，爷爷俺没去动你

们就该偷笑了，竟然还反过来想劫俺！于是几斧头下去，一伙抢匪就呼天喊地，求爷爷告奶奶了。

“这匹马，真好看，肚又大，腰又圆，丈二长，身不短，高八尺，似虎欢。重枣红，如火炭，半根杂毛也不见。四蹄圆，雪里钻，日行千里也嫌慢。耳生风，眼似电，口咬嚼环赤金线。火龙飞下九天来，万两金银无处换！”似童谣又似咏唱，配上清脆的嗓音，吸引住了所有人的视线。

程咬金看着一男一女骑马过来，男的面无表情，女的笑盈盈地看着自己，又见了他们身后徐徐跟过来的十几个人，转转眼珠，便朝笑的那个道：“小娃儿哪里学来的歌儿，把俺家大肚子蝈蝈红唱得这般好？”

安逝道：“好听吗？”

“好听！对俺的胃口！”

“你是程咬金对不对？你的那套斧头耍法是不是真的是神仙教的？”演义中经常说程咬金的斧头功是在梦中由仙人所授，不过他忘性大，醒来只记得三斧：劈脑袋，掏耳朵，小鬼剔牙稍带脚。她是现代人，自然不信，不过现在既然碰上了本尊，当然要问问才划得来。

程咬金眯眯眼：“俺程咬金是真的对不对？三斧头当然也是真由神仙教的了。哈哈，谁见了俺不让个三分？”

旁边传来一声冷哼。

程咬金瞄了过去，这小子他一开始就瞧着不顺眼了：“那，你是不是想见识一下？”心里头想，打得了自然好，打不过俺就逃，大肚子蝈蝈红脚力可不弱。

这回他确实是没能打得过，可是蝈蝈红也没机会能展示一下它的神威，虽然早在动手之前他就已经盘算好了逃路，只可惜那冷冰冰的白衣少年的一条银枪如影随形，总在他起步之前便封死了他的退路。程咬金内心清明，这个人，不过就是逗着他玩，每一枪都在他衣上划上条口子，却又不伤及肌肤。其实刚一动手，两人之间便已经高下立判。

“你小子，玩够了没？”最后，他索性丢了斧子，气喘吁吁跳下马来。

罗士信一愣，嘴角淡淡浮出一朵浅笑：“够了。得罪。”

收了枪，马声得儿去了。

安逝匆匆跟上，又回过头叫道：“后会有期！”

身后一人这才上来：“老大，你的衣服……”

程咬金低头一看，外衫成了一条条碎布。他仰天笑道：“他奶奶的，老子今天总算知道什么是高手了！”

“快换一身吧，这样去投奔瓦岗……”

他接过来，回头嘱咐道：“以后遇着穿白衣使银枪长得漂亮的，能躲多远就给俺躲多远。”

待安逝与罗士信匆匆赶到洛阳外李密处时，形势又有了新的变化。

东都杨侗果然派出大军反攻，裴仁基等抵挡不住隋军的凌厉攻势，只得弃回洛仓而逃。而李密这边，偃师与金墉城也一直未能攻下。于是李密决定，率兵三万，再次攻打回洛仓。

此时，瓦岗寨留守众人亦面临严峻形势。

六 士信破阵

“唉……”

“唉……！”

“唉……！！！”

瓦岗寨里，长叹一声盖过一声。

寨外，靠山王杨林左右护拥，骑在马上并看不出表情。前头一个叫阵的打着圈，一脸得意地面向寨门吼道：“明白告诉你们，这叫一字长蛇阵！瓦岗寨的兔崽子们，都死光了吗？倒是给我们大王出来一个两个啊！躲在龟壳里算什么本事！”

对着死死围住城墙的形状古怪的阵法，单雄信初时很豪壮：“反正目前不拼命就会没命，大家冲了吧！”

徐世勣摇头：“打仗靠的不仅仅是拼命，还得靠个运筹帷幄。现在等不到援兵，即使冲得出这阵，也不知外面情形怎么样，只有死路一条。再说，杨林是沙场的老将，他破过的阵比我们这一堆人见过的阵加起来还要多，没那么容易。”

单雄信不信，大张旗鼓出击了一次，才真的见识到什么叫做千军万马。寨子外头的兵简直比瓦岗深山里的老树还要密匝，直围了里三层外三层不算，还有那把人眼睛都晃花了的明灿灿的枪尖铠甲——绝对像极了磨刀霍霍的屠夫，咧着嘴，专等自动送上砧板的好肉。

于是尚未接触到那所谓的长蛇阵，单雄信便缩头退了回来，一边喃喃“兵力绝对悬殊，兵力绝对悬殊”，一边把眼光投向世勣，巴巴地眼里全是期盼。

徐世勣手一摊，坦坦白白地：“我不认得这玩意儿，连名都没听过。大家考虑一下是开山路还是挖地道吧，哪条容易逃命用哪条。”

坐在椅子上一直默不作声的程咬金开口：“想走就能走么？俺之前遇着罗兄弟，那就怎么也逃不掉。”

一言惊醒梦中人，这回秦琼倒完全清醒了，瞥一眼徐世勣，发现他突然之间似乎也换了个人，嘴角含笑，连连拍手：“是了，是了，还有士信。”

单雄信不明白：“那小子怎样，破得了这阵？”

徐世勣提起笔，“我好歹曾经在大隋朝做了几年小官，没见过士信演阵也听过士信破兵。再说，他的本事，秦兄最清楚不是吗？”

雄信看向秦琼。他其实从来没跟罗士信正面打过架，所以也从来没有仔细看过闻名天下的罗家枪。更重要的是，即使罗家枪真的像传闻中那样可怕，这个小孩使的就是那个罗家的罗家枪吗？就算是，它的威力只怕也不是小孩子能够舞弄出来的。他太年轻，太冷傲，会比自己这帮人厉害？

秦琼却是曾真正领过兵的人，因此他很清楚沙场的无情和残酷，他不知道那孩子遇到他之前过的是怎样的生活，可他永远记得他们俩死里逃生那一刻那孩子坚毅的目光。这幼兽冲破枪林箭雨逍遥自在唯我独尊地活到了现在，他所具有的才能已经不止是惊人，简直到了可怕的地步。

所以，当瓦岗山脚下喧腾起来的时候，诸如单雄信等人也许还抱着看戏的态度，但秦琼心中，已然磐石落地。

只是，还有那么一点揣度。

将沉未沉的夕阳，渲染出西边最后的橘红。

黄昏魅影里，看不清来人的样貌和身影，只有闪动的枪尖的光芒，时而像阳光一样耀眼，转成没有罅隙的光圈，时而闪动成满天的繁星，星光所到之处都伴着纷乱的血光。

一个人，仅仅一个人，就搅得瓦岗山下血流成河。

杨林的千军万马在他面前犹如蝼蚁。你说隋军如海浪，他就是掀动海浪的飓风，风眼里头最是平静，周围的全数粉身碎骨。

晚霞漫天。

杨林眼里有着惊愕，几次想呼唤什么却始终开不了口。

那人却看也不看他。

一炷香后。

鸣金收兵。退。

单雄信已经张大了嘴不知道该说什么，徐世勣、程咬金呵呵直笑，士兵们纷纷退后，眼里含着遮掩不住的敬畏。

士信来到秦琼跟前，站定。他的身后，是长长一条血路。

秦琼的脑中一片空白。他分不清眼前穿着黑衣戴着面具长发飞扬全身是血的男人到底是神还是魔，也弄不明白自己方才所见的是战斗还是屠杀。

纵然曾经并肩沙场，力敌千军，却还是第一次看到这样的士信。

男人取下面具，依然还是他熟悉的斜飞的眉宇、上扬的隽眼挺秀的鼻梁，连傲慢的眼神中间那份浅淡的几近不察的温和也还是和那时一模一样。

浴血的修罗同时是盛开在血色中的绝世奇葩。

有多危险就有多美丽。

接下来是死一般沉寂的夜。

城下在清理战场，黄沙成了红土，没有人能在心惊胆战之余还有交谈的气力；寨里设了接风宴，排场很大，却不热闹，没有人劝酒，所有人的回忆都还停留在刚结束的刀光剑影中，横飞的血肉，此起彼伏的哀号，昏天暗地。

只那一个人，换了身月白衣衫，端坐上席，气度雍容，举止优雅，笑容清浅，寻不着片刻之前那场战事留下的分毫痕迹。

平静至斯。

那般的厮杀，必是已经司空见惯，不然何来这般的气定神闲！众人如是想。

一片沉闷中，秦琼终于开口："士信，刚才下手，是否太过不留余地？"

士信眉一扬："大哥还不了解我么，我留几分余地，手下儿郎便可能多死几分。况且他们若是怕了，自然会软下来，躲开去……"

众人面面相觑。

几句话，说的是他们从不曾见过的残酷。

暴政之下民生多艰，然而唯有战场之上，生命如此低贱，尸横遍野

之际却是敌人与朋友的血混迹一处，手一软，断送的便可能是最亲近的战友。

战以立威，为的是不战而胜。

暴虐地对待生命，竟是为了更多地保全生命。

在瓦岗这边转危为安的同时，李密所率三万义军已复踞回洛仓。因隋廷东都守军多达二十余万，城防十分坚固，李密于是决定大修营堑，以逼东都。其间隋光禄大夫段达等出兵七万拒战，双方在回洛仓北交战，段达等败走。

“先生，在写什么呢？”安逝掀起厅帘，正巧看见祖君彦对着纸轻轻吹墨。

祖君彦抬头笑道：“魏公说要向各郡县发布讨隋檄文，以壮声威。”

“已经写好了？”

“差不多了，还多亏魏参军帮忙啊！”

安逝这才注意到一旁书架后坐着的人影：“原来魏叔叔也在。”

魏征身形十分瘦削，直鼻梁，眼中透出一股濯濯明亮之光，道：“回洛仓再次夺回，让人振奋。不过我相信，祖记室这篇檄文一出，造成的效果，恐怕更是有过之而无不及啊！”

“快让我看看。”安逝拿过檄文，“喔，足足列了隋炀帝十大罪状！紊乱天伦，谋夺东宫，弑父篡位；逼妹欺母，迫奸父妃，行同禽兽；荒淫无度，不理朝政；大兴土木，虐民无已；横征暴敛，政烦赋重；巡行忘返，民不堪命；穷兵黩武，兵役无期；妒贤嫉能，滥杀朝臣；政以贿成，宠信奸臣；言而无信，有功不赏……啧啧啧啧，文帝为他创下的大片江山，他能搞成这样，也够强的……”

“昏庸之君，愧对先祖！”

“对，对。”安逝本来还想说炀帝其实也并非全然不堪，但看看魏征的样子，马上转换态度，“写得好！写得好！要是我是那些隋军，看到自己效忠的是这样一个皇帝，还不羞愧至死？”

“姑娘先别夸赞，快说说有无要改之处。”祖君彦摸摸下巴一缕山羊胡，谦问。

魏征点头：“此文辞锋锐利，气势磅礴，却总感觉少了点什么——也可以这样说，就像一位美人，整体都很美，可却缺乏让人过目难忘、印象深刻的特征。”

安逝琢磨着，眼睛一亮：“呵呵——不如最后再加上一句，炀帝之恶，罄南山之竹，书罪无穷；决东海之波，流恶难尽！怎么样？”

两人同时一震，目光里饱含惊喜震撼："正是这句！"

从祖君彦处出来，已近黄昏。

记起翟让约她过府吃晚饭，安逝忙匆匆往司徒府走去。

熟门熟路地绕过花园、西厢，正要到达大厅的时候，忽见前面窗外立了个人影，正是李密。

咦，难道翟让也约了他？她暗想，上前要打招呼，隔了三步之遥时窗内传出一个声音："天子就该自己做，怎么能让给别人呢？你要是不愿意做，我就来做！"

她一惊，下意识地去看李密的脸色。果然李密面色阴沉，转过头来看到她后，眉头一皱，一言不发大步去了。

她呆立当场，脑中反应过来刚才那声音应该是翟弘的。然后，听到翟让哈哈一笑："大哥，我既已让贤，你这话可就不能乱说了。万一传到魏公那里，岂不多生事端？"

她心里一急，想立刻上前去告诉屋内，李密已经亲耳听到了——可是，告诉他又有什么用？翟让自己本身其实并无野心，反倒是李密，心中怕是已生了隔阂。

如果真的这么发展下去……

不，既然她穿越时空来到这里，那她就要试试！

七 英雄射雕

"喂，娃儿，你好像没什么精神哪！"与安逝一道巡视营地的程咬金说道。

"安姑娘，程将军。"一排士兵正在操练，见到他俩，马上立正行礼。

安逝朝士兵点点头，回程咬金道："是吗？这么明显？"

程咬金晃了晃手中的板斧："别看俺人长得五大三粗，心可不是粗的。"

"安姑娘好，程将军好。"迎面又碰上一列卫队巡逻，小头领忙打招呼。

安逝微笑回应："大家辛苦了。"

程咬金在一旁嚷嚷："不公平，太不公平了！"

"怎么啦？"

"你看，你年纪比俺小，个头没俺高，又不是将军，怎么他们都先称呼你，然后再叫俺老程？"

"这个……"还来不及回答，一把声音远远传来，"那不是丫头吗？快过来快过来！"定睛一瞧，不是单雄信又是谁？

程咬金气道："看吧看吧，俺这么大个人立在这儿呢。那家伙眼睛长歪了不成？"

安逝终于忍俊不禁，张嘴笑开。

程咬金心道，终于笑了，也不枉俺做小人。

两人上得前去，原来都是熟人：单雄信、秦琼、王伯当、徐世勣、罗士信等一字排开，个个劲装，好不威风。

"啊呀，这是干啥呢？"程咬金见他们持弓弄箭的，"比箭法吗？"

徐世勣答："比箭尚在其次，主要是嘴馋了，弄点野味来吃吃。"

"好哇好哇，俺也来试试。"

安逝垂着头："你们多射点吧，我先走了。"

"等等。"单雄信拉住他，"丫头怎么啦？老程，是不是你欺负她了？"

程咬金忙摆手："俺怎么会欺负一个小姑娘！再说了，俺能欺负得了她吗？"

雄信点点头："也是。如今提起'安姑娘'三个字，瓦岗寨何人不敬上三分。也不说瓦岗里头了，就是出去外头，丫头，只要提提你这些叔叔伯伯的名字，谅也没人敢欺负你。"

秦琼走过来，他的嗓音十分温厚中和，天生透着股让人安定的味道："是不是遇到什么烦心事了？"

"没有没有。"她收拾好心情，不想众人为自己操心，笑笑，"只是些平常琐事。各位叔叔大哥大伯开始吧，也让我看看你们的好身手！"

众人哈哈大笑，单雄信道："你这般说，倒是让我们不得不多上点心了。"

一旁程咬金已搭上箭，拉满弓，远远瞄了一只大鸟，蓄力射过去。那鸟扑棱两下，然后栽了下来。"射中啦！射中啦！"

早有士兵上前将鸟捡了回来。众人一看皆笑，鸟还是活的，只是翅膀被洞穿。程咬金老脸一红："笑什么？鸟落下来就成。难道不算？"

徐世勣跟单雄信同时拉着弓："算！怎么不算！"

士兵拿了射下来的鸟要去宰杀，安逝无意中见鸟儿双眼滴溜溜地看

着她，声竭如马嘶，顿时心有不忍："等等！"

士兵停了下来："安姑娘？"

她走上前去，仔细端详着。鸟儿约有六七十厘米长，全身红褐色，喙处洁白，竟有双尾。

"是鸢呢！"她惊喜道。

罗士信凑过头来瞧了瞧："倒也算只猛禽，只是翅膀坏了，吃了正好。"

她瞪他一眼，对士兵道："这鸟儿我要了。"

士兵摸摸后脑勺："此鸟已废，姑娘用来干吗？"

"我会把它治好的。"

程咬金走过来："小女娃儿有些意思，捡个破鸟来养。"

她温柔地摸了摸鸟儿的头："鸢儿放心，我会让你以后飞得比其他鸟还高的。"

鸢儿好像听懂了似的叫两声，程咬金心中直笑。

罗士信伸手掂掂鸢的翅膀："我倒是想看看，你怎么让它飞得比其他鸟还高。"

银牙暗咬，这人，不说话还好，一说话简直就把人堵死。

后面传来一片鼓掌声。回过头一看，原来单、徐二人各自射了一只鹰下来，正中心脏。

"好啊！好啊！"军士们喊道。

"听说秦将军曾一箭双雕，不如让大家伙儿看看！"有人起哄。

"对，对，让我们瞧瞧！"

秦琼拉了拉弓弦，豪气顿发："待有大雕过来，我便试试！"

罗士信不言不语，径自在一旁拉起弓，朝天空望了望。

此时正好有两只大雕从远处过来，互相追逐着像在争夺食物。

它们一忽儿前后，一忽儿左右，一忽儿高低，争得又急又猛，速度却毫不见慢。

所有人看得目不转睛。

一支箭携风射了过去，转瞬成了黑点，破空之声同时传来，另一箭也射了出去，以至于安逝一时分不清楚究竟哪支箭是秦琼射的，还是他一连射了两箭？

哀鸣之声顿响，果然两只雕一齐掉了下来。负责拾雕的军士远远跑过来："将军好箭法！真不愧一箭双雕之勇！"

大伙凑上前一瞧，连串二雕腹部的，正是秦琼的花翎箭。

士兵们交口称赞，秦琼不言，挽弓："大家要不要再看一次？"

“好啊好啊！”

秦琼看士信一眼，“这次不算，若还有雕来，我再射一次！”

安逝靠向徐世勣，低声道：“徐大哥，刚刚第二支箭是谁射的？”

徐世勣抽出一根箭，顺顺翎毛：“没看到。”

装傻！她瞪着他，世勣无辜眨眼：“我真的没看到啊。”

放弃，安逝移向单雄信：“单叔叔——”

雄信最怕她以这种娇娇软软的口气说话：“第二支箭是空箭，什么都没射中，只擦了一下大雕的尾巴。我也没看到是谁放的。”

“还是单叔叔好，知道我是近视眼远了看不清。哪像某人——”

“近视眼是什么？”某人不耻下问。

她鼻子一哼：“不告诉你。”

掉头跑到罗士信身旁，伸手抽出他背筒里的长箭把玩：“你怎么不射？”

罗士信摸摸弓：“最好的都不急着出手，我急什么？”

程咬金闻言，叫道：“对啊！王老弟，你神射手之名俺早就如雷贯耳啦，快露两手来看看！”

王伯当笑笑，见远远一行雁来，便道：“不敢夸口。我便将箭射至雁行内第五只雁的头上，射不中时，大伙休笑。”道罢，但见他左手如托泰山，右手如抱婴孩，弓开如满月，箭去似流星，说时迟那时快，果然正中雁行内第五只，直坠落山坡下。急叫军士取来看时，那支箭正穿在雁头上，众人看了，尽皆骇然：“果然是神射手啊！”

王伯当摆手：“当今天下豪杰辈出，大伙也莫把我看得太高。太原李渊有个儿子，叫李世民的，箭法亦十分了得。”

有人不信：“再高还能高得过您去？”

“这可难讲。单单说他的弓，便比寻常大了一倍，用的箭也是大羽箭。当日我碰到他，一箭直接射穿粗木，把一伙盗贼吓得当场不战而降。”

“哎呀，您怎么不跟他比试一番，竞个高下？”

王伯当一笑：“箭术乃是用来上阵杀敌的，怎能当成好勇斗狠的武器？只是英雄出少年这句，确实不假。”

“伯当老弟怎么恁地谦虚！”单雄信支着弓，“老子都自称第一武将了，你就是封个天下第一神射手又有什么关系？”

程咬金连连点头：“对对，怎可长了他人志气灭自己威风！俺还是混世魔王呢！”

安逝抱着鸢，笑：“仗还没打多久，就关起门来开始称王称霸了。”

徐世勣"哈"的一声笑出来。

秦琼亦忍俊不禁："安姑娘说得好，咱们可不能自高自大，让人见了笑话。"

"好好好——"自以酒解恩仇之后，单雄信便与秦琼成了好朋友。两人都是爽快之人，说话也不拐弯抹角。他连声应着，又对安逝道："也就只你，敢一个劲儿泄我们的气。"

安逝吐吐舌："不好意思啦！我去给鸢治翅膀去。"说罢一溜烟走了。

余下众人又兴致勃勃地射起箭来。

最近，在营寨上方时不时可闻到一股奇怪的药味。

"安姑娘，算我求你，你就别再自己配什么方子啦。"绿鸢苦着一张脸站在灶旁。

安逝扇着小扇，左手往脸上一抹，顿时留下一道乌黑的五爪痕，自己浑然不觉："做人最重要的就是要有创新精神，有勇于实验的精神，有为理想献身的精神，有——"

"有为了一只鸟拿人来开刀的精神。"罗士信不知何时斜靠在了门口，双手交叉抱胸。

"主人。"绿鸢低头，退到一旁。

"我有用刀吗？"她"天真"地反问。

"难道你没觉得最近大家避你跟避瘟神差不多？"

"安姑娘。"一个瘦高个子远远过来，看到门口之人时顿了顿，笑，"罗将军也在啊。"

士信点头。

"王将军找我何事？"安逝问。

王薄，公元611年于邹平长白山起义，是最先举起反隋大旗的那个。一首《勿向辽东浪死歌》曾激昂了多少人的意气！

"呃，那个，绿鸢姑娘说你要找一种叫金银花的植物，你看是不是这个？"

他嘴里这么说着，眼睛却不住往绿鸢那边瞧。

安逝接过来："在哪边找到的？"

"后面的小山上。"

安逝滴溜转了两下眼珠："我去看看。绿鸢姐，你帮我看一下药吧。"

"喂——"

她已经溜出了门外。

一段路之后，她笑嘻嘻回头：“你不反对？”

白衣少年愕了下：“反对什么？”

她歪头打量他两眼，发现他不像是装的。敢情这还是真是块石头呢！

“没什么没什么。”她放慢步子，“呵呵，我有个问题想问你哦。”

“说。”

“如果——只是如果啊，你的部下有了恋人，就是想要成亲的人，你不会反对吧？”

“如果他们要成亲的话，就不能再待在铁骑队里。”

“为什么？”过分了点吧？

“这是命令。”

“命令还不是你下的，改一改不就成了？”

士信看她一眼：“别再乱下药了。还有，麻烦去擦擦脸。”说罢，飘飘然走了。

安逝怪叫一声，冲到井旁打了桶水上来——里面是一张五爪花猫的脸——她吓了一跳：刚才自己就是这个样子走了这么远么？难怪碰到的所有人脸上表情都怪怪的……

“哼，死罗士信，到现在才说！看我哪天研究出一副好药专门来对付你！”赶紧用袖子擦干净了，她又赌咒发誓一通，撇撇嘴，抬头看到魏公府就在眼前，想了想，举步进去了。

简简单单的桌子，简简单单的椅子，以及必不可少的军事地图，构成了简简单单的魏公府客厅。

奢华是没有的，奢侈也不见踪影。所以当那些从东都洛阳逃出来的长安难民进了这间屋子，和李密一起吃着那没什么肉的瓜菜，并亲身感受到魏公对他们的嘘寒问暖时，都抑不住热泪盈眶。他们一一回答着魏公的问题，争着把洛阳城内现在的情况事无巨细地告诉他。

安逝进去的时候，难民们已经走了，李密正在案前跟秦琼及另一个人说话。

“世勣已袭破黎阳仓，短短十天之内，又有二十多万人加入了义军。二十多万啊，如果把他们都训练好，又可以成为一支有力的支援啦！”李密兴奋地讲着，手掌不断上下翻飞。

秦琼道：“短短几月之内，魏公连开兴洛、回洛、黎阳三大粮仓赈济灾民，至少救了百万以上人的性命，当真是恩德仁义之举。人们聚众来奔，理所应当。”

一边的蓝衣青年笑："在下经过洛仓城，还见到了一座魏公生祠，老百姓自动前来膜拜，口称魏公您是'大救星'。拜的人可多了，算是当地一项盛事呢。"

"你想人家怎样对待你，你就该怎样对待别人，百姓们其实是最懂得知恩图报的啊。"李密眼中泛着奇异的光亮和泪花，"不过，开仓济贫是瓦岗上下一起做的，怎么能归功到我一人身上呢。那个生祠还是派人去拆了吧，父老乡亲们的心意我全领了。我只想着将来为百姓做更多的事，来回报这份情义啊。"

秦琼连连叹息，又道："元帅如今声威俱壮，接下来有何打算？"

李密拍拍手："世勣曾劝我乘进取之机，借士马之锐，沿流东指，直向江都，擒拿独夫，号令天下。"

蓝衣人道："挟天子以令诸侯？"

"不错。然我思前想后，总有不妥。从兴洛到江都，路程遥遥千里，杨广在江都还有几十万兵力，身后东都也有几十万，如果受到这两支军队前后夹攻，胜算太小。"

三人沉默了一下，而后，蓝衣人出声道："然而，瓦岗总在东都附近与敌进行拉锯战也不好。魏公，可有考虑西取长安？"

"啊呀，你这建议跟魏征魏参军不谋而合。只可惜我方大军现在被王世充给钳制住了，要想入关，还是得把王世充摧毁才能脱身。"

一个女声传来："密叔叔，当年你向杨玄感提出的上中下三策，可还记得？"三人望过去，门框内，立着一个小女孩，明明还带着童音，却充满奇异的气势。

她见李密不答，续道："上策，拥兵入蓟，断绝归路，将杨广不战而擒；中策，率众西行，过坚城不停留，直取长安，号令天下；下策，袭取东都，偷袭不成则引兵围攻，万一攻不下，四方官兵围上来，后果就无法预料了。杨玄感偏偏选了下策，最终被灭。难道，现在你的选择竟跟他一模一样？"

秦琼及蓝衣人十分讶异她竟以这种责问的语调跟魏公说话。即使两人关系再好，可忠言毕竟逆耳，何况从身份上来说，他们现在也迥异从前。这丫头，是不懂，还是故意？

李密脸上有些挂不住了，但他终究是有胸襟之人，勉强一笑："来来来，先给你介绍个人。这位公子姓杜，名如晦，系出名门，你秦叔叔的熟识。"

安逝先是瞟了蓝衣人一眼，继而睁大了眼："是你？！"

八 食人部队

蓝衣人愣了愣，想了起来：“原来是三年前看花灯时那位聪明的小姑娘。想不到竟长这么大了！”

安逝更是一脸不可思议：“你就是杜如晦？”

秦琼乐呵呵的：“我这位兄弟如此有名，竟然让安姑娘这般欣喜？”

安逝不好意思笑笑：“只是感到有缘罢了。”

秦琼见她一会儿犀利如执掌生死大权的决策者，一会儿又回复成嘻嘻小女儿态，不由暗道这小姑娘越看反而有种越看不透之感。

杜如晦笑着：“一路行来，听了不少‘安姑娘’的事迹，有人说她是瓦岗的幸运星，让瓦岗军队所向披靡；又有人说她聪慧绝伦，运筹帷幄决胜千里。原来就是你啊。”

安逝眨了下眼：“好夸张——这是哪个人传出去的？怎么会传成这样？”

秦琼拍拍她的肩膀：“咳，这也可以说是一种战略……不过也没差太多嘛，你单叔叔魏叔叔程伯伯徐大哥这些人提起你来，哪个不是竖着拇指称赞？若你身为男儿，魏公恐怕就多了个小劲敌啰！”

李密哈哈一笑：“这倒也不怕。丫头若是个男儿身，我就认了她当儿子，以后把你们交给她管去，不是一举两得？”

众人一块儿笑出声来。

门外突然传来一阵“哎唷哎唷”的惨叫声。李密停住笑，扬声问道：“怎么回事？”

一个士兵走进来：“禀告元帅，邢记室被打了，正在门外求见！”

“啊，是谁这么大胆子？快让他进来！”

随着一连串的叫声，邢义躺在担架上被两名军士扛了进来。他挣扎着上前行礼，被李密一把按住：“你这是怎么啦？”

邢义大叫一声：“元帅，我冤枉啊，您要为我做主啊！”

“到底是怎么回事？”

邢义擦擦眼角：“翟司徒约我跟他一块去赌博，我忙着办事，结果

忘记了，他……他竟然派人把我逮了去，狠狠打了我八十杖！可怜我这把骨头哟——”

“有这等事？”

“我怎敢骗您？您看我现在这样——我这是拼了最后一口气来讨个公道啊！元帅，我冤哪！！”

李密站起身来，不发一言。

大厅里的气氛尴尬又沉重。

“元帅——”邢义龇牙咧嘴又要开口，被安逝打住：“邢记室，这事儿你自身就不对，哪来这么大委屈？”

邢义愣愣看向她：“安……安姑娘？”

“翟司徒既为司徒，是你长官，那么，不论他约你干什么，你都不该忘记。如果是在打仗，邀你谈军机大事呢？你难道也一句‘忘了’就轻松打发？更何况，如果真是忘了，事后也该立即上门说明原委竭力补救，还要等他来‘逮’你？你说，你这八十杖是不是该打？”

“可是，可是——”

“如果你想说你是元帅府的记室，不该由司徒府来管，那就更加大错特错了。瓦岗军从来都是一家，要是存着拉帮结派的念头，头一个，我就要再赏你八十军棍！”

邢义立马被吓蔫，也不待旁人来扶，死活趴下：“安姑娘教训得是！我该打，我该打！”转身又朝着李密磕头，“元帅，刚才是我的错，我一时糊涂——”

众人被这戏剧般的变化搞得一愣一愣，李密又好气又好笑，示意士兵们把他扶起来：“好了好了，回去养伤吧。”

邢义又向众人拱了拱手，才由士兵搀着慢慢走了出去。

安逝冷然地站着，只觉浑身开始阵阵发凉。

郊外，一行十数人弄了几堆篝火，除去几个守夜的外，其他人都疲惫不堪，或坐或卧地睡着了。

“大人，您不休息？”一名哨卫走过来，轻声问道。

面目端正的中年男子摆摆手，一双眼睛盯着红红的焰火，脑中想起了离开太原时，李世民对他说的那段话。

“今日我们太原起兵，四周群狼环伺，其中最难对付的当属突厥与瓦岗两股势力。我与父亲商议，派刘文静北使突厥，重金厚之以解后顾之忧；瓦岗李密，乃当世枭雄，文韬武略独步一时，兼之其所率兵马已逾三十万众，麾下文臣武将精英毕聚，待我挥师西下时他若自背后追

击，无异于后院失火，我方将处于腹背受敌的危险境地。故而修书一封，情愿推他为天下盟主，谦辞以骄其志，或可消除来自东面的威胁。还望唐兄鼓动如弹簧之舌，麻痹懈怠于他。”

想着瓦岗军越来越大的声势及李密富有传奇色彩的经历，男人一路心中打鼓：像这样一个叱咤风云的当世英雄，仅凭唐公的一纸书信和自己的三寸不烂之舌，就能说服他吗？不管怎么样，自己要竭尽所能。世民说得有理，适当利用他的骄矜心理，以此或能不辱使命。

“大人，大人，有人来啦！”一个哨卫匆匆奔了过来，呼声把睡着的士兵们都惊醒了。

男人站起身：“是军队吗？哪路的？”

“好像有上百来号人，没打旗号，分不清是流匪还是军队。”

男人想了想，沉声道：“所有人聚拢，看清情况再说！”

众人得令，刚整了整精神，就看见远远过来几匹马，后面跟着两队人。

为首的是个粗犷的矮矮的胖子，他眯眼看了看：“前方何人？”

男人拱拱手：“我们是路过的，英雄只管放心前行！”

胖子跟身后人低低说了几句，尔后跳下马来：“我们也是过路，既然如此，借个火如何？”

男人见他脸上堆满横肉，显然不是好惹之辈，便道：“英雄请自便。”

胖子往后一招手，随后呼啦啦上来百来人，分成几堆坐下，把他们挤得只有靠边的份。

“唉呀，酒都要喝没了。兄弟们，还有肉没？”胖子甩了甩手中酒袋，冲坐着的大汉们喊道。

“将军，这边不是我们的地盘，腌肉都快没啦！”

“真他妈晦气！瓦岗军不好惹，咱们还是打道回去过逍遥日子算了！”胖子仰头灌下一大口酒。

“对对对，咱们回去！想想过去多威风，谁听见‘可达寒’三个字不是撒腿就跑！”

男人心中一动，失声道：“莫非你是朱粲？！”

胖子怪笑两声：“有意思，有见识！不错，我正是朱粲。”

男人暗道不妙，这不但是支盗贼队伍，更恐怖的是，这支队伍还有食人肉的嗜好！传言朱粲曾对部下道：“世上最好吃的东西，莫过于精嫩细致的人肉。只要中原还有人活着，咱们何愁没有东西吃？”他还公开下令，如果抓获了妇人幼儿，都分给军士们养着，做活动的干粮，留待日后缺粮时慢慢吃掉。有粮食的时候，他们就只吃婴儿，把婴儿蒸熟

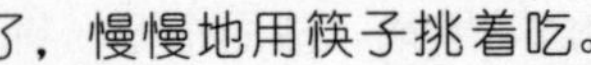

了，慢慢地用筷子挑着吃。

冷汗直流之际，但听一名汉子道："将军，前几日您派我去东都打探军情。嘿，您猜怎么着？那肉铺上说是马肉啊猪肉啊什么的，我一眼就瞧出来了，什么呀，卖的就是人肉！"

这边一人奇道："你怎么知道的？"

汉子斜睨他一眼："简单。马肉、猪肉的油脂会凝结成念珠模样，但人肉的却跟菱角差不多。来，小子，要不要当场试试？"

那人马上摇头："不用了不用了。兄台见笑。"

大汉们哄笑成一团，一人道："有什么好怕的，我们头儿可是中原头号吃人的行家！他一喝醉，可是见人就香，还要新鲜的！"

男人一方已经全部脸色苍白。

朱粲道："你们胡说什么呢。"

大汉们顿时不敢做声。

朱粲眯起绿豆眼："这位兄台长得斯文，不知做何营生？"

男人心惊肉跳："不过……随便做些生意买卖罢了。"

"好，好生意啊。"朱粲一拍大腿，又是一口酒入肚。男人眼皮直跳，老天爷，可千万别让眼前这位大爷喝多了呀，一个不好，自己这点人不就成了塞牙缝的？

眼见朱粲不再哼声，他旁边一位副将道："你既是个生意人，可吃过熊掌？"

"吃过几次。"

副将叹一声："听闻熊掌是席上珍品，我们却还未曾吃过，不知比人掌如何？人的手掌可是一身精华所在，又香又嫩，比什么都有嚼头……"

朱粲把酒袋一甩："兄弟们，干喝酒没劲！咱们弄点新鲜肉来吃！"

手下立即明白了他的意思，没等男人这边作出反抗，麻利地就把他们十数人都绑了起来，然后开始支锅煮水。

男人哪见过这阵仗？大呼道："朱将军！我们乃太原唐国公李渊手下，在下唐俭，不看僧面也要看佛面，何苦两家结怨！"

朱粲有些醉了，踉跄过来："李渊？哦，新近造反的那个。呃……呃……"他打了个酒嗝，"现在争天下的多了，他又算老几？"说罢，大笑一声去了。

唐俭急得满头大汗，眼见一锅水已经煮好，自己一名随从被剥得精光，号叫中被沥了血，捆成一团，丢进锅里……

剩下的人无不呼天抢地地惨叫，衬着朱粲那边哈哈的笑声，显得格外凄厉。

唐俭暗自靠着树磨着身后的绳索。幸运的是那伙人沉浸在有肉可吃的兴奋中没怎么注意他，不幸的是树干不够粗糙，磨了半天也磨不烂。

眼睁睁看着已扔了四五个人进去，再过两个就是自己了。他心中越发焦急，突然"嚓"的一声，绳索断了。

他惊讶地回头，影影绰绰中看见一张小女孩的脸。"嘘——快跟我走。"

他暗暗点头，不动声色地转过身来，刚要离开，不期然被旁边的随从看到："大人——救我——"

这一喊不得了，霎时所有注意力都转移过来了。唐俭顾不得许多，跟着女孩迈开步子就跑。

"追啊，别让他逃了！"

"妈的！抓住那兔崽子！"

跑了一段路，已经有脚力好的追了上来。唐俭暗自后悔连累了那位小姑娘，心中正盘算着自己能对付几个。出乎意料的，只见小姑娘抽出一把软剑，竟是一剑中的，那士兵双脚一软，跌倒在地，抱着脚叫。

接连刺了几个之后，还是被人包围了。唐俭朗声道："我与诸位无怨无仇，现部下被你们吃了也不再计较，还望放一条生路！"

士兵们咧嘴直笑："哪有到嘴的肥肉不吃，煮熟的鸭子让它跑掉的道理？"一窝蜂拥了上来。

唐俭拦在女孩身前，努力挡下几个："姑娘，你还是先走吧！"

身后一声苦笑："现在我便是想走也走不了啊！"

完了，完了，今夜命丧于此。他伸手又劈倒几个，只觉越来越力不从心。就在此时，一个白影从天而降。

他是狠的。

枪锋利如斯，无月无星无风无花无露无柳，杀气无刃，却割喉断腕飞花溅血，只消凝眸。

转瞬间四周倒了一片，仅剩己方三人。

唐俭擦了擦眼，仿佛做梦。

太过霸气的狠厉反而让人忘了惊叹他容颜的美丽。天地间，白色就成了唯一耀眼的存在。

"罗，罗大哥——"小姑娘眉眼弯弯。

"跟我回去。"

距洛阳城尚有四五十里时，唐俭已远远看见满山遍野的寨栅环列，

旌旗高扬，猎猎而舞。岗阜上，丛林中，正在演练的步骑人马，嘶鸣萧萧。

捶一捶腰，昨晚不知来历的少年将同样不知底细的少女强行拉走之后，就剩下他一个人。一路跌跌撞撞行来，只能庆幸离得不是太远，总算到了。

自报身份过后，在一名侍卫军校的引领下，来到中军大帐。

帐正中坐着一名肤色黝黑的男子。唐俭施礼见过，呈上李渊的书札。

李密仔细看过书信，见李渊主动推他为天下盟主，并约他合兵西取长安，心下自然高兴。但以他的狡黠多谋，当不会就此轻信。直盯着唐俭双眼，他冷冷问道："李渊为何要推我做天下盟主？"

这原是意料中的问题，唐俭随口答来："魏公雄才大略，天下无双，又拥兵数十万，人才济济，居四海群雄之首。今日天下为牧，非魏公而谁？"

"不然。自古唯江山、美人从无擅让之礼。唐公亦是傲视天下之人杰，此次挥兵西进，夺取长安不为难事，为何不自登大宝，南面称尊？"

"王者天命，非人力可致。魏公姓名皆合图谶，正是上应天命之人。唐公不是糊涂人，岂敢与天争命？"

李密忽然哈哈大笑，倏尔又收敛了笑容，铁青着脸道："此系妄语，欺人之谈。若说图谶，前几年有个方士谮言皇上，说是将有李姓人坐天下，害得李浑全家被杀。且不说此话荒诞不经，就真是这样，李渊父子们不也姓李？李渊欲用缓兵之计，休想瞒过我去。"

"魏公此话大谬。天下李姓之人多于繁星，难道个个能当天子？这几年间传遍的《桃李章》想必公也早有耳闻，不是天命又是什么？杨广不懂'王者不死，多杀无益'的道理，妄枉杀李浑全家，他们实乃不过是替您枉死的冤鬼而已。对魏公将来拥有天下，唐公深信不疑，因此，才愿公推魏公为天下盟主。"

"既如此，李渊又何必冒险起兵呢？"

"魏公知道，刘武周勾结突厥，在马邑起兵，并占了汾阳宫。唐公身为太原留守，在其辖地内发生了这样的事，其失职之罪，必无赦理。更何况唐公因为姓李，早已受皇上猜忌，再为隋室卖命，迟早将遭杀身之祸，因此才铤而走险，断然举事。在下临来之时，唐公一再嘱咐在下要禀明魏公，他已年逾知命，唯图自保，断无觊觎大宝之心。他年若能辅佐魏公成就帝业，天下安定，于愿足矣。"

一番话说得合情合理，李密微微一笑："唐公不愧当世俊杰，真识

时务者也。足下可回复唐公，让他挥师径取长安。待我拿下洛阳之后，再分兵往援。”

刚说到这里，却听有人冷笑一声道：“唐俭好一张利口，竟能将我主公蒙蔽。”

唐俭看时，却认得是幕僚魏征，心中不禁咯噔一下，暗忖道，说了半天，到底没有瞒过此人，这件事八成要坏在他的手里。

便听李密问：“以先生之见呢？”

“公应暂撤洛阳之围，移师西征，待夺取长安之后，再向东以征天下。”

李密道：“时移世易，情势异矣。如今隋兵主力多在中原，洛阳更是朝廷机枢所在，夺之便如在杨广心头猛插一刀，可置大隋于死地。至于唐公，乃仁义君子，当年在弘化对我亦有不拘之恩，想来不会自食其言，有负于我。纵他言而无信，待我攻克洛阳之后，再与他在战场上一决高低，到时谁主神器，自有天定。”说完，不再理会魏征，又对唐俭道，“听闻你来途中遇袭，若不急于回去复命的话，可休养两天再走。”唐俭心想正好可以看看瓦岗实力，于是欣然答应。

九 变故终生

“俺说牛鼻子老道，这徐老弟几时才能回来？”

魏征少时家贫，后来出家当过道士，所以程咬金这么称呼他。

“怎么突然关心起他来了？”

“俺不是关心他，俺是担心娃儿呀。前几天她一个人溜出去散心，还好被罗兄弟找到，这些天又一直闷声不响的——俺都发觉了，你还察觉不到？”

魏征失笑：“这又关世勣什么事儿？”

程咬金道：“他一向鬼点子多，和娃儿年龄又相差不多，让他设法打探打探。”

“你们倒还真疼她。”

“老道说什么风凉话啊，你就不喜欢那娃儿？数月前俺还看到她拿

着你那十条什么定天下的秘计，跟魏公争论不休，一定要他接纳呢。”

“唉，可惜魏公自有打算。”

“之前邢义被打那件事也是。虽然后来邢小子认了错，可大伙都说娃儿是在维护翟司徒，驳了魏公的面子……哎，你说，她不是跟魏公吵架了吧？”

魏征轻叹：“安丫头——想的其实比我们都多，看的也比我们更远啊！”

“如晦，你真的要走？”秦琼一脸不舍。

杜如晦依旧是淡淡地笑，语气却坚定：“是的。”

秦琼有丝不解：“魏公不好吗？仗义疏财，兼济天下——”

杜如晦摇摇手：“却不是我心目中的最佳人选。”

“因为他执意取东都？”

“也算是一个原因吧，但却不止这些。”

安逝缓缓插话，似叹息：“当断则断，杜公子果然担得起‘善断’之名的。”

杜如晦看向她：“姑娘谬赞。不瞒姑娘，对你，我真心为之欣赏，可惜了——”

余下的话却未说完，他背起包裹，朝秦琼拱手，意味深长地再看安逝一眼：“但愿，将来你我不要在战场上相见。告辞！”

言毕大踏步而去。

看着明明是极斯文的，偏偏又散发出一种说不出来的豪迈潇洒。

秦琼道：“他一向就有自己的见识，绝对是拿得起放得下的人物。”

安逝微微一笑：“我去看看我的小鸢。”

高空中，一只红褐色猛禽俯冲而下。从下面望去，它翼下有两片白斑，如一朵云托着似的。

安逝往臂上套一只金属护腕，差不多罩住了半个前臂，然后抬起手来。猛禽欢鸣一声，悠然如长哨，稳稳当当停在她的护腕上。

安逝摸摸它的头：“小鸢的翅膀好了吧？飞这么高……你真的不愿意回去，要跟着我？”

鸢儿叫两声，眨了眨眼。

她盘坐下来，仔细察看它的翅膀：“跟着我可没什么好处哦！吃的还是要你自己去找，睡嘛，随便你。可一旦你跟着我了，为了训练我俩的默契，让你跟我都明白对方的意思，其间的过程就复杂了。你真的愿意？”

鸢儿仍眨了两眼。

一声轻笑传来，她抬眼望去，树上坐了个白衣少年。

“你笑什么？”

罗士信微微一哂：“你说这么多，它能听得懂？说了等于白说。”

她垂眸：“说了……等于白说。说了……等于白说啊！”

站起身来，喃喃念着，逗鸟的兴致也没了，挥手放鸟飞回天上，就要离去。

罗士信微皱眉：“喂——”

她回过头，背着光竟看不清她的神色，只听到一句：“谢谢你送给我的手腕，一直忘了说了，谢谢。”

蓦然间，一种奇怪的感觉涌了上来，他低头思忖良久，忽道：“喂，我好久没见到你笑了——”

抬眼，却发现眼前只余一片壮丽的夕阳。

“丫头，我们好像很久都没有好好聊过了。”大帐中，李密坐在桌旁，他刚与王世充打完一仗，脸上充满了胜利后的喜悦。

安逝支着颔，玩着手边一支毛笔：“密叔叔想说什么？”

李密顿了顿，突然发现，不知从什么时候开始，自己跟丫头之间，那种患难与共无话不说的关系慢慢消失了，好像有一道无形的墙挡在了两人面前，竟是说不出的陌生。

安逝见他沉默，了然地笑笑：“密叔叔可是觉得我们生分了？”

李密道：“这些日子以来我都比较忙，无暇照顾你——”

“你明知我要说的不是这个。”

“你还在怪我没有采纳你的建议？你年纪还小，有些利害你还不懂。”

“李渊父子已经西进长安……难道这真是天意？”她咬住笔，历史终究不会因区区个人的阻挠而改变它的轨迹啊！轻叹一声，抬起头，她正色道，“之前的事我也不再说了。只有一件事，密叔叔你一定要答应我。”

李密愣了愣，笑了：“尽管道来。”

“你先答应我再说。”

“好，好，我答应你。”

“无论别人说了翟伯伯什么坏话，你都不要听。”

李密脸色一沉：“你听到了什么？”

那双眼睛迸射出来的光曾让隋炀帝亦感到害怕，其他人更不待说。

可安逝直直迎了上去："翟伯伯为前任首领，说话虽可能也并不太注意，但他决无二心。"

李密看了她半晌："那天在司徒府，我听到的，想必你也听到了。"

"那只是翟弘顺口说来，翟伯伯应了什么，你可知道？"

"我不需要知道他应什么，我只知人心如此不诡，不可不防。"

"他当日确实心甘情愿让位于你。"

"谁能保证他能一直保持当初那份心？日久生变，更何况人心。"

军士来报："房左长史、郑左司马求见！"

"让他们进来。"李密摆摆手，"你先回去吧。"

安逝冷笑："房玄藻跟郑廷？来得倒巧，要来唆使你了。"

李密心中已有一些不快，自他号封魏公以来，众人见他无不是恭恭敬敬，唯有这丫头，什么事儿仍是挑明了说，丝毫不给他面子。

"密叔叔，我就借你屏风躲一躲，看场好戏啰。"说罢，也不管他如何，抢先一步入了后头。

李密来不及说什么，房、郑二人已走了进来："见过魏公。"

"起来吧。"他恢复常色，"有什么事？"

房玄藻是李密的老朋友，两人一道参加过杨玄感叛乱，因此说起话来也亲近许多："魏公，翟让之事，您可有了打算？"

李密咳了咳："翟司徒是有些粗鄙，但心眼很实在！对我也是……咳！"

郑廷道："翟让贪愎不仁，有无主之心，不该放纵！"

李密犹豫不语。

房玄藻心下奇怪，明明之前魏公还下了决心，怎么今日又变得如此不决？当下道："翟让曾对我说，'你以前攻下汝南时，得了多少宝物啊，全都给了魏公，一点都不给我！噢，你知不知道，魏公本来是我立的！'"见李密嘴巴绷紧，又添道，"他还说将来怎么样还不知道呢！魏公，这话多么不敬！"

李密眼中起了火苗，但他仍压抑着自己沸腾的情绪："天下未定就起内讧，对大业不利呀！"

房玄藻不以为然："自古道，天无二日，民无二主，只要解决了一人，便可以结束两府之间的冲突。魏公，难道还要让义军政事继续这样混乱下去吗？"

"毒蛇螫手，壮士解腕，断了小的，就可以保全大的。"郑廷警告说，"如果他先动手，后悔可就来不及了！"

李密很久都没有说话。房、郑两人巴巴地看着他，盼他早做决定。

像是疲累至极，他终于道："我再考虑考虑。你们先下去。"

房玄藻愤然："明公要图天下，还讲什么妇人之仁！"甩了衣袖去了。

郑廷见状，慌忙躬身告罪，也匆匆退了出去。

安逝转出身来，见举手扶额的李密，心中有说不出的沉重："如果你真的那么做了，不想想瓦岗军的将士们会怎么想？人心何在？"

李密低着头："一山不容二虎啊。我又何尝愿意见到这样？"

政治啊，政治，比战场上面对面、血见血的厮杀更为可怖，让人身不由己，冷彻心骨。

安逝的声音变得轻飘飘的："密叔叔，我一直以为，我来到这个世界，遇上了你，总是一种缘分。你曾说你把我当女儿般看待，我又何尝不把你看做我的父亲！正因如此，我对你说什么都是实话实说，不管你是四处流亡，还是一呼百应……但是，到现在，我才彻彻底底明白是我错了。当你有了权力、有了地位之后，一切便不再如从前。我们之间有了隔阂，互生不满。现在，为了你的位置，连对你有恩的翟伯伯都可以杀，我——又算得了什么呢？可笑我真是高看了自己啊。"

一滴泪滴落在桌头，如珍珠般碎裂。

李密抬起头，眼前的人儿却迅速转过身去，背对着他："我走了。"

"丫头，我也是——没办法——"

安逝突然一僵，不可置信地回头，身子缓缓倒地。

李密苦笑了笑，伸手抱过她："这不是嗜杀，不是行不仁之举，而是去小仁，存大仁，是为了成就事业——"

闭上眼的刹那，好像有什么，滴在了她的脸上。

"什……什么？人不见了？"程咬金一跳三丈高。

一个中年妇女吓得立在一旁直发抖："我……我来帮安姑娘收拾收拾房间，结，结果就不见人了——"

单雄信抱着酒坛走过来，带几分醉意："吵、吵什么呢？谁不见了？"

"喝喝喝，就知道喝！"程咬金瞪他两眼，"娃儿不见了！"

"她，她这几天不是一直都昏迷在床上吗？我看、看看——"单雄信探头往内室看去，果然空无一人，被褥叠得好好的。

秦琼他们也闻讯赶了过来。徐世勣肩上新伤未愈，脸色苍白，缓缓道："大婶别慌，仔细说说是怎么回事。"

中年妇女见他言语温和，这才缓过神来："安姑娘昨儿晚上醒的。可

能睡太久了，一开始还有些回不过神来。后来突然问我昏了几日，我答五日，然后她又问了……问了翟司徒的事……我也照实说了。待我今早过来时，发现她不在，找了一圈也没找到人，回屋时才发现桌上留了张条，您看。”说罢把纸递给徐世勣。

世勣接过：“我走了，不会回来。不要找我。安逝。”

“唉呀，这是什么意思哟？”程咬金叹气。

门“哐啷”一声，一个白影旋风般冲出去了。

“士信——”秦琼叫。

“让他去吧。上次也是他把安姑娘找回来的，这次说不定有希望。”王伯当道。

魏征摇头：“这次留书出走，摆明了是有心的，不像上次那么简单。”

“咦？这儿还有封给魏公的信？”徐世勣巡视着屋子，忽道。

说话间，李密已疾步跨了进来：“丫头不见了？”

徐世勣将信交给他：“给您的。”

李密看看众人，大家都是一副关切的神色。这还是这两天来大伙第一次聚在一起儿，关心着同一件事情。

他心中暗暗叹息，慢慢打开信纸，纸上只有短短两句话：“泽蒲啊，泽蒲，没有泽，哪有蒲？泽已干涸，蒲将何依？”

李密看了，背脊窜上了一道闪电！

隋营。

阴暗处立着一道人影。听完李密发动突袭杀死翟让的消息后，他挥手让报信的人出去，良久，低道：“一直企盼两虎相争，得可乘之机。如今看来，李密行事明快果决，是龙是虎，真真深不可测！”

十　长乐之王

景城。

蝗灾接着旱情，已把这个城郡折磨得痛苦不堪。

街上酒肆、戏楼、店铺、茶庄虽说仍然开张，可那些平常靠着边角

儿摆摊的小商贩们完全没了踪影。市面上来来往往的行人不多，一些四处乞食的叫花子、唱小曲儿的、卖狗皮膏药的倒处处可见。在一些穷街僻巷里，土地庙前，大街两侧稍可遮风挡雨的老树下，已搭起了不少破席棚，如鸡窝狗舍似的散落在那里。

冬天快来了，田里颗粒无收，户曹张玄素曾三次开仓救济，可依旧是杯水车薪，上头的粮下不来，府衙自己也难以为继。

东边是个人口市，寒风中，一溜二十多个大姑娘小丫头跪在地上，脖颈后插着草标，个个穿着寒酸，冻得直打哆嗦。

一个四十多岁的商贾模样的人围着一个丫头片子转了两圈，点点头，摸摸胡子，又凑上脸去闻了闻，把个十来岁的小姑娘吓得簌簌发抖。

“得嘞，就这个吧。”

“是是是。”丫头后面上来一个衣不蔽体的妇人，干裂的嘴唇索索动着，回头去撵人起来。

小姑娘不肯动。

“哎哟，干吗咧？”商人叉着手，“要是不肯就算了，这儿这么多人，我还看不上眼！”

“别，别。”妇人挟着小姑娘的臂膀，“闺女呀，不是说好了的么，做甚样啥？”

小姑娘呜咽着，不管怎么拖扯，就是不起。破旧的上衣被拉了又拉，一圈雪白的腰身露了出来。

商人眼睛一亮，眯缝着眼道：“行啦，既然到了这东市，也就别做样子了，被谁买不都一样？”他用力一拽，小姑娘悬在空中，只好用两条腿拼命踢蹬起来。

一个红衣姑娘猛地跨前一步，拦住他的去路：“光天化日之下，要强抢人口不成？”

商人停下来，发现眼前竟是一位英气逼人的美少女，当即就呆了，好久才道：“这位姑娘，你误会了。我这是买的，以钱换人，明码实价，怎能说是抢呢？”

“买的，多少钱？”

“一吊五铢。怎么，你也要买？”

一个花骨朵儿似的少女，只值一吊五铢……红衣少女只觉一颗心像被谁抓了一把，酸疼酸疼的，正要说话，却见妇人在旁边哭着说道：“姑娘，求求您别搅黄了俺的买卖，这是俺情愿卖的，让他们走吧。”

“你是卖主？”

“是。”

“你是这孩子的娘亲？”

“是。”

“娘亲！”红衣姑娘冷笑一声，“世上也有你这样狠心的父母。你知道，这人买她去干什么？”

“这位官人说，买回去做侧室。”

“一个十来岁的女孩子，让她去给人做小妾，你也太忍心。再说，谁能保证他不是人贩子，不会把你家女儿卖到勾栏院里去？”

“你……”那商人霎时变了脸，正要发作，妇人却早开了口：“那也顾不得了，俺真的是没办法想了呀！家里断炊几个月，阿爷、阿婆饿死了，他爹在地里挖草根，吃得浑身肿得像吹了气。她还有个三岁的弟弟，早就皮包着骨头，整日里哇哇地号。不卖这孩子，一家人都活不成。求求姑娘，您就不要管闲事了。”说着，妇人已泪流满面，气塞声咽。

红衣姑娘一时语塞，双目潮红，对商人道：“我给你两吊，把孩子赎回来。”

商人凭空多得一吊铜钱，又见她身后两名大汉对自己怒目而视，便不敢再纠缠，接过铜钱走人。

红衣姑娘又掏出剩下的五铢，想想不够，摸摸，连着身上的一些碎银子也交给妇人：“这位婶婶，快把孩子领回去，抓药治病，好好过日子吧。”

那妇人以为是碰上了活菩萨，要不就是哪路神仙下凡，不然怎会平白无故地救下了自己的女儿，又给了她那么多钱？忙与女儿跪在当地，磕头不止，千恩万谢。

这一来可好，旁边那些万般无奈卖女儿卖媳妇的，还有附近那些逃荒要饭的，一见有人出手这么大方，就像苍蝇见了血，嗡嗡嘤嘤，没头没脑地挤了过来，将红衣姑娘三人里三层外三层围在了中间。

红衣姑娘大吃一惊，这种场面如何招架？身后两侍卫尽量挡住汹涌的人群，想瞅空儿冲出去，可哪里还走得了？

忽然一把铜钱从天而降，一个声音大叫道：“快捡钱啦，都给你们了！”

众人一窝蜂开始去抢，红衣姑娘怔立之际，一名少年钻进来拉住她：“还不快走！”

几人拔腿就跑，逃出人口市，拐弯抹角做贼似的折进一条小巷。

红衣姑娘跑得气喘吁吁，倒也不见丝毫慌乱。反而是那少年，弯腰撑膝大口喘气。

一名侍卫道：“公……姑娘，您不要紧吧？”

红衣姑娘扑哧一笑，摆摆手，朝少年道：“多谢援手之恩。我叫窦红线，不知公子高姓大名？”

少年仍在喘，一缕黑发垂了下来，整个人显得格外柔弱：“我叫史安。”

“史公子是景城人氏？”

少年抬起头来，笑着摇手。

红线心中却是一震：好一副清秀样貌！眉若远山，唇红齿白。

“窦姑娘也不似此地人。”

红线回神：“是。我来这边办点事。”

两人对看半天，没什么话说，于是少年道：“能认识你很高兴。我先告辞了。”

不知怎么的，红线就是不想让他走，冲口而出：“等等——”

少年转头。

“公子现居何处？日后好登门道谢。”

“小事一桩。今日谢过便算了，姑娘不必放在心上。”走了两步，又转过身来，红线望着他，他犹豫了一下，“唔，这个——”

“公子有话请直说。”

他再三踌躇了一阵，终于道：“这个——其实不太好意思开口——那个，刚才那把零钱……”

七日之后。

景城为长乐王窦建德所破，抓了户曹张玄素准备斩杀。景城县民众一千多人来到军门号哭，请求不要杀掉张玄素：“张户曹清廉无比。大王如果杀了他，靠什么鼓励人们学好啊？”

窦建德于是放了张玄素，任他为治书侍御史，被张婉言谢绝，曰隋室尤在，不敢受召。窦建德便也没为难他。

太常卿府。

“横要平，竖要直，体要方，笔要圆……”书房内一张宽大的案桌上，一名少年握笔直坐，旁边一名老者谆谆教诲。

少年左右练了一阵，弃笔捶肩：“啊呀，真是比想象中的难多了！”

老者敲他脑袋一下：“世事哪有一蹴而就的道理？你既死活拜了我为师，我自要好好教导于你。”

少年哀叹，提起笔，边道：“欧阳爷爷……哦不不不，老师，你为何会当了长乐王的太常卿？”

“自是因为我父王英明神武，慧眼识人呗！”一把声音脆脆接过。

两人抬头望去。

一身红装的俏丽姑娘站在门口，英姿飒爽，不是红线又是谁？

欧阳询呵呵一笑：“公主驾临，有失远迎。”

“多礼多礼。”红线快步过来，一脸惊喜，“史公子，你也在这儿？”

史安，自然就是易名改装的安逝了，闻言也是一惊：“原来姑娘竟是公主之尊，失敬失敬。”

“哎呀，你们素知我与父王都不兴这一套的，何必如此拘礼？”红线跺脚。

欧阳询抚须：“公主说得是。你认识我这徒儿？”

“是啊是啊，之前他帮我解过一次围。”红线转过书桌看他的字，“史公子是您的徒儿？好啊，以后都是自己人了。”

安逝笑道：“我也是软磨硬泡拜的师。”

红线拍掌：“有欧阳爷爷做你的老师，当受用不尽。当初父王亦曾叫我拜师来着，只可惜我更爱舞刀弄剑，于文字绘画一途只求粗通。”

“不爱红妆爱武装。公主是一位奇女子啊。”

“好个‘不爱红妆爱武装’！”欧阳询哈哈一笑，“真该把这话说给大王听听，免得他老为我们公主的婚事发愁。”

“欧阳爷爷！”红线嗔道，“您也来笑我。”

“女儿家领兵打仗与嫁得好儿郎有什么冲突？听闻李渊三女儿李三娘，不但组建了‘娘子军’随父征战天下，更是嫁得柴绍为妻，婚姻事业双双圆满。”安逝缓缓道。

红线双目放光：“你真是我的知音！若不嫌弃，今日我便认了你当我干弟弟如何？”从第一眼见起，她就对这少年有种莫名好感，但总觉他太过瘦弱，合该好好被人保护。

安逝对这个热情开朗的少女也有亲切之感，遂道：“公主今年贵庚？”

“十四。你呢？”

“呀，我刚满十二，那是该叫你一声姐姐了。”

“太好了！”红线拉住她的手，“以后我就叫你安弟，你叫我红线姐便成。”

欧阳询在一旁摇头：“果然在军队里待久了的，一见面就称兄道弟。”

红线没听他说什么，径自沉浸在认了个弟弟的喜悦中，上下左右好好打量了安逝一番，瞥到她腰间挂着的小竹筒：“咦？这是什么？”

安逝低头一瞧："哦，是一个小酒筒。"

"安弟爱喝酒？"

"非也。只是闲来无事时爱品上一口。"

"父王倒是挺爱喝酒的。对了，你喝过由葡萄酿制成的酒么？"

不就是葡萄酒？安逝点头。

"你也喝过？"红线眼睛亮了亮，"父王曾喝过一次从西域带回来的葡萄酒，从此以后对那味道念念不忘。后来我们在自己院子里酿过一些，可味道却大大不及，也不知怎么回事。"

见她蹙眉的样子，安逝笑笑："对酿酒法我还有些研究，改日有空的话，不如带我去看看，说不定能找出原因呢。"

"真的吗？那可太好了！"

公主府是座很普通的宅子，除了比常人住的宽敞些，再加上门前悬了个"公主府"的牌匾，其余真跟平常人家没什么两样。

"素闻长乐王生性简朴，重才轻财，从红线姐你这府邸来看，真是不假。"

红线笑嘻嘻地摸着酿酒大桶："父王常说，他是农民出身，比不得那些大官僚、大地主，只要吃得饱穿得暖也就够了，何必非得山珍海味、绫罗绸缎、高门大宅？"

"听说他每次打了胜仗，攻了城池，所获金银珠宝全都赏给了将士，自己一无所取，是不是真的？"

红线点头："所以我们全家上下吃的是糙米饭跟蔬菜，穿的是布衣，所唤婢女随从也不过四五人，穷得响叮当！"

安逝忍笑："无怪乎他得到四方民众真心拥戴，以身作则，到家了。"

说话间，窖外传来一声呼喊："线儿，你说的人在哪儿呀？"

安逝看看红线，红线不好意思地笑笑："我父王来了。"

窦建德生着一张方脸，两道浓得化不开的粗眉，胡子拉碴的，很难想象他能生出红线这么漂亮的女儿。

难道他妻子特别漂亮？安逝想着，眼前大汉已经开了口："你就是线儿刚认的干弟弟？"

她点头，任他从头打量到脚。

窦建德坐下："听说你会酿酒。"

"稍懂一点。"

"线儿，去，"他招手，"去把我们酿的葡萄酒斟上一壶来。"

红线姗姗地去了。

“你是欧阳常卿的徒弟？”

“是。”

窦建德见年轻人一副不卑不亢的样子，心道，小小年纪，能不被我的气势吓到，也算少见。当下多了几分好感，微笑：“线儿在我面前大力褒扬你，却实想不到你这般年少。”

“大王过奖。”

“酒来喽！”红线提了一壶酒过来，在两人面前摆了杯子，倒出紫红色的液体。

窦建德示意她先尝。

安逝轻啄一口：“大王酿酒时用的葡萄，不知是哪类？”

窦建德道：“初时不懂，便用了些皮薄味甜肉美的红葡，后经人指点，才知完全相反。红葡萄酒所需之红葡，恰恰是要那些皮厚味酸的。”

“不错。”安逝微微一笑，“葡萄选对了，口感却仍有些泛酸。大王是不是加了酒曲？”

窦建德一愣：“酿酒当然要加酒曲。”

安逝摇头：“别的酒理当如此，但红葡萄的葡萄皮中含有天然单宁酸……咳咳，就是助酒发酵的物质，根本无需酒曲。加了反而味道变了。”

“原来如此。”窦建德瞪大双眼，恍然大悟。

“我就说安弟见识不凡，您还不信。”

“真是不可小觑啊！来来来，我敬你一杯！”

安逝一口饮下。

“好，是个痛快人！”窦建德乐了，“除了带兵打仗，我也没什么其他爱好。唯有这葡萄酒，倒是对了我的胃口。”

“真要说起来，葡萄酒的喝法也是很讲究的。所谓好马配好鞍，除了酒好，杯子也相当重要啊。”

父女俩看着她，有点像兔子盯着胡萝卜，静待她说下去。

“葡萄美酒夜光杯，
欲饮琵琶马上催；
醉卧沙场君莫笑，
古来征战几人回！”

一时间逸兴横飞。

红线道：“原来葡萄酒该配夜光杯啊！”

窦建德连喝两盅，似是有了感慨：“虽说我是个粗人，但你这诗说得好哇，醉卧沙场君莫笑，古来征战几人回——古来征战几人回！”一

起身，酒杯掼到了地上，“想我窦建德，从漳南一介平民，高鸡泊的小强盗，发展到现在统率几十万义军的长乐王，我的那些兄弟，出生入死的兄弟，有几人活到了现在？有几人活到了现在？！”

红线见他有些失常的样子，忙上前一把扶住：“父王，他们人虽不在了，但信念还在，您和他们的信念共存哪。”

窦建德擦擦眼角：“女儿说得对，信念还在。”

安逝劝道：“大王仁爱忠义，足慰死去同仁在天之灵。”

窦建德看向她：“说得好。即刻起，我升你为参军，随军效力！”

她差点从座位上滑下去：“不……是吧？”

“怎么？”

她站起来，拱手一揖，以十万分诚恳的语气道：“在下不才，却实在无心于此途。还望大王谅解。”

窦建德皱了皱眉毛：“年纪轻轻，应该正是大展抱负的时候啊。莫非是嫌这个官职太小？”

“不不不，与官职大小无关，是我个人原因。”

他不说话了。

红线在她耳旁轻道：“父王生气啦！”

她苦笑。生气也是顾不得的，此刻她真的不想再卷入任何势力之中了。

红线笑着圆场：“父王，安弟不想就算啦，之前那个张玄素您不也是随着他吗？”

窦建德终于笑笑：“那是因为我太欣赏你这个安弟了，有见识有才能却不施展出来，不是浪费？”

“安弟也不是说不帮我们嘛！对不？”朝她挤挤眼。

安逝只好点头。

“本来想叫你一声小兄弟，不过既然跟线儿认了干姐弟，那我就叫你安儿吧。不要官职也罢，但线儿平日都是在我身边随军作战的，你跟她一道，可好？”

又出现那种兔子盯着胡萝卜的眼神了。如果不答应，自己应该不会是萝卜的下场吧。她咽了咽口水：“我……”

两双眼睛瞪得老圆，有冒火光的迹象。

“好。”

十一　碧血丹心

公元618年3月，隋炀帝杨广在江都被宇文化及所杀，天下大乱。

河间郡。

天上罩着一层灰蒙蒙的白雾，城门大开，士兵手臂上均扎了条白布，无端添上了一层庄严肃穆的气氛。

窦建德骑坐在高头大马上，抬头仰望着这座围了一年多的城池，想起炀帝之死，不由心生感慨。

远远的，有人从门内走了出来。

身后衣甲鲜明的将士们顿时肃立。

人影越来越清晰。白色的孝服，双手反绑，河间郡丞王琮率一众官吏“扑通”跪下，放声大哭。

长乐王下得马来，亲自上前为他解开绳索：“本王当亲手斩了那弑君篡国的乱臣贼子，为天下诛恶！”

后来竟一语成谶。

王琮擦泪点头。

将领中有人喊道：“王琮抵抗我军这么久，杀了我们多少人啊，现在是粮食也没了，皇帝也完了，没法子才出来投降的，干脆把他煮了吧！”

不少人跟着起哄。

“这是一位义士啊！”窦建德生起气来，“我正要重用他，来鼓励那些立志忠君的人，怎么能把他杀了呢！以前我们在高鸡泊做强盗，还可以随意杀人，今欲安百姓以定天下，怎能杀害忠良？”

“啪啪”两下鼓掌声传来，众人看去，却是骑马立在长乐王身边眉清目秀的少年：“大王说得好，王郡丞清正廉洁，安可辱没？”

建德微笑颔首：“本王现授予王琮瀛州刺史之职。过去和王琮有仇的人听着，今后谁敢动王琮一根指头，我就灭他三族！”

王琮再一次泪流满面。

“父王，您在笑什么？”红线端上一杯茶。

窦建德呷上一口：“瓦岗寨有个来历背景十分神秘的‘安姑娘’，你可知晓？”

“怎能不知！听说她是瓦岗的幸运星，自从有了她后，瓦岗每战必胜。”

“虽说有些夸张，但此人出现后瓦岗发展快得实在令人难以想象。据刚刚得到的最新消息，这位安姑娘日前神秘失踪了。”

“啊？”红线张大嘴。

“李密封锁了消息，手下大将却个个铆足了劲儿去找，有意思的是，居然没找到。”

“若安姑娘真有其人的话，那可真算得上是位奇女子了。”红线坐下，“且不论她带神秘色彩的‘幸运’一说，单单要从瓦岗庞大的势力范围内溜掉，也不容易。”

“‘隋失其鹿，密失其星’。李密杀了翟让，又失去了他的幸运星，好日子不长喽！”窦建德笑着，伸长四肢站了起来。

一名军士匆匆来报：“大王，宇文化及率二十万大军北上，攻克黎阳，刚刚占了我方的聊城！”

“什么？！”窦建德一拍桌子，“砰”一声大响，军士吓得差点跳起来，低头不敢再哼半句。

红线劝道：“父王先别动怒。”

“这个江都流窜来的狗崽子，老子不去惹你，你却千里迢迢跑来找碴儿，真是寻死不看好日子！”窦建德哼着气，“来人，点兵！”

军士急急领命而去。

一人慢慢悠悠踱进来：“发生什么事了？大王的吼声半里外都听得见。”

红线道：“父王正为聊城被占之事大发雷霆呢。”

“哦？”少年笑笑。

窦建德瞧他神态，心念一转，慢慢将冲天怒火按了下来：“安儿如此怡然自得，莫非有何计策？”

“不敢不敢。”安逝一屁股坐下，“我又不是神仙，未知具体情况之前哪来什么对策？”

红线见父王脸色由明显的期待变为明显的黯然，宛如小孩子要糖吃却没吃到似的，又不好发作，不由扑哧一声笑出来，推安逝一下：“你啊，真把人活活气死。”

少年吐吐舌，耸耸肩。

正被他弄得哭笑不得之际，将士们一个个走了进来："参见大王！"

长乐王正了正脸色，咳嗽两声："明日率军十五万，挥师东进，歼灭国贼！"

"大王。"一人站出来，是右领军高雅贤，"此事不可躁进。"

"为什么？"

"太原李渊部下李神通此刻已率兵包围了聊城，我们可待两边鹬蚌相争，到时再坐收渔翁之利。"

窦建德想了想："虽如此，但万一李神通一举攻下了聊城怎么办？"

"即使他攻下聊城，想必也需休整。我方以精锐之师打他疲惫之众，亦是胜券在握。"

"你说的有理。但宇文化及必须由我们来灭，杀了这小子，对我们声威大有助益啊。"他想的还有扩大影响力的问题，"派军吧，先等他们打，给李神通造成压力。"

"报——"

"又有何事？"他眉头一拧。

"启禀大王，李渊日前已在长安称帝，国号为'唐'！"

窦建德先是一愣，继而哈哈大笑："那老小子终于撕破脸了？这边还在打仗呢。怪只怪杨广玩丢了的这头肥鹿太诱人，大家都想要啊。"摆摆手，"不管他，先歼了宇文化及这个王八蛋再说。之后我也来过过当皇帝的瘾！"

三个月后，李神通久攻聊城不克，加上窦建德又在一旁虎视眈眈，终于决定率军撤离，换成长乐大军围城。宇文化及多次出战，都遭到窦建德的迎头痛击，双方一时僵持不下。

公主营帐内，红线仔细擦着她那杆缀着红缨的长枪，银光烁烁。

"红线姐，原来你用的是枪啊！真是太帅了。"安逝拿个锤子捶着核桃，想起今天战场上她红衣银枪连挫数人的英勇，不由啧啧称叹。

红线抿嘴一笑。

安逝又道："这杆枪叫什么名字？"

"五钩神飞枪。"

"好名字！比什么'亮银镔铁'好听多了。"

"什么？你说什么？"红线忽地拔高声调。

她愣了愣："什么什么啊？"

"亮银镔铁枪！你刚刚说的是亮银镔铁枪对不对？"

"对啊。"安逝丈二和尚摸不着头脑，"就是那个酷家伙用的嘛。"

“酷家伙？”红线皱眉。

“哦，是个长得冷冰冰一副吊梢眼从不正眼看人的小子。”还是不要把她认识罗士信的事说出来好了，万一红线追根究底，徒惹麻烦。

红线却是急急的：“他穿白衣骑白马对不对？有时会戴一个遮了半边脸的银色面具？”

“好……好像是吧。”

“你认识他？”

安逝完全搞懵了：“也、也不算认识，远远见过几次。”

红线安静下来，虽然手里还在擦着枪，心思却明显飘向了远方。

安逝也沉默一阵，终于理清思绪，嘿嘿一笑：“红线姐——不寻常哦——”

红线被她肉麻兮兮的语调弄得鸡皮疙瘩掉了满地：“你干吗？”

安逝见她耳根开始发红，更逗了：“他是你的意中人？”

红线“腾”地跳起来：“别，别乱说！”

“瞧瞧，脸都红了。哈哈，被我猜中了！”

“我连他叫什么都不知道！”红线急了，“我只是……只是……”

“一见钟情？”

“……”

“然后看见他使的是枪，所以自己也用枪？”

“……”

“不否认等于默认哦！”安逝一拍掌，“哇塞，红线姐，有勇气，有性格！我佩服你！”

红线瞪大眼睛看她自说自话半晌，彻底认栽。

一名军士进来：“公主，公子，大王有请。”

“什么事啊？”

“回公主，小的不知。”

两人对视一眼：“走吧。”

“来来，给大家介绍位英雄，王薄王将军。”

窦建德话音刚落，大帐中就窃窃私语起来。

安逝不动声色地把自己往红线身后挪了挪。

王薄朝众人环视一周，拱手为礼。

众人回礼。

高雅贤道：“王将军义名，天下共知。只是——将军不是为瓦岗效力么？”

王薄叹息："不瞒领军说，月前洛阳西郊一战，魏公被王世充打得大败，同伙们都失散了，现魏公不知所终，我率残部一路西行，幸而遇见长乐王。久闻大王威名，故愿效犬马之劳。"

窦建德道："近一年来，李密与王世充围着洛阳城你争我夺，大小激战百余次总是有的，瓦岗势盛，想不到却落得这番局面。"

言语中颇有感慨。

各人唏嘘了一番。

安逝低着头，只管坐得远远的。

其他人她并不担心，但是密叔叔啊……我是否该再劝你一次？

红线扯扯她的衣袖："散会啦，人都走光了，你还在想什么呢？"

她抬头，对上她关心的目光："进帐前说有事要我帮忙，什么事？"

"这个啊——过几天就是我父王——"斜眼瞟见窦建德过来，慌忙住了嘴。

"两姐弟在商量什么？交头接耳的。"

安逝咧嘴一笑："有一破敌之计，不知大王愿不愿意听？"

窦建德坐下："快说。"

"由王薄将军率一千彪悍将士改名换装，诈称泰岱山贼，前去投奔宇文化及，并表现得贪财好色。宇文化及现正值用人之际，收留他们应该没问题，只要应付过他的试探就好办事了。待这些人在城中布置妥当后，你再率兵诱敌，示弱引宇文大军远离聊城，此刻守城人员必将大为减少，加上内应，一举攻破又有何难！"

窦建德听得连连点头："好小子，真不敢小瞧你！"

"你真是太聪明啦！"红线撑着头，"不过，为什么要王将军率这一千人呢？其他人不行吗？"

"内应需要一位有胆识有谋略的将领。长乐军中虽不乏人才，但打了这么久的仗，有哪些将军估计宇文化及背都背得出来了吧，看穿的可能性自然大大提高；再说，王薄初来投靠，将军给他这样一个机会，他难道不知该好好表现？"

"此仗若是成功，那他立的功的确也不小呢。真是一个大大的机会啊。"窦建德看着她，若有所思地笑了笑。

这人绝对比他看起来精明得多，安逝想。让王薄立功站稳脚跟固然是她所愿，也当是对熟人的一点帮忙；可另一个更重要的原因，窦建德即使再聪明，恐怕也想不出来吧。

乐寿玉器店。

“掌柜的，你再拿些次货出来，我们可就要走人了。”懒懒倚在柜台前的少年半眯着眼，一手支着下巴。

然后对着满目琳琅看花了眼的红衣少女道：“我觉得有些还满好看的啊。”

掌柜的赔笑：“是啊是啊，公子，这些都是好玉——”

少年打个呵欠：“你们老板呢？”

掌柜看了看内房：“我们老板正在招待另一位客人。”

“你去跟他说一声，我们这位小姐也是大客户，他不招待是他的损失。”

“这——”

“你们开门不做生意的？还不快去！”少年一喝，掌柜的忙挑帘进去了。

少女靠过来：“安弟，看不出来你还装得挺像的。”

“红线姐，这可是要送给你父王当寿礼用的，我总得尽点心是不？”

红线笑眯眯地点头。

掌柜的出来：“公子，小姐，里面请。”

内堂不大，却布置得极为雅致，红桧桌木，架子上一溜大小格子。

一个小老头迎上来，一边连声说“招待不周请多包涵”，一边引他们到一张小圆桌旁坐下。

安逝注意到旁边一盆修竹后另坐了一人，竹影斑驳看不清他的样子，只窥到一袭墨绿的锦袍，面容轮廓稍尖，嘴唇紧抿。

待他们坐定后，老头抱出一个黑木匣子，慢慢打开。一块白色透着红丝的方玉衬在暗色丝绸上，温润泛光。

“好漂亮！”红线轻呼一声。

老板得意地笑了笑：“此玉名叫‘碧血丹心’。”

十二　九死一生

“相传周敬王听信叔向谗言，把忠臣苌弘放逐回蜀地，苌弘为表忠心，剖腹自尽。蜀人哀其忠烈，把他的血用木匣收藏起来埋在地下，三

年后打开木匣一看，血已化为了碧玉。这就是著名的碧血丹心的传说。”

“原来如此。”红线点头，“那这块碧血丹心是不是就是那块碧血丹心？”

“不敢欺瞒，此玉乃尸沁古玉，极为珍贵，故取名碧血丹心而已。”

“尸沁古玉？”

老板皱了下眉，这位姑娘说是买玉，怎么一副什么都不懂的样子。

安逝咳嗽一声，靠近红线道：“玉以古为贵。特别是陪葬后尸血沁入玉器中形成红斑者更为珍贵，简称尸沁、血沁。”

红线点点头，又皱皱眉，也低声道：“玉虽然好，可听你这么一说，怎么觉着透出股不吉祥的味儿来？还是换别的吧。”

安逝笑一声：“我看没那么多银两才是真吧。”

红线落落大方：“我怕这房里的任何一件我都买不起啊。”

“没事。咱们买不起，自有人买得起。”她指指一旁。

老板见他俩一直窃窃私语，没他插嘴的余地，早捧盒对另一人口沫横飞去了。

那人伸出手拿过玉来左掂右掂。

老板眼珠也跟着从左转到右，从右又移到左。

那人笑了一声，轻浅低吟，说不出的好听：“怎么？怕我摔坏？”

“不敢不敢。”老板定了定神，“即便摔坏了两个三个，您老也是赔得起的。”

哇，这么有钱！安逝与红线对看一眼，齐齐转移目光，往那人瞧去。

可惜，把眼睛撑暴了也还是看不清那人模样。

应该不是乐寿人。长乐王作风俭朴，手下大将也没有暴敛钱财的，本地那些富人又早早就逃到外地去了——会是谁？

安逝咳一声：“老板，我怎么看那尸沁表面显露浮光啊？”

“公子，这话您可不能乱说，那可是真真正正的玉石之光！”

她跷起二郎腿：“想来玉器珠宝还真是一门高利润的营生，要是弄个假的别人又没看出来，那可多赚啊。”

“公子，说话要负责任的！”

“我又没说你，你别对号入座呀。好了好了，就烦你再拿些别的玉出来，这个我们不喜欢。”

说话时，先前把玩尸沁的那人已经把它放下了，似是没了兴趣，目光朝这边看来。

真是碰上个难惹的。老板心里暗骂，转身取了个盒子出来，“这里有几枚上好的玉佩，公子、姑娘看看有没有喜欢的。”最好选了快走！

"哇，红的，绿的，白的，还有一枚五色的呢！"

"玉器以白色为上，黄色、碧色亦贵重，如酥者最贵，颜色非青非绿如菜叶者，叫菜玉。你选别的都行，别选那种就对了，那是价值最低的。"安逝顿了顿，"哦，红色的也很难得，不过估计很贵很贵。"

红线想想："人们通常都说'碧玉碧玉'，我还是选绿色的吧。"

老板再端了个匣子上来，里面一片深浅不同的绿。

红线蒙了："今日第一次知绿色有这么多！"

安逝探过头："碧玉要色深青如蓝靛为贵，有细星者、色淡者次之。慢慢选，别急。"说罢还端过一碗茶给她。

"小公子懂得不少啊。"斜地里插出一个声音，正是那着墨绿锦袍之人。

"只是看无聊书看得多些罢了。"

"刚才你说玉器珠宝一行利润颇高，请教什么又是利润最高的一行呢？"

"依兄台表现，怕也是个有钱的，难道不知？"

"还请赐教。"

"只怕班门弄斧。"

"但说无妨。"

安逝想了想，"盐。"

"盐？"

"盐虽为微物，但全国大多数地区却无法自产，要依赖盐产地的输入。故而盐业成了垄断利润极高的行业，往往能让人一夜暴富。"

那人没接话，安逝却来了兴致，就像以前做家族生意时讨论一个项目的可开发性一样："我在江南一带生活时，曾仔细观察过，盐商利润极大，从盐场购盐，每百斤仅值百钱，船只运到长江口，抵达十二圩盐栈，盐商即命手下将大包改为小包，价格提至每百斤千二百文，此外还要加上额定耗贴，一转手，获利即在十倍以上，想不富起来也难！"

"安弟——"红线扯扯她。

"啊？"

"钱还是不够。"

"啊？"还在想盐的问题，没反应过来。

难得看到她呆呆的样子，红线"扑"地一笑："没什么。这些我都不喜欢，咱们走吧。"

"哦。"安逝被拖着走了两步，站住，"你刚才说什么？"

老板摆了摆手："没带够钱就下次再来吧。不送。"

“什么意思？！”两人回头，一起吼。没钱是一回事，看不起人又是另一回事了。

锦袍人开口：“老板，把那块‘青蓝’包起来，权当我送给这位公子的一份小礼物。”青蓝正是刚刚红线看中的那一块。

“送给我？天下没有白吃的午餐。”

“天下没有白吃的午餐？呵——你这顿午餐并没有白吃，刚刚一番精辟言论，够付餐资了。”

“你这人还有些意思。那我就不客气了。”她伸手接过。

红线附耳：“这……不太好吧？”

“又不偷又不抢，更不认识，有什么不好的？”边说边踏出了玉器店，“给你。”

红线推开：“这是送给你的，我怎么好意思要？”

“那就算我再送给你好啦。”

红线看了看玉：“你刚才不是说什么天下没有白吃的午餐？就是无功不受禄的意思吧。我不要。”

“哎，我要了又没什么用，拿着吧。”

“你把它送给我父王呗，他一定喜欢。”

“这是你的心意，怎么变成我送？再说，我还准备了别的礼物送给大王呢。”

“哦，是什么？”

“秘密。”她微微一笑。

七日后，攻坚战起。

一支流矢飞来，直挺挺地扎进离安逝马前三寸的地上。她依旧挺直腰板，连眼皮都没有动一下。

“公子！”士卒的声音颤抖。即使这支箭是刺进了他的身体，他也不会觉得更可怕了，“左领军大人已经死了！敌人是我们的十倍啊，抵不住了，您挥令旗吧！”

“时机……还不到！”

“那么，您先撤了吧！”

她眉一扬：“胡说！”驱马反而又向前迈了一步。

所有鲜血淋漓的士卒跟着齐刷刷向前逼进了一尺。她的一步看在每个人的心中，只剩下一个信念：死战！

她嘴唇颤抖着。这种情况是她一开始并没有预料到的：左领军竟然不幸被飞箭射死，而宇文化及竟然派了这么多人来追。她不过想亲身经历一下战场而已，怎么现在指挥权会落到了自己手上？她的眼睛盯着前方，还不能退，宇文大军还没全部追上来。

“公子！”最近的一个士卒急了，然当他看到公子那明亮却决绝的目光时，好像明白了什么。今晚，也许就是自己这些人的最后一战了吧！

宇文化及的大将帅旗高扬着一步步逼近了。

她微微勾起唇角，蓦然令旗直指天空，一道火光冲天而起。

聊城外大火腾空，浓烟滚滚，遮天盖日。

烟火中只听杀声雷动，而后轰隆隆一声巨响，霍然门开的声音。

宇文化及不可置信地望回去，又缓缓转过头来，面色狰狞，双目血红：“弟兄们，先给朕杀了这帮兔崽子再说！”

以左军前队几千人为饵，换得聊城城破，应该还算划算吧？

长乐王，这可是我送你的生日礼物呢。

只怕是，我自己却看不到了。

一个长相憨厚的少年，一刀扎进敌人的身体，却扎得太深，拔不出来，另一个敌方士兵又冲到面前。少年扑上去掐住了他的脖子，同时对方的长枪也刺穿了他的身体。少年在一声仰天长笑中断了气。过了片刻，敌方士兵因为掰不开他的双手，也死了。

剩下的人越来越少。

血流成河。

一个趔趄，马身向前一倾，她被翻转下来，抽出软剑正要出手的刹那，一个高大的人影挡在了她前面。

“王将军！”

王薄一刀砍下一个骑兵，一边将她送上马：“快走！”

“不，要走一起走！”

他看她一眼，面色凝重：“快走！！！”

“你以为现在这种情况，我一个人走得出去吗？”

他的战甲已然鲜红，每前进一步，都是一个黏稠的脚印。他为什么会来救自己？他不是做内应的吗？

心中纵有万千疑问，她却来不及细想，一把揪住他：“上来！”

王薄一愣，没再多说什么，翻身上马：“请抱住我！”

她依言而行，闻到一身冰冷的血腥。

不知杀了多少人，也不知剩下的人怎么样，他俩一骑终于冲出了重围，来到一条大河边上。

马也跑累了，慢慢停了下来，喷着气。

她跳下马，仰头一看，大惊失色："王将军，你怎么——？"

话未说完，王薄已"咚"的一声从马上栽了下来。

他面色苍白，牙齿咬得格格作响，左胸跟大腿有两个血窟窿，鲜血汩汩不住往外冒。

她手忙脚乱想帮他包扎，却越包越乱，眼泪不由直直地流了下来：安逝，你怎么这么没用！

"安……姑娘，别……哭了。"王薄睁开眼，勉强发声，"我上衣内……还有些金创药，你……看看，还在……不在……"

她点头，奋力抹掉眼泪，总算摸出一只血瓶。

仿佛抓到了根救命稻草，抖得也不像方才那么厉害了，她略微平了下气，取水，清洗伤口，上药……一步一步，细心仔细。

王薄呼了口气："谢谢。"

"不用。"她擦把汗，席地坐下，"你怎么认出我的？又怎么找到我的？"

"自姑娘离开后，瓦岗虽然表面平静如常，各位将军却都在找你……特别是罗将军，自己亲自出寨不说，十二骑也都被他派出去了……结果，洛阳西郊一战……"

"他没出事吧？"心仿佛被吊了起来。

"他跟单、秦、程三位将军一齐被王世充给抓去了。这也是我从战乱中逃出来后才得到的消息。"

"他那么强，怎么可能逃不掉？"

"听说是因为秦将军的关系。"

她点点头："还好，王世充一时半会儿也不会拿他们怎么样。那你来投窦建德，是故意的？"

"初时我以为瓦岗总会东山再起，故想等待时机再辅魏公。哪知魏公原来降了唐，只怕是——"

她突然想起一件事："绿鸢姐姐呢？她在哪儿？"

王薄顿了顿："她被派出来找你，听说是往西边走的……"

"哦，所以你也往西走。原来我还是托了绿鸢姐的福才捡回一条小命啊！"

"姑娘切莫如此说。瓦岗众主皆下了命令，见了姑娘一定是要竭力保护周全的，我区区一条性命又何足道哉！"

"将军——"她轻叹，"人的性命都是一样的，你我命之轻重有何分别？若今日你为救我而死，安逝岂不背负上一条人命？心中岂不愧疚？"

“姑娘的心竟柔软至斯。可方才见姑娘血拼宇文大军时，眉头却皱都不皱的。”

“以小失换大得，纵有不忍，也只能硬起心肠。何况那时，我与他们一样，抱着必死之心。以我之死，换我之愧，是我对他们敬意的最后一点表示了。”

王薄看着她：“此刻方知将军们为何如此看重姑娘！以前我——”

“你觉得我其实什么本事也没有对不对？”她略一苦笑，“岂止是没本事，还不自量力得很，想一厢情愿地去改变别人的想法。通过翟伯伯的事，我想了很多，可有些事情，到现在也想不太明白——”

“不，姑娘，有没有本事，并不是最重要的。问问你的心，如果它觉得做对了，那就是做对了。至于结果，并不重要。”

“是吗？”她有些茫然了，“可我明明觉得应该能改变些什么——”

“谋事在人，成事在天。况且，有些东西也许已经改变了，只是你目前看不到而已。”

她陷入了沉思。

他平躺在地上，忽然眉头一动：“不好，有骑兵过来了！”

“哪边的？”

“恐怕是敌非友。聊城那边应该没这么快攻完的。”

“那我们快走。”她急忙将王薄重新扶到马上，“这次我来驾马。”

“姑娘——”

“这可不是争的时候，待会儿真打起来大半还要靠你呢！”她拉起马缰，“还有，别再叫我姑娘，直接叫我名字，或者，叫我丫头也行。”

王薄不露痕迹地笑了笑。

安逝其实是很怕骑马的。她的技术最多也就是随着马慢慢走而已，而且还要那种性子特别特别温驯的马。像她之前骑的那匹战马，就是红线帮她挑了很久才挑到的。

唉，此刻也顾不了那么多了，她夹紧马腹，用力一拉，“驾”一声，冲了出去。

马儿一直沿河往上冲，地势越来越陡，最后长嘶一声，再拉却怎么也拉不动了。

她被颠得七荤八素，略略抬起头：“怎么了？”

王薄叹一声：“前有陡崖，后是追兵，绝路。”

后面马蹄声已清晰可闻，扛着的旗帜也渐渐可见，确实是宇文军队。

她倾身往前看了看，咽咽口水：“不如……我们……跳崖吧！”

“什么？”

“小说上一般不都这么写，大多跳崖其实是死不了的，要么进了宝洞发现一大笔钱财珠宝或是古代的超强武功秘笈，要么碰到不出世的前辈高人，要么遇见绝世美女，发展出一段美好的恋情，再不就是——”

王薄嘴里已经可以塞得下一枚鸡蛋了：“这是从什么小说上看来的？”

“当然是你没看过的小说啦。”

“姑娘果然见多识广——既然如此，你又是幸运星，那我们就跳吧！”

“哇啊啊啊——”半空中她追悔莫及，我只是随便说说，想要你提出个好建议而已，怎么会变成这样？

十三　神秘人物

最先醒来的是耳朵，周围很静，偶尔可以听到哗哗的水流声和人放轻了脚步走路的声音。

再醒来的是鼻子，浓浓的药味夹杂着一股淡淡的熏香一丝丝渗入空气之中。

而眼睛，却似想罢工般，怎么也睁不开。

然后身体各部分也慢慢有感觉了。绝佳的触感，让她心情好了很多：总算不像第一次那么倒霉，睡在一块光秃秃的木板上，而且这好像比她之前睡的任何一张床都要柔软舒适哎。

嗯，那就继续睡一会儿吧。

蒙胧中再次将她唤醒的，是一阵低幽婉转的琴声。

捻、挑、托、抹，脑海中可以想象有这么一双修长白皙的手，音符一个个如被灌注了生命的精灵般从他手下跳跃而出，编织成一幅幅山涧蝉鸣、秋月寒泉的奇秀之景。

心中慢慢沉静了下来，原本想一窥弹琴人的念头也消失得无影无踪，只觉再无烦恼之念，远离恩怨之纠。

有人推门进来，而后一个甜甜的声音道：“阿朱，你看这位姑娘睡

觉时都在笑呢！”

是吗？原来自己脸上竟露出笑容了啊。安逝轻轻睁开眼睛。

一个鹅蛋脸、生得十分秀美的女孩立在她面前，见她醒了，笑道：“要扶侬起来罢？”

“醒啦？”后面接着冒出一个圆圆脸、弯弯眼的女孩。

安逝点点头，两个女孩便合作默契地将她扶起来，鹅蛋脸女生道：“我叫阿朱，她叫阿碧，姑娘直唤我们的名字就好。”

她动了一动：“我——是不是伤了腿了？”

“嗯，刚救姑娘上来时，侬的右小腿骨头已经断了，又在水中浸泡多时……不过姑娘放心，我们已经帮侬接好了腿，又用了续断连死膏，多休养几日便没事了。”

“这么好的技术？没有后遗症之类的？”

阿朱一怔：“姑娘聪明得紧。平日里确实无恙，只是天气阴湿时可能会有些疼痛，要记得活血推拿。万万需要小心的是，这腿经不起再一次猛烈的撞击了。”

她掀开被子，摸摸自己的右腿，麻麻的，不能动。

“侬别伤心啊。”阿碧道，“恢复成这样已经很不错啦，要不是我们总管——”

阿朱拉她一下。

安逝微笑：“是你们总管救的我？太谢谢啦，我可否亲自向他道谢？”

阿朱将被子盖回她身上：“姑娘放心，等侬好得差不多了，有的是机会。”

这丫头，说话滴水不漏，也不知是怎么调教出来的，当丫鬟实在太可惜了，放现代铁定一主管级的人物啊！安逝看着她，连连摇头。

阿朱依旧沉静地笑，阿碧却忍不住了：“侬对阿朱摇什么头呢？”

“哦，没什么——”

“姑娘要不要吃些东西？”阿朱问。

“好。”她随口答，半天终于把憋了很久的一句话问出口，“你们主人——该不会复姓慕容吧？”

阿碧骇笑：“不不，我们总管并不是复姓。”

“哦。”还好，差点以为《天龙八部》里面的人物都冒出来了，“那么，你们只救了我一个？那个跟我一起跳下来的人呢？”

“一起跳下来的人？没有啊，我们从河里把侬救上来时，就只有侬一人。”

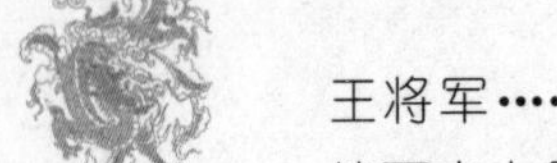

王将军……

接下来十几日都没怎么下过床，期间她几次表示过想向这艘船的主人当面感谢救命之恩，却都被阿朱不紧不慢地挡了回来，让她疑窦渐生。

找不了阿朱，就只好找阿碧了。谁知阿碧看似活泼无忌，可一旦扯到“总管”身上，就是蚌闭紧了壳，死活不再说话的。

心中的疑惑越积越大，要不是自己行动不便，又处在一条大河之上，她真想直接走人得了，这种平白无故受人恩惠的事她实在享受不来。

傍晚。

无聊地立在窗边，看着天边流过一缕又一缕的晚霞。

有琴声传来。

又惊又喜。她探了头两边探视，终于在船头发现一个抚琴的身影。

推开门走了过去。

只看了侧面，便被这人的俊雅神容所摄，更要命的是他那种气质，超然出尘、杀人无形的气质啊！

咳咳……杀人无形也许用得不太恰当，可安逝此刻直接想到的就是这个词。

一曲既罢，抚琴人开口：“姑娘身体可好了？”

连声音都这么好听……等等，怎么好像在哪里听过？

“啊，你就是玉器店里那个有钱人！”

“姑娘好记性。只是我也没想到姑娘当日竟是女扮男装呢。”

“呵呵……”安逝只好笑，又看看他，“是你救了我？”

“区区小事，何足挂齿。”

“怎么是小事？这可是一条人命，我还是很珍惜的。”

“是我错了，姑娘见谅。”

“哎，我没说你的意思。对了，你叫什么名字？”

“相交贵在交心。姑娘是晶莹剔透之人，难道不明白？”

看来这人是不肯透露自己的身份了。也好，若他把名字报出来，稍微有名些的，自己便也知道了那人的来历后往。此刻不如就当结交一个普通朋友，反而轻松。当下笑道：“你说得是。只是日后见面总要有个称呼。要不，我叫你‘总管大哥’？”

他微笑摇头：“亏你想得出来。我们既以朋友相交，又是总管，又是大哥，有甚意思？”

安逝一摊手：“那你说吧。”

他侧头想了想，风姿淡泊宁远：“你我今日结识起因于琴。但愿手中有琴，心中亦有琴，你就叫我‘有琴’吧。”

她差点爆笑，只差没还同样一句“亏你想得出来”，于是装模作样道：“那你叫我‘无琴’好了。”

“嗯？”

“手中无琴，心中有琴，方能达到人琴合一的境界。到那时，何处不是琴？”不好意思，她把本来的“剑”字改成“琴”字了，不会差太多吧？

“手中无琴，心中有琴？”

“是啊，我们俩一个有琴一个无琴，不正好？”不行，实在憋不住要笑了，特别是看到眼前人还一副皱眉思索的样子，“再说，这名字还有挺符合实际的呢。”

“哦？”

“你看，你弹琴弹得那么好，当然‘有琴’；可我呢，连琴谱都不识得，这里的琴有几根弦也不知道，还不算‘无琴’？要不，你教我弹琴吧？”

他看她一眼，目光含义不明：“学琴可是要花费些时日的，你……一直随我们待在船上？”

“不不不，”她摆手，“我问过阿朱了，这船是要顺运河南下的，对吧？到了潼关附近时，你们把我放下得了。”

“你在潼关有亲人？”

“不，我只是想从那儿去长安。”

他看着她。

她笑笑：“我要去见一个人。”

接下来半个月，他们或谈天说地，或饮酒论剑，或琴诗酬唱，日子居然过得颇有乐趣。

不知不觉中，船已悄悄行到了潼关。

有时候，安逝真想问问他的真名，却又硬生生忍住；有时候，有琴会在不经意中看向她，眼神又是欢喜，又是忧伤。

这段短暂的旅程终于到了完结之日。

安逝站在船头，遥望潼关壮丽的暗青色轮廓，心中竟涌出了一丝不舍。

这怕是她到古代来过得最惬意的一段时光吧，可以什么都不想，什么都不做。

有琴像是感应到了她惆怅的思绪，缓步过来与她并肩而立："山高水长，终须一别。无琴你心中有牵挂，还是……去吧。"

她振作了一下精神："天下无不散的筵席。你既有恩于我，又教我弹琴，现在还给我这么多金叶子——唉，这个人情可欠大了。以后记得来找我还啊！"

他微笑点头。

她吸一口气，一步跳上岸，抱拳："后会有期！"

他笑着挥手，那卓然而立的身影吸引了来来往往所有人的目光。身后朱碧双环却是有些哽咽："姑娘保重！"

岸边众人神情古怪地看过来，她差点栽倒。现在她恢复了男装打扮，一声"姑娘"，自己是该应呢，还是不应？

长安城内有十一条南北大街，十四条东西大街，相互交叉，把全城分为一百多个排列整齐的坊市，是市民的住宅区和商业区。外郭城四面各有三道城门，北面为光化门、芳林门、玄武门；南面为安化门、明德门、启夏门；西面为开远门、金光门、延平门；东面为通化门、春明门、延兴门。每个城门各有三个门洞，唯明德门例外，有五个门洞。

通城门的十二条大街，是全城的交通干线。其中承兴门大街和朱雀门大街相互衔接，纵贯南北，笔直宽阔，成为一条中轴线，把全城分为东西两部分。朱雀门大街宽近两百步，气势雄伟，掩映在槐树梧桐杨柳之下，壮观而优美。

安逝就住在东边一家名叫"客来居"的客栈内。既然到了长安，她反而不急着去找李密了，反正还有时间。现在她每天着迷的事，是去戏园听戏。

别说戏曲这东西让人越听越觉有意思，单单是看戏园里的茶房给人斟开水，她都觉得那是一项绝活。

茶房拎着一把长嘴壶，当你叫他一声，即使隔得很远，他都能准确地把壶嘴伸过来，往下一颤，水便如银龙跃入茶碗，斟满之时半滴不洒，绝对不烫着人。更有意思的是发擦脸巾，茶房左手一叠热气腾腾的毛巾，右手一张张揭起，往空中一旋，准确地抛给要擦脸的客人。客人用完后又随手回投给他，茶房总能自然而又巧妙地接住。有时几张脸巾楼上楼下同时飞来飞去，他们照样游刃有余地接来抛去，让人眼花缭乱，赢得满堂喝彩。

前台闹哄哄的你方唱罢我登场，后台也不轻松，换戏服的，化妆的，搬道具的……忙忙碌碌挤成一团。

“小四，你搞什么？不是说过伞不能放后台的吗？咒我们早点‘散’是不是？！”留两撇八字胡的班主恶狠狠道。

“是，是！我这就拿走。”一个瘦小的男孩子忙低头弯腰上前把伞拿开。

“谁管戏箱的？”一个扮武生的叫起来，“老皮，我那套藏青色的戏服呢？”

一个胖胖的老头打开靠墙放着的长溜箱盖：“我找找，找找……”找半天没找到，横眉，“小四！”

男孩匆匆上去：“管事。”

“青云的藏青色戏服放哪儿了？”一边回头对青云笑，“昨儿个我让他放的——”

男孩打开一只褐色木箱，取出一套叠得整整齐齐的戏服：“青云哥，您看是不是这套？”

青云哼了一声。男孩正要送过去，老皮却把他一把推开，自己颠颠地迎了上去。

男孩猝不及防被用力一推，连连倒退了好几步远，一背撞到了某人身上。

他慌不迭地跳起，也未看是谁，连声低头道：“对不起对不起……”

一个温和的声音传来：“没关系啦。”

从未有人用这般客气的语调对自己说过话，他不由抬起头来。

一张淡雅秀气的脸，配一袭白缎衣裳，静若春水，笑靥如风。

“小四！”又有人叫了。

“来了！”他应一声，看那人一眼，转身回去。

班主正站在一个纤细的背影身边，对他道：“茗云说，昨儿他的一串珍珠手链连戏服一起放进箱子里了，你可看见？”

小四低着头：“我没见过。”

“那是怎么回事？手链怎么不见了？”

小四一颤：“茗云哥的东西都是单独锁在朱红柜子里的，若真有放进去，定然不会丢失。”

“哦？”纤细的背影转过来，尚未卸妆的脸极其妩媚，“你是说我记错了？”

“小四不敢！”男孩“咚”的一声跪下，“只是我确实未曾见过手链。”

“那可怎么办呢？”茗云支着颔，娇娇娆娆地，“老皮说，这几日，戏服的箱子都是由你整理的呢。”

老皮踢了小四一脚：“你到底有没有看见？快点拿出来！”

摆明已经确认是他拿的了。

小四身子不住发抖："我真的没见过……而且，而且昨晚我整理完后就把钥匙给了管事了，今天再也没动它，也许其他人——"

"小子，你的意思是我拿了喽！"老皮喝道。

"不……没有……"

"小四，"班主走到他面前，"那串手链不是平常之物，那可是封大人特地赏赐给我们家茗云的，颗颗都是上品。若只是一时好奇，交出来也就罢了，断不会重罚于你。"

小四不再说话，心头明白，今日便是说破了嘴，也没人肯信他了。

头被一根素指挑了起来，他咬牙，对上茗云那张漂亮的脸。

茗云细细看着他，笑："你这是什么目光？还不承认么？"

他垂下眼帘。

"真是可惜了一张这么好看的面皮……以后怕是个祸水呢。要不，我帮你处理处理？"

小四抖了一下，仍不说话。

班主道："茗云，你放心。他还小，即使大些了，又怎会有你好看？"

茗云哼了一声，坐回位子："这小子手脚不干净，你看着办吧。"

茗云是戏班的台柱，当红的名角，班主也不敢得罪他，当下厉声道："小四，快把链子交出来，要不有你好看！"

男孩挺直了脊梁："我没拿！"

"咚"一声，又被老皮重重一脚踹翻在地，"好你个小东西！嘴巴还硬！"

男孩爬起来，默默跪着。

班主道："我的手段你是知道的……现在说还来得及。"

所有人都看向小四，小四只是不哼声。

"好，好！"班主怒极反笑，在众人一片疑惑的目光中，转身抽出一根道具用的粗木棍劈头盖脸毫不留情地朝他打去！

小四双手抱头，蜷缩在地上，嘴角沁出了血丝。

"好啦。"茗云看得无趣，"要打别在这里打，污了我的眼。"

班主扔下木棍："把他给我扔到柴房去！待会儿看我怎么整治他！"

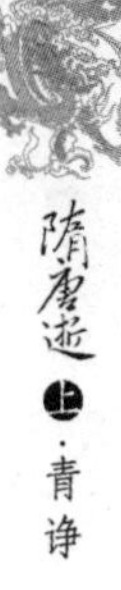

十四　以棋会友

“喂喂，你醒醒。”模糊中，好像有个人影在眼前晃。

“唉，本来不该插手你们内部的事情，可你被打成这样，实在是有些担心……唉，难道我真的老了？”那人絮絮叨叨念着。他同时感到自己的伤处正被轻轻抹上一层膏药，冰冰凉凉的，灼热痛楚顿时退去许多。

这人是谁？

“还没醒？那个欧吉桑也真是，这么漂亮的孩子也舍得下这么重的手……哇哇，你醒啦？”

小四眨了眨眼，咦，原来是之前撞到的那位公子。

“你……怎么在这？”

少年摸摸鼻子：“他们把你扔进来之后就走啦，我见你伤得很重，等了一会也没人过来给你看看，所以就自己进来了。”

小四动一下，皱眉：“你快走吧，等会会有人过来的。”

“过来继续打你？”

他沉默。

“这些人怎么这样？不分青红皂白乱冤枉人，真是人头猪脑！”

他忍不住一笑，却牵扯出一阵咳嗽来。少年忙拍拍他的背，帮他顺气。

他喘着：“你怎么确定我是被冤枉的？”

“我相信你啊。”少年笑笑，“而且，不过是一串珠子。我看那个茗云根本就不是丢了东西。”

“他是红人，即使错了，也是对的。”

“依我看，这种事情，有第一次，以后就有第二次、第三次……”

小四苦笑：“已经不是第一次了。”

“啊？”

“只是我喜欢唱戏，即使再委屈，也是甘心的。”

少年犹豫了一下："……你……没有亲人了？"

小四点头。

世间尽多无奈事。少年想了想："你多大了？七岁、八岁？"

"已经十二了。"

少年瞪大眼，打量他身板："不是吧？只比我小一岁？"

"公子十三？"

少年胡乱点头："我叫史安。唉，看到你就想起我来这个世界时那副发育不良的样子……喂，要不——"

一阵脚步声由远及近传来。

"你快走！"他睁大眼，急急催促他。

少年无所谓地耸耸肩："他们见到我又怎样？连我一块打不成？"

"公子！"

"好吧好吧。"见男孩眼中恳求的目光，少年只好站起来，走两步，"要不你跟我一起走！"

小四一愣，旋即道："谢谢你。可这是我自己选的路。你快走吧。"

少年无奈，拉开门，又回头道："我住在东市的'客来居'。你要碰上什么困难了，记得来找我！"

他连连点头。

少年仍是不放心："止痛药我放你旁边了，记得擦呀！"

他招招手，示意他快走。

门终于合上，刚刚漏进来的一丝光线再次被黑暗吞噬。

小四摸索到那只小小的瓷瓶，紧紧攥在手里，"啪啪啪"，眼泪如雨点般滴落。

安逝七转八转出来，傍晚的阳光仍明晃晃有些刺人。

心里堵得慌，跑到馆子里叫了一大碗辣辣的面来吃，呛到眼泪鼻涕一齐刷刷流出来了，才稍微觉得好些。不过还是有些郁闷，于是跑到一家茶馆去喝茶。

原以为不会有很多人，没想到里面却是人声鼎沸，一副炸了锅的样子。安逝见人这么多，不由皱了皱眉头，转身欲走，后面却有人叫嚷着："就跟他比试一盘，不敢的是孬种！"另一个声音却说："别唆着他呀，你自己来好了。我让他三子，却让你六子，怎样？"声音清朗沉稳，全不似会混杂在这种热闹场合的模样。安逝不由起了好奇心，转过身看了一眼，说话的是个二十左右的年轻人，眉目开朗，风姿优雅，无端有些面熟。

“好啊，下就下。不过按他们说的，一两银子一个子，中盘认输的就出一锭金子。”说话的是个十五六岁的少年，麦肤色，轮廓较常人来得深刻立体，有点像混血儿，十分俊美。

啊，竟然是在下围棋。

“好，无所谓。”青年微笑颔首，真真是副视金钱如粪土的态度。

一两一子，中盘认输就要付金子——这可是从未有过的高价彩棋啊！

少年在棋盘上放了六颗黑子，然后抬起头对四周看棋的人道：“哥几个安静点，等我赢了就请大家喝酒！”

众人都是一阵大笑。有人说：“刚才对阵的都输啦！你小子虽然棋艺不错，不过……啧啧，加油吧。”

“好了好了，先闭嘴吧！”少年摆手，脸色凝重起来。

由于这样高昂的赌注实在罕见，众人见了他的样子，也不敢再出声，一齐静静地看棋。

青年小飞挂角，少年尖顶，青年长出来，少年也是小飞，守了个角，他采用的是中规中矩的对手星位。青年运子如飞，四角马上便走完了。

转眼间，少年已在棋盘上守了四角，青年却孤单单的八个子无地无势。少年仿佛松了口气，这一进一出，只要接下来再行一步，对方的角中五子即可被吞，再怎么计算，就想要个劫活也难，应该是净死了。他暗忖着，伸手端过一碗茶喝起来。

下一手，青年落在了天元。

少年见状，一时间有些犹豫，青年摆的阵势分明就是结网以待，刚才看他杀之前几人的大龙就跟玩儿似的，现在自己四个肥角在握，还是谨慎一点的好。反复思量半天，又在两个角的中间放下一子。

青年没想到少年在边上没有打入，当下也不客气，自己就先给占了。

安逝在一旁瞧得有趣，自己已经好久没下过棋，古人下棋也是第一次见，一时间站在旁边入了迷，再也走不开了。

棋盘上两人是各行其道，守实地的守实地，布模样的布模样，棋走得飞快。数十手后，青年见自己的模样已有些雏形，又得了个先手，拈起颗子重重地拍在少年角部的三二上，少年也不示弱，将黑棋立下，一副强杀的态势。青年仿佛胸有成竹，左碰碰右靠靠，虽然将三二上的棋子给送吃了，却将少年的一条边冲得七零八落，只剩下几颗孤零零的残子向白棋的中腹跳出。端的是招招凌厉，式式见血。

安逝在一旁微微地叹了口气，少年的大龙眼见是活不成了，而他现

在却还纠缠于角上的黑白紧气对杀的局面。其实若发现争角的结果，就不当在这个局部再行棋，留下来作为劫材还大有可用之处，这样即便是输也会输得少些。而白子现在正在诱着他紧气。

可惜当局者迷。少年现在是一门心思要杀出一块白子以求活棋，左冲右突，竟跟了它一口气。青年不慌不忙一堵一封，抓住他薄弱，硬是没让他的大龙活成，少年苦苦支撑了二十来手，结果走成了个后手死。

围观的人也不像开始时那样安静了，纷纷小声议论着，有的露出遗憾的表情，夹之佩服或是不服气的，却谁也没有大声嚷嚷，看着少年的时候，都露出同情的神色。

少年坐在那里，盯着棋盘看了半晌，终于叹了口气，也不说话，默默伸手去掏钱袋。突然一声大叫起来："我的钱呢？"

人群又开始热闹起来。一人道："被偷了吗？还是掉了？"

有人小声道："说不定本来就没带那么多钱，现在故意找个借口……"

少年涨得满脸通红，又上下摸索了一遍，还是没找到。

青年站起身："算了吧。我看你浑身绸缎也不是赖账之人，咱们就当交个朋友。"说完掉头欲走。

少年急了，"砰"一声把腰间一块玉佩摔在桌上："交朋友归交朋友，该你收的你还是要收。我不是那种输不起的人，这玉佩少说也值个上百两。如果你有种的话，咱们再来一盘。"

青年看也不看："再下下去，你还是个输字。我不要你的钱是因为我本来就只为下棋而来，不为别的。你别再纠缠下去了好不好？"

少年听了这话，不怒反笑："就算技不如人，我也不要人来可怜。你要是犯孬的话，就先请一步吧。"

青年一笑："好，说的好。本来我要去拜访一位朋友的，冲你这句话，我就再陪你下一盘。玉佩你先收好，等着两盘一起付吧。"

"好，有本事你就从我这儿再赢一盘。"

青年轻轻笑着："那我就不客气了。"

两人当下重新摆开阵势，又是一番激战。

安逝对棋局已一目了然，只是抱着好玩的心态继续看着。青年跟少年在中盘一番纠缠后，做了个两分细棋局面，看上去少年的黑子又不行了——不对，再凝目细看，突然发现黑棋在白势中有一个极好的劫——她不由看了少年一眼，倘若他应当得对的话，这盘棋尚大有可为。

少年自己也似乎感觉到什么，苦苦思索着，陷入了长考。

正沉寂间，一个人忽然从脚边钻了进来，安逝低头一看，却是个七

八岁的孩子，一脸稚气："大哥哥，让我进去看看，我二叔在下棋呢。"

安逝笑笑，往旁边让了让："你二叔是谁啊？"

孩子朝青年努努嘴："他就是我二叔，可厉害呢！"

安逝又笑了笑，没再说话。

少年仍在思考，脸色变得赤红，额头上也沁出一层细细的汗珠。青年却是一副悠闲的样子。

"打进去不就行了。"孩子在一旁小声地说。

安逝不由吃了一惊，这正是自己刚算出来的正招，这小小的孩子居然也能看得出来。若纵观全局，便会发现黑子可孤身挺进打入靠贴，纵然要冒被白子全歼的危险，但白子自身也有极大考量，再说纹秤之上瞬息万变，所谓一步错，步步错，抓住对手棋士的心态也是克敌制胜的关键。她不禁又仔细地看了看孩子。

青年瞧了孩子一眼，虽然他帮的是对家，却不动声色，笑笑。

少年也抬起头来看了看，不耐烦道："小孩子干什么？去去去。"终于没有打入。

安逝在一旁轻叹，心道，生死之劫已破，黑子已是败了。

棋盘上，青年与少年依然招来招往，待他送扑一子后，黑棋呈现明显的败势。周围的人群见状一个个摇头离开，连安逝跟小孩一块儿，也剩不到四五个人。

少年没再挣扎，伸手拂乱了棋子，叹口气："技不如人，还是你赢了。"

青年不说话。

少年愣了一回，见围观的只剩几人，颓然道："你先等等，我去客栈给你拿钱。"

青年摇了摇头，自顾站起来，牵过一旁的孩子，作势欲走，仿佛刚才和少年下的人并不是自己。

"兄台你别走。"少年喊道。

青年停下："你还想干什么，我可没工夫再陪你下棋了。"

少年大声道："兄台你人不错，可是你就这样走了，等于是在侮辱我。我可以输棋，但决不可输人。你等我一炷香的时间，我马上回去拿了给你。"

他说完转身就走，却被安逝叫住："你等等。我这有一锭金子，你先拿去吧。"

少年转过身来，看向安逝，一脸疑惑的样子："我不认识你啊，小兄弟。"

安逝道："这不就认识了？俗话说，救急不救穷，这钱你先拿着，以后有机会再还我就是了。"

"这，这怎么好意思呢。"少年没想到半路冒出个救星来，还是不认识的。

"好了好了。"青年有些不耐烦，"我又没说要这钱，我还有事呢。"

安逝看向他："这位公子请先等等。这些钱对你来说可能并不放在眼里，但是对这位老兄来说，却是事关尊严的事情。你还是收下吧。"

青年转过头来面对她，一双眸子仿佛能把人吸进去。

安逝又多两句："其实，刚才这位老兄若是听了你那小侄子的话，公子未必能全身而退啊。"

青年眼睛一亮："小兄弟像是懂棋的。这样吧，钱我也不想收，咱们就以这钱来下一盘，我输了的话，什么也不用说了。倘若我赢的话，你就请我吃顿饭吧，怎么样？"

安逝犹豫了一下，抬头看见少年满脸期待的样子："好吧。"

少年笑了起来，忙不迭地收拾着棋子："慢慢下，慢慢下，我叫老板跟你们上一壶好茶。"

安逝和青年闻言一笑。青年猜先，坐好："承让。"

安逝知他意即授子，又笑一笑，也不客气，放好对角座子后便执黑先行。因为互不熟悉，起手仍是最常用的挂角分投。几个回合下来，她却不由微微吃了一惊：这个人刚才和少年下时并没有显露自己真实的水平，自己倒有点低估了人家。

飞快的几十手之后，进入中盘，双方形成了对围的局面。

安逝执黑的先手仍在。她瞄了瞄青年右下的几个孤子，如果全部收了进来，这盘棋也就结束了——虽然这几个子不是太好吃。

青年跟刚才的少年一样，开始陷入思考。布局时，自己一步软着被对方抓住，现在他的局面是大大不利，粗粗算来，黑棋盘面至少领先自己十目左右，而且现在还是自己的后手。

反复思量之后，他拿起棋子，不假思索地在棋盘中央用力拍下。破釜沉舟，反击白子弱处，纵然是输也要输得壮烈一些！

安逝无声笑笑，拿起子来，毫不犹豫地将他几颗孤子生生切断。

青年叹了口气："小兄弟手法新奇，前所未见，佩服佩服。"

少年见青年说这话，知道他是认输了，不禁又惊又喜。喜的是自己也算挽回了些颜面，惊的却是这瘦瘦小小的人也忒厉害了。自己平日也算难逢敌手，刚才却被青年让了六子之后杀得体无完肤。原以为青年是绝顶的高手了，没想到青年又被眼前之人拿下，看来自己真是看高了自己啊！

他呵呵一笑："好了好了，时间也不早了，既然已经分出了胜负，咱们这就去吃饭，正所谓不打不相识！"

青年摇头："刚才你不服我，现在我倒也不服这位小兄弟，咱们再来下过。"

安逝说："实在不好意思，我对古代的一些规则还不是太习惯，以后有机会再奉陪吧。"

青年皱眉："古代规则？"

"哦，"她脸上抽搐了一下，"我的意思是我好久没下棋了，生疏了。"

"哎，小兄弟太谦虚了，咱们也不要下什么注，纯粹切磋切磋，如何？"

安逝被迫点头。

这一下却是一发而不可收拾，又下了两盘。她发现这人聪明得紧，自己掌握的那些现代的下法马上就被他借用过去了，加上他计算深远，战风顽强，第二盘还可完胜，第三盘就勉强得很了。

青年连连赞叹，丝毫不见恼怒之色："我一直认为这世上没有任何人可以连胜我三盘，而事实上在没有遇到小兄弟前确实也是如此。来来来，我请大家吃饭去！"

十五 义结金兰

"李世民？你就是秦王李世民？！"雅座内，轮廓深刻的少年大吃一惊。

青年淡淡一笑，身旁的小孩子却抑不住扬扬得意之色："我二叔刚刚打败了西秦大魔王薛仁杲，是个大英雄哦！"

安逝道："你叫他二叔，照此说来，你父亲就是建成太子了吧。你是承道？"

小男孩眨巴眨巴眼，见自己也能被别人叫出名来，十分高兴。

李世民见她神色如常，心道我虽非名满天下的英雄，名气却也还是有些的，这人平静自若，端的难得。当即朗声道："两位尊姓大名？"

“毕钵什。”

“史安。”

“毕兄不是中原人吧？”

毕钵什笑笑：“不瞒秦王，我乃突厥人，在中原做些小生意。”

“史兄呢？”

安逝扑哧一笑，一口菜差点喷出来：“秦王殿下，你年纪比我大，虽是客气，不过还是别叫我史兄了，听着怪不习惯的，叫史安就好。”

“想不到你棋艺老道，为人却如此坦诚大方，反是我拘泥了，见笑。”世民朝她拱手。

安逝摆手，放下筷子，喝了口茶，酒足饭饱后，只觉无比惬意。

“如今天下群雄并起，局势混乱，毕兄生意还好做否？”

“还好。”毕钵什摸摸头，嘿嘿一笑，“隋朝皇帝的运河虽然修得劳民伤财，天怒人怨，但仔细想想，其实还是有好处的。单就长安而论，从此南北物资，直达无碍，省去多少人力物力！”

“尽道隋亡为此河，至今千里赖通波。若无水殿龙舟事，共禹论功不较多。”倚栏处，瘦削单薄的少年悠然长叹。

语音刚落，毕钵什鼓掌：“今日终算碰上一个相投的！以前我说运河开得好的时候，常被人骂不知民生疾苦。呵呵，以后我也拿这首诗去堵他们的嘴！”

世民却是半天不做声，仔细打量了安逝半天，看到她腰间挂着的竹筒：“你爱喝酒？”

安逝心里“咯噔”一下，随即道：“有时喝喝而已。”

世民又看她半晌，才道：“史安公子的文采让我想起很多年前遇见的一个人，她出口成章，才思惊人，也随身带着个酒壶，喜爱小酌，当时还把极度厌恶酒的我娘哄得一愣一愣的……”安逝越听越心惊，没想到他竟还记得她！

“只可惜，”青年望向窗外，“之后就再也无缘相见了。”

毕钵什哈哈大笑：“能让秦王挂念至今的，想必不是普通人物。不过我们小兄弟也不同凡响啊！哎，如果不嫌弃的话，你认我当个哥哥如何？”

都说突厥人豪爽，真是不假。

世民佯皱眉：“这等好事怎能把我撇下？不如咱们学那桃园三结义，拜做兄弟。”

小毕一怔：“你可是堂堂秦王殿下，愿意跟我们这些平民百姓结交？”

“英雄哪管出身？”世民笑开，“来来来，摆上香火！”

三人互询年龄，世民二十，当为大哥；小毕十五，居中；史安十三，是为三弟。

“今儿个高兴，定要痛痛快快乐他一番！”小毕左手拉住世民，右手搭在安逝肩上，“若大哥三弟不嫌，我做东，去胡姬酒肆中喝上一杯？”

世民道：“我不擅喝酒——”

一旁承道扯他衣袖：“好啊好啊！胡姬姐姐们好漂亮的！”

安逝捏了捏他的脸颊：“小色鬼。”

“走吧走吧。”小毕仰头大笑。

充满异域风情的酒肆内，龟兹弦乐弹拨铿锵。

眉目深邃、唇色檀红的胡姬们穿着装饰银带的五色绣罗宽袍和典型的西域才有的窄袖罗衫穿梭其间，头上戴着尖顶的帽子，帽子上缀着金铃，转动的时候，铃声悦耳清脆。

他们被招待进单独的一间房里，领头的胡女对小毕似是相当恭敬。

“丽姬，这是我刚结识的两位兄弟。”小毕招呼他们盘坐在铺着精美毡毯的地上，对一旁躬身低头的胡女道，“去安排她们跳一曲柘枝舞来助兴！”

丽姬应声，掩去眸中一闪而过的惊讶神色，转身去了。

“柘枝舞？你让她们跳柘枝舞？”安逝睁大眼睛。

小毕点头：“来，虽然大哥不爱喝酒，不过这源自波斯的‘三勒酒’可是一定要尝尝。”

世民挑眉：“听名字，该是西域名酒？”

“不错。它是庵摩勒、毗梨勒、何梨勒三种酒的合称，别有一番味道。”

安逝早拿了一杯过去，斜睨道：“二哥，美酒歌舞，都是城中极品哦！我看你做的不只是小生意吧？”

世民再一次感慨此人的直白。他心中早有疑惑，只是一直不露声色罢了。

小毕“咄”了一声：“钱赚得再多，于我看来，也不过就是小生意。”

“二哥——”安逝眼珠一转，马上巴向他，“听你这么说，就知道你很有钱了！啊呀，这下挖到金山喽！”

小承道站起来捏她的脸：“还说我是小色鬼，我看你是个大财迷呢！”

安逝哭笑不得，而余下两人早就抑制不住大笑起来。

一阵丝弦管乐响起，房间另一头的台子上，不知何时立了两朵人工制作的莲花。莲花绽开，两名绮貌花颜的胡姬少女从花瓣中缓缓地出现在四人面前，然后极富韵律地随着音乐翩翩跳起舞来。铃儿轻响，修长的舞者身姿婀娜，那腰肢纤细得就连带有垂钿的腰带也显得沉重。异域风情的女子深情无比地频送秋波，眼中含情，眉梢带春，当真让人看得目不转睛，屏气凝神。

除了小毕外，其余几人都忘了言语。

一曲终了，艳丽的胡姬轻纱般的罗衫无风自落，裸露出圆润丰腴的香肩。

“难怪……难怪……”

“难怪什么？”小毕招手让舞者退下，见安逝喃喃自语，不由发笑。

安逝摸着酒杯：“刚到长安时，就听说此柘枝舞的妖艳，就是久经风月的人也难免动情，只可惜千金难买一舞。今日终得一见，不枉此生啊！”

“安弟还年少，以后要经历的多了。”世民微笑。

大厅里传来一阵笑声。

“父皇，您不知道，当薛仁杲在折墌城的宝库打开的时候，那珠光可是耀花了所有人的眼啊。”仿佛天生就是发光体，说话的青年吸引着所有人的注意力，“太子詹事窦轨的脖子上挂了大串大串的金饰，庞玉将军把披风脱了，做了个包裹去装一堆一堆的珠宝。殷开山只穿了件单衣，如果将单衣脱下，实在太有损朝廷命官的尊严啦，所以只好将袍角兜起，拼命往上堆珍宝，下面却把小腿都露出来了……”

李渊干脆放了筷子，免得喷饭：“对珍宝的热爱是人之常情啊。”

青年笑了笑，挟了根菜到碗里，却并不吃：“虽然好笑，但儿臣认为以后还是不要再带众将官直接去查看府库，只需让房玄龄、杜如晦几人处理就够了。再说，既然将士们如此喜爱珍宝，那么以后每打完一次大胜仗，我们可以主动从府库中拿出一部分来赏给有功之臣，这样更能激发他们的斗志。”

“二郎你考虑得很对。”李渊点头赞许，“将士们喜欢这些，正可以让朝廷因势利导，用功名利禄吸引和激励他们为我大唐建功立业。”

在座之人纷纷点头。

见坐在一旁的刘文静只吃饭不说话，李渊笑道：“刘尚书今日怎么这么安静？”

刘文静放下碗筷："虽然皇上经常与我们臣属一起吃饭是臣等的荣幸，但从前王导有一句话，'如果太阳跟万物总在一条线上，那么生物又怎能蒙受到万丈光芒从高空的照射呢！'如今皇上和臣子的位置没有差别，不是长久之道啊。"

李渊挥挥手："过去光武帝和严子陵同睡一张床时，严子陵还把脚压到了光武帝肚子上呢。现在各位大臣有的是建了大功的人物，有的是朕平生的亲朋好友，当年的友情怎能轻易忘记？"

刘文静怏怏地不再说话。

已被封为平阳公主的三娘见气氛开始沉闷，转转眼，笑道："父皇，西秦已灭，朝廷稍安，我们二哥的婚事，是不是可以考虑了？"

淮安王李神通也在座，他是李渊的堂弟，也就是世民和三娘的堂叔，笑眯眯的，像尊弥勒佛："好侄女儿觅得了好夫婿，就打主意到哥哥身上喽！"

"瞧您说的，要不是发生种种变故，二哥早该成亲了。"

"是啊，"李渊看向世民，"当年你母亲跟玄霸相继离去，接下来又东征西战……这是朕之失啊！"

"父王不必愧疚，大丈夫何患无家。"世民微微有些发窘。

李渊笑着摇头，转向坐在最末的年轻男子："无忌，可愿意做我们的亲家？"

长孙无忌起身："微臣乐意之至。"

"哈哈哈哈，"李渊开怀大笑，"无垢十七了吧？正是豆蔻年华，等了我们家世民这么久，是该有个交代了。"

"恭喜二哥！"三娘娇笑。

李神通摸摸短须，换个话题："今日北突厥使者要求杀掉他们的仇人曷婆那，可此人偏偏已归顺我朝并被封为义王，照理说保住曷一人而引起北突厥一国怨恨实在划不来，秦王你为何要保他？"

世民微微一笑："人穷归我，杀之不义。不如慢慢等着看。"

半空中一声清晰嘹亮的鸟鸣传来，地上两人抬头，只见一道褐影俯冲而下，疾射而至。

"三弟小心！"毕钵什伸手拉过一旁的人儿，握住时心中一奇：三弟的手怎么如此小又如此软，比族里那些女子的手都要来得柔腻些。

安逝却是看了又看，随后挣脱手，取出护腕带上："小鸢！好鸟儿，你怎么找来的？"

鸢儿绕着她飞了两圈，差点就要扑到她怀中来——不过可能它也考

虑到这对主人来说有些危险，故而只好压抑住自己的激动之情，扇着翅膀，乖乖等安逝戴好护腕了，才停到了她的手臂上。

一人一鸟欢喜得又蹦又跳。

小毕指着鸢道："这是你驯的？"

安逝摇头，对着小鸢左摸右摸："我治好它的翅膀，它就跟着我了。"

"不可思议，不可思议。"小毕试图碰碰鸢儿，小鸢眼疾嘴快就要来啄他，还好他缩得快，"我就说嘛，这类猛禽最难驯养的。在我们那儿只有最好的射雕师父才驯得了它们。"

"何必要驯服它们呢。"安逝毫不顾忌地亲了一口大鸟，"把它们当成朋友不就好了？"

小毕愣了一愣，望着眼前神采飞扬的少年："不是每个人都像你这样的……"想起了自己的家世，想起所处的环境……他怎么可能超脱？

安逝放飞了鸟儿，回过头来看他，又笑道："今日我们是出来郊游的，可不许弄得愁眉苦脸。"

"是，该是如此。"

一时无语。

她找了个地方坐下，已是十月下旬，树叶都断断续续落了，飘起莫名的萧瑟。

小毕在她身旁立着，眺望远方。

"其实，每个人都有每个人的不快乐，表现得快乐，不是因为没有不快乐，只是为了不想不快乐而已。既然不快乐的事情总会存在，如果一直想着它，不就永远都一副苦瓜脸了？干吗不多想一些快乐的事情？曹孟德说，对酒当歌，人生几何，譬如朝露，去日苦多啊。"

小毕看着这个似喃喃自语又似与他说话的少年，明明比自己还小了两岁，怎会有着这般通透的豁达？而那豁达背后，又掩不住淡淡的哀愁。

一时间不由有些呆了。

"譬如朝露，去日苦多。"一个有磁性的女音传来，"炀帝是不是也抱着这种想法，所以贪图享乐，把好好一个大隋给断送了？"

两人回头，一男一女正站在几丈开外。

男的身材修长，面容英俊，眉宇间有种幽郁的气质。

女的带着面纱，窈窕无伦，隐隐泛着贵气。

安逝淡淡一笑："炀帝虽然被批为'四穷'，但从长远来看，也还是有些功劳的。"

"哦？这倒是奇了，还有人说他有功？"女子声音虽然好听，却听

不出一丝情绪。

小毕问道：“杨广好歹是一朝天子，哪来‘四穷’啊？”

安逝拾起一片树叶：“穷奢极欲，穷凶极恶，穷兵黩武，最后，穷途末路。”

小毕哈哈大笑：“果然‘四穷’！”

男子亦微笑：“那更想听听公子对炀帝‘功劳’的评价了。”

“世人抱怨最多的，先是运河。可是，此河北通涿州之渔商，南运江南之转输，其为利难道不博哉？再说迁都，历代以来，中原一向是全国重心，然如今江南地区发展迅速，移师东都，不正好有利于经济发展？故而，炀帝所为，对他自己来说，留下了千古骂名，而对大唐来说，却无疑是做了一件大好事啊！”

估计是从未听过如此截然相反的论调，那一男一女都听呆了。

倒是小毕连连点头：“三弟你一向剑走偏锋，听起来虽觉大逆不道，却又挑不出什么毛病，真让人又爱又恨。”

女子微微颤了两下，想说什么，又不知该说什么好。

男子则重新把安逝从头打量到脚：“公子见识不同常人，敢问尊姓大名？”

“我姓史，他姓毕。”

“原来是史公子，毕公子。”

小毕道：“把你的名字也报上来听听。”

男子笑了，说不出的好看：“我姓李，这位姑娘姓杨。”

人家那么客气，安逝也只好打招呼：“李公子好，杨姑娘好。”

李公子道：“公子虽然年纪轻轻，却颇有见地。”指指身前大片田地，“如今战争不断，百姓饥冻失所，请教公子认为该如何安置才好？”

安逝看他一眼：“为何无端提到这个？”

“想再听听公子的高见而已。”

恐怕你非寻常人士才是真，她心道。再仔细打量他一番，高贵与忧郁并存的一个人，姓李……是谁呢？可惜那位杨姑娘蒙了面，又不再说话，旁敲侧击也不行——

“史公子？”

稳了稳心绪，她道：“我辈才疏学浅，见识亦薄，对于国家文治法令安田置地又能懂得多少？刚才不过妄言，公子见笑了。”拉起小毕，抬步便走。

“请留步！”李公子上前两步，“我只是想征询公子建议，公子又何必遮遮藏藏？”

见他眼神诚恳，再推搪下去反显小家子气了。安逝停下，缓缓道："大的方面我也不懂，只是这一路行来，只见北方残破，苍茫千里，人烟断绝。隋时民户可能还有八九百万户，可现在，恐怕减了一半不止罢。所以现在最重要的，是怎样把流亡人口重新安置在土地上，来恢复正常生产。新的什么制度我也想不来，太劳神，用北魏留下来的均田制便已足用。"

李公子想了想："此制施行，需大量剩余土地。不过当真施行的话，贫者亦能有相当耕作之地，也可为国家负担相当之赋税，我也想过。"

"有田则有租，有家则有调，有身则有庸。在均田制基础上，就能实行租庸调制来收税了。"

"租庸调制？"李公子目光一亮。

"政府把土地给了农民，农民总要交税服役吧，要不拿什么养活军队和朝廷？是以受田的农民，每丁每年要交粟，这是租；每年交绢、绵，或者交布、麻，这是调；每丁每年服役十几二十天，不服役可以折算为每天捐绢，这是庸。人们得到了授田的权利后才担负这些赋税的义务，抱怨自然减少。而且此制项目分明，也减少了官吏作弊的渠道。"

李公子边听边点头："不过，要将此付诸实现，还要健全的户籍制度才行，才好准确按丁授田哪。"

"确实如此。但凡事总要慢慢开始做起来才会见成效是不？分田给农民，就容易将民户固定于均田之上，也不是太难。而且，等以后政府真正有了完整的户籍记录了，税收就会较为稳定，不会有失去预算的情况出现。"

李公子慢慢低下了头，陷入了深思。

安逝朝小毕努努嘴，小毕会意，两人稳步离开。

"公子！"

她回头。

李公子伸手一揖："公子高才，在此多谢指点！"

她微笑回礼："我也不过是借鉴而已，公子客气了。"

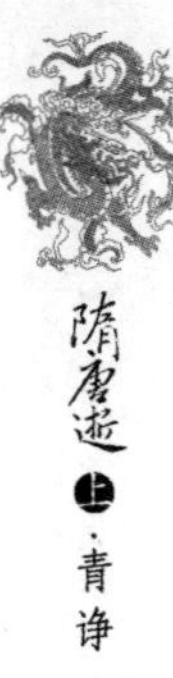

十六　花魁杨媚

回到城内，已经入夜。

“二哥，我回客栈休息去了。”

毕钵什拉住她：“既到了晚上，不如去找些乐子？”

安逝皱皱眉：“我好累。”

“到了那地方，保管你不累了。”

“笑得那么神秘，什么地方啊？”

“丰色楼。”

“唔？”一头雾水。

小毕见她反应，一拍头：“对，你年纪还小，没去过那种地方吧？”

她有些明白过来了：“你说的，该不是——青楼？”后面两字压得极低。

“聪明！”小毕搭住她肩膀，“来来来，既然碰上我，我就带你去开开荤。丰色楼可是长安城内排名第一的青楼，花魁杨媚更是红得发紫，多少王孙公子排队都难求一见哪！”

安逝推开他：“小弟我今日真是累了，你有兴趣就自己去吧，告辞。”

说罢独自向前走去。

小毕本来还颇有兴致，见她倦倦地离开，突然也觉没什么意思了，敲敲脑袋，边摇头边走了回去。

一匹马匆匆而过。

马上骑士忽地“咦”了一声，勒住马缰，马登时人立，骑士驾着它又“得得”折了回来，在安逝面前停下：“安姑娘？”

左右人群皆散了开来，她愕然抬头：“王叔叔？”

骑士乃是王伯当。

邢国公府。

一阵脚步声错乱传来，随后出现了一个睽别了一年多的熟悉身影，安逝心中百味陈杂。

“丫头，真的是你？”李密进门，瞪大了眼睛，看向厅中作少年打扮的少女。

“好久不见，密叔叔。”

话音刚落，安逝即被搂入了宽厚的胸膛里，头顶传来哽咽而又激动的声音：“丫头，你让我好找！”

她说不出话来。

好半天李密才把她放开，拉着她一同坐下：“这一年来你跑到哪去了？怎么又会到长安来？”

“我一直东游西荡的，然后听到你归顺大唐的消息，就赶过来了。”

李密脸一红，不过肤色黑看不大出来：“是不是觉得密叔叔很没用？本来还率了几十万兵的，结果——”

“不不不，密叔叔，”安逝忙摆手，“我想说的正好相反。如今皇帝待你甚厚，不但封你为光禄卿、上柱国、邢国公，还把叔舅的女儿也嫁给了你，也算——”

李密冷哼一声：“光禄卿？哼哼，一个服侍人家吃喝的角色！你可知道，我带来一起归降的两万将士，分到的粮食都不够吃！那些太监首领们，竟然还明目张胆伸手找我们索要财物。更别提朝廷上的文官武将，个个都是趾高气扬，不冷不热，阴阳怪气！”

她沉默了。

李密意识到自己说得太冲，叹了口气，看看一旁的王伯当：“莫要怪我激动，也就对你和伯当，我才说说这些心里话罢了。”

王伯当神色黯淡，为李密所受为耻：“密兄是太受冷淡了。”

连王叔叔也这么说，想必密叔叔的日子确实并不好过。只是，唉，“既已归附，便是臣子，一时受了些委屈，也不是不能忍受的，日后说不定会有好转。”

“你会帮我的，是吧？”李密目光灼灼地看着她，“你是我的幸运星对不对？”

“我已经不再是——”

“不，丫头，你就是我的幸运星。自你离开一年，瓦岗就从天上摔到了地下，这还不能证明？”

安逝咬咬牙：“好，既然你这么认为，那我说的就希望你能听进去——千万不要起反叛之心！”

李密一惊，王伯当也瞪大眼，忙左右看了看：“安姑娘，这话可不能乱说！”

“你答应我。”

“这个……”李密犹豫起来。

安逝看着他：“当初让你不要啃东都这块硬骨头你不听，让你不要杀翟伯伯你也不听。你说，我怎么可能还是你的幸运星？”

“我……”

她长叹一声：“你见过秦王李世民了吧。”

李密点头：“日前他灭西秦胜利回师的时候就是我去接他的。”

“有什么感觉？”

他脑中顿时浮现出一个英姿勃发的形象：“从善如流，举止不凡。”

“当时李渊认为薛仁杲杀死大唐士卒甚众，要求将他的部下全部诛杀来抚慰冤魂，你认为不妥，跟秦王说了，结果只斩杀薛仁杲及一些主要将士，其余不但全部赦免，还授予了军职，是吗？”

“此子乃天降英物啊。听人言，宽人行。不如此，何以平定祸乱？”

“那你还有一展‘抱负’之心？”

李密眼神暗了一下，随即又恢复了光彩：“李某虽败，却从不将宇文化及、王世充之流放在眼内。今此子虽不可小觑，将来必是一大障碍。但你不是说过，精卫无穷填海心！天下未定，胜负也就未定！”

难怪乱世出英雄。

在这样的年代里，人人都把命豁了出去，是不是自然也就多了几分视死如归的豪气与壮烈？

“密叔叔，如果这真是你的想法，那安逝就不再说什么了。”她笑了起来，一边眼泪却不断往下掉。

“丫头，你怎么了？干吗突然哭了？”

看着眼前手忙脚乱的男子，安逝哭得更凶了。

“喂，大哥，以你的身份地位跑到这种地方来，不怕被人看见？”

丰色楼艳楼一角，一名俊美少年看着悠然自得的紫袍青年，不禁奇道。

青年笑笑，嘘了一声：“小心点不被人看到，又有什么关系？”

“你胆子真是够大的。”

“我们不过是来看看花魁，又不干什么，不必心虚——”

“出来了出来了。”另一名白衣少年低嚷，两人住了嘴，往中间台子上望去。

丰色楼号称长安第一青楼，当然不是靠吹的。单单看它设计，便有与别处不同之处。主堂称百色堂，入门十两银子，其中即便是端茶送水的小丫头，个个也是长相俊俏。但这还只是一般客人流连的地方，若自恃不凡一些，可上七色堂。七色堂是书画琴棋诗酒花七个分堂的总称，堂门前每天都换不同的题目，你对上了，再加付十两就可进去，这又是另一个层次了。七色堂里有每月挑选出来的堂主，她每晚安排一个节目，或是吟诗作对，或是跳舞作画，最后看上谁了，就选谁当入幕之宾，其余人不得有异议。上七色堂的一般都是公卿官宦子弟，大家也好面子，不作纷争，真要碰上蛮不讲理仗势欺人的了，自有神秘的楼主打理。

最后一层是艳楼，“丰色”两字，正是从“艳”字拆分而来，既寓意着美人颜色之丰，更因艳楼楼主才是整个丰色楼的镇楼之宝、出名之源。

艳楼，历届花魁居住之地。

而这届花魁，更是十分了得。她已经连任三届，声名远噪，而且，见过她的人，无一不称其为天下第一美人。

艳楼中间，有一个玉石铺就的高台，周围拉上了白纱，里面景物若隐若现。

环绕高台的，是一个个用粗木搭成的精致的小看台，里面随侍一名丫鬟与小厮，每位客人单独一间，除了都能看见中间的台子外，其他谁也看不见谁。

这种隐秘性，正是众位看客所需要的。

长安城里大官这么多，套句百姓的话说就是随手扔一个出去都能压死地方官不知凡几。大伙心知肚明，能上得了这楼的，家里不是万金巨贾就是当朝权贵，谁要是想来解解闷，总不能当着面你争我夺是不是？

一个曼妙身影在台上坐定，朝众人福了一福：“能得各位公子大人前来，是媚儿的荣幸。今晨见后院落花，偶然伤感，想起红颜易老，恩怨难断。今日就以‘江山美人’命题，襄助雅兴。”

美妙的嗓音，真如大珠小珠落玉盘。

一时只听各看台上窃窃私语起来。

毕钵什看着白纱中的身影：“美，简直美得不知该如何形容，我之前之后都没见过比她更美的。”

“既然你曾经见过她，那今晚我们应该也能托你的福，见她一面？”安逝问。

小毕摇头：“那次我是事先花了大价钱打探到了她要出什么题目，然后又花了大价钱请了一个精于此道的人跟我进来，然后才——”

“啊，原来你作弊！”

世民笑看向她：“也算不上作弊。青楼本来就以赚钱为生，这些不过都是花样，你有这个财力跟心机便也够了。”

“大哥说得好。”小毕连连点头，“更何况我也只见过她一次，之后才知，即便是想弄到她的题目，也是不容易的。”

“你倒真是个有钱的。”安逝哼哼，“那所谓的‘大价钱’应该是很大吧？要是她多漏几次，你也不担心钱被花光？”

世民见他两个互瞪对方，不由好笑：“好了好了，有人应题了，咱们先看戏。”

第一个是东边厢的，只听一阵幽幽箫声响起，如泣如诉，哀怨缠绵，众人听得黯然魂消之际，一个清润的男声合着箫声吟道：

“北方有佳人，绝世而独立。

一顾倾人城，再顾倾人国。

宁不知，倾国与倾城，佳人难再得。”

是汉武帝与李夫人的典故。旧瓶装新酒，也算有几分味道。

纱内人影轻道：“婉转优美，幽怨动人，公子费心了。”

之后又有人做了几首诗，一一念罢，却都觉不如第一人动人。

各厢进入一片低声讨论之中。

西厢一人忽道：“蒙姑娘不弃，我刚画了一幅江山美人图，各位请看！”

话音未消，那厢中突然展出一幅长卷来，凌空作响，从厢到台，足足有五丈来长。

众人屏息望去。

画上墨迹未干，千里江山，被丹青淡淡勾勒出来，意境悠远。

“美人呢？怎么不见美人？”有人叫道。

西厢人道：“请看天空流云形状，是否美人身形？”

众人再次望去。

果然，乍看起来是云朵，整体看来却似少女婀娜的侧影。

“妙，妙啊！”有人低声赞叹。

安逝奇道：“厢中小小地方，他怎么画出这么大一幅画来？”

世民答：“大千世界，无奇不有。”

又过了一阵，各厢都没动静了。

曼妙人影朝他们这边看来：“大家均已应过媚儿之题。那边的公子？”

“哇哇，怎么办？你们谁上啊？”小毕只顾看别人，这会儿才急起来。

安逝道：“难道非得应题不成？弃权可不可以？”

世民摇头：“既然进来了，肯定要给花魁这个面子，更何况她刚才

还提醒我们了。”

“那大哥你随便写首诗应付应付好了。”

“安弟你文采好，还是你来吧。”世民笑眯眯的。

此时众厢已纷纷把目光调了过来，奇怪这一厢怎么一点动静也没有。

“哎呀，三弟你就快作吧，这么多人盯着，奇奇怪怪的。”小毕催道。

“那我唱首歌给她听好了。”

世民跟小毕看着她调琴。

她笑笑：“刚学不久的，可能会有些跑调，你们不许笑。”

“怎会？”小毕目露惊奇，“你还会弹七弦古琴啊？”

安逝不再瞅他，径自唱了起来：

“道不尽红尘舍恋，诉不完人间恩怨，世世代代都是缘；

流着相同的血，喝着相同的水，这条路漫漫又长远。

红花当然配绿叶，这一辈子谁来陪，渺渺茫茫来又回；

往日情景再浮现，藕虽断了丝还连，轻叹世间事多变迁。

爱江山更爱美人，哪个英雄好汉宁愿孤单；

好儿郎浑身是胆，壮志豪情四海远名扬。

人生短短几个秋啊不醉不罢休，东边我的美人哪西边黄河流；

来呀来个酒啊不醉不罢休，愁情烦事别放心头。”

一曲唱罢，四周没了声音。

“怎，怎么啦？”她左右看看，“这么难听？”

“三弟，你要是个女的，我保管把你娶回家！”

安逝好笑：“下面那位美人儿呢？”

小毕撇下嘴：“虽然很难取舍——不过你刚才的样子真的很好看哪，像仙人一样！”

“胡说。”她才不信他的，转向世民。

世民定定地看着她，而后淡淡一笑：“唱得很好。”

十七　突厥纠纷

流动着馥郁芬芳的房内，一名头梳双髻的小丫鬟甜甜笑道："三位公子请稍坐，姑娘片刻就来。"

沏上茶，轻轻掩门去了。

"喂，你们可听说过长安三大美人？"门刚阖上，小毕就迫不及待地开口。

安逝来了兴致："哪三位？"

"以美艳闻名的杨媚杨花魁，淑贤著称的长孙姑娘，以及才情超群的杨絮姑娘。"

她茶杯差点没拿稳："长孙姑娘？她不是早就应该——"看了眼世民，嫁给他了吗？

"早就该怎样？"小毕看向她。

"据我所知，大哥与长孙家早就有婚约的吧？"

世民尚未接话，小毕笑了："你也知道消息了？最近盛传长孙姑娘就要嫁入皇室当王妃喽。大哥，艳福不浅哪！"

世民一副无惊无喜的样子，喝口茶："父母之命、媒妁之言罢了。"

"听听，这口气，怎么一点感觉都没有？难道——长孙姑娘长得其实不怎么样？"

安逝插口："你连花魁都见过了，却没见过长孙姑娘？"

"你还别说，"小毕叹口气，"三大美人中余下两人我竟是一个都没见过。她们平日都是大门不出二门不迈的，我只能听听旁人描述而已。大哥，你总该都认得的吧？"

世民点头："长孙姑娘跟杨絮姑娘我确实是见过的，都很漂亮。"

"杨絮姑娘又是谁？"

未等答话，门又"吱呀"一声开了："姑娘到了。"

那是怎样一个标致的人儿，芙蓉如面柳如腰，最特别的是，她左眼下巧生一粒泪痣，平添一股妩媚风流之韵。

杨媚弯身福了一礼，如珠如玉的声音散了开来："刚刚弹琴唱歌的

公子，不知是哪一位？”

小毕因为之前见过，所以一会儿就回过了神；世民眼中闪过一抹惊艳之色，随即恢复了平常姿态；倒是安逝，真真看得目不转睛了。

“他。”世民与小毕齐齐伸出手指。

她依旧没缓过劲儿，见美人妙目望向自己，不由笑笑：“姐姐好漂亮。”

杨媚扑哧一声笑开，花枝乱颤。

小毕一边笑，暗中掐了她一把，小声道：“别丢了咱们兄弟的脸！”

安逝左臂一痛，龇牙咧嘴：“欣赏美人儿有什么丢脸的？你没听说过秀色可餐么？”

小毕一本正经地摇头。

安逝干瞪眼。

杨媚走过来：“公子今晚一曲，让妾身感慨良多。好一句爱江山更爱美人，妾本以为该是个历经世事雄才俊貌的成熟男子，却万万没料到公子如此年少。”

“我们家三弟是小了点，要说雄才俊貌呢，找我大哥才是正道。”

杨媚闻言转了眼波朝世民望去，心道一声，这人浑身好气魄！初时还未曾留意，这会儿他的存在感越发强烈了。

小毕笑道：“怎么样？不错吧？”

她笑一声，看向小毕：“公子你也不错啊。”

小毕脸一红，顿时住了嘴。

安逝忍不住笑了出来，世民道：“能见到杨姑娘，实在三生有幸。”

“三位器宇不凡，定非寻常之辈。难得今夜月色清朗，妾身作陪，为公子们畅谈助兴如何？”

“好啊，美人相陪，赏心乐事啊！”小毕呵呵一笑。

御书房。

“徐世勣只有一封书信，还是给李密的？”李渊有些奇怪。

刚从山东招抚回来的魏征微微躬身：“徐世勣已决定归降。只是他说黎阳的土地和军队，都是属于魏公李密的，如果他上表将它们作为自己的东西献给大唐，岂不是从主人的失败中捞取好处，自以为功，来博取富贵？所以他将郡县户口、士马总数先报告给魏公，让魏公自己亲自献给大唐。”

李渊听了称叹：“不背叛主人，不邀功领赏，难得啊！此人真是世间少有的纯臣！”

魏征微微一笑。

李渊摸着下巴："不过，从这件事情来看，李密在山东确实很有影响力。昨日他还提出希望重返山东，招抚旧部。裴爱卿，你怎么看？"

一旁高高瘦瘦的裴寂道："回皇上，不管怎么说，光禄卿曾是一方霸主，又颇得声望。陛下您如果现在派他前去，恐有不妥。"

"哦？"

"此举犹如放虎归山，释鱼入海，他必定不会回来！"

"帝王自有天命，不是随便一个人就能做的。"李渊有意无意地扫了魏征一眼，坦然而笑，"即使他叛变逃走，不过是'蒿箭射入蒿草'，谋来谋去，最终还是落个做蒿草的命！就让他去与王世充二贼相斗，朕坐收渔利，等他们精疲力竭之时，再把他们全部收拾！"

"皇上圣明。"

大街上人来人往，穿梭如锦。

二楼凭栏的饭馆内，人渐渐多了起来。

安逝有一口没一口地扒着饭，想着自己日渐瘪下去的钱包，思索是不是该做点投资之类的？

又有几人上了楼来，只听伙计一连串赔笑："几位大人好久没上我们这儿来了，雅座请，雅座请。"弯腰躬身带路。

几个人从她桌前过去，她无意识地抬头看看，正巧碰上一双温润清朗的凤目，一愣，她忙撇过头。

那人朝身旁人打了个招呼，向她走来，站住不动。

她只好抬头，笑："杜公子，好久不见。"

杜如晦看着她："安姑娘刚到长安吧。"肯定句。

她点头，又道："我现在叫史安，换个身份，你还是——别叫我姑娘了。"

如晦径自坐下："听说你失踪了一阵子。这次回来，为了李密？"

安逝低头夹菜，不肯定也不否定。

如晦见她这样，转过话题："大家算是旧识。你也别用公子称呼我了，叫我名字或杜大哥都行。我叫你小逝，如何？"

旁人听来，可能觉得是叫她"小史"吧。安逝想着，点头。

他又道："你现在住哪儿呢？邢国公府？"

摇头。

如晦笑出声："怎么不说话了？难道受了委屈不成？"

仍是摇头。

如晦低头看看她："到底怎么啦？总不会是你密叔叔不要你了吧？"

她抬起头，眼中一抹流光一闪而过："我只是突然想起了以前在瓦岗寨的日子，一大堆叔叔伯伯，虽然看起来个个大大咧咧的，却都是真心实意地关心我。杜大哥，谢谢你啊。"

"一个人在外头不行啊，要是不介意的话，我那儿有几间房，平日除了我也没什么人，借你暂住如何？"

"嘎？"没想到他突然提这个。

如晦笑了："你还小，叫了我一声大哥，总要有些好处是不是？"

"这个……"

"不要考虑啦。反正我也是单身一人，极宽绰的。"

尚未答话，目光却被大街上几个身着鲜艳异服的人吸引了过去："那是外国人？"

如晦倾身看了一看："哦，是西突厥可汗曷婆那和他手下。"

"西突厥可汗？在这里逛悠？"

"他已经归顺大唐了。秦王每天都让人带他见识长安风土人情。"

"这么好？"

说话间，曷婆那对面气势汹汹地又走来一群异邦人，顿时像点了炸药似的，双方叽叽咕咕讲了几句，马上抽刀互砍起来。

一时间鸡飞狗跳。

安逝瞠目："他们干吗？不都是突厥人吗？"

如晦轻描淡写："是突厥不错。不过一个是北突，一个是西突，死敌而已。"

她看看他："你——不下去阻止？"

他淡淡一笑："突厥内部的事，我们怎好干涉？"

之前几个帮曷婆那带路的家丁边跑边喊："不好了，杀人了，北突厥的人要杀曷婆那了！"一会儿溜得不见踪影。

一人从雅座出来："如晦，看到没，哈哈，打起来啦——"蓦然看到安逝，马上住了嘴，"这位是？"

如晦起身："这是史安。小逝，这是我朋友，长孙无忌。"

"好清俊的一位小公子！"长孙无忌细细打量她，"正好，进去大家一起坐坐！"

安逝摆手："杜大哥你去吧，小弟待会儿就走了。"

"哎，走这么急干吗呢？来来来。"无忌拉住她就往里走。

她看如晦一眼，如晦耸耸肩，表示爱莫能助。

雅座中还有另外三人，安逝逐一扫过。

左边一人面容白净，却不失于柔弱，二十六七的样子，看来翩翩潇洒。

邻着他的人约三十岁，黄面皮，黑胡须，一双不大的眼睛黑白分明，闪动之间透出沉稳老练。

最后一人四十左右，健康的小麦肤色，两道剑眉飞扬有神，方脸挺鼻，面目英俊。

无忌道："我来介绍。最长的这位姓李名靖，文武全才；左边的是当今皇上的爱婿、平阳公主的驸马爷柴绍；房玄龄房先生，关中大儒。"

个个都是大人物。

安逝心中想着，朝众人略施一揖："在下史安，见过各位大人。"

"公子多礼了。"李靖呵呵一笑。

柴绍道："既是如晦的朋友，便不用见外。坐下一起喝茶吧。"

安逝无奈，只得找个位子坐下。

房玄龄摸了下胡子，打量着她。

她被盯得发毛，咳一声："各位谈的恐怕都是大事，我留下来也没什么意思，还是不扰各位雅兴了。"

众人见她执意要走，也就随她。

如晦送出门来："这些朋友其实都不错的，以后慢慢接触了就好了。"

她"嗯"了一声。

"什么时候搬到我那儿去？"

还记着这事啊。她暗叹一声："我先去你家看看再说。"

"没问题，包你满意。"

楼下传来一声尖叫。

两人对望一眼，齐齐走到栏杆前俯首往下看。

巷子一头落了一顶软轿，估计本来是想从这经过，谁知被波及，轿夫也不知跑哪儿去了，一伙突厥人对打到了轿子旁边，一个小丫鬟倚着轿杆瑟瑟发抖。

精致的轿帘被一只更为精致的素手轻轻掀了起来，露出一张比花更娇比月更媚的脸。对打的突厥人忽然全部止了动作，呆呆望向她。

"杨媚！"安逝低呼一声。

如晦看了看："那个名满京师的花魁？"

"对啊对啊，很漂亮吧？"

如晦失笑："你是怎么识得她的？"

"这个嘛，说来话就长了。"

“姑娘，轿夫已经跑了，我们怎么办？”丫鬟抖着嗓音道。

杨媚款款走出来，不理会旁人：“折回去吧，自己用腿走。”

风姿袅娜如玫瑰。

一旁突厥人提前终止了战斗，曷婆那一伙已被杀个精光。领头的挥挥手，顿时两三个突厥士兵挡住了她的去路，口中“叽哩呱啦”说了一阵。突厥语，听不懂。

杨媚皱了皱眉，转身望向那个头领：“大人是何用意？”

偏偏那人也是个不通汉语的，只顾看着美人的脸，眼中露出垂涎之色。

“姑……姑娘……”丫鬟靠到了她背后。

两旁士兵又逼近了几步。

安逝拉了拉如晦：“去帮帮她吧？”

如晦摇头：“领头之人是北突厥的将军，亦是来使。我们并不懂突厥语，他若强行要人，下去之后必是一番打斗，影响国之关系。”

“你们在朝堂上碰过面的吧？他也不卖个面子？”

“正因为从身份上来说，我们比他低几分，以下对上，即使是为民出头，也是他有理。”

“当官多负累。”她撇撇嘴，“你们不去，我去。”

手腕被扣住，如晦眼底有幽幽的光：“你一个女孩子家，怎么对付那些彪形大汉？”

她伸出食指摇了摇，笑嘻嘻的：“可别小瞧我哦！”

摸摸鼻子去找楼梯，呃，要是书里的情节呢，应该是从天而降来个英雄救美的了，可这是二楼……还是算了吧，万一摔个筋断骨折什么的……

“回来。”

她不解回头：“干吗？”

“不用你去了。秦王来了。”

一匹黑马踏着飞快又平稳的步子奔来，身着紫袍的青年目光明亮，秀武飒爽。

他先是往楼上看了看，见到探出头的安逝，微微一笑，而后又见到如晦众人，一抹惊讶一闪而过，然后很快又恢复了怡然神色。

杨媚正进退两难，此刻不啻像见到救星：“李公子！”

世民下马，走到他身前，北突厥的将军认出了他，右拳叩胸，行了一礼。

他笑了笑，“叽哩呱啦”同将军讲着，只见将军脸色由红到青再到白，最后看了杨媚一眼，勉强扯个笑，带着人撤了。

杨媚松了口气，朝世民深深一福：“多谢公子救命之恩！”

世民摆手：“小事，不必如此大礼。”

安逝冲过来：“美人姐姐没事吧？”

杨媚笑着摇头。

安逝又道：“大哥你怎么跑来的？真正的英雄救美哦！”“哦”字声调拖得又高又长。

杨媚当即脸红起来。

世民轻敲他脑袋一下：“瞎说什么呢，我是来找你的。”

“找我？什么事啊？”

长孙无忌一众围上来：“想不到秦王殿下和史公子早就相识，还如此亲密。我就说看着他顺眼呢。”

世民道：“安弟是我刚刚结拜的小兄弟，一直没机会介绍给大家。今儿个正好，齐齐认识省事。”

“既是殿下义弟，那我们就不见外了。”柴绍说，“可有字号？”

“直呼我史安就成。”

“我家夫人今晚设宴，大家有兴趣聚聚否？”李靖清了清嗓子。

房玄龄笑：“宴必好宴，不知夫人给我们安排了什么好节目？”

“她可不肯透露，说事先知道就没意思了。”

“那倒是。”柴绍接口，“如此，我跟公主一定要去见识一下了。”

安逝问道：“我可以去么？”

“当然。欢迎之至。”李靖笑看向她，害她心头漏跳几拍，真是个又成熟又有魅力的男人呢。

世民咳了一声。

她眨眨眼，想起他是来找她的：“大哥，你刚才说找我干吗？”

“刘弘基弄了几匹好马，我带你去挑一匹。”

“这个……还是……算了吧……”经多次实践证明，她对骑马实在是没什么兴趣，一颠一跛的，哪有坐车舒服！噢噢，她要她的保时捷——

如晦拍拍她肩：“弘基是识马的行家，有他在，定能为你挑匹宝马。”

有二十一世纪的“宝马”好吗？

“……可是……我想看看今晚李夫人安排的‘惊喜’。”

“没事，还有整个下午呢。走吧。”世民拉了她往前走。

长孙无忌啧啧称奇：“一个爱马入迷，一个却对马敬而远之。嘿，这两个人竟然也结成了兄弟。”

十八　红拂夜宴

在刘弘基私家宅院的马厩里，从七匹骏马中，世民选出了两匹。

一匹黑得发亮，长得膘肥体壮，唯独四只蹄子是白色的。

另一匹浑身雪白，睫毛和鬃毛都生得极长。

“挑中啦？这么快就挑中啦？”刘弘基眨着眼睛，带了几分狡黠，几分滑稽。

安逝摸着白马柔顺的鬃毛：“这匹马好漂亮！”

“真是个孩子。”世民抓住马嚼，摸摸马头，“上去吧。”

“不用驯了吗？”

“它很乖的。放心。”

于是她蹬了上去。果然，马儿喷了个响鼻后，就任她拉着了。

世民呵呵一笑，转身去扶黑马的马鞍。黑马明显比白马难搞多了，它一个劲抗拒着，耳朵直向内弯。

世民猛然翻身上马，抓稳缰绳，两脚轻踢下马腹，马就嗖地窜了出去。

“哇，好快的速度！”

刘弘基则追上两步叫道：“要严防它打蹶子！”

说话间，一人一马已冲得不见踪影。

“不要紧吧？”安逝这才记得问一句。

刘弘基笑：“马儿虽悍，可殿下更是个中高手。”

她放下心来，骑着马慢慢打圈。

晚秋的天气渐渐凉爽，这样慢悠悠兜着，倒也不觉得骑马是件坏事了。

秦琼、程咬金、罗士信他们现在均因李密兵败而落到了王世充帐下，徐世勣在黎阳，窦建德应该抓住宇文化及了吧，不知红线现在怎样？密叔叔啊密叔叔，我虽然不再劝你，可我真的不想看着你走向不归路啊！

刘弘基策马过来与她并行：“史公子家乡何处？”

“……淮阳。”

“南方啊，好地方，山清水秀，怪不得孕育出公子这等人才。”

她笑，这算是客套呢还是想探底细？

“公子初到长安？”

“是，刚来不久。”

“有殿下照应，保你万事无忧。”

她收起笑容，驭马轻轻跑起来。

刘弘基在后面扬声道：“殿下溜马可能要大半天，公子若觉无趣，可以出去溜一圈再回来！”

安逝听了，“驾”一声，驱马出了宅门。

她先去了一趟邢国公府。李密不在，只得怏怏出来。

路经一家胡姬酒肆，抬头一看，“千斛轩”，正是以前来过的，当即拴了马，大踏步进去了。

依然是肤白艳丽的胡姬，只不过下午客人少，侍酒的便也就三三两两几个。

她伸长脖子左看右看，也没看到记忆中的丽姬。一个胡姬贴上来，帮她斟酒：“公子，找哪个相好的？”

“你们这儿是不是有个叫丽姬的？怎么没看见她？”

胡姬上下打量她一眼，调笑：“原来是看上丽姬姐姐啦！眼光不错啊，不过她今天不在，出门去了，要不我陪你？”

“厕所在哪儿？”

“啊？”胡姬手抖了一下，一时愣没反应过来。

“啊，就是茅房。”她起身，“我想方便一下。”

胡姬掩嘴，笑得厉害：“我带您去。”

每次上厕所就跟上战场没什么两样，把她痛苦得要死，方才明白抽水马桶真是一项伟大的发明。不过，她肯定会想个办法出来的，再这样下去，自己肯定要便秘而亡了……心中如此想着，安逝摇摇晃晃从茅房中出来，扶了根柱子深吸两口不带味道的新鲜空气。

“公子……您要的……皇帝……”几个字断断续续飘进她耳朵。

寒毛立起来，她左右看了看，不知走还是不走。

接下来传出另一个声音，嗓音有点熟，说的却听不懂。

她极力思索着，是谁？是谁？

“吱呀”，右前方一扇门开了，一个男人闪身出来，门又迅速关上，但关门的那张脸却让她久久动弹不得——是据说已经出门的丽姬。

摸回前堂，付了酒钱，看看太阳已渐渐西斜，便漫游回了刘宅。

刚一进门，就听刘弘基叫道：“你可回来啦，殿下已经等你半天了！”

“不是说会溜一下午的吗？”

世民不答，弘基笑：“平日是这样没错，今日却——”

秦王挥手制止他：“喜欢吧？”

“嗯？”

“喜不喜欢这匹马？”

她点点头。

“那你给它取个名字吧。”

“取名？可它并不是我的，刘大人不介意？”

弘基咳一声：“你既喜欢它，自然就归你了。”

“你的意思是，要把这马儿送给我？”想不到这人如此大方。

“也不算我送，是你秦王大哥送你的。”见她张口结舌的样子，弘基不由笑道。

这么漂亮又乖顺的马儿，除了头上缺了只角，简直就是漫画里的独角兽！

她大为兴奋，扑上去抱世民一下：“谢谢大哥！”

世民神色古怪：“你经常……嗯，这样表示谢意？”

“嫌不够啊？那我请你吃饭！”

“不是。我是说，你经常抱人家来——？”

她眨眨眼，反应过来，大笑：“不是不是，以前我家人之间经常这样的……到这里来好久没这样过了，刚才只是一时高兴——”

不知为何，世民松口气：“自己人倒也没关系，不是随便就好。”

她吐吐舌：“嘿嘿，我自己的马呢……这么白，就叫它‘白雪’吧。”

“殿下，”弘基看向世民，“黑马服了您啦，您也给它起个名吧。”

“白蹄乌。”看着那边不断在马脖子上蹭来蹭去的人儿，世民轻笑。

李府晚宴上，她如愿见到了后世传奇人物——红拂。

红衣素颜，谈笑风生，激情四溢，看起来还不到三十的样子，却有一种岁月沉淀的美丽。

意外的见到另外两位曾有一面之缘的女子：李三娘跟长孙无垢。

三娘与柴绍间的柔情蜜意谁都能感受到；而无垢，气质越发出尘，她不似杨媚那般有着令人惊叹的明艳，却有如空谷幽兰般慢慢沁入人的心田，越到后来，竟似越有味道。

红拂将人请至后院，当中摆了座小小的看台，众人入座后，随侍们立刻奉上水果、茶点。

长孙无忌大声道：“李夫人今日到底安排了什么节目？教我们越发盼得心急了。”

红拂拍掌，笑：“教虫戏。”

“教虫戏？”安逝不解。

一旁如晦解释：“是些驯养鸟兽鳞虫用来表演赚钱的行当。”

台上站上一人，手中拎了只颇大的笼子，笼子里放了七八只小雀。他把笼子放到了高桌之上，高桌上列了五色旗，中间设了个小土笥。

他朝众人鞠了一躬，呼道：“开场！”

笼子一开，就见小雀儿一只只跳了出来，以嘴衔笥，戴假脸，绕笥而走。

待各雀启笥完毕，又呼道：“转场！”

雀儿们便纳假脸于笥，衔纸旗四出，跳跃作舞状；有的则拜跪起立，酷似人形，摇摇摆摆……众人不由都笑起来。

“这雀儿们可真听话！”三娘鼓掌。

安逝老感觉有人在看她，可每次当她若无其事巡视全场想找出那道视线时，却又丝毫不见踪迹。

五色旗一一衔完，呼曰：“退场！”

然后雀儿就像士兵一样，个个落案，排列好一只只地跳进笼内。

众人掌声中，那人跳下台来，此刻另两个短装打扮之人推了一个类似“槛”的东西过来，上面伏了只动物。

“接下来是‘海哥’表演。”红拂解说。

安逝望过去，那“海哥”前二足似手，后二足与尾相扭，皮染绿，有斑纹如豹——不就是海豹么？

一黄脸人立到槛旁，朝众人拱了拱手：“各位大人，此物颇为有趣，对其他都不甚灵敏，但若小人喊它名字，它却会应声而来。”

世民道：“你试试看。”

那人唤了声“海哥”，海豹往这边看了看，果然姗姗爬来。

三娘笑着说：“我唤它有用没用？”

那人答：“小姐尽可一试。”

三娘却摆手：“算了算了，肯定没用。谁叫都有反应，它不早就跟人跑了？”

长孙无忌道：“虽如此说，但既为取乐，试试也无妨。”当即高唤一声，“海哥！”

海豹动了动，众人睁大眼，无忌更是眼睛开始放光。

抬足，一步，两步……在众人变化多端的目光中，海豹先生优雅地回到它的槛上去了。

所有人大笑。

房玄龄喝口茶："无忌也还是不错的……人家叫它来，你叫它走……"

无忌无语。

之后是猴呈白戏、跳刀门，熊翻筋斗之类的节目。

中场休息。

安逝悄悄退了出来，找到戏团后台，低声叫："小四，你怎么会在这儿？！"

俯身给鸟儿喂食的少年僵直了身子，慢慢转过来："史公子。"

"出来，我跟你谈谈。"

晚风轻轻吹来，细小的桂花花瓣飘落满身。

"小四，你嗓音那么好，又那般喜爱唱戏，不是说过不会放弃么？"

"茗云看不惯我，老找我碴儿，班主自是向着他——"少年捋下封得高高的衣领，她看得倒抽口气，颈子上赫然一道紫色的深深的掐痕。

少年整了整领子，低道："我差点被他掐死，所以……真的……没办法了。"

要用多大的劲儿才能使这个孩子被迫放弃所有的希望与梦想？

一时间，她抑不住拥他入怀，自己个子不高，但这孩子却更是瘦小："小四，小四。"

少年抖了一下，慢慢将头靠进桂花馥郁的衣襟中，闭上眼。

肩头渐渐湿了，她摸摸他的头发："你是个好孩子。不要紧，还有我呢。我来帮你安排，可好？"

少年退后一步，睫毛晶莹："优伶本是下贱之人，公子出身高贵，小四不敢高攀。"

"瞧你说的什么话，我浑身上下哪里高贵了？"安逝微微笑着，"我跟你一样，平民一个。"

"可是……"

"哦，你是看我跟那些人混在一起是吧？错啦错啦，我只是沾了些光，跟他们不熟的，莫非——小四你其实信不过我？"

"不不不！"少年连忙摇头，"小四怎会？我只是——我想——"

"好啦，"她逗笑，"看你急的，我随便说说而已。既然你不嫌弃，那就回去收拾一下，明天我来接你，住我那去。"

少年不太明白："公子的意思——？"

“怎么，还怕我吃了你不成？”

“不不不！”少年的头又摇得像拨浪鼓似的，“能服侍公子，是小四的荣幸。”

“Oh，My God!”安逝抚额，“你不用服侍我，我只是把你当朋友，想助你一臂之力而已。”

“公子，”少年垂下长长的睫毛，让她突然想到了她的那匹白雪，“你是嫌小四笨手笨脚对吗？小四什么也不会——”

“不！”她抬起他的头，忽然觉得有些不妥，自己这架势怎么跟轻佻公子哥儿没两样！于是又忙缩回“狼爪”，咳了咳：“你的嗓音跟毅力，便是你最大的财富。”

少年看着她。

唉，一时半会儿他怕也不懂，于是换个话题：“你的名字就是小四？姓呢？”

“我没有名字。小四只是班主带我回戏团时随口编的一个号，后来传来传去就都这样叫了。”

“那之前呢？还记得你爹姓什么不？”

少年目光黯了黯，摇头。

她敲自己一下，真是，尽戳人家伤疤。咳咳，唾弃两下先。

于是声音异常温柔起来：“上古时代有一个韩娥，跟秦青学唱。学了一段时间，自以为已经掌握了秦青的全部演技，就准备离去。秦青为她送行，即将分别的时候，唱起了歌。唱第一支时，林中的树木都跟着摇曳振荡；唱第二支时，连天上的行云都不流动了。韩娥这才感到非常悲伤，悔恨至极。我送你一个名字，秦青，好吗？”

少年嗫嚅了两下，似乎想说什么，最终应了声：“……好。”

“你觉不觉得……那位史公子有些面熟？”

树丛后轻轻传出一个女孩的声音。

少年看了安逝一眼，她做了个嘘声的手势，拉住他，猫着腰走过去。

另一个声音犹豫道：“是有些不同的感觉——但，以前应该未曾见过。”

“也许是我多想了。”

“你不看我二哥，对史公子倒是看得仔细——”

“说什么呢？跟着驸马惯了，油嘴滑舌真真学了不少。”

“我这叫夫唱妇随。哎呀，让我想想，你嫁给我二哥后——会变成什么模样呢？”

“平阳公主！”

“好了好了，我不说了，听到你叫我平阳公主我就觉得冷。哎，你还记得阴玉真吗？”

“阴玉真？阴世师的女儿啊，怎么啦？”

阴家原本是官宦世家，当初隋炀帝避到江都时，派阴世师镇守长安。后来李渊反隋，阴氏对隋忠心耿耿，不但率部与唐军作战，更把世人所能想到的最阴损的一招给使了出来：查出李家五代祖宗的下葬之所，毫不含糊地把李家各位先祖统统掘了坟暴了骨。

从此，阴世师就与李渊父子结下了死仇。

不过这招虽狠，却也没能坏得了李家的风水。后来李渊攻进长安，当然毫不犹豫地将他斩首示众，不过却未斩草除根，他的女儿及幼子阴弘智留了下来。

“说起来，阴家那双儿女能够得救，还不是托你之福。”

“可不敢当。谁不知当时李家三娘风风火火赶赴法场，一声‘妇孺何罪？’吓得监斩官差点没投错了令——可是威风八面啊。”

“人虽然救回来了，可他们的日子也不好过。对了，我要说的就是父皇为奖二哥平西秦之功，新近又赏了一群侍从婢女过去，阴玉真就在其中。”

“哦？”

“哦什么啊，你又不是不知道，那阴玉真生得花容月貌，又是能诗会画的，如今进了秦王府——你就不担心一下？”

“担心秦王殿下么？”一声轻笑，“三娘，且不说我，你就对你二哥这么看？”

“一般人我才不管。只是这事关系到你，阴玉真又看着不俗，好心跟你说一声罢了。至于我二哥，他是个有分寸的，我才不担心呢！”

“这不就结了？好三娘，谢谢你这么关心我，改日请你喝茶。”

“喝茶怎么够？我要——呃，我要你给我绣一个荷包，跟上次你送二哥那样漂亮的！”

“好好好。”

两人嬉笑着去了。

安逝直起身来，捶腰：“哗——累死我了。”

少年在一旁忍不住笑。

她拍拍他肩膀：“去吧。明天一早我就去接你。”

少年点点头，走两步，回头又看看她。她笑笑，他这才缓缓去了。

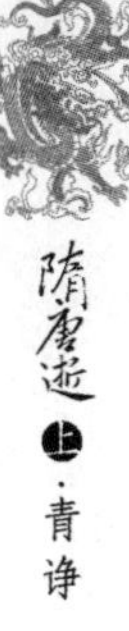

十九 李密叛唐

日子一天天过去，转眼又过了一个月。

在这一个月里，安逝搬到了杜如晦处，陪秦青到太常寺（注）报名直到他被录取，然后在如晦同意下改造了一下他们家的厕所。嗯，接下来的时间，不是被世民拉去练马就是被小毕拉去下棋。如晦常笑她：“比我这奉职在身的还忙。”

直到李密叛唐的消息传来。

她一直知道这是要发生的，也记得是十二月份，可到底是哪天就不记得了。因此当如晦告诉她时，她转身跨马就冲了出去。

“你回来——”如晦的叫声被抛到脑后。

他到底还是追上了她，拽住她的马缰：“不想活了是不是？”

她定定地望着他，眼中有着千言万语。

他的目光明亮清澈：“你去了也没用。”

“让我尽最后一点力吧。”

她跟李密的关系，他是知道的。叹息一声，手一松，她扬尘而去。

如晦看着一人一马孤绝的背影，调转头，迅速往另一个方向驰去。

秦王府。

世民刚刚从皇宫回来，对长孙无忌道：“速命人画影图形，派快马驰往各大关口张贴！”

说完匆匆进了书房，摊开地图，随口问道：“他是从哪个门走的？”

“北门。”

他想了想：“你速点五百精兵，通知右翊卫将军史万宝，飞奔熊州，待李密路过时，一定要拦住。”

无忌道：“出关之路有数条，殿下何以断定他必经熊州？”

“李密此去，必往黎阳或瓦岗老寨，各条大路关隘皆已是画影缉捕，不走这山间之路，难道还插翅飞了不成？”

门口报：“杜参军来了。”

世民抬头：“如晦，你来得正好。我料李密定往熊州而去，你看是

也不是？”

如晦过来，看着地图，半晌道：“臣与殿下看法一致。”

无忌道：“那我去了。”

“慢！”如晦阻止，两人眼带疑问看向他。

他笑笑，“不如把这个功劳让给我罢。”

无忌奇道：“难得难得。莫非想学那班固，弃笔从戎不成？”

“无忌，你先出去布置。”世民挥挥手。

无忌又笑看如晦一眼，出去了。

“发生了什么事？”

如晦迟疑一下，终道：“小逝也去了。”

良久。

“安弟跟李密，到底是什么关系？”

他果然知道，只是不知知道多少。

如晦揣度着用词：“小逝以前跟李密相识，关系也不错。她又是个重情之人，故而……”

“好了，我知道了。”

“那——”

世民站起来：“我亲自去一趟。”

等安逝赶上李密的时候，李密一行数十人正在桃林县外。

她想了想，决定还是先不现身。

只听李密道：“趁现在桃林县令尚未得到消息，我们攻破桃林县，把他的军队和粮草收归我有，然后向北渡过黄河，等过了熊州，进入黎阳，大事必定成功。”

王伯当答：“密兄，此事还是甚为不妥。群雄并争，谁强谁就是王，眼下要四处投奔，但会有多少人愿意再听您的号令呢？况且自从翟司徒去后，人人都对您颇有微辞，现在还有谁肯把手中的队伍交给您啊！如果人家担心您要杀他的队伍，先行动手自救，一朝失势，哪里再有立足之地！”

李密不悦：“此刻反都反了，还说这些有什么用！”

王伯当沉吟良久，长叹一声：“义士忠心，不因存亡而改变。您一定不听大家的劝告，伯当唯有陪您赴死耳。只是即使这样做了，也没什么用啊。”

“好了好了，你也不必太悲观。按计划行事吧。”

入夜。

李密入城，对桃林县令道："我奉诏暂时出京师一趟，只是带了家人不方便，想寄住在县舍里。"

县官答应了。李密于是选出骁勇十余人，穿着妇人的衣服，头罩面纱，将刀藏在长裙下，称作是丫鬟妻妾，由李密带着住进了县舍。片刻后，骁勇们换了男装，突然杀出，占领了县城，抓了一批男丁，编入原来的队伍，然后直奔南山，沿着险要的山路向东而行。同时派人飞马前往通知伊州刺史张善相，令他率军接应。

熊州。

"史将军亲自前来，属下未能远迎，请恕罪！"听完士兵报右翊卫将军到，熊州行军总管盛彦师慌地挟了头盔，匆匆奔了出来。

"起来吧。"史万宝也不跟他多礼。

刚要抬头，后面一句却让他马上又低了下去，而且是低得更低。"这位是秦王殿下。"

"参见秦王殿下！"

"不必多礼。"那声音不高不低，平和中正。

他有些疑惑地起身，这个不带半丝杀气的声音，真的属于传说中的秦王？

"还不带路？"史万宝瞅他一眼。

"是是。"

大厅。

"刚得了消息，桃林县已被反贼李密所破，属下正跟部下们猜测会不会往这边来呢，没想到殿下就亲自来了。"盛彦师搓着手。

世民似笑非笑地瞧了这个长相甚凶的男子一眼。

他突然觉得手心冒汗。

史万宝道："殿下早已算出李密要往这边跑啦。你就准备捉人吧。"

"不过……李密是一个十分彪悍的主儿，又有王伯当辅佐，现在决计反叛，硬干恐怕难以阻挡啊。"

世民忽道："取道往南，除了大路官道外，还有其他乡间土路没有？"

盛彦师想了想："本地有座熊耳山，山峰高十余丈，左傍茂林，右临深渊，中间一条蜿蜒山路，可通伊州。"

世民闻言起身："快带我们去查看地形。"

熊耳山。

峭壁层峦，危崖叠嶂。

山路陡峭。

看似与常无异。

密林中。世民对史万宝道："传令下去，等李密到了山坳拐角时，弓箭手就同时发动攻击。"

盛彦师疑惑地问："听说李密要到洺州去，您却带我们进入深山，这是为何呢？"

"李密声称要到洺州，其实是想出人意表，南下伊州。如果他抢先进入谷口，我从后面追赶，山路又险又窄，即使有力也使不出，他只要派一个人殿后，我们就拿他没办法。现在既然我们抢先入了谷，一定能把他灭掉。"

"属下受教。"

"来了！"世民嘴角一扬。

山道外，李密率六十余骑，即将进入山口。

"密叔叔！"

一骑忽然从后面飞奔而来。

李密定睛一看，又惊又喜："丫——安儿！"她曾说过，男装打扮时切不可露馅。

"安——公子。"旁边王伯当也跟着改口。

安逝喘气，绕马至李密前头："密叔叔，这山你不能进。"

"为什么？"

因为这将是你的送命之所！

她一手抚胸，按住激烈的心跳："前面有埋伏。"

"什么？！"李、王两人同时一惊。

"快退吧。走别的任何地方都好，就是别走这儿。"

李密看着她："你怎么知道有埋伏？要知道现在我们人少，根本走不了大道！"

"总可以想办法。或者分散，或者改装也行啊。快退吧！"

"安姑——安公子，既然我们已经走到这里了，你总得说清楚到底是谁设了埋伏，又怎么知道我们会经过这儿，才好让我们心甘情愿地退出去是不？"王伯当道，"你知道，只要过了这熊耳山，后面的行程可就顺畅多啦。"

"你难道不相信我？"她苦笑，"我会害你们吗？"

"好，我们撤。"李密沉声道。

安逝眼睛一亮。

"不过，"他看她一眼，"从此以后，你答应我，永远跟在我身边，做

我的幸运星。”

早知道当初就不信口胡说了。

罢罢，只要他先逃出眼前这关就好。

“好，我答应你。”

李密微笑回头：“所有人听令，调头，往回走！”

呼——

心中吁了一口长气。

才移动几步。

蓦地，前队人马突然慌乱起来。

她瞪大眼！

旌旗招展，玄衣玄甲。漫天寒风下，黑色的骑兵铁马，宛如一道坚不可摧的黑色长城，亘立在他们面前。

“安儿！这是——”饶是见多识广如李密，也忍不住大惊失色。

她无语。

“唰”一声，黑色长城一分为二，一匹白蹄黑马如踏云而出，那气势，那姿态，宛如上古战神。

“安弟，”那人轻轻唤着，“过来。”

李密脸色变了又变，忽然哈哈大笑：“好！好！好！！！什么山谷中有埋伏，什么幸运星！安儿啊安儿，枉你我相处多年，最终我却死在你的手上！”

“我没有！”他误会了，他误会了——“山谷中确实有埋伏！”

李密冷笑：“那这又是怎么回事？秦王殿下请我们回去喝酒吗？”

看着李密脸上开始出现的疯狂的神情，她突然发不出半丝声音。

只清晰明白了一件事：今日，无论是进是退，都只有死路一条。

几丈外身姿俊挺的青年，他面无表情，全无平常的亲切温和。

毕竟是帝王之子啊，该强硬的时候决不手软。

奇异的竟是心中没有一丝去求他的念头。是明白李密所犯是不可能宽恕的死罪呢，还是潜意识里知晓此刻的青年必定冷血无情？

双方对峙不动。

青年微一扬手。谁都知道，只要他的手一放下来，就会开始一场以多对少的大屠杀。

所有人的目光都放到了那只手上。

李密突然拍马冲过来：“今日就是要死，你也陪我一起去！”

“密叔叔！”她只来得及惊呼一声。

“嗖！”

闭上眼，大刀明晃晃的白刃仿佛就在眼前。

不痛。

哎，难道真的有那种一刀毙命却无任何痛苦的死法？

眼睛缓缓睁开。

李密立在她身前一丈之处，手还维持着举刀的姿势。只是刀不知去了哪里，腕上倒是多出一根硕大的箭。

箭羽迎风飘荡。

大羽箭！她回头。

青年手持弓箭，眉头拧住。

李密恨叫一声："撤，撤到山谷里去！"

掉转马头，再不看她，径自率残众边杀边退往谷中去了。

她被孤零零地留在了谷外。

和，满地的尸体。

青年又一挥手，玄甲军停了下来，并不追杀，列在谷外。

顷刻后，谷中传来下雨般的箭落声。

惨叫声不绝于耳。一顿饭时间后，终至再无声息。

她呆愣愣地坐在马上，听着那些遥远却又真实的声音。

"安弟。"那人不知何时来到了身前，仿佛又恢复了平日的温柔。

"不要过来！"她突然大叫一声，策马往谷中跑了过去。

"殿下。"史万宝不满：这人什么态度？！竟敢对秦王不敬？！

李世民看着渐渐缩小的背影："让他去吧。"

注：太常寺为掌管宗庙陵园、祭祀礼乐、天文术数的机构。下设学堂，从民间选拔艺人进行歌咏、舞蹈、鼓吹等训练。优秀者还可送入宫廷教坊内为皇帝表演。官职为太常卿，正三品。

二十　病居长安

皓月当空。

后院的小石桌旁，一个白衣少年正独自饮酒。

一名青年快步走过来，皱了皱眉，拿掉他手中的酒杯："小逝，别喝了。"

安逝抬眼看看，打了个酒嗝："你……回来啦！"

青年不语，双眼清凉。

"从，从前有个姓吕的仙人，"她笑嘻嘻的，"游于江南，碰见一位心地善良的老妇人，为其所感，遂以米粒投入其家之井中，井水变成了酒，老妇人从此致富。过了一年，吕仙人又来到老妇家中，老妇不在，问其子卖酒如何？其子曰：好则好矣，但苦于无酒糟耳。你猜仙人听了后是什么反应？"

他只是看着她。

她挥挥手，眼光有些涣散："仙人叹道，人心贪得无厌乎！乃取米而行。井中又复为水矣。"停了一阵，见他仍没什么反应，"喂，你……你怎么看？"

"今天秦王殿下也去了。"

"他？"安逝侧头想了一下，哈哈大笑，"他可真是聪明绝顶啊！杀密叔叔是他，吊密叔叔也是他。今日亲去一拜，又不知赢得多少盛誉，收服多少人心！呵呵——以王爷之尊来吊拜一个反臣，是冲着徐大哥、魏叔叔他们这些人来的吧。"

"小逝，你醉了。"

"醉？我没醉！"她"腾"地站起来，抢过酒杯，"要是真醉了该有多好？不用再理这些杀人斗狠的事……"仰头一口喝下。

如晦扶住她，手中娇软的身子让他滞了一滞。

"世勣刚到长安，已被皇上封为左武卫大将军，并赐姓'李'。你还没见到他吧？"

安逝摇头："我一个都不想见了……我，我要离开长安。对，离开长安！"

"离开长安？"她踉跄一下，他赶紧抱住。此刻她整个人都已跌到他怀里，他暗叹一声，"现在西有刘武周，北有窦建德、王世充，南有萧铣、杜伏威，另加打着各路旗号的势力，去哪里还不一样？不如待在长安。你现在乔装成男孩子的样子，魏征他们都是聪明人，自然不会揭穿你。"

"我不是担心这个。"她扶着桌子坐下来，"我只是……只是不想再闭上眼睛，就看见密叔叔跟王叔叔到死都睁大的眼睛！不想再梦见一地的血！你……你明白吗？"

"我明白。"如晦倒过一杯茶给她，"可是，离开了就不会发生这种

事了？看不见就当没发生过？小逝，逃避，并不是解决问题的方法。”

“我……”

“之前从瓦岗消失得不见踪影是第一次，这次又想离开长安——之前那个潇潇洒洒、直言自若的安逝到哪里去了？”

“你不懂——人一旦相处，就会产生感情，可在这种乱世，前一刻还是朋友，后一刻却因立场不同就变成了敌人，甚至要互相残杀——”她掩起脸，“我是死了一次，又差点死了第二次的人——”

“你死过两次？”如晦看向她，眼中似是添了一层怜惜。

她点头，不去管他流露什么：“照理说，应该看开了，可是密叔叔这样——却让我突然发现，我自己的命，的确看开了；可是别人的，却怎么反而更看不开了呢？你说，呃，我该怎么办？”

那一刻，如晦被眼前之人眸中所流露出来的哀愁深深震动了。那不是为自己而生的哀愁，而是一种更深层次的、悲天悯人的情怀——这个人，还这么小，怎么可能、怎么会，有这么多让人惊叹的面貌？

安逝见他不答，也不在意，自顾自大声道：“我欲乘风归去，又恐琼楼玉宇，高处不胜寒。起舞弄轻影，何似在人间！”转过头来，“杜大哥，我唱歌给你听，好不好？”

如晦轻轻点头。

她是要发泄吧？李密死了，明明伤心，却执拗地不去吊祭，宁愿独自一人躲在后院喝酒，寒冬腊月，偏偏又是个最怕冷的……

那厢已经摆出琴来，放到桌上，加了根弦。

冰弦一闪，然后，开始拂琴。

开始只是若隐若现的，不甚明了，却哀哀绵绵，一丝一丝勾了人的魂魄去。后来渐渐响亮，如子规啼夜，一曲挽歌。

“滚滚长江东逝水，浪花淘尽英雄。

是非成败转头空，青山依旧在，几度夕阳红。

白发渔樵江渚上，惯看秋月春风。

一壶浊酒喜相逢，古今多少事，都付笑谈中。”

院中的一株腊梅花，开满了一树，雪压霜欺之下，伴着冷冷月色，飞了人一头一脸。

他不由击节而叹。

余音绕耳之际，只听“咚”一声，那人已倒在了古琴之上。

慌忙过去，抚额，滚烫滚烫的，受凉了。

不假思索，抱起人往房间走。跨进内院之时，对着院门一个黑影道：“您……”

黑影目光扫了扫他怀中之人，挥手：“去吧。”

他顾不得许多，将人放在榻上安置好，盖上厚厚一层被子，转身去请大夫。

出来时往院门看了看。

梅香清冷。那里已空无一人。

安逝这一病，就病了个把来月。

倒也不愁寂寞。

徐世勣，哦不，该改称李世勣了，还有魏征前后都亲自来看了她。她一开始还怪如晦把消息传了出去，如晦却道早晚都会被识破的，与其识破时双方尴尬，还不如趁早说清楚，大家一致套好她是位“公子”而非“姑娘”，岂不省心？

她想想也对，便不再说什么。

小毕也常常带来大量好药给她，给她讲一些突厥的风光趣事，听得倒也有滋有味。

好得差不多之际，秦青来了。

刚入门时她差点没认出来。

这孩子本身就长得漂亮，如今在太常寺，估计所遇比以前好太多，猛地飞长起来，个头拔高了不说，皮肤也越发白皙，整个人就如一尊微微泛光的上好瓷玉，精致秀气。

“公子！”少年欢喜地叫了一声。

她倚卧床头，散发，微笑：“都说了别这么称呼，快过来让我看看，越长越俊喽！”

语气跟见子成龙的大人没两样。

秦青上前：“您病了怎么也不叫人告诉我一声？我也没带些东西过来——”

“我这儿什么都不缺，你人来了就好。再说，我这是小病，你在那边功课繁重，告诉你只怕让你分了心。”

“公子对秦青有再造之恩，病了怎可不来探望？课业虽重，却也还是应付得去的。”

“是。你原本就聪明，我放心。”她捂着手炉，“今儿怎么抽得空来？”

秦青脸上抑不住激动之色：“过几日我可以进宫了！”

“呃？”

“皇上爱妃尹德妃诞下龙子，皇上要大办，太常卿大人便挑了我们十几人进宫去伴唱。”

她笑："那不错啊，进宫去见识一下也好。"

"我也是这么想，虽然规矩极多，又只是伴唱，但好歹也算去过一次对不对？"少年笑得开心，进皇宫，这是他以前做梦也想不到的事情啊！

安逝观他神色，凝思一会儿，想说什么，又住了口。

过一会儿，少年道："您还记得茗云么？"

"茗云？哦——"

"今日我在街上碰到以前园子里的茶房，他说茗云被封大人给接进府了。"

"封大人？那个送他一串上等珍珠手链的封大人？"

"嗯。"

她眼珠动了动："这个封大人，该不是叫封德彝吧？"

"对——封大人正是叫这个名字！"少年看向她，"您认识？"

封德彝，这可是曾得隋文帝、隋炀帝两代皇帝重用，如今又获得高祖李渊信任的人哪！其"揣摩圣意"的才干，曾令老奸巨猾的杨素亦自叹不如，是只功力已达炉火纯青之境的老狐狸吧。

她暗暗想着，边道："我并不认识他。不过，这些达官显贵，还是少认识一些好。"

少年点了点头，"可是——"

她看着他，见他眉宇间有些不平，遂问："太常寺里有人欺负你了？"

少年恢复平常神色，淡淡笑开："没有。公子无需操心。"

她却渐渐有些明白了。何处没有争斗？这孩子，怕也过得并非她想象中那么轻松。她吸了口气，伸手在茶杯里蘸了点水，在床头小几上划了两道一样长短的水痕："两根线，要使一道比另一道长，有何方法？"

秦青看了看，不甚懂。

她微笑："不是想方设法把另一道遮住或弄短，而是，"慢慢将其中一道画得更长，"明白吗？"

少年大悟，抚过那道加长的水痕："这就是我该做的？"

"没错。不论别人出身如何，拥有什么，或依附何人，你要做的，只是不断增加自己的本领而已。"

少年眼中有泪。

她伸手，摸摸他的鬓角："这，才是你真真正正的本钱。"

送走秦青，歇了会儿，如晦推门进来，手中捧了个四四方方的盘子，

上面摆了红黑两色高高的像国际象棋的玩意儿。

她眨眼："这是什么？"

如晦笑："咦？还有你不认识的东西？"

她"切"了一声，"我又不是神仙。"

如晦把盘子摆到她面前："这叫'双陆棋'，有没有兴趣？"

她眼睛一亮："双陆棋相传是从天竺那边传过来的，是吗？"

"不错。因为棋盘左右各有六路，所以叫做双陆。红黑棋子各十五枚，骰子两枚。玩时，首先掷出二骰，骰子顶面所显示的值是几，便行进几步。先将全部己方十五枚棋子走进最后的六条刻线以内者，即获全胜。"

"这个，进退幅度岂不很大？"

"对。因带有极强的偶然性，故而胜负转换也容易。"

"那我们来试试。"

正入迷之际，他忽道："他要去镇守长春宫了。"

"他？谁？"她盯着棋盘，兴致勃勃。

"你结拜大哥，秦王殿下。"

她一顿，停下动作："这——与我又有什么关系？"

"都快两个月了，你还是不愿见他？"

她避而不答："他为什么要去长春宫？"

"年初河北宋金刚所率一万多人马为窦建德击溃，投了刘武周。刘武周此人盘踞太原以北各州郡已久，又做了突厥可汗的儿皇帝，如今得了宋这一员猛将，恐怕迟早对太原不利。"

"太原——好像是齐王李元吉守城？"

"正是。"又把话题绕回去，"秦王殿下明天就要出发了。他与你颇为投缘，我看——"

她咳一声："让我想想罢。"

清晨。雾重。冷。

木门"吱呀"一声，里面索索走出一个人影。

倚门看了一下尚暗的天空，她心中犹豫不决：去？还是不去？

目光飘向邻屋的门，窗扉紧闭。杜大哥应该还在睡觉吧，自己心绪烦乱，倒是起太早了。

深深吸了口气入肺中，凉意刺骨。她左右踌躇一阵，终于拉了"白雪"，轻轻打开后门，走了出去。

一人一马走了一丈来远，她没有上马的意思，白雪也就乖乖跟在后

头；然后，她又折了回来，白雪跟着走回来；原地停两步，又走出去……片刻工夫，一丈内的积雪被来回给踏融了。

一个声音道，安逝，你何时变得这般忸怩！

另一声音反驳，这只是不想跟那人有太多牵扯而已，那人太复杂！

第一个声音又道，不过去送送罢了，以后隔远些便是。

反驳一方答，要离就趁早，免得越陷越深。

唉，心里两头拉扯不下，她真想学狼人对月长吼，或是像猩猩般捶胸两拳以示郁闷。

一阵蹄声传来，在万籁寂静的冬晨显得格外清晰。

她探头望去。

一匹黑色骏马停了下来，在前门转了两圈，马上骑士对着门看了看，也不下马，也不敲门，似是想了会儿，而后轻喝“驾”，风驰电掣般一冲而过。

她低低唤了一声，看着骑士的背影，料想他应该听不见了。

算了。

正准备进门，马蹄声去而复返，她向后一看，立住了。

一黑一白两马慢慢走着，马上的人一时无言。

“咳，大哥，”终是她先开口，“你怎么一大早就出来溜达了？”

世民笑：“我是武将，自然要注意锻炼身体。每日清晨骑马绕长安一圈已成习惯。”

“哦。”

“病可好些了？”

“嗯，快全好了。谢大哥关心。”

之后就没什么话了。空气冷寂。

世民越前几步：“回去吧。天冷，别又冻着。”

她点点头。慢慢将马掉头，走了三丈来远后，忍不住回头。

世民立在原地没动。

“大哥。”她叫。

世民扬眉。

“一路保重。”

世民霎时笑开，一瞬间光彩夺目。

她突然有些不忍，赶紧收回视线，“驾”一声，速度居然颇快地去了。

冲到门口才急急停了下来。

坐在马背上喘气。

一辆二人小轿同时停下，一个留着山羊胡的老头从轿里出来："公子，你怎么出来了？"

安逝一看："胡先生。"

"快进去快进去。"老先生拉过她，"好不容易好得差不多了，可别又出岔子。"

她笑："先生过虑。我平日身体极好的，本是难得生病。"

"那也不能掉以轻心。万一殿下——"突然住了嘴。

她耳尖，蓦地想起当初对如晦说不用再看医免得花钱太多时，如晦笑着说不用担心的情景，还有这先生说话举止，和他坐的轿子——一般郎中哪要坐什么轿子？

"你是秦王府的人。"

"这……这个……"

什么都明白了。难怪她病的时候没看见他，想来不单单是知道她不愿见他的关系，更是因为已经随时掌握了她的一切动态吧？

大哥，秦王，素知你处心积虑收罗人才，而无用的你根本不放在眼里。那么，如此这般，是觉得我有可用之处么？

二十一　元吉进京

公元619年2月，刘武周任命宋金刚为西南道大行台，率领五万人马，浩浩荡荡杀奔太原。

突厥派三千骑兵相助，双方合兵，不到半天时间，就攻克了榆次县城。

齐王李元吉惊惶失措，可他经营太原这几年，既没修补过半寸城墙，也没对周围的卫城做过视察，练兵就更不用说了，除了在士兵面前耍耍威风练练他的大鞘，阵法军纪以及配备方面根本就不曾理，全交给左右去做。这次敌报一来，他左思右想派了自认为比较得力的张达率兵抵御，结果这位大将半路与宋金刚相遇，交战没有半个时辰，所率五千人马就伤亡逃逸殆尽，全军覆没。

而宋金刚人不卸甲，马不解鞍，以摧枯拉朽之势，数日之内，又连克石州、平遥数城。

与此同时，刘武周所率另一部人马，也顺利地攻陷了介州郡城。

太原与榆次诸城近在咫尺，已处于刘武周大军的四面包围之中，情势万分危急。

消息很快传到长安，李渊马上派左武卫大将军姜宝谊、太常少卿兼行军总管李仲文前往救援。

姜、李二人率军行至雀鼠谷就中了埋伏。他们当时正走到丛林里，半地里忽闻炮响，姜宝谊情知不妙，刚要下令后退，然四面已经杀声震天，箭矢铺头盖脸地射来。唐军人马猝不及防，当即大乱，成批连片就这么被射杀倒毙。一些亲兵举起盾牌想掩护主帅撤退，但在此设伏多日的刘武周部将黄子英岂容他脱身，遂率领大队人马以排山倒海之势从四面八方压了下来。唐军死伤无数，余者溃逃，主帅姜宝谊、李仲文苦战不敌，均做了刘武周的俘虏。

援军惨败，将帅被俘，消息传至京师，朝野为之震动。

武德皇帝李渊端坐上座，表面神色如常，心中却深以唐军屡败为忧。

他本想再派秦王世民前往讨伐刘武周，可又犹豫难决。

一方面，世民刚平定薛秦归来不久，鞍马劳顿，实在艰辛；另一方面，却是为将来考虑的。世民功高勋著，起兵以来，几乎每次重大战事的胜利，都是由他统兵取得。凡为臣子的，一旦战功太大，就会因功而骄，难以驾驭。更何况，每次大战，他都会招徕大批谋臣骁将，收为心腹。时间长了，人才多自然是大唐一喜，可若满朝文武都成了他的嫡系，又像什么话？即便他对自己这个当父皇的没有二心，可太子建成呢？将来继位的是他，世民会心甘情愿？

右仆射裴寂瞄了瞄皇帝脸色，略一思索，便明白是怎么回事。当初在太原，他送上本来只不过是晋阳宫里普通妃嫔身份的尹德妃、张婕妤迎寝，以“私侍”之名促使李渊下定起兵的决心；尔后又力主隋恭帝杨侑禅位，劝他自己登上皇帝宝座，故而李渊时常夸奖裴寂说“使朕至此，公之力也”，因得圣眷有加，对他言无不从，有时甚至引与同坐。但间至后来，虽然宠信不减，然显功之时益少，如今未有尺寸军功，却仍据宰相高位，朝中诸臣心中难免不服。而那刘武周不过是草莽出身的一介武夫，想来能有什么文韬武略？以大唐之兵多将广，士马精良，扫平此区区鲁夫当不为难事，正好也可立煌煌战功，改变一下朝臣们对自己的看法。

想好了，便一步出列，慨然奏道：“臣愿请缨，荡平刘武周！”

李渊见了，大为欣喜，立即降旨以裴寂为晋州道行军总管，率师赶赴太原，并听以便宜行事。

长安城里依旧一片和乐繁华。

难得今日有暖暖的冬日温阳，安逝一人出来闲逛。

信步走进一间名叫“缘古斋”的书画玩器店，对着挂满堂壁的字画一幅幅观看起来。

掌柜的见她一人看得仔细，知道懂的人都是讲究一个“品”字的，当下也不打扰她，让她一人静静观赏。

“掌柜的，把这幅取下来我看看。”

“老板，我要这幅。”

两个声音同时响起。

安逝望过去，一个头戴面纱的女子亦望过来。

两人皆是一怔，笑：“原来是你。”

女子微欠下身，“史公子，好久不见。”

安逝施礼：“杨姑娘客气了。”

不知为何，她对着这个杨姑娘，就不自觉的礼数周全。

“史公子看中这幅画？”杨姑娘指指挂着的墨梅图。

“啊，只是觉得意境很好。君子不夺人所好，既然姑娘喜欢，自是姑娘先选。”

杨姑娘微微一笑，不置可否。

掌柜将画取下，道，“若实在喜欢，叫画师再画一幅也是可以的。”

安逝看向他。

掌柜嘿嘿一笑：“这位画师隔个五到十天便上门一次，也算认识，只是有些傲气，不知肯不肯就是了。我算算，噢，正好，再过会儿说不定他本人就来了，公子您要不等等？”

“看看吧。”安逝应一声，对杨姑娘道：“姑娘喜爱梅花？”

“还好。买回去应应景而已。”

“听雪赏梅，该是杨姑娘才配得起的雅事。”说完后觉得文绉绉的，怎么像在拍马屁？

杨姑娘不以为意，目光却有些朦胧起来：“听雪赏梅——好意境啊。”

“只是以姑娘之姿，我觉得更配牡丹。唯有牡丹真国色，姑娘的贵气当之无愧。”

杨姑娘似是一惊，笑笑，却仿佛带了丝苦涩。

自己说错话了？她眨眨眼。

一个布衣方巾的年轻人走了进来，手下挟了个长布包。

“哎哎，你来得正好。”掌柜上前，“这儿有位公子要买你的画呢。”

年轻人朝这边看来。他长相一般，是放到人群中便会被淹没的那种。

安逝搓搓手，过去：“我姓史名安。公子如何称呼？”

“敝姓阎，阎立本。”

她脸上的表情霎时僵住，半天才动了动，加了尊称：“您——叫——什——么？”

“敝姓阎，阎立本。”

安逝冲上去把那幅墨梅图左看右看，终于在左下角一个极小的角落里发现了貌似“阎立本”的三个字——因为那三个字写得极为潦草，呃，换句话说，也可以叫极为“艺术”，刚才实在是没看见。

众人有些古怪地看着她的举动。

掌柜试探性地叫：“公子？”

背着他们，安逝深呼吸，再深呼吸，调整表情，然后回头：“阎公子，你所有的画，我都买了。”

安逝喜滋滋地抱着一大堆画回到家里。

院中药味飘香。

一个蓝衣人正持着扇子熬药。

她蹭过去，颇不好意思地：“杜大哥——”

如晦回头看她一眼，瞥到她手中的画：“这是做什么？”

她低头看看：“哦，我买来收藏的。”

“哪位名家？”

“这个嘛——他现在还不是名家，以后就会大大有名啦。”

如晦好笑，继续煽风去了。

她跑回房里把画放下，又出来：“我来吧。”

“就快好了。你还是坐着吧，等着喝就好。”

“那我靠在炉子边暖暖手。”她笑嘻嘻地靠过来，边道，“杜大哥，以后谁嫁给你真是好福气呢！”

“你又知道了？”如晦拿扇子敲她一下。

“那是。”竟然打我？算了，看在帮我熬药的份上，我忍。安逝边想，一边继续，“我还知道杜大哥你有个雅号，叫‘温玉公子’。谦谦君子，

温润如玉。啧啧啧，你可是京城里不知多少未出阁少女心中的偶像！”

如晦脸上抽搐了一下。

安逝续道：“虽然冲进前三甲无望，但肯定不会掉下前十的。哦，最近徐大哥，不，李大哥，算了，别扭，就叫他世勣大哥吧，他也窜上了前十。唉，要在我们那年代，我和各位大哥关系这么好，各家小姐肯定都来找我攀关系了。哇塞，想想将是多么美好！”

如晦实在忍不住了：“你说的那个前三、前十是什么东西？”

安逝怜悯地看他一眼：“杜大哥，你一门心思扑在政事上，娱乐消息也还是要知道的嘛！一来应该倾听民众心声，关注民众需求；二来，休息好才能工作好；这三嘛，消息虽然八卦了点，但好歹与你有关，知道一些总没坏处，是不？”

如晦淡笑点头。

安逝见他合作态度良好，非常满意：“我说的这前三、前十呢，就是指长安城中少女们最想嫁的人物排行榜了。前三名呢，谁都别争，肯定是皇帝的三个儿子啰。秦王齐王尚未婚娶，嫁给他们可是堂堂正王妃，自然排名一、二。太子建成虽说已有太子妃，但以后可是当皇帝的，也没得比，所以排在第三。接下来就是一些贵族子弟、青年俊彦了。老兄你在六、七名之间浮动，也算不错了。”

如晦道：“长孙姑娘就要嫁给秦王了，他还排第一？”照理说应该滑下来才对嘛。

“之前我也这么想。但打听之后才知道，这两人的婚事从五年前说到现在了，每次总被其他事给拖过去，像这次，又是刘武周来犯，所以大家认为，只要两人没成亲，机会就是平等的。”她托着腮，“对了，说到刘武周，皇上这次没派大哥出征？”

如晦点头：“秦王战功太大，兵权太重，反而……”言下之意自明。

“那大哥没什么表示？”

他笑：“殿下说，他乐得这段清闲日子，何必急不可耐地去争功？”

安逝道：“我看他已经看穿了裴寂不行才是真。”

如晦嘘一声，摇摇食指：“这话可别随随便便就出了口。太直了不好。”

她点头。

“不过，在我面前没关系啊。”

一种不知名的感觉荡漾开来，舒舒服服的，没有任何压力。

6 月，战场来报，裴寂所率之数万人马在介休城外扎营时遭到突然

袭击，大军毫无准备，大部分战死或逃亡。裴寂仅带着三五千人，昼夜兼程逃往平阳。沿路数十里之内，到处都是唐军遗弃的粮秣辎重，残旗断戈。

宋金刚乘胜追击，势如破竹，先后攻克平阳，占领浍州，攻陷龙门，直抵黄河岸边，随之又连下翼城、绛县。

而裴寂所逃之地，只会把百姓们驱赶于城堡之中，将其聚积的粮草大火焚烧，意在坚壁清野，不给刘武周、宋金刚留下资军粮秣。

这样一路烧去，却苦了无数的沿途百姓。人人惊忧愁怨，皆思为盗。

夏县人吕崇茂乘机起兵，杀死县令，聚集民众万余人，响应刘武周，自称魏王。

“让开！让开！”

马鞭开道，一队人马飞驰而来，扬起漫天尘雾。

转眼间，街边上卖水果的卖脂粉的卖烧饼的摊子一片狼藉，不少人来不及躲避，硬生生被抽了几鞭，滚倒一旁。

哭喊呼叫声一片。

一顶轿子在混乱中急步擦了边去，轿中传出一声低呼。

“谁家如此狂妄，没有王法了吗？”一声清喝传来，就见一道红色闪电而过，一束细长的红丝竟绕住了当先一骑的马头，骏马嘶鸣一声，人立而起。

后面几骑被这么一搅，来不及收势，乱作一团。

原来是一柄红色拂尘。

马上的年轻公子惊魂未定，破口大骂：“哪个丧门星，给本王出来！”

听他称呼，手持拂尘的绝美妇人一愣，看清了公子的模样：“是你！”

年轻公子拉住马缰，嘿嘿笑起来：“我道是谁，原来是武功卓绝的李夫人啊。夫人威风，大庭广众之下拦起本王的驾来了。”

红拂本是性情中人，否则刚才也不会出手。听他这么一说，皱皱眉头：“齐王殿下见谅，臣妾实在不知。”

李元吉笑一声：“见谅？让本王如此没面子的事，不知怎么个见谅法？夫人倒是说来听听。”

她手中拂尘握紧：“刚刚差点撞死人。王爷身份贵重，京师之中，总是不好。”

元吉知她说得有理，可自己素来是随性惯了的，再说这是自家底

下，便是当真踢死一个两个，又有什么干系？于是喝道："本王正要向父皇上奏紧要军情，此等大事，岂能耽搁？夫人，这可难办得紧啊。"

红拂脸色煞白。她自己并不怕什么，却不能不想到夫君李靖。

难堪之际，一个温和的声音道："大难临头之际，主帅像兔子似的临阵脱逃，只在太原留下一些老弱病残——这可是齐王殿下要汇报的紧要军情？"

众人皆愣，特别是李元吉，瞬间涨红了脸，瞪大眼睛向发声之人看去。

那人白衣出尘，方巾束发，双眸灵动，秀眉斜挑。

旁边一人，浓眉深目，轮廓方正，一丝不屑之色一闪而过。

白衣人继续开口："要是我是齐王殿下，此刻只怕恨不能负荆请罪，上殿求皇帝陛下开恩去了，哪还有脸在这边耀武扬威、目下无人？"

元吉脸上青一阵白一阵，愤然道："哪来的野小子在这边胡说八道？来人，给我拿下！"

身后士兵呼喝着围上来。

"慢！"红拂大喝一声，转头对元吉说，"若史公子说的是真，王爷您还是别胡闹了。"

"我胡闹？"元吉气不打一处来，"这小子如此侮辱本王，以下犯上，君臣不分，本该当斩！"

白衣人冷笑："恼羞成怒，怕就是殿下现在这副样子罢。"

"你！"元吉亲自下马来，大步走近，一副恨不得立刻宰了他的架势。

一旁浓眉深目的少年挡住："齐王想当众行凶不成？"

"是又怎样？"

"过了我这关再说。"

"凭你？"元吉哈哈大笑，"也配！"

怒色爬上少年的脸，一声呼哨，旁边突然冒出十数个体格魁梧的大汉。

"你们……是突厥人！"元吉笑声突地打住。

别的他还不怕，但突厥，现在可不是自己惹得起的。

"突厥人又怎样？殿下所为，怕只有你们中原人才做得出来，要在突厥，还不沦为笑柄！"少年说着，突然觉得袖子被扯了一下。

他回头，眨眨眼："三弟，我不是说你……咳咳，也不是说你们中原人……"

那不就是说我？！元吉气得头顶冒烟，恶毒地想，反正对方加起来

也不过十来人，若一齐宰了，杀人灭口，谁也不知，父皇也会帮自己扛下。不如——

安逝见他又进了一步，暗叫不好，朗声道：“齐王殿下，今日之事已然闹大，恐怕你也讨不了好去。殿下三思。”

元吉闻言停住了脚步。

犹豫间，娇声传来：“史公子。”

有玉人兮，翩翩而来；云是衣裳，花似容。

花魁杨媚。

安逝道：“美人姐姐怎么来了？此处甚是凶险，可别脏了姐姐的绣裙。”

杨媚扑哧一笑，状似不经意地看元吉一眼，道：“路都阻了，妾身走不了啊。”

“马上撤，马上撤，我们马上撤！”元吉突然大叫。

这是他见过的最美的女子，一颦一笑，当场就勾了他的三魂六魄。

身后军士恨不能挖个地洞把自己藏起来。

小毕“咄”了一声，脸上不屑之色更浓。

元吉对杨媚道：“美人贵姓？仙居何处？”

与刚才凶狠的气势判若两人。

安逝与红拂对看一眼，摇了摇头。

正在齐王大献殷勤的时候，人群又自动让开，一道黑骑率众而出，如众星拱月。

“四弟。”

“二哥？”

“参见秦王殿下！”认出了来人的身份后，地上跪倒一大片。

世民扫视众人一圈：“这是怎么回事？”

“这小子——”元吉指着安逝，突然又看看杨媚，讪讪缩回手，“也……没什么。”

“刚到京城就惹祸，还不随我去见父皇。”话音不大，元吉却不敢不从，乖乖上了马。

秦王不再看别人，挥手示意人群散开，道：“你这次惹祸不小啊——我特地从长春宫赶回来……”

“谢谢二哥！”

两兄弟渐渐远去。

安逝起身：“秦王齐王，呵，还真够拽的。”

小毕道：“没办法。人家是皇帝的儿子，人在屋檐下，不得不低头。”

她摸了下右膝盖："可我一点都不习惯下跪的。"

红拂过来："多谢史公子解围之恩。"

"哪里哪里。夫人举止，才让我们敬佩。"

红拂笑笑："两位不是秦王义弟？殿下最近难得回来，刚才怎么不上前说几句？"

安逝与小毕对望一眼，小毕道："亲的在那儿，我们这些就算外人了，还是认分些好。"

安逝则道："认与不认，反正都要下跪，有什么区别？要是认了就能不跪了，那我就天天到处宣传我是他义弟了。"

红拂捂嘴而笑："以秦王的性子，也不是不可能。你跟秦王殿下说说，说不定还真让你免了下跪的礼。"

"算了吧，"安逝摆手，"反正这种场合不多，这些王啊爷的我也不想见。像李元吉这样的，见了让人倒胃口。"话一出口突然觉得不对，她本是现代人，对这些王爷之类的其实并没有什么根本上的概念，但在红拂面前说这些，好像太过放肆。

岂知红拂哈哈一笑："史公子真是个通透人！红拂好久没有这样说过话，也好久没听到人这般说了。今日听来，真觉爽快！"

安逝松口气，诚心道："其实，能像夫人这般，敛去锋锐之气，却不失豪侠之心，才是最让人佩服的。"

"真是让我刮目相看。"红拂盯着她："哎，咱们也别见外了，以后你就叫我红拂姐，我叫你一声安弟，可好？"

又多了个姐姐。安逝微微一笑："姐姐之命，岂敢不从。"

二十二　驿站送别

驿站。

店前的门板刚刚拆下，一骑就如风而来。烟尘未落，骑士已经勒马门前。

伙计擦了擦眼，一匹雪白的骏马立在当前，以蹄刨地，嘴里喷出腾腾热气。可让他看呆眼的，并不是这匹神骏大马，而是坐在那上面的人。

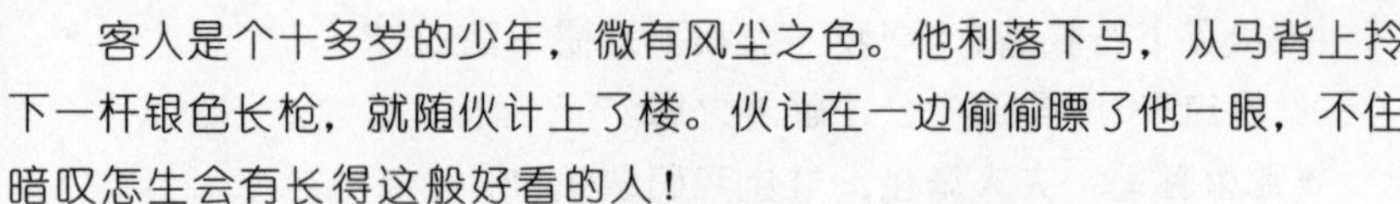

客人是个十多岁的少年，微有风尘之色。他利落下马，从马背上拎下一杆银色长枪，就随伙计上了楼。伙计在一边偷偷瞟了他一眼，不住暗叹怎生会有长得这般好看的人！

“一壶香片，泡浓一些。”少年说着，将枪斜置一旁。

“客官要什么小吃吗？”伙计边擦桌子边问。

漫不经心地看着窗外，少年并未答话。

伙计识趣地退下。这人长得好看，可也够冷，这么大热天，近身三尺却仿佛能把人冰冻了似的。那杆枪，隐隐泛着锐气，说不定杀过人吧！

一壶茶喝了近两个时辰。

没人去催他。既不敢，也不愿。

少年自顾自喝着，终于开口，却不知是说给谁听的：“进来吧，你不渴？”

静了许久，终于，门口的竹帘动了一下，一张狡黠的笑脸出现在门外。随即，瓜子脸的少女拍拍衣裙，走到桌边坐下，却是一言不发。

伙计们早就看着这女孩儿躲在门外，可是女孩出手阔绰，他们收了银子更是不敢随便说话。此刻一个伙计忙又多上一个杯子，送上一壶茶。临走前又暗瞧了少年少女一眼，只道此生不枉白活，竟看到了活生生的金童玉女。

少年淡淡开口：“喝茶？”

少女摇头：“我不渴，你自己喝，我等你喝完就好。”

“你追了我十天十夜，居然不渴，真是佩服。”

“十天之中你从北往南，又从南向北，我也很佩服的。”少女毫无顾忌地和他对看。

“你如果不追，我也跑不了那么快的。”

“那现在怎么不跑了？”

“大小姐你一队车马换着追，自己躺在里面睡大觉，当然轻松。”

“你怎么知道？”

少年不答，转而道：“花这么大本钱来追我，我却没有兴趣再奉陪下去。所以分手前特地停下来问问你，原因是什么。”

“这个嘛，”少女绞着自己的十指，“我想借用一下你们罗家的‘回天珠’。”

少年斜挑眉：“杜家富有江南，区区一颗珠子怎入得了你的眼？”

“你别这样嘛。”女孩儿居然有点耍赖的样子，一身优雅与恬静不知跑到哪里去，“要不，我拿东西跟你换。”

“实在不巧得很，珠子我已经送人了。”

“什么？！”这显然是少女没料到的，急道，“你送给谁了？”

少年眼神黯了一黯。

“快说呀，告诉我送给谁就好。”凭她家的探子，还怕查不到？

“告辞。”

“喂喂！”少女又吃了一惊，“你不说，我会继续追的！”

才站起来，眼前一黑，伏倒在了桌面上。

窗外跳进两个人。

少年指指少女：“把她带回去吧，再走下去就真的危险了。”

两人点头。

长发遮脸的人抱起少女，如履平地般，从窗口跳下去。另一人朝他点点头，不说话，也下去了。

“回天珠——”少年喃喃自语，目光不经意扫向窗外，突然愣住。

“送君千里，终须一别。”安逝斟上一杯酒，默默扫过众人手臂上的白绢，“可惜二哥你家在突厥，要不，我也该为伯父上炷香的。”

小毕掩不住憔悴：“三弟心意，我明白。”

“生死有命，二哥不要太看不开。”

小毕眼中厉芒一闪：“只怕没这么简单。”

有什么东西，变了。

她犹豫了一下，终是笑笑：“那小弟就送到这儿。”

小毕深深看她一眼，掉转马头，率身后一帮大汉策马而去。

她依旧不动，目送他们渐渐缩小的身影。

蓦然。

黄沙尚未落尽，又被飞返而来的快骑搅了起来。

“三弟！”小毕脸上沾了沙尘。

她看着他。

他从怀中掏出一个非铜又非铁的小玩意儿，递到她面前。

“泥布设！”后面一人惊叫。

安逝低头看去，是一枚粗重的扳指。

她挠挠头：“射箭用的？我不会射箭哎，你该给大哥才对。还是，你要我转交给他？”

刚才惊叫之人已经拍马上来：“泥布设，您怎能——”

“没规矩了吗？给我退下！”

这一喝，竟透着说不出的威严持重，一点都不像平常的小毕。

那人头一低，不敢再多说半个字，立刻退出一丈开外。

“你我兄弟一场，今日一去，以后要再见面怕是极难，你就留下当个纪念吧。”

“那大哥他？”

小毕摇摇头，不再说什么，扬鞭欲走。

“且慢——”一匹快马呼啸而来。

“二弟要走了？”白蹄乌以一个漂亮之极的急刹停住，马上骑士面色微红，显然是匆匆赶路所致。

“是啊。”照理说，有人前来送行，还是结拜大哥，怎么样也该表示热情些才是，小毕却有些不冷不热的。

他们两人之间，难道发生了什么她不知道的事？

左右看看，安逝道：“大哥能来，是再好不过啦。三人之中，我看就你最忙。”

“自去长春宫，我们就见面少了。本来还说抽个时间接你们过去玩一趟，现在看来，只有等以后了。”他看向小毕，“一路保重。节哀顺变。”

小毕沉默着，忽地笑道：“我自是要节哀顺变的。只是你们，怕是高兴得很罢。”

安逝吃了一惊：“二哥，这话从何说起？”

“我并未说你。我说的是大唐李氏。”

世民面色一正：“二弟，今天我是诚心诚意前来送你，决无他意。更何况，令尊之死，是你们族内部的事情，缘何又怪到我们头上？”

“何必再惺惺作态！其实你一早就已经知道我的身份了，不是吗？”

“那好，既如此说，”世民冷笑，“连真实名字也不敢透露的人，又何来诚意！”

安逝心道，看他们俩现在这个样子，那自己报的也不是真名，以后会不会被群扁？想了想那幅画面，巨汗……

“我是迫不得已。”小毕的脸些微泛红，“倘我说了真名，不就直接摆明了我的身份？换了你是我，秦王你会报真名？”

“可惜你又不做得更彻底一点。毕钵什，毕钵什……我该称你为泥布设大人，还是你的真名，什钵苾？”笑了一笑，“抑或是，未来的可汗陛下？”

纵已隐约猜到小毕家世不凡，安逝却也没想到他竟会是突厥的王子！

安逝一言不发。

小毕只是冷笑。

世民续道："当初与你相交，并没有任何心机。即使到现在，我也可以坦然地说，决无半分害你之意。只是你我都清楚，身份使然，不得不对外界多三分提防。就像你易名，我派人调查你一样。"

她在一旁听得冒汗，自己——又被调查了多少？

"罢了罢了。"小毕一挥手，"你我之间，终是做不了朋友。"

"不，"世民坚定地说，"始毕可汗之死，我朝已举行遥祭，礼仪甚重。虽然你们突厥屡屡出尔反尔，但好歹双方也有过结盟之义。希望你不要误会。"

"算了，现在我没心情计较这些。阿史那，我们走！"

"二哥！"

"二弟！"

两声呼唤让他硬生生停住。

"二哥，"安逝看着他，千言万语化作一笑，"我也不管你到底是什么人啦，只记得是我二哥便罢！"

冰消雪融，不过如此。

他缓缓一笑。

世民也看着他："无论如何，我们总归兄弟一场。"

"不论是毕钵什还是什钵苾，今日只有一句话，只要大哥三弟还当我是兄弟，我们就是兄弟！告辞！"

黄沙漫漫，这次是真的去了。

两人立了许久，才起步往回走。

"大哥，我渴啦，咱们先去驿站里喝杯水吧。"

"好。"

安逝骑着白雪前行，抬头手搭在额前往驿站看了看，突然如遭雷击，再也动弹不得。

二楼屹立窗前的那个人影，是谁？

"喏，这个给你。"

"什么？"

"护腕。"

"这么长？干吗用的？"

"……你自己看吧。"

"喂！喂！"

记忆中那个冷漠如雪的白衣少年啊，回忆起来的点滴为何反而如此温暖？

“第二支箭是你射的，是你射的，是你射的，对不对？”

“……”

“别装啦，我已经猜到了！”

“……”

“你怎么对秦叔叔那么好？他救过你？提拔过你？还是——不会吧——你喜欢他？”

“……”

“不好玩，半句话也不说。我走了。”

“你有心事？”

“呃？”

“你有心事。平常你都没这么多话的。”

“……”这下轮到她沉默了。

“安弟，怎么了？”世民回头。

她突然清啸一声，夹紧马腹，以他从未见过的速度直往驿站飞驰而去！

世民怔立当场。

马未停稳，翻身落下。

右膝一软，她咬牙，硬是撑住马背，甩头，左肘被人及时扶住：“为何这般焦急？”

她不答，抬脚迈进店门，推开迎上前来的伙计，冲向二楼。

一阵马蹄声传来。

她一惊，三步并作两步，挑开竹帘，窗前哪里还有半个人影？

怎么……会？

揉了揉眼睛，颤颤地扶住窗棂，不远处，飞沙满天，热气氤氲成了一层薄雾，白衣白马正渐渐远去。

“你刚刚找的就是他？”世民立在身后。

“罗——大——哥——”所有人都被吓了一跳，齐齐望向窗前突然大呼的少年。

“是我啊——你回来——”她浑然不顾。

白影没有任何停顿。

她转头又冲了下去。

手被用力拉住，世民一向悠然的神情不再：“你腿受伤了？！”

“要你管！”

手臂蓦然松开。

顾不了他的反应，跨上白雪，她驱马就追。

不知追了多久。

却只能徒劳地看着白影越走越远。

满头满脸的沙土。

脑中却空白一片。

到底……怎么回事？

他不该见到她就走啊？再怎么样也该说上一句吧，哪怕只是见个面也好呀？还是，他有什么苦衷？要不，自己做错了什么事而不自知？

可是，总该有个解释啊。

不明白不明白不明白……

慢慢掉转了马头，抬头，愣住："大哥？"

他竟然追了上来？

世民"唔"一声，不说话。

白蹄乌在前，白雪在后，两马放悠了步子往回走。

她胡思乱想一阵，忽觉前面的人一路没说话，刚才……好像是……自己对他过分了些……再怎么样他也是秦王殿下啊，"要你管"这种话也能当着他的面吼出来？

生气了？

偷偷看他一眼，不过只能看见后脑勺。

呃，也许没生气？要不也不会追上来是不？

"大哥，刚才——对不起——"

"唔。"

还是只能看到后脑勺。

就在她想要不要再多表现一些诚意的时候，右小腿突然一阵抽筋似的痛，她闷哼一声。

前头人似乎动了一动，却仍没转过身来。

还好。她抹了把头上的冷汗，伸手摸了摸小腿，竟然毫无知觉！

白雪似乎也感到了她的不安，走两步之后，停住不动了。

"怎么啦？"世民终于转过脸来，看不出情绪。

"没事，没事。"她赔笑，做了个"您先请"的手势。

世民看她一眼，回头，继续向前。

她用左腿轻踢了下马背，好在白雪够乖，原地踏两下，又开始走了。

悄悄呼口气。

可之后突然发现，由于右腿完全使不上劲儿，只能靠左腿支撑，刚开始还能勉力撑住一阵，到后来，已经完全无法再坐在马上了。

“大哥。”

世民回头来，看见一张带笑的脸。

“嗯，我好久没看夕阳了，这驿站的夕阳更是没见过。不如你先回去吧，我在这儿慢慢看了夕阳再走。”

“是吗？”

“是啊是啊！”笑得格外灿烂。

“……我还从来没看过夕阳，索性就跟安弟一块儿看看吧。”

话音刚落，白马上的人影就摔了下去。

他趁她落地之前接住。

她苦笑：“大哥，你早看出来了是不是。”

“你啊，真是个又倔犟又任性的孩子。”

二十三　秦王府邸

这是她第一次到秦王府，还是以病人的身份。

守门士兵见着秦王回来，早早开了大门，一边小厮迎上来：“殿下回来啦！”

世民应一声，跳下马，朝后一挥，示意把轿子抬进去。

小厮好奇地看着坐在两人抬便轿上的少年：这人是谁？殿下下马了他还被抬着？

跨进正门，一书童打扮的又迎上来：“殿下回来啦。房先生及长孙家的公子、姑娘都在偏厅候着呢。”

“知道了。”世民点头，吩咐道，“去唤太医来。”

“是。”书童偷瞧安逝一眼，才疾步出去。

安逝接收着那些不断瞄过来的注目礼，顿时明白了怎么回事，道：“大哥，我还是先下来吧。”

“你走得了路？”世民笑，带了丝调侃意味。

“唉，”她皱眉，“你家怎么这么大，走了半天到底要带我去哪儿？”

“我要去偏厅见见房先生他们。你就先在偏厅旁的花厅坐会儿吧。”

边说边进了个厅子。

迎门是一片深深浅浅的翠绿，满目清凉。

“这是……花厅？”按名字来说，不是应该摆花才对？

“芭蕉青翠，我便让他们都摆了来。”

她看他一眼，却不得不承认这主意确实不错。株株芭蕉高丈余，从茎而叶，绿得赏心悦目。配上底下一只只或瓷或石、或圆或方的花盆，倍显雅致。

隔窗赖有芭蕉叶，未负潇湘夜雨声。

也许回去后自己也该栽几株来玩玩，听听雨打芭蕉的声韵。

正寻思着，冷不防被抱起来放到一张凉竹制成的太师椅上：“稍微等等，胡太医就该过来了。”

脸上有点烫，她支吾着应了一声。

门口走进几个丫鬟，手捧一叠洗漱用品及衣物。

领头少女缓缓拜倒：“殿下回来了。”

“嗯。”

安逝看那少女一眼，惊叫：“哇塞，又是一美女！”

如果说杨媚好比玫瑰，无垢恰似幽兰，而蒙面的杨姑娘宛若牡丹的话，那么眼前这位，就可喻之为秋菊了。所谓“暗香盈袖”，所谓“人比黄花瘦”，真真当如眼前之人的动人姿态。

少女被她弄了个大红脸，却仍有礼道：“公子说笑。”

“她是你的侍女？”她看向世民。

世民在众人服侍下漱口、擦脸，换上一身干净简洁的便服：“是啊。”

“真可惜。”她叹一声，转向少女，“姐姐叫什么名字？”

少女手中不停，帮世民系着腰带：“奴婢贱名，有辱公子耳听。”

“怎么会怎么会。”她好奇得紧。

世民看她一眼：“你们下去吧。”

“是。”少女再一福，领着众婢有条不紊地退出。

“喂喂——”人家不理她，她只好转向世民，“我还没问她名字呢。”

“问我不就行了？”

她看看他：“你肯说？”

“真是聪明。”世民微笑，“我偏不告诉你。”

“微臣参见殿下。”门口传来一个声音。

“进来吧。”

“胡先生！”原来还是熟人。

胡太医笑笑：“公子又怎么啦？”

安逝指指自己的右腿：“突然动不了，没知觉了。”

胡太医放下药箱："我先帮您切切脉。"

世民道："你给他仔细看看是怎么回事。我先走了。"

快走快走。她正好问胡太医："胡先生，您知道——"

世民转个身，又回头笑："胡太医，要是有人向你打听王府中家眷仆役的名字，可不能乱说。"

"你——"算他强！

"杨侑死了？"

"是的，昨夜突然暴毙。"

颀长带有微茧的手指叩着桌子："才十四岁，偏偏是杨广的儿子……"

房玄龄道："这也是他的命。"

世民看看他，一向坚定的眸子瞬间闪过丝疑惑："命？"

无忌喝口热茶："以代王之礼安葬，对得起他的身份了。"

"无忌，你就代秦王府走一遭，表示一下吧。"他想了想。

无忌点头。

一旁无垢道："我与杨姑娘相识，此次她又要承受丧弟之痛，唉……哥哥你去的时候也叫我一声。"

房玄龄忽道："过几日，殿下依旧要回长春宫？"

"何事？"

"关于齐王此次回京，不知殿下怎么看。"

世民沉笑一声："父皇两次派兵都对我视而不见，是何用意难道不知？现太原已入刘武周之手，十年支用，抢劫一空，他却还寄希望于裴寂身上，我只好尽量避嫌了。"

房玄龄沉吟一下："殿下心中有数就好。还有一事。"

"关于刘文静？"

"正是。最近他夫人得了一种怪病，病症一发，又哭又笑，大喊大叫，闹得全府上下不得安宁。刘尚书从宫中请了御医及长安城内的名医诊治，都不见效。这两天听说请了巫师，念咒作法，焚香施术，一个劲儿折腾。"

"刘文静向来聪明绝顶，怎么也会信起鬼神怪论来。你多注意劝着他些。"

"臣知道了。"

众人回去后，世民又在偏厅坐了会儿，然后移步花厅。

花厅里不时传出一阵"啪啦"之声。

“公子，你就别敲啦。让丫鬟们帮你敲不成么？”胡老太医声音里充满无奈。

“我这是转移注意力。以前不是还有关羽刮骨时下棋的吗，我这是仿照圣贤，懂不？”

“可下棋时也是不动的，你拿锤子敲，一抖一抖的，我怎么下针？”

“哎，这才显示您老有技术嘛！要不——”

“别别别，我什么也不会说的。”

他探头望去。太师椅上，嬉皮笑脸的少年卷起了一只裤脚，露出一段匀称洁白的小腿。小腿上扎了几根又细又长的银针，太医端坐一旁，显然还想再扎几根上去。

少年则拿着个小锤子，不断锤着核桃，手法颇为熟练，显然经常干这行当。一敲，一阵“啪啦”声，然后他挑了核桃仁扔进嘴里，一边还有空说话：“其实我已经知道那位姐姐叫什么名字了。”

“是吗？”太医随口应着，对准穴位扎了进去。

看来胡先生的医术真不是盖的，她动成这样，还能扎准。为什么她知道扎准了呢？因为她一点也感觉不到痛，而扎准了穴位是不会让人有丝毫疼痛之感的。

既然这样，嗯，还是该给人家一些尊重的，况且人家还是给她治病。

不经意间，少年摇啊摇啊的小腿慢慢安静下来，当然核桃还是要敲的。“她叫阴玉真，对吧？”

“你怎么知道？”太医抬头，掩不住惊奇。

哇哈哈哈，果然猜中了！她嘿嘿笑了起来：“我和她心有灵犀一点通，只消看她一眼，就知道她叫什么名字了。”

太医一笑之后恢复常态：“想不到公子还有此异能。”

“当然。你知道我的愿望是什么吗？”

“洗耳恭听。”

“见遍各路英雄，识遍各家美男，哦不美女，然后把众位美眉泡到手。”

太医把头偏向一边，然后是被口水呛到的声音。

世民踱步进来：“身为男儿，安弟不想建功立业？”

“那是要付出代价的。”

“以你才华，必能将代价减至最小。”

“可还是要失去。人生如梦，我现在——只想游戏人间。”

世民一笑：“这个世界，游戏人间就不会付出代价了么？你只有获得了足够的能力，才能做你想做的任何事。”

她看着他："二哥是这么想的？"

他点头。

"也许你说的有理，但我却犯过两次这样的错误。第一次千辛万苦终于取得了那个人的认可，可同时却失去了我爱的和爱我的人；第二次我尽了所有努力去劝密叔叔，结局竟毫无改变。看到了命运，却改变不了它，还有比这更悲哀的事么？"

"那是能力不够的缘故。"

"不，即使你能力再强，有些东西，还是不以你的意志为转移的。"例如感情，例如天灾，例如那冥冥之中推动一切的天数。

他看着她。

她也看着他。

胡太医咳了一声。

世民转头，道："他的腿怎么样？"

"回殿下，史公子右腿本有固疾，之前可能是剧烈崴了一下，牵动旧伤，经老臣施针，再配几副药应当没事。"

"对他以后行动有没有影响？"

"不能剧烈运动。"

拿了几副药，被世民送回家。

"不进去坐坐？"

"不了。注意休息。"

看着他骑马远去，微微叹口气，刚要推门，门就开了，如晦提灯站在门口："回来了。"

她点头，随他进屋。

桌上摆着尚未动过的饭菜。

"吃过饭了吧？"

"还没。"

如晦目光闪了闪："那你坐着，我再去温一下。"

"怎么有小弟坐着大哥忙的道理。还是你坐着，我来热菜吧。"她站起来。

"干脆两人都动手好了。"

一炷香之后，热腾腾的饭菜重新上了桌。

"怎么抓了药回来？哪里不舒服？"

"没什么，补身健体的药罢了。"

"……目前北方战事吃紧，我看不久，皇上肯定召秦王殿下出兵。"

“哦。”

“殿下一直很爱护欣赏你，你该知道？”

“可惜我与他，始终有些观念不同。”脑中想起了刚才的争论。

如晦一笑：“这个自然。有谁与谁的观念会完全一致？即使是亲兄弟，也做不到吧。”

想想也是。何况她还是个来自千年之后的人。这么一想，刚刚那点不快好像烟消云散了呢。

如晦真是个神奇的人。

他顿了顿：“殿下一向爱惜人才，对你更是青睐有加，他迟早——”

“他已经跟我说了。”

“是吗？”

她笑笑，放下筷子，取出竹筒喝了一口，“他叫我建功立业，我却说我想游戏人间，还跟他辩论一番，结果……呃，不是太妙。”

“殿下不是小肚鸡肠之人。相反，他会更加努力地说服你。你等着吧。”如晦呵呵笑出声来。

“你一向说得都很准哪，但愿这次就不要那么准了吧？”她做哀怨状，“其实，我就在他面前表现过会下棋弹琴而已，对他行军打仗有什么帮助？”

“熊耳山一战，你忘了？”

“嗯？”

“当时你的突然出现，已大大出乎他意料，本来他的玄甲军根本就不打算用的。你阻止李密进熊耳山，并指明有埋伏，你可知当时他的震动有多大？”

“再大又有什么用？密叔叔还不是被活活给射死——”

“其实，有秦王给你当靠山，有什么不好？”

是啊，那可是将来的皇帝，是唐太宗，响当当的一块金字招牌呀！

“更何况，我对你说过的，逃避并不是办法，不是任何人都有软弱的权利啊。”

不是任何人都有软弱的权利？

她没有吗？还是，她要争取了才有？

姑娘，问问你的心，它如果觉得做对了，那就是做对了，至于结果，并不重要。

王薄的话突然响起。

似是顿悟。

于是她笑：“杜大哥，我真怀疑你是不是受了秦王指使来当说客的。”

如晦摇摇食指："其实我呢，觉得你是适合游戏人间的。"

"真的？"真是生她者，父母；知她者，如晦也！

"不过，"如晦笑笑，"还是那句话，环境不允许。所以，此刻该是入世，而非出世之机啊。"

二十四　一品飘香

长安最大最好的酒楼是哪家？不用说，人人都会告诉你，一品香。

大唐初期定制，除了宫内建筑外，市井间不准起高楼。但后来又放宽了规定，最高可建二层。而一品香，一枝独秀，建了四层。

朱漆的大门前龙飞凤舞挂了一副楹联：陈列奇珍来海国，搜罗异味备天厨。

一名白衣少年慢腾腾进了店："老板，你们这儿最好的宴是什么宴？"

旁边伙计笑："公子，我们这三、四楼可不是随便谁就能上的。"

"这我当然知道。"少年斜他一眼，谁人不知上三、四楼除了要花大把的钱外，权势才是更重要的。特别是四楼，只有皇亲国戚们才搞得定。

柜台后的白胖男子笑眯眯的："公子叫我金掌柜就好。我们这儿最好的宴，叫烧尾宴。"

少年倚着柜台，也不见他有点菜的意思："烧尾宴？听说是新羊入群，群羊欺生，唯将新羊之尾烧断，乃得安生。故此命名，是也不是？"

金掌柜脾气颇好："有此一说。不过还有的讲老虎变人，其尾犹在，烧掉其尾，方可完成蜕变。但我们店里用的是另一个典故，即鲤鱼跃龙门，非天火烧掉其尾而不得过。"

"好，这个传说最神奇也最吉利，不愧是生意人。哎，那烧尾宴上都吃些什么菜？"

"饭食有巨胜奴、婆罗门轻高面、贵妃红、汉宫棋、水炼犊、葱醋鸡、丁子香淋脍、长生粥；菜肴羹汤有通花软牛肠、光明虾炙、白龙曜、羊皮花丝、雪婴儿、仙人脔、小天酥、箸头春、过门香等。"

都根本听不出来是什么菜嘛！少年想。

金掌柜滔滔不绝说下去："另加看菜糕点十盏：

第一盏，素蒸音声部。

第二盏，生进二十四气馄饨。

第三盏，御黄王母饭。

第四盏，曼陀罗蒴果。

第五盏，单笼金乳酥、玉露团。

第六盏，冷蟾儿羹清凉碎。

第七盏，水晶龙凤糕。

第八盏，火盏焰口。

第九盏，红羊枝杖。

第十盏，金铃炙、升平炙。"

他听得头晕，抬起手："等等——"

掌柜没听见似的："还有水果时香四行。

绣花高饤一行，葡萄、扁桃、安石榴、八果垒、香橼、鹅梨、乳梨、榠楂、花木瓜。

乐仙干果子一行，龙眼、香莲、榧子、榛子、松子、银杏、黑枣、青梅、白果仁、核桃仁。

缕金香药一行，胡荽花儿、甘草花儿、朱砂圆子、木香、丁香、水龙脑、使君子、官桂花儿、白术人参、苜蓿。

雕花蜜饯一行，蜜汁红薯、桂花楂糕、雕花笋、蜜冬瓜鱼儿、雕花芸苔、木瓜大段儿、雕花金桔、青梅荷叶儿、蜜笋花儿。

咦，公子——人呢？"

"这儿呢——"一只手无力地举了起来。今儿个真是撞枪口了，这个金掌柜肯定是N年没有炫耀过，难为他还记得那么多！

金掌柜伸长了脖子往高高的柜台外一望："公子，您怎么倒下啦？"

"嘿嘿，嘿嘿，"少年心想，还不是托您的福，一边道，"这该是不传之秘吧，你就这么说了出来？"

"这您就不知道了，人家即使知道，也做不出我们这味儿来！"

"好了好了，这四楼我也上不了，你还是介绍别的吧。"

"那就来道'全月宴'吧。有乌云托月半月沉江群虾望月洱海映月皎月香鸡——"

"行行行，"少年慌不迭打断他，"就来这个就来这个。"

金掌柜眯眯一笑："小二，带路！"

少年边上楼梯边左右张看："喂——"咦？何时自己声音变得这么大？

抬头望了望，四楼楼梯口正站了一人，原来他也同时在叫，难怪！

他仔细看那人一眼，岂知不看还好，一看便后悔起来。

齐王李元吉。

元吉也看到了他，眼睛一转，笑道："原来是史公子啊，幸会幸会，上来一起坐吧。"

"谢齐王美意，我还约了人。"

"没关系。待会儿一起叫他过来坐好了。"

她想了想，一笑："也好。那就谢过齐王了。"

抬步上了四楼。

开阔的空间令她心神一振。

足可容纳二三十桌的整层楼，竟只设一桌！

当中圆桌已经坐了几人，此刻都站了起来。

元吉挥手示意大家坐下，朝他们使个眼色："来，喝酒要行酒令，今天本王做回令官，每人各说一个典故，要和桌上的菜肴有关联。说得出来的，才可以端去吃，如果说不出来，就甭想吃了。长幼有序，我们按年龄一个个说，你们觉得如何？"

众人齐答好。安逝只是笑。

元吉对安逝道："你年纪最小，你最后才说。"

人有七个，菜却刚上了六样，鬼都明白他打什么主意。

安逝依然点头："好。"

元吉得意扬扬："本王是令官，便先说了。姜太公钓鱼。"说完就把桌上那盘鱼端到自己面前。

然后一个最年长的留了撮白胡子的老头道："彭祖寿鸡。"接着把香喷喷的鸡肉摆了过去。

第三人开口："张飞卖肉。"当然猪肉就给他端去了。

"苏武牧羊。"羊肉被端走。

"庖丁解牛。"牛肉也没了。

这下，肉都被拿光了，只剩下最后一盘菜。

第六人道："刘备种菜。"然后，最后一道青菜也被抢走。

元吉笑嘻嘻的："大家都说完了，不用客气，赶紧趁热吃。"

他觉得摆了安逝一道，自是喜不自禁，其余五人也忍不住笑了起来。

就在他们准备大啖美食之际，安逝终于说话了："各位且慢，我还没说呢！"

六人都挂着笑意望她。

只见她双手一摊，大声道：“秦始皇吞并六国呐。”说完，把六碟佳肴全部揽到自己面前。

众人措手不及，面面相觑。

元吉眼看就要发脾气。

一个笑声传来：“史公子真是出人意表啊！”

她回头，挑眉：“李公子？”

后面元吉一声大叫：“大哥！”

接下来“刷刷”一片跪地之声：“臣等见过太子殿下！太子殿下千岁，千岁，千千岁！”

“平身。”李建成笑如春风，“在外不必多礼。”

“喂，见了我大哥还不下跪！”元吉瞪他一眼。

她才不怕他，回瞪他一眼，这……原来是太子啊……还是跪吧！

刚做个姿势，李建成已一把扶住：“这是在宫外，史公子免礼。”

“大哥！”元吉叫。

“四弟，”建成正色，“史公子是治世安邦的奇才，你爱玩也要有个限度。”

她在一旁只想晕倒：今天怎么回事？先是这个郊外跟她讨论均田制的“李公子”变成了“李太子”，再来又是一顶高帽子压下，她什么时候变成“治世安邦”的“奇才”了？

元吉不情不愿地走到旁边坐下。

她赶紧告辞：“既然太子与齐王有事，那我就先行告退了。”

“没关系，大家随便聊聊。”

“可是——”

一个小二上来：“禀告各位爷，楼下有几人找史公子，这——”

“我下去！”

“让他们上来。”

两个声音同时响起，两人对视一眼，人在强权之下，不得不低头，安逝让步。

“咚咚咚咚”一阵脚步声传来，当先一人首先看到她，冲上来：“公子！”

“秦青。”她无奈笑笑。

“他们是——”秦青扫向众人。

“还不拜见太子殿下、齐王殿下和众位大人。”

“砰砰”，秦青身后二人随声跪了下去。

秦青忙行大礼，齐道：“草民见过太子殿下，齐王殿下。太子殿下

千岁，千岁，千千岁！”

“平身。”

建成看了眼秦青三人，问：“这是——”

“这位叫秦青，是我朋友。另两位是他同学，一起在太常寺学习。”

建成点头：“原来是太常寺的人。”

秦青三人显是被他身份所慑，只低头立在一边，不敢多言半句。

安逝了然：“太子殿下的盛意史安心领了，只是我与秦青难得相见，不如改日——？”

建成是个聪明人，当即明白了他的意思：“也好，那你们就下去吧。”

“谢太子殿下。”

下了楼来，同学甲擦了把汗，“想不到史公子识得太子与齐王这等大人物，实在失敬，失敬。”

同学乙露出一副谄媚样儿来：“秦青你也太不够义气，平日在寺里什么也不说，今日要不是我们同来，还不知你要藏到几时呢！”

“是啊是啊，”甲接道，“以前是我们有眼不识泰山，今后可还盼兄弟你多关照点儿才是。”

秦青嗤笑在心。平日这两人在寺里倚仗身份作威作福，同学们被欺负了也不敢哼半句，上次公子来了寺里探望他瞧见了，当即决定想个办法让这两人收敛一些，便要他约他们来这一品香。原来竟是有太子齐王压阵。只是没想到权势这东西这么好用，两人变脸之快让他不齿之余，隐隐又有些得意感冒了出来。抬眼看着走在前头的公子，突然发现，除了知道公子为人极好之外，其他的，自己竟是半丝也不了解呢！

二十五　孔雀裘衣

刘文静死了。

罪名是谋反。

太原成了刘武周的都城，裴寂已经兵败回朝，关中危急。

太极殿上。

李渊坐在龙椅上，脸色不是太好：“刘武周依恃突厥之势，尽掠我

关东之地。朝廷两次派兵征讨，皆为贼所败。如今贼势大张，眼看就要兵逼潼关，众爱卿以为该如何应对？”

左仆射封德彝、户部尚书萧瑀等，皆隋朝旧臣，平日对处置政务文书诸事还算熟络，但对这两军交战之事，有裴寂这个活生生的例子在前……越多说越有纸上谈兵之嫌。只好瞪着地上，或者拿眼觑觑秦王。

列在武官后排的李靖低着头，他现在官职并不算高，人言轻微。他略抬头朝前排的人看了看，还是等一等吧。

新擢拔为兵部尚书的史万宝及一行武将早已义愤填膺，本欲请战，可做了几次跨脚的动作就愣是没跨出去，秦王都没有半分动作呢。

大殿里一片难堪的沉默。

世民平静地站在那里，一声不吭。谁也不知道他心里在想什么。

见文武群臣都不说话，李渊心中开始后悔了，大唐现在离扫荡中原群雄、一统南北的目标其实还十分遥远，天下尚未平定，怎么就对儿子起疑了呢？况且，世民现在这样，恐怕与自己草草杀了刘文静也脱不了干系。

但此时儿子不请战，自己一朝天子，难道还求他出征不成？想到这里，李渊长叹了一声：“贼势如此，难与争锋。既然众爱卿皆无良策，便只好放弃大河以东，我朝仅守关西之地算了。”

“父王！”建成出列，神情坚定，“此举万万不可！您一生雄才大略，大唐更是从没这么怯懦沮丧过。儿臣愿领兵出征！”

李渊勉强一笑：“太子乃国之储君，怎能轻易出征？更何况现在均田制及租庸调制都在拟订之中，你就撒手不管？”

话说到这个份上，世民知道自己该说话了，避嫌也好，赌气也罢，都该适可而止。按下自己复杂的心绪，他上前一步：“启禀父皇，儿臣认为，太原乃我朝王业之基，国之根本，而河东历来水甘土沃，为富庶殷实之地，乃京师所资。今若拱手让与刘贼，儿臣窃为愤恨。臣愿率精兵三万，殄灭武周，克复汾、晋！”

他所说的道理，李渊与群臣何尝不知？太原及河东既是李唐王朝的发祥地，又是京都长安的大后方，无论过去、眼下还是以后，都具有国祚之“根基”意义，如同大树的根本啊。

李渊暗自舒了一口长气，二郎总算还是主动请缨了。他露出几日来第一个真心的笑容：“吾儿既肯出征，必能大获全胜。但三万兵马太少，朕就悉发关中之兵，朝中战将亦任由你来挑选！”

世民拜倒：“谢父皇恩准。但京畿重地，亦不可无大军戍守，儿臣最多提八万人马，扫荡刘、宋足矣。”

“吾儿乃国之砥柱，大唐安危，在此一战。你先行准备，十日之后，朕亲至华阴长春宫，为你送行！”

“谢父皇！”

阴玉真将她带至王府后院。

寒塘倒影，一人负手立于岸旁。

阴玉真低声道：“殿下回府后尚未进食……公子您劝劝他。”

她应了一声。玉真低身一福，轻轻走开。

隔了许久，她缓缓上前两步，注视着那道挺立的背影，又凝住不动了。

也许，还是让他独自静一会儿好吧。

她想着。

正欲退回，那人出声：“安弟。”

顿了顿，她举步上前，打个哈哈：“大哥看这月色可好？”

世民瞥她一眼，看看高空一抹残月：“哪里好了。”

“心情好呢，自然看什么都好。现在大哥说它不好，看来心情不爽呀。”心中加一句，废话！

他看着月亮：“当初在太原筹划起义时，是他最先定下了西取长安的非常之策，后又数年如一日，出生入死，随我征战西秦……高鸟尽，良弓藏；敌国破，谋臣亡。刘兄啊刘兄，这就是你对我们李家的最后一句话？”

她默默听着。

“早知事情会闹到如此田地，我就该从长春宫早早赶回来，而不是只上奏折。父皇也太听信裴寂之言了！”

这该是他回来后第一次透露他悲愤的情绪吧。刘文静与他，有着亦师亦友之谊，他身为秦王，不但没能救得了他，还要深深压抑住对李渊做法的不平，即便对裴寂，也打压不得……

“斯人已逝——”话刚出口，才发现安慰之词说再多，也是没什么大用。

索性什么也不说，干脆做一回垃圾桶罢了。

正在她做好准备打算听上一大段发泄之词时，他突然又回复到了先前的沉默，半个字也没有了。

月光在地上拉出两道长长的影子。

“那个，接下来，你就要做出征准备了吧？”

他应了一声。

偷看他一眼，看不太清面容，只觉神色稍冷。

“祝大哥旗开得胜，马到功成。”

他唇角似是勾了勾，过一会儿道：“你和我一道走吧。”

“啊？”

“元吉回京，你便与他结了梁子。我这个四弟，脾气可不好啊。”

她淡淡一笑：“惹不起总躲得起。实在不行，离开长安也就是了。”

“你别小看了齐王的本事。真要给你编派个罪名，到处一张捕，你天涯海角也跑不了。到时我在外地，万一赶不及——”余下的话他未说，她却明白，万一赶不及，像刘文静这样，可就真是做了冤死鬼了。

当日所为，她并不后悔。那刻如果自己不出手，倒霉的就变成了红拂。她不愿看见那本该铮铮铁骨的女子受到侮辱。

更关键的是，她不喜欢李元吉。

不过，她好像忘了一点。现在自己所处的并不是原来那个世界。在原来那个世界，喜欢什么，不喜欢什么，完全可以明白地说出口，即使有人想报复，终究还是个法制社会；而这个时代，阶级分明，李元吉是齐王，是皇子，是高高在上的王爷，她一个平民，拿什么去与他斗？

之前可以靠李密，靠秦琼程咬金单雄信罗士信，现在靠谁？李世民？

不是任何人都有软弱的权利啊。

曾经她以为，只要靠自己，便不会再软弱。

但是……

扬起头，一笑：“那史安就恭敬不如从命了。”

出了秦王府大门，抬头看看残月，叹口气。

她没什么目的地随人潮流动，瞄到了一座灯火璀璨的建筑。

杨媚，上次解围时尚未谢过她，该去看看才对。

交了十两银子入门钱，找了嬷嬷过来去艳楼。

嬷嬷上下看她一阵：“可不巧哇，我们家媚儿正在招待齐王殿下呢！公子您再找一位？我们这儿——”

她挥手阻止她即将出口的长篇大论，听说李元吉自见杨媚之后就念念不忘，使尽了各种手段猛追，想来是真的了？

安逝笑笑：“你只管对她说一声史公子来了，见与不见，说声便是。”说罢塞了片金叶子放到嬷嬷手里。

嬷嬷掂了掂，眉开眼笑：“那是那是。公子稍等，老身去去就来。”

过一会儿，她回来了，一身肥肉抖得厉害：“公子原来与齐王殿下

相识，怎不早说。快请进吧，殿下跟媚儿都等着呢。”

仍然是上次那间香气四溢的房间。

齐王坐在卧榻上吃着水果，杨媚在一旁抚琴。

安逝刚一踏进房门，就听元吉懒懒道：“史安，咱们还真是有缘，何处不相逢啊！”

杨媚站起来朝她一笑：“史公子。”

她回以一笑。齐王在就不好提上次之事了，只答：“回殿下，我也这么觉得。”

元吉笑一声，不过凉飕飕的：“你——也喜欢媚儿？”

“杨姑娘天生丽质，谁不喜欢？”一个太极打回去，元吉一时住了口。

四处瞧瞧，看到桌上摆了棋子，她走过去坐下：“在下双陆？”

元吉过来：“你会？”

点头。

“那太好了！我们就来下一盘，以案上孔雀裘为注。”

安逝凝眸看去。房中一侧新置了张青玉案，案上摆了件色彩鲜艳的羽衣。

“那是——”

杨媚道：“是一件以百雀之羽、百兽之腋衲成的裘衣，再饰以孔雀翎毛，据说珍贵无比。”

她笑：“可惜我没有同样珍贵之物做赌注呢。”

元吉道：“本王欲将此裘送给媚儿，媚儿只嫌贵重。本王瞧你口齿伶俐，破例与你赌一回，你赢了，这裘就归你；若输了，便劝媚儿心甘情愿将裘收下，如何？”

安逝看了杨媚一眼，后者朝她眨眨眼，显示对她有信心。

不由笑道：“好。”

元吉摆好棋：“那就开始吧。”

几掷之后。

元吉道：“史安，看来今儿本王运气好一些嘛。”

杨媚在一旁点筹：“公子，你好像掷的都是小点呢。”

安逝道：“起手几掷不要大点，也是没关系的。”

“是吗？”元吉笑，“只怕到时你想赶都赶不及。”

又过几掷。

安逝拍额：“哎呀，此刻齐王殿下您五梁已成，我不扔个六点，就只好看你一人行喽！”

杨媚笑：“两个骰子还怕掷不出个六点来？”

元吉一声冷哼。

"所以说，这种东西，虽有偶然，其实于除大算小，是最有讲究的。"安逝边笑边扔了骰子，"滴溜溜"转了个七点，"殿下，不好意思啦。"

元吉一把夺过骰子，瞧见安逝笑嘻嘻的神态，心想这小子难道是故意的？

杨媚又道："妾身还听见人说过，'双陆是为手足而设。'不知是何寓意？"

安逝看元吉一眼，挤挤眼，示意要他答。

元吉凑到她耳边："什么意思？"

她轻道："这不是给你表现的机会吗？回答出来了，搏美人一笑啊。"

元吉退回去，咳了咳："这意思好理解得很——呐，史安，你来说说。"

安逝一口茶差点没喷出来。

杨媚看看他俩。

一道目光威逼过来，她转向杨媚："他是劝人手足和睦之意。你想啊，若是两个、三个连在一处，就算一梁，别人就不能动；但若放单不能成梁，别人行来，可怎么办？如不遇见则已，倘或遇见，即被打下。所以说手足要同心合意，外人则不能前来欺侮；若是各自存了心思，不能和睦，且先不说别人——"突地一顿，想到了什么，看看元吉。

"说得不错，继续啊。"齐王支着颔。

"若是各自存了心思，便是自己先孤了，最终弄个手足相残，多没意味。"她匆匆结语，"总之，要几个连在一处成了梁，就不怕人打了。这个就是'外御其侮'一个意思。"

"可见古人一举一动，莫不令人归于正道，就是游戏之中，也都寓着劝世之意。无如世人只知贪图好玩，哪晓其中却有这个道理。"杨媚叹道。

一炷香后。

"多谢齐王赐衣。"一声轻语，一名少年从艳楼中退了出来。

转身，脸上笑意霎时敛了去。

看了眼手中的孔雀裘，少年叫住擦身而过的一个小丫鬟："你等等。"

小丫鬟才十来岁左右，眼神怯怯的："公子有何吩咐？"

他随手将孔雀裘往她怀中一扔："送给你。"

小丫鬟愣了愣，捧着那件华丽而轻飘飘的羽衣，半天才反应过来："公子。"

少年已扬长而去。

二十六　秦王出征

十一月中旬，已是隆冬时节。

朔风凛冽，彤云密布，漫天大雪如碎琼乱玉，扬扬洒洒，天地间一片银装素裹。

安逝一直待在马车中。一来天气冷，二来右腿还不宜骑马。

“到黄河啦！”远远听见士兵叫。

她掀起车帘，一阵寒风钻进颈项，她瑟索一下，但仍探了头往外望。

一骑飞驰过来，“你一向怕冷，这性子倒是没变。”

“世勣大哥。”

李世勣执辔并行：“想不到你我还有共同出征的机会。”

“世事如棋，谁也不知道下一步会是怎样。”她轻道，“不过，能重新跟你们在一起，我真的很高兴呢。”

他笑：“这还不算。要是秦兄他们都从王世充帐下过来，那才叫大团圆。”

“总会有那么一天的。”

他看看她，总觉得她笑里藏了些什么。以前还能看出几分，现在，却只能靠直觉了。

这姑娘，越发收敛了啊……

如晦策马过来，先同世勣打了个招呼，然后问：“药吃了没？”

她点头：“一直当暖炉捂着呢，刚喝完。”

世勣打趣：“我们的杜参军什么时候兼职当起老妈子来了？”

如晦一笑置之。

安逝却有些脸红：“世勣大哥！”

世勣笑笑：“要过黄河啦。”

昔日咆哮喧腾的黄河，已结了厚厚一层坚冰，变得服贴而又平静。

高扬着“李”“唐”二字的千军万马，训练有素地履冰过河。

看着长长如巨蛇的骑兵队、步兵队、辎重队一队队整齐地走着，她突然产生了几分不真实感。

历史上，唐王朝的疆域，最西曾抵咸海之滨，最北曾到西伯利亚，最东曾达萨哈林岛（库页岛），最南曾在北纬十八度。这，在中国历史上并不是绝后的，但绝对空前。这样广土众民的皇朝，亦为中外史书所罕见。

是什么造就了盛唐气象？

这个兼容并蓄，显示出全面开放的恢弘气度的王朝；这个不吝于向外传播中华文化的文明之光，显示出博大气派的王朝——

忆昔先皇巡朔方，千乘万骑入咸阳；

阴山骄子汗血马，长驱东胡胡走藏。

她想，也许就是眼前这些将士们的无畏牺牲和奋勇精神，寻求统一，开疆拓土，才打造了后世辉煌的局面吧。

不记得是不是在如晦的书房里看过，一个军的全部装备，共有弓一万二千张，配箭三十七万支；弩二千张，配箭二十五万支；枪一万二千支；佩刀一万把；陌刀二千五百把；棓二千五百杆；甲七千五百领；战袍五千领；牛皮牌二千五百面。从这可知，刀、枪、弓、铠甲和战袍是士兵必备的装备，平均每人一件，每张弓配箭三十支；弩每五人一张，配箭一百支；牛皮牌是遮挡型防护装具。从全军装备的兵器来说，种类齐全，用途多样，有格斗兵器、卫体兵器、射远兵器和防护装具，具有攻防兼备、轻重结合、长短互补的特点。如果全军出征，各种兵器配合使用，便可发挥综合杀敌的作用。

这样想来，自己所处的还真是一支具有非常恐怖的战斗力的军队呢。

天地苍苍，古代军队，厚重历史，她这缕现代灵魂，显得何其渺小？

传令兵一声接一声传来号令：“秦王有令，过河后在柏壁扎营！”

呵，正好与宋金刚大军遥相对峙。

依历史看来，李世民打仗好像是战无不胜的，那是不是意味着只要自己保护好自己就好？嗯，前途看来还真是一片光明——她点了点头，拿起车角的小锤子，开始敲核桃。

半分钟后，车厢外的士兵听到里面传来有规律的“啪啦”之声：呃，大家已经见怪不怪了，这是史公子在锤核桃。虽然一个男人爱吃零食兼这么怕冷是有点奇怪，但还是在可以忍受的范围之内的。

又过了半分钟，众人睁大眼，伴随“啪啦”之声的，竟然还有愉快的歌声！

“如果我有仙女棒，变大变小变漂亮，还要变个都是漫画、巧克力和玩具的家；

如果我有机器猫，我就叫它小叮当，竹蜻蜓和时光隧道，能去任何的地方。

ANG ANG ANG，哆来A梦和我一起，让梦想发光——”

众人满头黑线。这是什么调调？漫画是什么东西？巧克力是什么东西？机器猫又是什么东西？

重要的是，现在是形势紧张要打仗哎，不是唱歌的时候吧？！

史公子——会不会神经错乱了？

世民与李靖并马徐行。

世民道：“敌军新胜，宋金刚恃其众甚，来邀我战，将军以为我当如何应对？”

李靖看着士兵们安营扎寨的忙碌身影：“现今贼军锋不可当，易以计屈，难以力争。今宜深沟高垒，以挫其锋；乌合之众，莫能持久；粮运致竭，自当离散，可不战而擒。”

世民笑着点头：“将军之意，暗与我合。”

房玄龄想了想：“要较长时间这样做的话，恐怕我军自己也面临粮秣不继和柴薪缺乏两大问题。”

李靖颔首：“先生说得对。黄河以东的州县，已被刘武周的军队掠夺一空，所有官仓均无积谷，而当地百姓畏于战事，早逃散奔命。大军无处征粮，只能靠后方供应，可辗转运输难免出现不接的时候，最好还是能就地取粮啊。”

“此事须从长计议。安置好各部后，升一次帐，大家一起讨论讨论这个问题。”

“是。”

“二哥——”几匹马飞快奔来。

尚未看清人影，笑声又到：“大惊喜呀！大惊喜呀——”

“公主殿下。”李靖、房玄龄看清来人，拱手为礼。

三娘还没答话，她身后一名骑士就翻身下马，冲世民跪下：“无忌管教不严，致使舍妹胡闹，请秦王殿下责罚！”

世民看向三娘，以眼神询问。

三娘笑着，拉过背后另一名骑士：“要我看根本就是好事，无忌你太大惊小怪了。”

说罢一把将骑士的头盔掀开。

这下连一向老持成重的房玄龄也吃了一惊：“长孙姑娘？”

头盔下正是不好意思朝众人笑笑的长孙无垢。

世民一直没说话。

长孙无忌跪着不起："微臣这就将她送——"

"我，还有李夫人，都可以行军打仗，无垢又为什么不能？无忌，你们可是有北魏拓拔氏的血统，无垢的马术一点不比我差。"三娘打岔。

"可是——"

"二哥，无垢既然来了，你就让她留下嘛！"

世民看向无垢。

无垢亦抬眸望他。

视线在半空交汇。

"好了，长孙姑娘可以留下。"

三娘喜道："我就知道二哥最通情达理了。"

世民笑笑："无忌起来吧。待会儿为长孙姑娘单独设一个帐篷，供给同比三娘。"

无忌悬着的心总算放下："谢殿下！"

"走！走！"一群士兵撵着十几名百姓往大帐走去。

安逝捂着小手炉，看了看，跟在后面走。

一名队长模样的进帐，报："禀告殿下，小的带队去山中砍柴，碰到十几个百姓装束的人，恐是敌军暗探，故带回大营！"

座中的青年头束玉环，穿一袭暗紫色的长袍，意态闲懒："带进来看看。"

"是！"

青年瞄到了跟着进来却溜到一边的少年，勾唇："那边冷，过来这边坐。"

安逝笑笑，蹭到大座旁铺了虎皮的侧椅上，"俗话说官大一级压死人，这享受也不知高了多少倍啊。"说完整张皮一拢，干脆把自己包在了里面。

"我好像叫人给你送了一张紫貂皮过去了？"

"是啊，我正想着怎么把它改成件外套，随时穿着。"

哆哆嗦嗦十几个人进来了，世民道："汝等可是刘武周派出的坐探？"

一众人慌忙跪下，只发抖，什么也说不出来。

"说实话。"

坦白从宽，抗拒从严。她心底好笑地加一句。

一个年轻人抬头，有丝气愤的样子："什么坐探卧探，俺们不懂，俺

们只是普普通通的老百姓。”

“那为什么跑到山里去？”

“还不是因为你们整日兵来匪去，不往山里跑，哪还捡得回性命？”

世民走过去看着他：“可你们一行人，个个都是青壮男丁，妇人小孩呢？”

“他们都在山洞里。最近一直下雪，实在冷得紧了，我们才拼死出来想回家看看还能不能找到些御寒衣物，再不行，捡些火薪也好啊。”

其余人不断点头。

“看来是一场误会，委屈诸位了。”世民一个个将他们扶起来，“民生多艰。来人！”

守候在外的队长进来。

“带他们下去吃顿饭，算是一点补偿。”

“是。”在一片感谢声中，队长领着众人退了出去。

世民缓缓踱回大座。

瞥一眼，那人竟合了目，靠在高高的椅背上，敢情想睡觉？

心念一转，他俯下身去，离那人越来越近，甚至可以看到黑黑的睫毛在脸上投下的一小片阴影。

呼吸纠缠。安逝猛地睁开眼：“大哥，你想吓死人啊！”

他拉她起来：“走，跟我去望望敌寨。”

她满心以为，去望敌寨嘛，上个高些的瞭望台不就够了？可等他牵了马出来时，她不由张口结舌：“这是……去哪里？”

“前面有座山。”敢情这位老兄还想去山上看哩！

“大哥——”

“嗯？”

“小弟我今天实在身体不适，真要察望敌寨，咱们还是上瞭望台算了吧。”

“右腿又不舒服了？”

“是、是啊。走两步没问题，要爬山的话——”

“行，那就上瞭望台吧。”

敌方在叫阵。

“大唐兵将，泥人纸马，不堪一击！”

“出战！出战！”

“缩头乌龟，无胆鼠辈！”

安逝望了望：“老这么三天两头地叫，他要哪天真不叫了，我还不习惯咯。”

世民笑笑，向东看去，只见宋金刚的营盘与往常没什么两样，岗哨林立，队伍出入井然有序，空旷的演兵场上，士兵们正在认真操练。“这个宋金刚，治军有方，也算得上是个将才了。”

安逝点头。

看了一会儿，他转过身来：“你真的不愿接受我授予你的官职？”

“喏，如果你能封我个比齐王殿下还大的官呢，我就接受。”

“你呀——”

她耸耸肩：“当武将要上战场出生入死，当文臣要上官场勾心斗角，何苦来哉？”

“……”

赶紧转移话题：“昨日见军士们抱了一大堆告示出去张贴，可是想出征粮的法子了？”

“我只是告诉百姓，唐军决不会扰民，让他们安心回家，以度寒冬。”

“听闻大哥带兵一向秋毫无犯，让他们回来料想不难。不过他们手头还有粮可征？”

“不要小瞧了百姓，他们千方百计转移藏匿粮食的方法多着呢。”

也是。毛主席也教导我们，群众的智慧是无穷的。

“然后，我们再把这些粮食买进来？”

世民点头：“我们以双倍的价钱收籴粮食，公买公卖，全凭自愿。百姓们看到能卖个好价钱，来年又可再春新谷，何乐而不为？”

“不错不错，时日一久，粮食就可渐渐得到补充了。”

“秦王殿下——”台下有人高唤。

两人俯头看去，是李靖。

“什么事？”

“微臣有一朋友，远道而来，希望能目睹殿下天颜，还盼殿下接见。”

世民朗朗一笑：“有朋自远方来，不亦乐乎！”说完瞧她一眼，“下去吧。”

她摇了下头：“你先去吧，我再待会儿。”

瞅着两人渐渐远去，她吸口气，拿出手腕套上，呼哨一声，几秒钟后，一只褐鸢冲天而下。

她习惯性摸摸它的头，看向它脚上的小铜管。

手犹豫了一下，终是伸了过去。

啊，里面有张纸条！

二十七　月夜遭袭

她低头匆匆往前走，不期然撞到一个人。

“哎哟”一声，抬眼望去。

世勣看着她：“没撞疼吧？”

她揉揉额头：“还好。”

“走走走，一起去中军大帐，我正有事跟殿下禀报。”

“我……我还有事呢。”

“总是找借口。”

“我真的有事。”

“嗯？”世勣带了丝疑惑。

这个人是个聪明人，她想一下：“好吧好吧，我跟你一起去。”

刚到帐口，就听到一个雄浑的声音：“我以数子守四方。”

光听着就很有气势，是谁？

帐内，秦王正与一人对弈，李靖、红拂夫妇立在一旁观战。

她走过去，红拂见到她，笑一笑，做了个安静的手势。

她点头，看向那人。

此人身材高大，坐着也给人一种压迫感。一双眼睛炯然有神，最特别的是生着一脸小龙似的赤须。

脑中突然闪过一个名称：虬髯客？

世民看了虬髯客一眼，持过一颗白子，正落“天元”：“我以一子定中原。”

此话一出，虬髯客蓦地一震，双目如闪电般照来。

世民不躲不避与他相对。

诡异。

眼中神色数变，终于，那人叹道：“不用下啦。”

红拂唤道：“大哥？”

虬髯客起身：“弟妹，既有了秦王殿下，不出数年，乱世必将平定。”说罢朝世民一躬，“今日总算也了了我一桩心愿，如此便不打扰了，告辞。”

李靖道：“大哥刚到，何不歇歇再走？”

虬髯客深深看他一眼：“照顾好弟妹罢。”

红拂心中突然升起一种奇怪的感觉，仿佛他此去就不会再回来似的，不由道：“大哥——”

他却不再看她，摆摆手，大踏步出营去了。

红拂抬脚想追，被李靖拦住：“大哥去意已决，你看不出来么？”

“可是——”

世民道：“这人当是一位盖世英雄。夫人不必担心，他想见时，自会来见。”

红拂看看他，又看了看夫君神色，叹了一声，终是停步。

世勣上前：“禀告殿下，微臣有事禀报。”

“讲。”

“在我军与宋金刚相持期间，皇上又在华阴发兵，命永安王李孝基、内史侍郎唐俭等率军一万攻打夏县。本以为夏县只是弹丸小城，守将吕崇茂所部又是新起的乌合之众，可以轻取，不料吕崇茂却向宋金刚求援，宋金刚派骁将尉迟敬德从浍州率众增援，我军表里受敌，大败。永安王及唐侍郎等皆被敌军俘获。今早有溃败的数十名我军将士逃到这里，我们才得知此情。”

世民皱眉：“这个尉迟敬德何许样人，竟有如此本领？”

“尉迟敬德名恭，听说骁勇绝伦，万马千军中取上将首级如若探囊取物尔。”

李靖点头：“臣亦听闻此人豪侠仗义，且处事粗中有细，是个人才。”

世民沉吟半晌：“尉迟敬德援救夏县，既然获胜，就必定要返回浍州，可是这样？”

“理应如此。”李靖答。

“那么，从夏县回浍州，美良川是必经之路，这也没错吧？”

李靖和世勣皆一动，对看一眼，马上明白了世民的意思，世勣试探性问道：“殿下的意思，要在美良川设伏？”

“没错！尉迟敬德刚获大胜，凯旋路上，必不设防。我们就乘机打他个措手不及，一来挫挫宋金刚的锐气，二来一定要千方百计生擒尉迟敬德。千军易得，一将难求。这样，就你二人，率军一万，今夜出发，赶往美良川！”

“遵命！”

如晦进帐时，安逝正对着铜脸盆发呆。

他放慢了步子上去，一看，盆里盛了水，水面上浮着一张白纸。

她轻轻将纸拈起来，转身，没想到后面有人，吓了一跳。

“是我。”如晦忙道，到一旁将烛火挑明了些。

她拍着胸口：“吓得我，怎么不出声？”

他指指她手中的白纸：“想看在做什么呢，就忘了。”

她笑，靠近火旁，又把白纸对着火光左照右照。

“嗯——你到底在做什么呀？”

她皱皱眉，隔了好一会儿才道：“杜大哥，你们这儿有没有什么写了字，然后要经过特殊处理才能看到的技术？”

“你是说，”如晦看看那张纸，“这张白纸上写了字，你却不知道用什么方法才能看得到？”

哇塞，他也太一点就通了吧！她收起纸：“不是这个啦，我只是突然想起以前听人说过。”

他笑：“可能有吧，道术玄术歧黄术骗人术，总不是空穴来风。”

她低头，像思索着什么。

“不过我是没见过。说不定啊，你那就是一张普通的白纸，什么也没有。”

“不可能——”她抬头，嘴唇动了两下，终变成呢喃不可闻的低语，“不会的……”

“史公子在吗？”一名士兵站在门口。

“什么事？”如晦扬声问。

“禀参军，小的是李夫人手下，夫人问公子有空否，邀他过去一趟。”

帐内一道美丽的背影正对着她。

安逝张嘴：“红——长孙姑娘？”

背影转过来，正是无垢：“史公子来啦。请稍微等等，夫人送李将军去了，马上回来。”

“哦。”点头。

无垢沏上一杯茶，她双手接过，连声“不敢”，忽然想到自己此刻是男儿身份，而眼前之人却是秦王未婚妻，一把跳起来：“这个——男女有别，我还是到外面去等吧。”

无垢淡笑，阻止了她：“我都不怕，公子何必惊慌？虽说男女授受不亲，可这是行军打仗，不必过分拘束。”

她点头，复坐下了。

无垢坐在她对面："听闻公子喜欢吃核桃？"

"是啊。"她尴尬地笑。

"前些日子倒是有人给我们家送了一些核桃，好像叫'石门核桃'的，纹细、皮薄、口味香甜，听说还算有名。等打仗回去了，我叫人送一些给公子评鉴评鉴。"

"姑娘厚爱，史安实不敢当。"

"公子哪里话。"

两人对坐了一阵，她胡想着，怎么红拂姐还不回来？

正寻思间，忽听外面一阵骚乱，有人大叫："刺客！有刺客！"

两人互视一眼，立马起身来到帐门前，抓住一名士卒："怎么回事？"

士卒惊慌地答："小的也不太清楚，好像是刺客偷袭。"

"人数可多？"

"不知道啊。"

无垢听完，转身就往秦王大帐的方向走。安逝拽住她衣袖："长孙姑娘，你是千金之躯，还是待在帐中比较安全。"

"我并非娇弱之身，公子放心。"无垢抽了衣袖，执意去了。

她一时愣住：这个一脸坚毅的无垢，真的是之前看起来永远平静如水的无垢？

西边突然火光冲天。糟了，是粮仓！

安逝大惊，急速跑了过去。

现场一片混乱，军士们没头苍蝇似的到处乱跑，只有几人拿了桶试图救火。

她怒，拉住匆匆而过的一人："粮食对我们有多重要知不知道？！还不快去救火！"

那人有些委屈："公子，顾不上粮仓啦！听说秦王那边出现了好多厉害的高手，大伙都忙着赶去救驾啊！"

她心中一惊，李靖、世勣刚走，军中就出现这种事情，到底怎么回事？

那人见她脸色不好，弓了身就想溜，又被她拉住："这边起火了却没有人来，想必大家都去秦王帐营了，有玄甲军护着估计出不了什么事。听我的，马上组织人来救火！"

"可是——"

"没什么可是，出了事我担着！"

"是！"小伙子一听这话，倒也爽快，马上扯开了嗓门喊："公子有

令，现场的人先组织起来救火！”

所有跑动的人都停了动作，朝这边看来。

安逝拍两下掌：“大家听着！秦王那边已安排有人救驾，不必惊慌，现在马上救火！”

听闻殿下无事，士兵们安下心来，于是打水的打水，扑火的扑火，在她的指挥下快速有效地灭起火来。

隆隆冬日，她往脸上抹了一把汗。

“公子小心！”突然一声大叫，还不知发生了什么事，一个人从后面压过来，将她扑倒在地。她回头，冲天火光下，三名黑衣蒙面的男子站在高处，头人目光锐利，而后面两人“嗖嗖”连发数支带火的长箭，使得好不容易快熄的火又烧了起来。

“噗！”压在自己身上的士兵吐了满口血花。她一瞧，方见他背后穿了一支利箭。

她小心地将他平移到一旁，站起身来：“所有带了弓箭的人听着！先放下救火，排成一排，给我射！”

不把你们射成个马蜂窝，我就不姓安！

士兵们都是极为训练有素的，当下也不顾是否有盾牌护身，依令行事。

刷刷刷，一阵箭雨朝三人盖去。

三人身法极快，见势如此，迅速往后退。为首之人眉毛一扬，反身之中竟又搭了一箭，朝她射来。

“公子！”惊起呼声一片。

她侧头避过：“他妈的，有种你别跑！给我站住！”

一旁士兵们不料一向温文秀气的史公子竟然开口骂起粗话来，顿时下巴掉了一地。

“余下的继续救火！”她回头吩咐一声，“身手好的跟我来！”

带头急步直追。

后面一大串脚步声。

她边跑边回头瞄一眼，有十几二十人左右，还好。

黑色影子越来越远了，心头一急：“跑得快的先追过去！”

士兵们应着，匆匆越过了她。

又跑了一阵，她已经完全看不到黑衣人的踪影，这才慢慢停下来，突然发现，自己身边竟一个人都没有了！

月光残落地照下来，满身寂寥。

她边靠着树干喘气，边打量着这片小树林。

冬夜，呼出的气都是冷的，连虫鸣都没有，风声也没有，好像突然与外界隔离了般，只有一个字，静。

有些累了。

刚踏一步，一个冰凉的东西贴在了颈后。

叹一声："看来真不该追来的。"

大刀一动不动。

她没有回头："你是事先就做好了准备想引我出来呢，还是只是看到我落了单，才突然起了杀心？"

没有回应。

手往腰间移了移："今晚怕是逃不掉了，临死之前，让我做个明白鬼吧。"

无声。

慢慢转过身来，后面立了三座黑衣铁塔。

提刀的正是带头之人。

她仔细盯他，眉头骤然展开："你真的要杀我？"

脖子一痛。

"九鼎在我之手，阿史那，你敢动手！"

后面一人"咦"了一声，"九鼎指环在你手里？！"

寒光一闪，刀离了脖子，却是直接划了下来。

"叮——"交戈之声乍响，软剑缠住了大刀。

带头之人目光闪了一闪，来势不减，顷刻间又是几招。

安逝心中暗暗叫苦，阿史那力道浑厚，杀气逼人，自己只能灵活躲闪，最多也不过再支撑个二三十招罢了。

士兵们怎么没一个赶过来的？

"等等等等！"

住了手，男人挑眉。

"我只有一个问题，是二哥叫你来的？"

隔半晌，摇头。

"好，总算是句老实话——"左手突地撒出，一枚烟弹用力甩到了地上！

呵呵呵呵，这些乱七八糟的东西带在身上还是有用滴。

她鬼笑，趁着烟雾就想溜走，蓦然迎面撞上了样东西，仰头，嘴唇似乎碰到了啥，软软的，又温又凉。

树？

绕了快走。

一条似是人的手臂缠了过来，她大惊：不会吧，这样也会被抓住的话就真的死定了！

沉默地激烈地挣扎起来，眼看烟雾就要散开，她大急，抓住那人的手狠狠咬去！

那人闷声不响，手顿了顿，又抓了过来。

这人是木头做的啊？不对，比木头强多了，刚刚那一咬可是把木头都能磕出个牙印来的——

还是不对，这个人的气息，怎么——好像——有点熟悉？

她又笑又叫："罗大哥！！！"

二十八 再见小罗

烟雾渐渐散去，黑衣三人擦了擦眼睛：咦？那个人竟然还在？

哦——原来多了个帮手啊！

阿史那不动声色地皱了下眉：可以逃走而不走，只有一种解释，那就是，想逃之人对这个帮手十分笃定，绝对打得过敌人。

可是，他看看多出来的那个人，白衣银枪，唇红齿白，怎么看怎么不像武艺超强之人，倒像个贵胄子弟啊。

月上半空，微微亮了起来。

性命之危已解，安逝再也不看三人，死死拉住士信衣袖："罗大哥，上次你怎么话也不说就走掉了？程伯伯单叔叔秦叔叔他们还好吗？我很想你们呀——"

士信看着她，眼神复杂，终于轻轻一笑："我们都很好。"

"……"安逝心中有千言万语，却什么也说不出来。

一名黑衣人冷哼一声，拔刀："就要死了，哪来那么多废话！"

安逝瞟他一眼，心想这人真是死到临头不自知。

银色光芒一闪，果然，黑衣人不再动弹。

她根本没看清他的动作，却看见黑衣人立在身前，两眼圆睁，似是不敢相信的模样，然后"砰"的一声，倒了下去。

左胸一点，绽开一朵血花。

阿史那终于动色："阁下何人？！"

"你们是突厥人。"

"是。"

"那就够了。"

伴随着尾音，只三四枪，后面一人跟着轰然倒下。阿史那的刀刚拔出刀鞘，就见银光冷冷，枪尖已然抵到了自己的喉咙前方。

快若闪电。

原来世间真有其事。

士信看看他，忽然笑了笑，枪尖顺着喉咙往上爬，如冰冷的蛇吻，到了面颊，然后一挑，蒙面的黑巾顿时飞了出去。

"果然是你！"安逝笑眯眯的。

阿史那把脸一偏，"要杀就杀！我突厥勇士决不会哼一个字！"

他眉毛一动，安逝阻道："先别杀他！让我问他两句。"

翻转手腕，亮银镔铁枪利索地收了回来。

"谢啦。"她朝他一笑，然后转向阿史那："你既是二哥的手下，二哥没叫你杀我，我往日与你无怨近日无仇，你为什么要这么做？"

阿史那不答。

"这就让我为难了。我本来还说放过你，所以也不问是谁派你们来放火的，只问这点私人问题，你也不说？"

阿史那看看她，犹豫了一下，还是没说话。

她叹道："那只好等以后去问二哥了，看他到底是什么意思。"

"不关泥布设的事！是我自己要这么做的。"

"原因呢？杀人总要有理由吧。"

"你毋需知道。只需晓得是我一人的主意就行了！"

"那你难道不怕回去后被二哥知道，处罚于你？"

"不论何种责罚，既然做了，阿史那一力担着就是。"

"倒也是条汉子，"她转转眼珠，"这事暂且搁下。还有一问，二哥既是始毕可汗的儿子，怎么不是他继承汗位，无端又冒出个处罗可汗？"

阿史那目中冒火："都是隋朝那个义城公主！她见泥布设年纪小，便找了个因由立了始毕可汗的弟弟继承大位，等泥布设赶回去时，一切已成定局，只能暂且忍耐。"

"原来如此，突厥内部看来也挺复杂的啊。这次是二哥叫你们来偷袭的？"

"不，是可汗——"猛然发现自己说漏了嘴，他赶紧捂住嘴巴，愤

愤然盯着她。

她笑得跟偷了腥的猫儿似的："好了好了，罗大哥，看在我与他以前也算认识的分上，今天你就放过他，好吗？"

士信吐出两个字："快滚。"

他何时在汉人手中受过这等羞辱？涨红了脸，手握在刀柄上放了又缩，缩了又放，终于扬声："你叫什么名字？！"

"罗士信。"

"罗、士、信。"他念着，咬牙切齿，"好，我记着你了！以后我会再找你决战的！"

"随便你。"

他看着那人平静自若的脸，根本就不把他的话放在耳里，心中恼怒更甚："我叫阿史那，阿史那！你记住了，总有一天我会报仇的！"

没人理他。

安逝将注意力全部放到了士信身上："你怎么到这里来的？"

士信瞧着阿史那怒然离去的背影，轻笑："我奉命去见一个人。"

一声"谁"哽在喉间，又缩回去，既然说明奉命，站在不同阵营，就不是自己该问的，也不是自己能问得出来的。

"那……上次在长安外的驿站，你为什么掉头就走？我叫你了，你没听见？"

他随意靠在了树干上，把枪抱在怀中："上次啊——"

"怎么样？"

"上次一路都有人监视我，你那时身后跟着秦王李世民吧，我怎么跟你见面？"

她呆了一下，王世充派人监视他？不会把程伯伯他们都一起监视了吧？

"现在呢？"马上将周围上上下下左左右右前前后后扫视一番，"监视你的人呢？在哪儿？"

士信笑："我把他们打晕了。"

她注意到他用的是复数。天，"王世充这么不相信你们，干吗还为他效力？"

"要走，也要找到机会才行啊。"他侧头看着她，"你——过得还好吧？"

"你们都不在，一点都不好。"突然有了兴致跟他闹，"我还没说呢，我让小鸢给你送信，你怎么回我张白纸？我想了半天，都不明白你是什么意思啊。"

“信？”士信难得皱起了好看的眉，“你叫鸢鸟给我送信？我未曾收到过呀。”

她瞪大眼：“你没收到？不可能，我写的信明明没有了，铜管里分明是一张白纸！”

他沉默地看她。

她摇头：“难道……难道被谁发现了，看了我的信，然后故意放一张白纸，让我自己猜度？”

“你在纸上写了些什么？”

她平息：“还好也没什么，只是胡乱一句罢了。”

他松口气：“以后千万别乱来了，我……我们不在你身边，你自己一定要保护好自己。”

“嗯。”

一点冰凉滴到她鼻头。“嗳？下雪了？”

青黑色的夜空，映着如水的月光，一点，两点，三点……细小的雪花洋洋洒洒飘落下来。

扬起头，看着白雪温柔地盖在石头及树枝上，忽而竟有一种很温暖的感觉。

静得可以听见自己心跳的声音。

“喂——”

他低头，看见一双如醉的迷蒙的眼睛，似烟似雾。

脑中突然想起了一句诗：髣髴兮若轻云之蔽月，飘摇兮若流风之回雪。

受了蛊惑般，一种不知名的情绪呼唤他倾过去。

雪一般清冷的容颜越来越近。

好像被定住了，不能动弹，也无法言语。

自己，自己真的……

“你那句写了什么？”少年嘴角忽尔有藏不住的笑意，帮她拂落发间的绒花。

“啊？哦，这个啊——”迷咒突然被打破，不安起来，“没什么，没看到就算了。”

耳朵有些烧，老天，千万保佑他没看见。

他笑一笑，放过她，不再说话。

两人静静地看着雪花一点一滴地积起，丝丝缕缕地融化，然后，消失不见。

尘心如洗。

“你知道雪花是什么形状的吗？”她笑起来。

“什么形状？”

“它们是六瓣的星状啊，晶莹剔透，而且，没有一片是相同的。来，”她伸手托住一片，“拿在手里想象一下。”

他看看她。

见他没动静，她抓过他的手，将自己的翻盖在上面：“再不接就化掉了。”

似乎有凉凉的东西落入了手心。

她一看：“快快快，融了融了！”

他蓦然向前一扑，将她拢入怀中。

这这这……这是干什么？

一支小箭呼啸着恰好从耳边飞过，“啪”地钉入了她身后的树上。

是谁？！

一阵天旋地转。原来是士信迅速转过来将她护在身后。又一支箭过来，“叮”一声，他飞快地用枪格开，同时找到了箭的来向：“阿良，你出来。”

她从他背后悄悄看过去，沙沙沙，似是故意踩着重重的脚步，一个身形较矮、长着奇怪的鹰勾鼻的男人从树后转了出来。

士信盯着他。

他忽尔一笑：“我是打不过你的。要杀便杀罢。”

“你们认识？”她轻问。

士信点头：“你以为我舍不得杀你不成？”

阿良握着短弓：“我从不认为你会念旧情。”

“那好，”士信也笑了，银枪一抖，刺到他面前却突然转了个方向，飞身斜往左侧探出，只听“哎哟”一声，另一人捂着肩膀从树丛中滚了出来。

阿良收起了笑，蹲到那人面前：“怎么样？”

那人咬牙站起来，原来是个年纪跟士信差不多的少年，头上沾了两根枯草，大声道：“你……你竟然真的打我！”

“阿让，”阿良喝道，“现在他是什么人？我们又是什么人？你以为还是从前吗？”

阿让嘟着嘴，只看向士信。

士信一动不动。

“你……”阿让跳脚，“你倒是说句话呀！我相信你！”

“没什么好说的。”

阿良冷笑：“一直都是这样。好，今夜要么你就把我们都杀了，要么就等着偿命吧！”

阿让叫：“我知道，阿温不是你杀的，对不对？”

安逝注意到士信的手一直在抖，最终说道：“是我杀了他。”

“你——你——不可能——不可能的！”阿让倒退两步，蓦地又冲上来，银华一闪，冰冷的枪尖指住了他，他看向士信，大大的眼睛里充满了疑问，最终双腿一软，竟是放声大哭起来。

阿良扶起他：“哭什么哭！”

士信深深吸了口气：“你们走吧。”

阿良看他一眼：“希望你不会后悔。”

“不关你们的事。”

阿良似是叹了一声，拉着还在抽噎的阿让，渐渐走远。

士信久久没有回头。

安逝看着他，只见如琢的脸上不见了之前的放松，又回复到了平日的不可亲近。

自己真的应该花些心思来了解他的过去呢。

“他们——不是王世充的人。”

好久，士信才把目光转向她，像是做了某个决定。

“说话呀。我猜得对吧？”她笑。

他突然伸出手来摸摸她的头：“好好的做什么男孩打扮，丑死了。”

她咧嘴：“方便！方便懂不懂？”

雪不知什么时候停了。

“好了，我送你回去吧。”他幽幽说了一句。

是啊，好像已经很晚了。

可是心里却不愿意承认这个事实。

“那个……咱们这么久没见了……反正我也没事……不如……”

斜飞的眼睛溢出丝丝笑意。

“走了走了！”她莫名恼怒起来，背转身子就走。

那人也不出声，不紧不慢地跟在后面。

自己都不知道自己在干吗，难道在小孩子的身体里面住久了，思维也开始被小孩子同化？

不然怎么像闹别扭似的。

甩甩头，她开始注意周围的环境，虽然好像不太熟悉，不过有身后那人在啊，就什么都不必怕。

认真辨认着方向，嘻嘻，找到路了。

转转眼，脚下一拐，却朝另一方去了。

士信未出声，仍是跟在身后走。

来回转了几圈，他仍无动静。她起了好奇心：有些地方走了好几遍了，他没发现？以他的聪明，不可能啊；除非——他是个路痴？

她笑着转头，发现他也正笑着看她。

吞吞口水："你——我——"

"绕完了？"

为什么她身边尽是些聪明人？而且还不是一般聪明的那种？

"……"无语。

"回去吧。"

她低头："不知下次见面，是什么时候呀？"

"不会太久了。"

二十九 无垢受伤

回到营地。

火已经灭了，一名士兵看到她，叫道："公子回来了！房、杜两位参军正在找您呢。"

她应一声，走两步回头："刚才帮我喊救火的是不是你？"

"是啊，"小伙子摸摸头，"我还跟在您后面去抓那三个刺客了，不过刺客没找到。等我们回到军营时，发现您还没回来，杜参军又支使我们找，附近都快找了三圈了，再找不着，就等着挨批了。"

"杜大哥脾气很好，这次是我自己太大意了，不会怪你们的。"

"唉，我还没见过杜参军这么沉的脸色。公子您还是快去吧。"

"哦。"又记起刚才那个替自己挡了一箭的人，"救我的那个士兵到哪儿去了？有没有送到军医那儿治疗？"

"公子放心，他已经被人给背走啦。"

"那——不会死吧？"

士兵笑："哪那么容易呢，箭只是射中了肩膀，应该没事。况且我们受伤受习惯了的，挺得住！"

悬着的心稍稍放下："他叫什么名字？"

"常何。"

她点点头，复看他一眼："你呢？你叫什么？"

士兵嘿嘿一笑，露出一口雪白的牙齿："我叫张亮。"

掀起帐帘，正巧听一人道："如晦你别急，史安那么大个人总不会凭空就这么没了，说不定是迷了路。"

如晦叹息一声，浅浅的，几不可闻，她心头却是一震。相处这么久，还从未听到过他发出这种声音，他一向都是安然、自若的，仿佛什么事都乱不了他分毫。

故意咳一声。

帐中两人立即回过头来。

一个是脸色明显一宽的房玄龄。另一个，只紧紧看着她。

"我一时没找到路，所以……"

房玄龄拍拍她的肩，对如晦道："果然是迷路了啊。如晦，我就说你是太担心你这个小弟了，关心则乱。"

如晦不发一言。

她突然有些烦乱起来，为着这不知意义的目光。

房玄龄又道："刚才幸亏有你在这边主持大局，万幸，万幸！"

注意到他俩衣衫不整，还沾了些血，她道："秦王那边到底出了什么事？"

如晦收回目光，开口："来了一帮非常厉害的贼人，大家都以为目标是殿下，等粮仓失火时才知中了调虎离山之计，可惜那时我们俱被缠住，根本抽不出身。还好有你。"

"凑巧罢了。秦王没事吧？"

房玄龄摆手："殿下没事，只是长孙姑娘反而为救殿下受伤了。"

"啊？伤重不重？要不要紧？"

两人面色沉重。

这么严重？她马上抬脚："我去看看。"

"我陪你去。"如晦说着，看房玄龄一眼。

老房笑笑："去吧去吧，这儿我来处理。"

无垢帐外聚集了一大群人。

安逝和如晦赶上去，话还没来得及说，就见红拂掀帘而出，端一盆热水，水中殷殷红丝，几条白布上血迹斑斑，煞是吓人。

世民满脸关切，无忌急道："怎么样啦？"

"正在尽量止血。"红拂匆匆应一声，倒掉血水，到隔壁帐中又取了一盆清水和一些白布出来，复进去。

安逝安慰道："没事的，她一定会好起来的。"

世民看看她，没说话。

无忌只顾盯着帐帘。

她叹一声，回头低声道："长孙姑娘伤到哪儿了？"

如晦将声音放轻："背部被砍了长长一刀。军医见她是个女的，起初还不肯医治，是公主殿下和李夫人拿刀逼着他才进去的。"

三娘探出头："二哥，烦你再叫人烧个旺些的火过来。"

世民应着，马上吩咐下去。

她又道："大哥想是颇受震动。"

"确实。当时那一刀速度之快，谁也来不及防，长孙姑娘却毫不犹豫地就迎了上去……真是个有勇气的女子啊！"

"殷将军。"世民沉声道。

"臣在。"殷开山单膝下跪。

"传令下去，今晚之事给本王彻查，到底是哪边派来的人马！"

"是！"殷开山毫不迟疑，领命而去。

她附到如晦耳边："如果我现在溜走，会不会显得太不仁道？"

"好像是。"

"那如果我说，我确信长孙姑娘不会有事，而我实在困得慌呢？"

"这样啊……那你找个好点的借口吧。"

偷瞄下世民，正好世民也朝她看来，她赶紧别开视线，踌躇着："还是开不了口啊——"

"要不我帮你？"

"好好好。"她赶紧点头。

如晦正要开口，世民说话了："安弟，这里你也帮不上什么忙，先回去休息吧。"

她如鸡啄米似的点头，后又连忙摇头："不不不，我还是——"

"去吧。"语气中似是夹杂着疲惫。

她不由看他一眼："相信我，长孙姑娘一定会没事的。"

世民点头。

她不再说什么，对如晦挥挥手，慢慢去了。

三天后，美良川捷报传来，唐军大破敌军，斩首二千余，救下了李

孝基、唐俭等五名被俘大将，不过并没有擒获尉迟敬德。世民欣喜之余，不免遗憾，道："天不遂人愿，只好再待来日了。"

无垢伤势渐渐好转，这也是令众人大为欣慰的另一个好消息。

"长孙姑娘今日感觉可好些？"

无垢脸上缓缓浮现一丝笑容："劳殿下关心，伤已见好了。"

世民在榻边椅上坐下："这么一刀下来，便是寻常男子也难抵住，姑娘真让人刮目相看。"

"还不是倚仗大家照顾。我不过多受些疼痛罢。"

世民看着眼前这个故作放松的女子。那一刀，他是亲眼看着刺客生生砍下去的，当场就见骨。血溅到了自己的脸上，温暖的，黏稠的。

他到现在都不敢相信，这样一个纤弱的身躯，是经了怎样的疼痛，才挣扎着活了下来；又是用了多大的意志力，来笑着对自己说"不过受些痛罢了"。

自己，是否从未认真看清过眼前这个女子？

"殿下，有一件事，我一直想跟您说。"

他回神："请讲。"

无垢苦笑："相识多年，你一直都叫我'长孙姑娘'，无垢逾矩，可否请殿下看在旧识的面子上，以后不要再用如此生疏的称呼？"

"那，我称你——？"

"请叫我'无垢'。"

世民犹豫一下："直呼姑娘闺名，恐怕有损姑娘清誉。"

"这是无垢唯一的愿望。"

"……既如此……我答应你便是。"

寒暄一阵。

出了帐，招来殷开山："查得怎么样了？"

"看刺客身形相貌，好像夹杂了突厥人。"

"突厥？"

"是。但突厥一向自恃兵强马壮，照理说应该不会使暗的才对。"

"这倒也不尽然。不过——也许有人故意拉拢他们，让我们往突厥方面想？"

"此次他们正好赶在我们调动兵马时出击，不知是故意还是巧合。若是故意，那应该事先知道了我们要在美良川设伏，偏偏美良川那边并未出现任何意外情况；若说巧合——这也未免太巧了些。"

"看来不像是刘宋方面的——"他想了想，"可有从刺客口中探得消息？"

殷开山低头："微臣无能，当日抓获的几名刺客后来全部咬舌自尽，半个字也没说，臣——"

世民皱眉："军中在这前后哪处可有异常现象？"

殷开山犹豫半天。

"尽说无妨。"

"据，据几名士兵讲，当日他们看到在瞭望台上，史公子手上有只鹰，不知是不是——"

他突地顿住脚步："安弟？"

殷开山头也不敢抬："是的。不过当然这只是推测，也许那只鹰只是不小心落在了史公子臂上——"

半天没有回音。

他只管盯着秦王衣袍下缘，动也不动。

"好了，我知道了。这件事再慢慢查。"

"是。"

"去忙你的吧。"

"是。"行了一礼，暗呼口气，大步退下。

世民原地停留一阵，往安逝帐营走去。

离帐营还有几丈来远的时候，瞧见她正与唐俭说话。

"唐大人，你叫住我做什么？"

"史公子别误会。唐某只是觉得你面善，以前我们是不是见过？"

"没有，我并未见过大人。"

"真的？"

"真的，确实，千真万确。"

"可你给我的感觉的确很熟悉——"

"天下相似之人何其多，也许大人见到的只是跟我长得像的某人而已。"

"……"

"安弟。"他走过去。

"参见秦王殿下。"

"大哥。"

他看唐俭一眼，唐俭立刻明白："臣先告退。"

"找我有事？"她看向他，黑白分明的眼睛灵动无比。

他笑笑，过一会儿才答："没有。"

她拍拍脸："就要过年了呢。"

"是啊。"

“军营里的年是怎样过的？”

“那可比不上京城啦，不过饺子还是有得吃的。”

“挂桃符、送灶神、放爆竹呢？都没有了？”

看她着急的模样，他笑着点头。

“可是杜大哥不是说，古代习俗大年初一早上一开门的时候或出去拜年的时候都要放‘开门爆竹’的，若未放开门爆竹就出门去，就视为不祥？而且，不放鞭炮不喝酒哪算过年啊。”

“鞭炮是易燃之物，哪能在营里放那么多。所以一般做法是初一早上先吹一声号角，通知大家起床，然后放个大炮仗，所有人同时出来庆贺，也就算过了。”

“倒跟出操差不多了。”她眯眯眼，轻薄的雪花落下来，荡在了她的睫毛上，“上次过年时躺在床上，本来还说这次要好好把所有该做的做全了，所有要吃的都吃一遍的——唉，算啦，在军营过年也相当于一种体验吧，也不错啦。”

他看着她一会儿遗憾一会儿振奋的，想笑的同时心中莫名的柔软起来。安弟，真希望你永远都能保持现在这个样子。

“上次救火之事，一直忘了跟你说声谢谢。保住粮仓，当算大功啊。”

“哪里。倒是当时大哥那边形势想必危急，不怪小弟没有前去帮忙吧？”

他奇怪地笑笑：“怎么会？”

三十 江南来客

入年界。

天子祭天地，祭四方，祭山川，祭五祀。

厨帐里，一盆盆的白面饺子像银元宝般堆着，火夫们忙碌却高兴地擀着面皮，包馅，下锅，弄好了然后分配出去。

“喂喂，那小子，你们那营共十盆，多了可不许再搬了！”

光头的大厨挥着擀面杖叫。

小士兵偷笑：“我不知道哇！”

“还狡辩！真的少了再过来说，大过年的还怕饿着你不成？”

“知道了知道了！”士兵们熙熙攘攘而去。

“好热闹！”一人掀帘进来。

大厨定睛一看，来人的衣着既不是士卒服，又并非将军甲：“这位是——？”

一名正捧着满盆饺子的士兵一看，“史公子！”

哗啦啦抱拳的一片：“见过公子！”

“快别客气。”安逝连忙摆手，“我过来随便看看，你们各忙各的吧，不用管我。”

兴许是过年太兴奋，士兵们也少了几分拘束，客套一番后就又干起自己手中的活儿来。

她转悠到大厨前，看他利落地点着饺子，分到一个个盆中。“哈哈，新年大发财，元宝滚进来。”

大厨一笑：“公子莫怪，别看现在大伙儿都取个招财进宝的意思，不过在以前哪，可不是因为这个缘故。”

“哦？”

“相传，医圣张仲景在寒冬腊月，看到穷人的耳朵被冻烂了，就制作了一种‘祛寒娇耳汤’给穷人治冻伤。他用羊肉、辣椒和一些祛寒温热的药材，用面皮包成耳朵样子的‘娇耳’，然后下锅煮熟，分给穷人。人们吃后，觉得浑身变暖，两耳发热。后来，人们仿效着做，一直流传到今天，就变成了过年常吃的饺子模样。”

“原来如此。”她点头，“医者之心，真是令人敬佩。”

“谁说不是呢。”大厨边调一盘醋边道，“公子吃过了没？”

“之前就有人送过去了，谢谢。不过，我听说还可以有肉吃，是吗？”

大厨笑：“当然，当然。各位大人及将军都会分到肉的。”

“那……我饿了，能不能现在就让我端过去慢慢吃。”

“这样啊——我看看，”大厨抹了抹手，从兜里翻出一个油纸本子，“史安公子？史安公子……”

安逝见他查得辛苦，心想掌管一个大军的伙厨可也不容易，上上下下分了这么多级，平日里要记得每个级别各该吃些什么、奉些什么也就罢了，一到这种过年过节的，还要重新计算分配，实在繁琐。

大厨从头到尾翻了一遍：“咦？我明明记得——哦，在这里！”他擦把汗，“您看我这记性！明明就在殿下后头一页。”

“没事。”心中狐疑起来：就在殿下后头一页？什么意思？

“史安公子的供食——”他看她一眼，像是突然才反应过来，“您，

您就是那位史公子？”

安逝莫名其妙：“那位史公子？哪位？营里还有别的姓史的吗？”

“不不不，”大厨的汗越流越多，“公子大驾光临，小的有眼不识泰山——”

她被他搞得也手足无措起来：“怎么啦？刚才不是还聊得好好的，怎么突然多礼起来？”

“没有没有，”大厨忙道，“公子供食没有限制，想吃什么直接说一声就行了，小的立即叫人给您准备。”

她迟疑了一下：“这是谁定的？”

“除了殿下，还能有谁！”

脑袋像被谁重重敲了一下。

提了一大串牛肉，安逝进入步兵营。

步兵们正围着一大张桌子吃饭，享受着一年内难得的丰盛大餐，呼喝笑闹声直把帐顶都掀翻了去。

“嗨嗨嗨，那个大的是我的！你小子别抢！”

“什么呀，有写你的名字吗？都夹到我碗里了，自然归我！”

“去，就是到了你嘴里，我也不让你吃成！”

安逝“扑哧”一声笑出来，东西果然是抢的香啊！

众人听这一声，齐齐转了过来：“是又送吃的来了吗？”

一见是她，挟着饺子的也掉了，站在椅子上的也慌忙跳下来，拜倒一地：“史公子。”

“起来吧起来吧。”安逝笑着提高了手上的肉，“我就是来给你们送吃的呢！”

士卒们面面相觑。

史公子是跟秦王般尊贵的人物，来送吃的给自己这些下等人？

安逝见他们缩手缩脚，摇头：“好吧，我就直说，我是来看看我那位救命恩人的。大家既然都在，正好一起庆祝。”

救命恩人？明白了，齐刷刷的目光指向了常何。

常何的手脚都不知放哪里才好：“公子……我……小的救公子是应该的，公子千万别折煞小的！”

安逝走向大桌，靠桌的士兵手忙脚乱地收拾：“有点乱，公子见谅……”

她一笑，何止有点乱，简直如蝗虫过境，一片狼藉了。她神态自若地把肉往桌上一放：“应不应该是你自己想的，我只知道你救过我，自

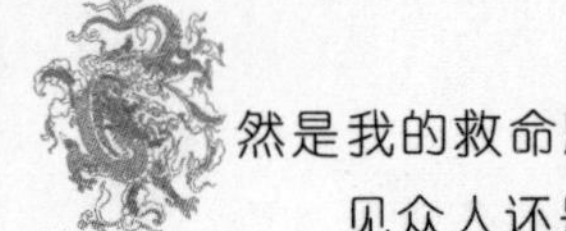

然是我的救命恩人。”

见众人还是立在一旁，她无奈：“今夜没有公子，只有朋友，大家再这样，就是看不起我史安了。”

“不敢不敢。”士兵们哄然应诺，放松了些，纷纷坐回位子上。

一人拿起刀，开始将牛肉切成小块，扔到锅里。

“一年过得可真快呀，大家出门在外，想家了吧？”

士兵们讪讪而笑。

转眼一圈，她忽道：“张亮，你来说说，说真心话，想不想家？”

张亮看看她，眨了眨眼，大声道：“想！出来三年了，还从没回去过，怎能不想！”

她颔首：“你是什么地方人？”

“郑州荥阳人。”

荥阳？熟悉的地方啊。

一士兵小声插道：“想有什么用？又回去不了。”

“错。”她笑，“有了期盼，有了想念，才能加倍地保护自己，爱惜自己，才能带着荣誉回去啊。”

众人一时愕然。

常何叹息：“公子说得中肯。只是若连家都没有的人，又该如何？”

“若父母已不在世上，他们必然也在天上看着你。俗话说，不孝有三，无后为大，将祖先的血脉延续下去，在世上建立功名，不也是一个男儿该有的热血？”

士兵们激动起来：“公子说得好！”

“对，成家立业，建立功名！”

“还有光宗耀祖！”

张亮挟一块牛肉放进碗中：“我们在秦王的军队，希望是大大的有啊。”

一人接口：“可不是？比起我之前所待的军队来，无论是装备还是训练，都强多了。”

常何喝口汤：“不过最好是能进骑兵队，有自己的马，多威风！”

“嘻嘻，那还不是最好的，”张亮摇头，“最好的是当上秦王身边玄甲队中的一名战士，骑最好的马，穿最好的战甲，配最好的弓箭大刀。哗，谁人敢不服？！”

“去，那是你能当上的？”一人在旁边泄气，“我远远的见过一回，只一溜站出来，就跟铜墙铁壁似的，估计突厥兵都不是对手！”

“就是数量少了些，竞争格外激烈咧。”常何咂着嘴。

安逝突然“啪啪”拍了两掌，大伙一愣，只听她道：“玄甲士兵是人，你们也是人，有什么不同？他们当初也跟你们一样，一级级军功立上去，靠硬实力才取得了今天的成就。只要有信心，有毅力，总有一天，你们也会站到那个位子上！”

“好！”

“对，我们跟他们是一样的！”

“公子你讲的太棒了！”帐中一片热血沸腾。

她挥手示意大家平静下来，柔声道：“但有一点是你们一定要记住的，那就是——爱惜自己的性命。”

所有人重重点头。

“杜参军到！”随着一声传报，好不容易放松下来喝酒吃肉的士兵们又连忙跪下来：“见过杜参军！”

如晦掀了帘子进来，见到安逝及满地的军士，一笑：“起来吧。”

“我正跟他们聊天呢，喝酒高兴一下。”安逝迎上去。

“是该喝酒庆祝。”如晦道，“告诉大家一个好消息，秦王亲率三千骑兵于安邑设伏，大破宋金刚往蒲坂援助王行本的军队，除了尉迟敬德及其副将外，其余五千人马几乎全部被歼，而我军伤员极少，大获全胜。”

有人打了个呼哨：“漂亮！”

“秦王殿下太英武了！”

看着帐中兴奋的众人，安逝笑开。

今年，真是一个好开头呢。

江南。

昨夜刚下了一场薄雨，清晨起来，让人觉得到处都透着湿漉漉的寒。

刚过完年不久，除了零星的几家店铺外，开门招揽生意的并不太多，比平日的繁华热闹显得清冷一些。

东门杜宅除外。

镌刻着“楚王府”三个镶金大字的高大宅门前，一排几十个仆从正从身后热气腾腾的大蒸笼里取出一个个元宝造型的馒头、包子分给前面蜂拥而来的人群。

“不要挤，不要挤，大家都有份！”一袭芙蓉色长裙、外披白色狐裘的瓜子脸少女站在一张高凳上，声音清脆动人，“本小姐在其中十个馒头里还各放了一枚铜币，大家小心点吃别噎着，拿到铜币的我再给他

一百两银子！”

“哗”，人群更加激动，不少挤在中间的人头上甚至冒出了热汗。

少女喜气洋洋地看着眼前的盛况，转过头得意地对身后两人道：“阿刀、阿剑，怎么样？我做得还不错吧？”

古铜色肌肤、瘦削脸庞的男子笑笑：“不错。”

少女笑得眉毛都弯了，见另一名男子没说话，还是有丝不满：“阿刀，你呢？”

半边长发遮脸的男子点点头。

少女满意了，又把目光移到如潮的人群，自言自语道：“但愿袁天纲那个老头说的法子有用啊……”

几名黑衣客从旁边走过。

为首之人身材高大，举手投足间气势十足，他看了看这场面，抿抿嘴，走到朱色大门前。

门口除了四名守卫外，另有一名老者早已候在一旁。

“萧先生，久仰久仰。未曾远迎，请恕失礼。”

语气不卑不亢，老练得体。

萧先生看他一眼：“你是——”

老者泛起笑容：“老头子是府中管家，您叫我杜晋即可。”左右门卫打开了大门，整齐划一的姿势，将来人迎入了另一个天地。

萧先生心中暗忖，自己递帖时只说明近日要来，却并未透露具体日期，不是故意不说，而是当初确实未作详细打算。可此刻，这个管家不但认出了自己，还分毫不差地在门外守候——这也未免，太那个了吧？

穿过一座座雕梁画栋的亭台楼榭，无暇去欣赏精美大气的假山湖泊、蜿蜒曲折的小桥流水，他道：“刚刚外面那位是府上大小姐？她经常做这种事？”

管家一直带笑：“我们家小姐说这是散财消灾，积德成福，叫我们多学着点呢。”

萧先生不以为然地笑一声。

将他们带至后苑一间布置优雅的客室，管家再一躬身：“先生请稍候。我家主人马上就来。”

“知道了。”

管家退出去，几名丫鬟上来沏茶摆糕点。

萧先生坐下来。

“老大，他们这是摆的什么花？这么香。”一名属下指着墙边一排好几十盆全白硕大花朵，诧异道。

“笨蛋，这是山茶花，又叫曼陀罗。不懂就少多嘴，省得给我丢脸。”

属下“哦”一声，呐呐退下。

他静坐喝茶。

忽然又道：“不止花好，茶也是极品，是顾渚紫笋罢。”

“萧先生真是识货之人。”一个清朗柔和的声音传来，黑衣一行望过去，只觉天地为之一亮，阴霾之息尽去。

三十一　攻克代北

唐军于美良川和安邑两次设伏，皆大获全胜。

一时间士气高涨，群情振奋。

众多将领纷纷拥至中军大帐，个个斗志昂扬，请战声不断。

“我方两次小胜，并没有重创敌军主力，”坐在大座上的青年神色平和，“现在宋金刚孤军深入，精兵猛将，悉聚于此，刘武周占据太原，靠的就是以他做屏障。”顿一顿，“请问诸位，当前敌军最怕的是什么？”

史万宝道：“我方偷袭？”

唐俭笑：“那是殿下用兵如神的结果，他们怕虽怕，却不是最根本的。”

房玄龄点头：“他们患在军无蓄积，仅以掳掠民众作为军资；利在速战，却难以持久。我们最明智的选择，便是闭营养锐，等到他们斗志磨完了，我们也就可以出兵了。”

“所以各位将军稍安勿躁，且回营静心等待。”如晦抱手环胸，“用不了多久，宋金刚粮尽计穷，迟早遁走。到那时，我们挥师追击，大家有的是杀敌立功的机会。”

众将领只好散去。

如晦留了下来。

“听说你最近在严抓军纪？”世民临摹着王羲之的一张帖，头也不抬地问。

“回殿下，是的。”

“趁这几个月时间，严格抓一抓也好。”他蘸了一下墨汁，“一行十

八个人出去，竟然没有一个保护主子的，要不是后来安弟阻止——对了，救了安弟性命的那个士兵，叫什么名字？”

“此人姓常名何，乃步兵队一名寻常兵士。”

“平日表现如何？”

“他也是刚入伍不久。听一同操练的士兵讲，手上功夫有两下子，还算中规中矩。”

“那就把他提到骑兵营去吧。”飞笔写下一道军令：“救上有功，该奖则奖。安弟竟然没说被射这事，我差点还不知道。”

如晦笑着接过令书。

李世民瞧他一眼：“依你性子，总不该不说的。到底怎么回事？”

如晦依旧笑：“小逝是不知道这一层的。过年那会儿，她自己提了一大串牛肉去步兵营谢常何去了，还激励整个营的人努力向上呢。所以我估计，即便不破格提拔，不单那个常何，包括所有步兵们，可能都会奋勇杀敌、争立军功了。”

“哦？”世民笑起来，“这是件好事啊，看不出安弟还有这本事。不过，他既然是我结拜义弟，也是你视若亲生的弟兄，虽然没有正式军职，但我已明确向全军表示过他的重要性。提拔常何，不但可激励步兵，更重要的是，这说明了安弟的地位，以后决不能再发生类似的事情。”

“还是殿下考虑周到。”

两军相耗，不知不觉到了三月。

天气转暖，冰雪渐去，山坡上慢慢泛起了一片片的浅绿。

在宋金刚所部从一开始的不可一世到锐气渐渐消磨殆尽的过程中，唐军时常瞅准时机用小股部队进行偷袭，打得赢则打，打不赢就走，只以骚扰敌军，使其夜不安寝，一夕数惊为目的。

虽是小打小闹，但是积小胜为大胜。刘武周、宋金刚数次受挫，士气沮丧，军心开始涣散。

他们千方百计寻找时机，想与唐军来场堂堂正正的大决战，秦王却置之不理。

刘、宋两人就像两头找不着攻击目标的饿虎，暴跳如雷，焦躁万分，却又无处发泄。

这样一直拖到四月末，宋金刚军中粮秣已尽，再也耗不下去了。

秦王大帐。

“咦？”世民发出一声惊叹，“安弟，我瞧你写的字颇有王羲之的风骨啊，你也摹的是他的帖？”

安逝放下笔，搓手："我没学过王羲之。"

世民再看看，点点头，又摇头："像，又不太像。结体在平谨严实中多了奇险，在险绝中又多了平正，有种神气外露、猛锐长驱之感。我曾看过书法大家欧阳询的帖子，你这字体倒是跟他有点像。"

安逝不好意思了："我就是跟欧阳师傅学的，不过没学一成就断了。"

"原来欧阳询竟是你师傅。"世民多看她两眼，"好福气啊。"

"老师很严的，"她抱怨着，脸上却浮起了微笑，"常说我坐姿不好，一练就要练好几个时辰，有时饭都不许吃……"

"可却让你习得一手好字。"

她瞪他，他扬眉："难道不是？"

她不由"扑哧"一声笑开："是。我们好久没见了，真有些想他呢——"

"报——"

"什么事？"

"禀报殿下，哨马探知，宋金刚不久前悄悄打开了城门，引大军往北撤了！"

世民陡然站起来："立刻升帐！"

一刻钟后。

"各位将军，"世民脸上交织着激动跟兴奋，"大家久欲决战，已快半年有余。如今反击的时机已经成熟，可全力追击，一鼓歼之。"

"好哇！"史万宝率先叫道。

世民笑看他一眼："不过，宋金刚历来善于用兵，诸位要多加小心，谨防中其埋伏。"

李靖道："殿下欲派谁为主帅？"

目光一致聚拢过来。

世民抽出帅令："本王是也。"

大家都笑了。

秦王出征，不就意味着胜券在握？

"好了，各部马上去准备！"世民拍掌，"半刻钟后，我率骑兵轻装疾进，后援一路跟上来！"

"是！"

众将散去，他又朝地图看了看，转身拿起挂着的战甲，一件件套上。

后面有些够不着。

正待开口叫卫兵，安逝上来，帮他拉好，道："接下来可是一场苦

战啊。”

“追人者，总比被追者好。”

“也是。”她点头，审察他周身装备是否有疏漏的地方。

他按住她肩膀：“你就静候佳音吧。”

“是。”她立正，朝他行了个现代军礼。

他大笑，挟起头盔，转身欲走。

“等一下。”

世民回头。

她从桌上拿起一张纸，上面是她刚刚写好的两句诗，吹干，折成条给他：“当你累得不行了，就打开来看看。记住，之前千万别动。”

“诸葛孔明的锦囊妙计？”他的眼睛里起了丝玩味。

她老皮老脸的：“嗯，没错，没错。”

后世书曰：

世民率军急追，一昼夜行二百余里，因长时间急行军，步兵后勤全跟不上，身边就剩几千骑兵。宋金刚没想到他来得那么快，猝不及防之下一连组织了八道防线，全被他击破，“一日八战，皆破之，俘斩数万人。”

当时他已两天没吃饭，三天没解甲，找了半天找到只羊，命熬成汤与全军分享，睡了一觉接下去又追！这次追到介休，宋金刚组织了两万人马，一场大战，再败之，斩首三千级。金刚轻骑走，李世民仍然穷追不舍！

不过宋金刚也是心理素质过硬的人，屡战屡败竟然还想组织人马再打，但手下却已经吓破了胆，根本不愿意再回去面对李世民，于是只好一路这么逃下去，从此一蹶不振。李世民追了几十里追到张难堡，因为泥尘满面，守门的唐军竟没能认出他来，直到他摘了头盔才急忙把他迎进城。此时世民又累又饿已经说不出话来，“左右告以王不食，献浊酒、脱粟饭。”

悠扬的琴声飘荡在空中。

少女循声而来，诧异地看到一轻红一碧绿两道身影。

她走上前：“怎么没在屋里候着？”

鹅蛋脸修长眉的轻红衣衫女子福了一福，方答：“辅先生来了。”

“哦——”少女了然地点点头，看了紧闭的门扉一眼，又道，“今日的百合散制好了没？”

"小姐放心，正温着呢。待会儿总管得闲了，我就送进去。"

少女笑："阿朱办事就是让人放心。"

"小姐取笑了。"轻红女子低头，"这是奴婢的本分。"

少女摆手："辅大哥几时来的？"

"一大早就来啦！"绿衣少女皱着眉，"两人在里面说了好一会儿话了，这会子又弹起琴来，总管还没吃早饭呢。"

"这样？"听她这么一说，少女也蹙起了秀眉。

阿朱道："也许有什么要紧事吧。"

"可再怎么样也该——"绿衣少女尚未说完，就听里面人道："是丽质吗？进来吧。"

"是我。"少女笑答，然后推了门，放轻了脚步进去。

这是一间书房，西面的墙被一个大大的书架完全占满，从底到顶，错落有致地摞着一叠叠书。少女每次看到它，就产生一种压迫感，仿佛面对了一座书山似的，巴不得离得越远越好。偏偏她最最喜爱的哥哥却最喜欢待在这个地方，为了哥哥，她也只好忍痛往这边跑，好在忍啊忍啊的也就习惯了。

然后最引人注目的就是东侧一个镂空的紫色花架。不，不应该叫它紫色花架，应该叫紫藤花架才对。她曾经问过哥哥为什么要种紫藤，哥哥笑着说你不觉得它们很像紫色的流苏，清香可爱吗。

此刻哥哥正坐在琴旁，旁边立着个高挑男子。

"哥，辅大哥。"在外人面前，她可是很有教养的杜家大小姐的。

辅公祏黑如墨玉的眼中闪过一丝光芒。

"来，"优雅高贵的哥哥朝她招手，"之前你不是说要学琴？公祏这次可是特地送了张好琴过来给你哦。"

"真的？"她装做一脸惊喜地过去，看了看桌上的素琴，没看出有啥特别嘛！

"你来试试。"

"哦。"乖乖坐下，随便拨弹两声。

只听辅公祏道："听说上次萧铣来找你？"

"是啊。"哥哥笑，语气懒散，"还不就是想联合势力。"

"那家伙，狂放不羁，却缺少谋略，难成大事。"

哥哥应了声，低头看了眼她："你这丫头，学什么都不上心，真是可惜了这把瑶筝。"

她正欲辩驳，辅公祏却先开了口："丽质这么聪明，怎么会可惜呢！"

她连忙朝他笑笑，以示感谢。

哥哥叹一声："学琴不单单要聪明，勤奋才是更重要的。"

丽质心道，那我找个傻子来，天天练，夜夜练，不知会练到什么境界？

辅公祏喝一口茶："像你这样又聪明又勤奋的，还是少来几个罢。曲高和寡，当心知音难觅啊。"

闻者怔了一回，忽然又笑起来，像是陷入了某种回忆之中，好久才道："知音啊……遇到过那么一个，也就够了。"

张难堡。

"殿下，可是在为尉迟敬德之事而烦心？"

青年莞尔一笑："如晦最知我心。"

"宋金刚自介休败走，不想尉迟敬德又收拾残部据守该城，殿下怜惜将才，不想硬攻，以臣之见，不如派人前往介休，说其降唐。"

青年点头，又道："两军交战时期，任何难以预料的情况都有可能发生，只身前入虎穴，万一一言不当或一事不慎，都有性命之忧啊。该派谁去才好？"

如晦笑："以世勣之足智多谋和随机应变，应足担当此任。"

介休。

"将军。"

"有事便报。"尉迟敬德坐在堂中大椅上，他生着一张紫棠色的方脸，一双虎目不怒而威。

士兵道："城门外来了一个布衣打扮之人，自称姓李名世勣，奉唐秦王之命，前来面会将军。"

"只他一人？"

"是。"

这人也颇有些胆量。尉迟敬德思忖着，对来人先有了三分好感，便道："放他进来。"

世勣被带到大堂。四壁站了七八名武士，持刀仗剑，怒目相向。

他不以为意，直接向正中之人拱手为礼："在下李世勣，见过尉迟将军。"

尉迟敬德抓抓自己的虬须："有话直说，我不耐烦这些俗套。你可是来劝降的？"

"将军何必把话说得那么难听，秦王殿下乃是诚心来邀请将军共图

大业的。”

“说得好听。我将城池人马拱手相献，不是投降是什么？忠臣不事二主，败军之将，最多不过一死，岂能投降你家主子？”

“将军此话差矣。若逢太平盛世，仁德之君，自应忠心耿耿，不事二主。然当今天下大乱，到处有人称王称帝，俗话说良禽择木而栖，应世之主已经脱颖而出，四方豪杰竞相投奔，将军千万不可一误再误啊！”

“你说的应世之主，莫非就是那个杀死你旧主李密的李渊？”一旁副将寻相突然插嘴，“李密倒是‘择主而事’了，带着数万人马投奔于他，结果却落个乱箭穿身的下场。亏你还是个堂堂七尺男儿，不报旧主杀身之仇，却跑来这里替新主大言不惭地当说客，真是不知人间有‘羞耻’二字。”

世勣只觉胸中腾地冒起一团怒火，难得自己也有控制不住情绪的时候。

“怎么，无话可说了？”寻相眼中一股挑衅。

世勣突然又冷静下来，知道对方这是在有意激怒自己。当下强压火气，又笑道：“不错，李密是我的瓦岗旧主，正是因为旧主归顺了大唐，我与兄弟们才随之投往长安。可我去迟了一步，魏公竟一时糊涂，叛逃被诛。众家兄弟们冒死进谏，为魏公收尸厚葬，守坟哭灵，以尽臣节，何谓不忠不义？”

寻相一时哑言。

“况且，大唐皇上不但允以国公之礼厚葬，下葬当日，秦王世民更是亲往吊祭，并派去三百名带孝甲士，使丧事办得风风光光。请问，这难道不算宽大为怀？不算乱世明主？”

尉迟敬德听得有些出神，往日只听说李密降唐后被杀，这些细节又何曾听过？过一会儿，他道：“依你这么说，李氏父子倒是个仁义主儿？”

“岂止是仁义之主。别的不说，就秦王殿下的礼贤下士，古之圣贤也莫过如此。不瞒将军，此次秦王命在下前来，并不是看中了你这几千人马和一座小小的介休城，以秦王麾下十几万精兵强将，挟大胜之余威，欲取介休，不过如拾草芥乎！”

“那——”

世勣观他神情，更有信心：“将军可曾想过，你两次落于我军伏击圈中，何以能够次次生还？虽说将军勇冠三军，但大唐军中又何尝不是人才济济？全都只因秦王严令在先，不得伤害将军分毫啊。”

尉迟敬德一震，这个秦王，竟如此看重自己？

但是，感动归感动，他仍有迟疑：“你当年投唐，是因为你的旧主李密已先行一步，自然无可非议。然我主公现在仍与贵军为敌，我怎能背主求荣？”

世勣哈哈大笑起来：“恕在下冒昧直言，将军的主公是刘武周，然刘早就做了突厥的儿皇帝。那么，将军出生入死，浴血奋战，到头来到底是为了谁？现宋金刚所部已土崩瓦解，仅带数百骑北逃，想是投靠突厥去了。估计刘武周也撑不了多久，必也将附于突厥羽翼之下。将军莫非也要跟了这两个不争气的主子，去事胡儿夷种不成？”

话未说完，尉迟敬德的紫脸已经涨成了红脸，大叫：“李将军一席话，真如响鼓重槌，炸醒了我这粗脑袋！将军请先行回去，此事毕竟干系重大，容我再布置一番。”

世勣见目的达成，笑，告辞时由敬德亲送至城门外。

三日后，尉迟敬德及副将寻相率八千人马，举永安、介休二城来降。

秦王大喜，于当晚设宴为敬德接风。席间下令，任命敬德为右一府统军，仍然统率他原先的八千余部众。

三十二　破阵武乐

“天哪天哪，一路上赶过来，我的腰都快断了！”安逝进了帐门，“砰”一声就直接倒在了床上。

如晦跟进来，见状顿了一顿，道：“小逝，那是……我的床。”

“是吗？”安逝闭着眼，“嗯，不错，还挺干净的，没有奇奇怪怪的味道。”

如晦无语，这丫头，真把自己当男的看了么？

招来士兵，准备另搭一张。

“唉，杜大哥你走了真不方便，”安逝叹息，“我想洗澡都不行，生怕半途有人闯进来。”

难为她还记着自己有个看门的功用。他无奈地笑：“这么累，那就先洗个澡，然后再好好睡一觉。”

“好好好，还是杜大哥你最好，最了解我！”

于是又唤来士兵，让他们准备一大桶热水进来，同时搬来一个简易屏风，将帐中隔成两半。

“好了，先去洗澡。”他走到床边。

睡着的女孩儿青丝散乱，不细也不粗的眉，挺鼻，唇瓣像花朵一样。

他的手伸到半空，犹疑了一会儿，落在她肩上，摇：“快起来，不然水就凉了。”

安逝揉揉眼睛，脚步还有些虚浮，晃到屏风后，开始宽衣解带。

他则搬了把凳子，背对屏风，面向帐门，开始看书。

哗啦，入水的声音传来，明明平日听了都觉得没什么的，此刻听来，居然有种惊心动魄的感觉。

盯着手中的书看了一会儿，才发现，书拿反了。

苦笑一下。

屏风后一开始还有些声音，后来却渐渐没了动静。

难道洗澡也能睡觉的？虽然自己没试过，但他绝不怀疑她在这方面的功力。于是提高了嗓音道：“你去见过殿下了吧？”

“嗯？”半晌，迷迷糊糊的声音传来。

“别在桶里睡着了，会着凉的。”

“啊。”声音稍微清醒了些，水声重新传来，他稍放下心。

“你刚才说什么？”也许是为了防止瞌睡，安逝没话找话。

“我说你已经觐见过殿下了吧？”

“没。”

他叹气：“所有后续人员一律要向上级报到，你虽是他义弟，也不能坏了规矩。别人会说闲话的。”

“不是我不去，我一到就过去了。可前面一大帮人赶集似的往他帐里凑，要等他空闲还不知等到什么时候呢！所以我先回来找你，迟些再过去。”

“……”

“我知道你关心我。军中那些流言我多少也听过一些，什么恃宠而骄，狐假虎威，嘻嘻，甚至还有人说我其实是男宠——”

“小逝！”

“哎，我不在乎这些的。还男宠咧，我就是想做也没那能力啊。”

“真不在乎？”

“好了好了，你叫人再给我送些热水过来吧，水有点冷了。”

明知她想转移话题，他还是走到帐外：“卫兵！”

竟无人回应。

远远见到一队巡逻，他叫住领头的：“怎么回事？其他人呢？”

领头答：“回参军，除了巡逻队外，所有士兵都去校场操练了。”

“这么晚还操练？”他皱眉，“谁叫的？”

“公主殿下。”

他点点头，回到帐里：“士兵们都操练去了，我去帮你打热水吧。”

她迟疑一下：“那你要小心，别烫着什么的……”

“你该担心的不是这个吧？”相处这么久下来，他有时真不知她的思维是怎么个跳跃性运转法，“千万别又睡着了，万一有人进来——”

“不会不会。”她飞快地回答，“既然士兵们都出操去了，左右也该没什么人。”

“那我走了，你上心些。”实在不放心，他又叮嘱一句，抱着快去快回的念头，立马出去了。

她惬意地继续洗，边哼着些乱七八糟的曲调。

杜大哥什么都好，就是有时太……鸡婆了点。

房谋杜断，房谋杜断，断别的都行，断自己的话——

门帘似是动了一下。

咦？这么快就回来了？

她笑：“杜大哥，你该不会练了飞毛腿吧？”

一个声音传来：“安弟？”

天！是秦王李世民！

“你你你你你……”一连几个你字抖出了口，终于抖出了完整的音，“你别进来！”

连忙左右看，冷汗直冒。

真是神不佑她，刚才只顾着要洗澡，换穿衣物根本忘了拿进来，而刚褪下的衣服却被自己扔得离桶老远！

到底是待在桶里面不出来安全呢？还是冒险先去捡衣服穿上再说？

终于明白哈姆雷特先生在说出“生，还是死，这是一个问题”时的矛盾心情了。

天可怜见，她现在一点都不觉得如晦鸡婆，如晦简直就是……简直就是乌鸦嘴嘛！

“安弟？”屏风外再叫了一声。

她一个激灵，忙答：“大哥，我正洗澡呢，有什么事等我洗完了再说吧。”

脚步声停了下来：“也好。”

她呼口气，却又听到翻书的声音。

“我洗澡很久的，要不，你先回大帐？我梳洗完了马上就过去。”世民一笑，坐下来：“没事，我等你好了。”

杜大哥快回来吧，赶紧把这尊神请走啊。

“嗳？床上是要换的衣物吧，忘了拿了？”

一惊，她飞速地想了想，还好自己现在尚未用上裹胸布之类……擦汗，应该是很平常的男子衣物呐，他不会看出什么才对。

这边还在想着，那边已经拿起衣服，举步像是要送进来。

完全是下意识地反应：“不用不用！那不是要换的——”

话未说完，一道人影已出现在视线之中。

屏风内是一片未散开的水汽。

缭缭绕绕。

她缩得只剩下头在外面。

四目骤然相望。

“你——”两人同时发声。

一阵人喊马嘶、脚步沓杂的喧闹声突然传来。

门帘一掀，如晦提了一大桶热水，刚欲往内走，竟看见屏风边立了个人影，“咕咚”一声，木桶摔地。

“如晦？”世民调转视线。

“杜大哥！”另一声跟着传来，掩不住的激动惊喜。

如晦定神：“臣正有事跟殿下禀报。”

世民挑眉。

“刘武周旧部寻相，借巡夜为名，带着百余名兵士叛逃，投降王世充去了。”

“反复无常的小人，有他一个不多，无他一个不少，随他去吧。”世民脚下未动。

如晦咬牙：“可是刚才，臣还看见尉迟将军好像被史将军绑了，正往殿下帐中去呢。”

“什么？尉迟敬德？”世民朝前两步，放下衣衫，“他也谋叛？”

“具体情况，臣现在也不甚明了。”

“我去看看。”说完，抬步走至帐门。

突然，步子顿了一顿。

如晦维持姿势不动。

秦王看他一眼，脚下一旋，终是快步去了。

他这才松口气，看向屏风：“他……没有看出什么吧？”

安逝趴在木桶边缘，叹声："谁知道呢。"

世民匆匆往自己帐营的方向走，离帐还有三四丈远的时候，碰到了史万宝。

"殿下，"史万宝单膝行礼，"寻相反叛，其主将尉迟敬德已被我们抓获，正捆于殿下帐中，听候发落。"

"你们在何处擒获他的？"

"那叛贼当时还在睡梦之中，我们刀剑架颈，直接将他绑了来。"

"胡闹，一个反叛之人，怎么还能安心睡觉？"

史万宝一腔激愤："尉迟敬德与寻相本是同伙，迟早要反，干脆杀掉算了，斩草除根，免留后患。"

"还有呢？"

史万宝愣一下，续道："这个人是个杀人如麻的虎狼之辈，殿下万不可心慈手软！"

"还有没有？"

史万宝偷瞄了一下殿下的侧脸，神色无异，嘴唇半勾，似笑非笑。满脑子的话突然化成了飞烟："没，没有了……"

"尉迟敬德若想反叛，能落在寻相后面？笑话！"边说，边进了大营。

昏黄的灯光下，尉迟敬德还是睡觉时的穿扮，裸着上身，壮实的身躯被粗大的麻绳左一道右一道紧紧缚在一根立柱上，四五个士兵刀剑闪亮，贴在他身前，只要稍一拧动，就会皮破血流。

世民见状，喝道："还不把尉迟将军放了！"说着就要亲自去解绳索。那几个士卒连忙放下手中兵刃，七手八脚把敬德放开。

敬德一句话不说，只用双目狠狠盯着秦王。

"快把将军的衣裳拿来。"

待他穿好衣服，世民又道："上茶。"

侍从们送上茶，敬德看也不看，端起来一饮而尽。

"尉迟将军请息怒，这是一场误会，本王实在不知，让你受委屈了。"世民语气诚恳，"将军豪侠旷达，就是要走也一定是光明磊落，坦坦荡荡，又怎会如寻相一般偷跑？怪只怪史万宝是个榆木脑袋，不会拐弯儿。"

见他满脸挚诚，尉迟敬德的怒火稍降了下来："也怨不得史将军。都是寻相这狗娘养的害的，当初他若不愿降唐，谁也不会逼他，现在既已降了，却又朝三暮四，算个什么鸟玩意儿？"

世民一笑："人各有志，无法勉强。他要是看着王世充那里好，跟我明说，我自当放他而去。好了，咱们先不谈这个。"说完，起身走进内间，尉迟敬德不明所以地看着他。

世民取了五十两白银出来："不知将军今后有何打算？若是仍愿随我辗转征战，那没说的，我李世民对天发誓，此生与将军兄弟相处，生死与共，富贵同享；若将军要离我而去，这点白银权作川资，也算我们相处一回、朋友一场的一点心意。"

尉迟敬德心中一烫，都说秦王折节下士，有难得的容人之量，此刻方知真是名不虚传！他厮杀半生，阅人颇多，遇此明主，当下生起从此肝胆相照之情："秦王殿下，从今日起，我尉迟敬德愿鞍前马后，生死相随，就是跳火海，下油锅，也决不皱半点眉头！"

世民赶紧双手将他扶起："好，太好了。世民能得将军这一挚交，平生足矣。"

两人相视大笑。

门外有歌声传来："受律辞元首，相将讨叛臣；咸歌《破阵乐》，共享太平人。"

"咦？"敬德奇道，"殿下军中还兴唱军歌啊？"

世民亦是带丝惊讶："曲子是旧曲，填的却是新词。走，出去看看。"

帐外，燃起了篝火。

一堆士兵围在周围，正唱："四海皇风被，千年德水清；戎衣更不著，今日告功成——"

"二哥，怎么样？听着还不错吧？"银甲披身的三娘笑着过来。

世民点头："这歌叫什么名字？"

"《秦王破阵乐》。"

"唔？"这下真吃了一惊，"你取的？"

"本来就是为了歌颂你的功劳才写的嘛，实至名归，实至名归。"

"你这丫头。"

"唱得好唱得好。"尉迟敬德拍掌，"我虽是个武夫，不懂别的，但这歌听起来很有气势啊！秦王破阵乐！好名字！"

"瞧！"三娘轻轻地笑了。

士兵们接着唱："主圣开昌历，臣忠献大猷；君看偃革后，便是太平秋……"

歌声越唱越响。

越唱越强。

激荡夜空，久久不散。

三十三　皇帝寿筵（上）

宋金刚惨败逃往突厥的消息传到太原，刘武周顿时大为惊恐，自知再难与唐争锋，果然连夜打开城门，悄悄北撤，亦向突厥逃去。

岂知突厥处罗可汗对他一副不冷不热的样子，方知突厥重利轻义，自己眼下穷途末路，再没什么用处，恐突厥难以相容。

之后消息传来，先前投突的宋金刚，因受不了突厥人的傲慢与欺辱，又想带人逃往上谷，结果被突厥兵马追获，竟腰斩而死。

刘武周一听更惊，立时如坐针毡，便与几个亲信秘商要逃归马邑，不料被自己的亲信告了密，突厥人大怒，立即将其捕获，五马分尸而亡。

秦王世民率大军于四月底抵近太原，守城者献城投降。

至此，兴盛了数年的刘武周势力彻底灰飞烟灭，其所占州郡也一并收还。

五月，李世民回到京师长安。

李渊率领文武百官，亲迎至长安以东二十里外。

世民带着三军将士，跪伏于大道之上，叩见父皇，山呼万岁。

安逝跪于其中，只觉震耳欲聋。

李渊扶起世民，十分激动：“我儿此次东征，大获全胜，不仅荡平了刘、宋，而且将代北一带，全部收入了大唐版图，这对于我朝安危举足轻重，其功之高，堪比南岳！”

世民笑笑：“父皇谬赞。东征所以取胜，全赖皇上威德昭于天下，三军将士临阵用命，儿臣不过代父皇领兵罢了，何敢言功？”

一席话说得李渊哈哈大笑。

“过几日就是朕的生辰，正好与各位功臣的庆功宴一起办了，热闹热闹！”

三生石上旧精魂。

下天竺是隋朝的一座古刹，不远处立了三块石头，就是传说中代表前生、今生、来生的三生石。

三块峥嵘嶙峋的巨石，斜斜地立在深沉的绿色里，各自独立，又互相粘连。

四周如隔世般荒凉、安静，草长得很长很深，几棵很老的麻栗树歪歪地站着，有的被雷电击中过，只剩下黑色的枝干直指苍穹。一只蜘蛛在两片新绿间搭了个网，正编织着无语的时光。

浅黄衫子的少女仰头望着那三块石头。

“今生”最苦。

被“前生”牵着鼻子走，还要挽着“来生”。

人，真的有前世来生吗？

她呆呆看着，似是痴了。

一人从石桥处缓缓行来。

当他踏上青石桥的刹那，如同清冽甘甜的山泉自在地流淌于山林密涧般，一切的繁华都被他抛在了脑后。

他很瘦。随意挽着的发髻中溜了几缕头发出来，在柔韧的风里斜斜地指着一个方向，衣袂也斜斜地指着同一个方向。于是，他和身边同样清瘦、同样指着一个方向的柳条一样，看上去非常飘逸，淡然。

她看着他走下桥来，远远往这边瞧了一眼，没注意她，却是扫过一遍巨石，然后收回目光，慢慢地往平缓的绿色山坡上走。

“杜公子！”她终于忍不住，还是叫了出来。

他一顿，转过身来，见到了她。

悠然谦和地笑：“阴姑娘。”

云很淡，风很轻。

就是这样一个笑容啊，让她在最惨淡的那段日子里有了温暖的力量。

“杜公子……来这里上香？”

如晦摇头：“住持大师邀我过来品茗。如此雅兴，却之不恭。”

“已经品完了吗？”

“是啊。所以随便走走。”

她的心中突然冒出了一股欣喜之情：“真好。”

“嗯？”他没听清。

她笑一笑：“杜公子，您说人的三生之间确有因缘吗？如果是这样，是不是我的前世造了太多罪孽？”

“这我可不知道呢。”如晦低下头来，“不过，你已经做得很好了，不是吗？”

七日之后，李渊在太极殿摆筵，大宴群臣。

刚排座完毕，大厅中就缓缓走进来十二名女伎，分成了三排踞坐奏乐。安逝努力认了认，识得的有竖箜篌、五弦琵琶、筝、笙，其余一些不认识。

接下来又是十二名女伎，分三排站立奏乐。所持乐器有排箫、尺八、铜钹、横笛、筚篥琴、答腊鼓……汗，还是有许多不认识——

音乐渐渐响了起来，一名舞者位于中央，体态丰腴，头饰考究，穿低胸轻透舞衣，肩披彩绸；身边又围了十多名舞伎，每人戴着金色铜冠，衣襟上绣着一个大团花，再在这件绣衣的外面笼上一件与绣衣颜色相同的短短的缦衫，单色一片红。

“这是什么舞？”遇到不懂的，安逝首先就想起来问如晦。

如晦支着下颌：“《圣寿乐》。”

真符合宴会的气氛。她点头。

随着乐曲逐渐转为欢快热烈，舞伎们相聚到场中，只见红色突然一变，像是换了件衣裳似的，全部成了镶金的五彩，文绣炳焕，甚至有人止不住叫了声“好”出来。

原来舞伎们从领上抽去了笼衫，各入怀中，露出了里面绣衣的华彩本色。

安逝笑：“这是谁设计的？把服装与舞蹈进程结合起来，构思很巧妙呢！”

“应该是教坊里的人吧。”

乐声接近高潮，所有人仿佛都感染上了欢乐的气氛，面晕酡红。

一曲舞毕，众人纷纷站起身来，共祝皇上万寿无疆。

李渊笑呵呵地示意大家平身。

上了一轮点心，空气中还有些闹哄哄的，一阵鼓声传来。

清脆，却又激昂。

霎时吸引了所有人的注意力。

对着那由远而近的鼓声，殿中站着的鼓手同时轻轻地有节奏地敲起了鼓，一唱一和，“咚、咚、咚”，一名少女双手持杖，腰间悬着个极为漂亮精致的细腰鼓边跳边旋了进来。

“花鼓舞？”

“不，应该叫杖鼓舞。”

少女脚步不停，杖上系着的五彩画带飘逸纷飞，一会儿单击，一会儿双击，一会儿又弃杖不用，直接用手拍。

杖鼓在她熟练的手法下，竟又奏出两个不同的音响，参差交错。两

种不同的音色忽隐忽现、时轻时重、抑扬顿挫，音色分外清丽鲜明，有时犹如珠落玉盘，叮咚作响，有时宛如水动荷叶，令闻者的一颗心仿佛也随之跳动。

大殿仿佛成了她一个人的舞台，铿锵的鼓声伴着轻巧的舞姿，牢牢胶住了每一个人的视线。

惊叹不已。

“开眼界，开眼界啊！”安逝赞道，“若非在这种场合，平日里怎能见得着？”

如晦笑：“别只顾着看，吃点东西。”

“齐王、齐王妃到！”

她闻言眨眼：齐王妃？李元吉什么时候结婚了？

伸长脖子往殿门看去，一张嘴顿时闭不拢来：杨媚！走在齐王身边的赫然竟是杨媚！

“儿臣（臣媳）见过父皇，父皇万岁、万岁、万万岁。”

“平身。”

“谢父皇。”

她盯着那双人影入座。许是感觉到有人盯着了，杨媚飘了目光过来，见到她，先是一讶，然后朝她笑笑。

唉，真是一朵鲜花插在牛粪上，杨媚怎么就嫁给李元吉了呢？

如晦附耳过来：“别看啦，再看人家都要以为你对齐王妃有意思了。”

她悻悻收回目光，喝口酒。

李渊满脸喜气，神采飞扬：“大唐获胜，多倚赖各位之功劳。来，朕敬大家一杯。”

所有人起立，同时捧起酒杯：“谢皇上！”

一轮酒喝完，太子建成起身：“今日亦是父皇寿辰，儿臣先干为敬，祝父皇江山永享，寿与天齐。”

“好，好！”李渊大笑一声，喝下一杯。

建成拍下掌，一名宫女上来，捧上一只小箱子。建成上前，边开箱子边道：“太上老君为我先祖，儿臣谨奉‘敬石’一枚，愿长伴父皇左右。”

李渊示意身旁太监拿过，从里面取出一块光滑无比、边缘却又似缺了一角的白色石头：“敬石？”

“正是。相传古时有一人名叫沈敬，自幼学道，一日云游至钟山，遇见一位老太婆，对他说，‘你骨格秀朗，神气清爽，心地又正，十年后，

应当得道，只管专心修炼。’并给他一块白石，‘只要用山泉煮这块石头，不要停火，等到石头变得像药剂般软就可吃下去。如果没有软，不可停火。’说完话，老太婆便不见了。沈敬甚觉神奇，便在山上搭了间茅屋，汲山泉煮石头，十年中没有停火，但这石头却煮不软。沈敬泄了气便停火不煮了。”

说到这里，他停了下来，见众人听得兴致盎然，笑一笑，续道：“一夜，忽然那位老太婆又来到了，问沈敬说，‘当初叫你用山泉煮石头，现在怎么不煮啦？’

沈敬回答，‘我自从奉您教导，煮石十年，却仍然不可吃，所以停火了。’

老太婆说，‘这石头可不是寻常之石，别人是求不到的。你得到这石头，何不心怀虔诚、消除疑虑地煮它？如果这样，不用十年便可吃了。如果心中疑信参半，虽煮上十年，仍然是吃不得的。’

沈敬问，‘这是什么石头？如果不是凡间之石，自然有神灵之处，可以吃得。但既有神异，又何必煮了才能吃呢？’

回答说，‘这石，是琼树的果实。不知谁得到了又遗失在这座山中，被人间的毒风吹着，所以变得坚硬了。如果心怀虔诚，用山泉煮它，便会再变软，软后可吃，吃下便得道了。’沈敬拜谢老太婆，她突然又不见了。

沈敬于是先斋戒，重新汲来山泉煮石头。第二天，石头突然变软，香气弥漫全山。沈敬忙沐浴清洁，然后将石头化了的一角吃下去，顿时，他变回了童颜，须发像漆般黑亮，心中清明，身体轻捷。山中人见到都觉得十分奇怪。几天后，不见了沈敬，不知他去了哪里，岂不知，他已羽化成仙去矣。”

众人听得悠然神往，李渊更是把石头凑在鼻端闻了闻：“果然隐隐似有股异香。这石头还真能煮熟了不成？”

建成摇头：“此石在人间流落多年，异能怕也早散去了大半。不过既是道家先祖们遗留下来的灵物，带在身边，趋吉避凶、佑我大唐该是不错的。”

“好啊好啊，我儿确实想得周到！”李渊大喜，一边吩咐侍从好好收着，以后好带在身上，一边道，“礼物甚得朕心，有赏！”

建成一揖：“父皇开心，儿臣便已知足了。”

元吉跳出来：“我的我的，我的也很不错呀！”

“元吉，”李渊咳一声，“你二哥还没动呢，你急什么？”

“无妨。”世民笑看向元吉，“四弟先来。”

“谢二哥！”元吉从怀中捞出一个小盒，“西周玉鱼。”

“呈上来看看。”

两件玉鱼，不但形制、大小、玉色一致，就连所用玉材质地、纹理都相同，阴线琢出单圈圆目，阳线填充双弧线鱼鳃，细腻温润，古朴简洁，鱼身两面抛光，不加以任何纹饰。

“先时有一鱼国，原为西部氐羌族一支，周初因相佐武王伐纣有功，被册封为伯，成为当时京畿内重要的方国之一，虽国祚不长，却以玉石著世。你从哪儿弄来的？”李渊一边把玩一边笑问。

“父皇您真是博学多才，一眼就看出来了。”元吉乐呵呵地说，“这不是儿臣自己想出来的，是媚儿看了古书后无意中提到，然后儿臣派人去找，终于找到这两条。”

“是吗？”李渊看了旁边的杨媚一眼，杨媚急忙低头上前行礼，“古时成双成对总是象征着圆满，臣媳唯愿父皇事事美满而已。”

“起来吧。”当初元吉执意要娶这个美貌女子，他心底其实并不太乐意，堂堂一个齐王，去娶一个名妓，虽说以后可能是野史里的好题材，但皇家身份何在？若说当妾也就罢了，偏偏自己这个儿子被迷得根本连东南西北都拎不清，吃了秤砣铁了心，一定要娶来当正妃。后来闹得满城风雨不可收拾了，他这个做父亲的，想到了死去的窦夫人，想到这个孩子从小就缺少母爱，心一软，只好答应了。

唉，害他一夜之间不知又白了多少根头发啊……

战功赫赫的二儿子上前，笑：“相比大哥四弟神奇贵重的寿礼来，儿臣真是汗颜了。”

李渊道：“你打了胜仗，就是给朕最好的礼物。”

“父皇过赞。”世民取出一只漆木箱子，“小时曾见父皇与母后一起，彼时母后持笛，父皇弹奏琵琶，儿臣就想，那当真是世界上最美妙的音乐——今日父皇寿辰，儿臣谨献自制琵琶一具，供父皇忙里得闲之娱。”

箱盖打开，一把半梨形音箱、四相九品的曲颈琵琶呈现在众人面前。

“是我儿亲手做的？”李渊身体前倾，“快拿上来与朕看看。”

近侍太监捧过箱子，李渊将琴身放置在腿上，琴头斜靠身体左边，左手按住琴品，右手执木投拨了一声：“一曲琵琶两行泪，昔日玉人今何在？”

“父皇——”

“柚木为板，象牙当柱，好琴，好琴啊！朕喜欢得紧，好，好！”李渊止住幽思，语气恢复开朗。

三位皇子进献完毕，各位大臣又开始送，珍珠玛瑙宝石翡翠，书画古玩名雕饰物，直把人看得眼花缭乱，目不暇接。

轮到安逝，她站起来，两手空空对着李渊一揖："稀世奇珍，想必皇上应有尽有，臣也没这个能力贡献得起。天下既然都是皇上的，也不缺臣这一件，对吗？"

李渊微一愣，心想这小子倒是有趣，拿不出礼来就扣我个大帽子："不错，朕富有四海，不缺你这一件。下去吧。"

安逝微微一躬，环视四周，建成微笑着看她，元吉冷嗤一声，世民眼中泛出丝有趣的意味，如晦依旧一派温和……

就在众人以为她要退下的时候，她勾了勾唇："虽然没有宝物，不过毕竟是寿筵，心意还是要有的。"

"哦？"这下李渊来了兴致。

"皇上可有巨大的透明的杯子？"

李渊招手，一名宫女低头奉上一只足有花瓶大小的玻璃杯来。"这可以否？"

是了，唐朝时已有了炼造玻璃的技术。

她笑，点头："要是高脚的更好。"

李渊再扬手，这次是两名宫女上来，各捧了一只。

安逝选了只晶莹剔透的："请姐姐帮我端着。"

宫女应声，耳根泛了丝红。

安逝抬头对李渊道："承蒙陛下不弃，接下来，臣为陛下调制一种神奇的酒，名字叫'旭日东升'。"

"好。"

所有人都被吸引住了，一脸好奇地盯着她。

她笑笑，取出随身携带的酒筒，里面是刚刚酿制好的高粱酒。将高粱酒全部倾入杯中，约占了大杯的五分之一。

然后回到桌上取来一个葫芦，将里面的橙汁又缓缓倒入杯内。

杯中一片黄灿灿的明色。

元吉道："这有什么神奇的？"

她但笑不语，复取出一个指节大小的细竹管，道："齐王莫急。"

打开管盖，一股淡淡的石榴香味飘了出来。

"皇上，这就是臣要送您的礼物。"

边说边将竹管中的石榴糖浆缓缓滴入杯中。

众人睁大了眼。

只见红色糖浆慢慢沉入杯底，然后，恍若仙术一般，又在一片明黄之中徐徐上升，真如旭日东升，霞光万丈。

“愿大唐帝国之崛起，犹如日之东升；愿陛下的仁爱统治，泽被四方。”

一片寂静中，她温和的声音朗然响起。

“妙，妙啊！”李渊走下龙椅，看着那如清晨太阳刚刚升起时的奇妙的吉祥景象，眼中竟似有泪光闪烁。

众人拜倒：“愿大唐如旭日东升！吾皇万岁，万岁，万万岁！”

注：下天竺应在西湖灵隐寺附近，我乾坤大挪移把它借到长安用一用……

三十四　皇帝寿筵（下）

接下来是马舞。

马舞，自然是马儿跳舞了。

此刻一伙人聚到了外面的承天门楼上，低头俯瞰。

乐师们奏起了悠扬动听的曲子，承天门东西两侧大门突然闪开，两匹披着绣衣、挂着铃铎，戴有缀着金银珠玉簪络的骏马，率领着两队同样装饰的庞大马队，踏着鼓点儿，走上场来。

正前方早已搭起了一座高台，一个绿衣人一手执鞭，立于台上，啪一声，数百匹马列成了方阵，竟四腿弯曲，像是行礼似的，同时蹲踞下来。

安逝从未想过会看到这种盛大的场面，这可不是几百个人，而是几百匹马呀！那么多马一同跪倒在地上，是何等的壮观！

绿衣人鞭子一扬，马儿们又都站了起来，一会儿腕足膝行，一会儿踏步徘徊，一会儿扬鬃跳跃，一会儿进退侧转……真的是奋首鼓尾，纵横应节，大鼓如雷，声震城阙。

忽而又出来一些少年，姿貌美秀，穿着淡色黄衫，腰系玉带，立到了舞马台左右，人人手中持了不同乐器。

当先一人走至台上，略一顿首，其他乐声都停了去，独独显出少年

们的清音来。

只听歌者唱：

“天马徕兮从西极，经万里兮归有得。承威灵兮障外国，涉流沙兮四夷服。”

明快而又缥缈，轻柔而又低沉。

灵动透明的声音。

她突然抓紧了城墙，秦青，唱歌的那个是秦青！

“宫外的，给我出来！”

秦青和太常寺的几名同窗正在房内准备换下衣衫，就听得外面一个女声清脆地叫唤。

“哟，看打扮，好像是歌伎姐姐们呢。”年纪最小的一人跑到窗口看了看。

余下四人互相看了一眼，走了出去。

院中站了七名绯衣绫带的女子，为首一名头梳倭堕髻，面色不善。

秦青上前：“不知姑娘们有何指教？”

“你就是刚才那个唱歌的？”

“是。”

女子走过来，绕着他左转三圈，右转三圈：“长得确实不错。换上女装，可把咱姐妹们都比下去了！”

女子们笑成一团。

秦青一派平静：“不敢。在下身为男子，怎能与姑娘们相比？只不知姑娘们叫我等出来——”

“你们不过是些宫外供奉，还没进宫呢，就想抢我们的台子了？”女子声音一厉。

秦青霎时明白过来，这些歌伎们怕地位不保，找碴儿来了。

他想起了公子对他说的“两根线”，践踏别人有什么用呢，自己勤奋努力才是出路。

想是这么想，口中却道：“各位姑娘既是教坊中人，对各曲目安排些什么人想必比我们更加熟悉。马舞这种舞蹈规定必须由男子出场的，在下几人不过用来凑数罢了。”

“你这话骗谁呢？”女子冷笑，“凑数要凑到用你来做主唱？”

“喂，你——”身后同伴见她咄咄逼人，早已忍耐不住。

秦青伸手阻止了他，“做不做主唱是另一回事。只是在下不明白，这与姑娘又有何冲突？”

你唱得太好，对我们有威胁就是冲突。女子心中想着，嘴上毫不放松：“这一年来，你进宫的次数也不少了吧？托了哪位大人的福？”

这话中有话，明显是有些侮辱的意思了。

秦青却淡然一笑：“不瞒姑娘，如非托了太常卿大人的福，没他的批准指示，我等怎能进得了宫？姑娘当初应该也是如此过来的，日子久了不记得罢！”

“你——”女子双目圆睁，想不到不但没给这小子个下马威，反被他讥讽没记性！

另一女子上来帮腔：“你不要太得意！谁不知你们这些人平日都是勾三搭四，做些丑事的。”

这下几个少年都浮现了怒色。

秦青正色：“姑娘说话可要凭根凭据。勾三搭四？我们勾引谁、搭住谁了？倒请姑娘指点迷津，我们自己尚不明白呢。”

“是啊，说清楚！”

“别以为你们是宫里的就高人一等！”

歌伎们见他们群情激愤，一时有些无措，但仗着己方人数多一些，忍不住又反唇相讥了：

“说？说出来只怕我们都替你们脸红！”

“别以为我们在宫里不知道，一群兔儿爷！”

平日里受了良好礼仪训练的众人，一旦开起骂来，与平常人也没什么两样。

而且，估计是憋久了，有气没处发，所以正确地说，应该是比平常人骂得更激烈些。

口枪舌箭，满场乱飞。

直到一声咳嗽传来：“你们在干什么？”

安逝的本意是说趁着没人注意时出来溜一圈，好好观赏一下皇宫大院的，谁知道这次进来了下次还有没有机会呢，反正筵席结束之前回去就行了，自己无关痛痒的一个小人物，应该不会有人在意。

尿遁出来，逛着逛着，她就有些明白为什么从封建制转向民主制的国家如英国法国什么的直接把政府的办公地点设在以前留下来的皇宫，偏偏中国紫禁城那么大，却只作为博物馆，而政府不加以利用了。

这些宫殿，除了飞檐琉瓦还能看看，根本就是有两个很大的缺点嘛！一为柱子太多，左一根，右一根，前一根，后一根，又粗又大，绕来绕去，眼睛要是一花什么的，不撞个眼冒金星算你运气；二是光线太

暗，大殿既深且广，还罩着层层布幔，请个导演来拍鬼片倒是很适合，点上一两根蜡烛，包管气氛绝佳，还省了布置费。

嗯，估计也只有当了皇帝的人才忍得了住在里面。换了是她，她还是比较喜欢自己那间窗明几净阳光充足的小小蜗居呢。

一边郁闷地随原路返回，顺便替将来的太宗皇帝世民大哥哀叹一下，一边想早知这样，还不如舒舒服服坐在席上吃东西了！

“是你吧。”

“……你说什么？”

“不要再装了，我知道是你。”

“弟妹，我不知道你在说什么。”

“虽然你每次来都坐在帘幕后不肯以真面目示人，但你腰间的玉佩，不巧有一次我低身的时候，无意中见过。”

“天下相似的东西何其多，仅仅以一块玉佩辨认，未免失之武断。”

“但你身上这块蟠璃玉佩，却是绝无仅有。”

“……”

“我并无恶意。即使一早知道你的身份——”

“一早知道我的身份？这么说来，你在楼里都是装着样子的了？”

“即使一早知道你的身份，我也不能对你做什么。只是，只是——”

“……”

“只是希望你没有忘记，那一场——樱花雨。”

肩后被拍了一下。

她吓了一跳——是真的跳起来了，搞得来人也惊诧莫名：“怎么啦？”

安逝吐口气：“大哥，人吓人，吓死人的。”

世民左右看看：“你抱着根柱子做啥呢？”

“我，我走累了，靠着休息一下。你怎么也出来了？”

“无聊得紧。”世民一笑，“走吧，去转转。”

两人一路没怎么说话，不知道他在想什么，反正她是在消化着刚才听到的东西。

七转八弯地拐进了一座偏殿的院子，里面人声嘈杂，仔细听，竟然像在吵架。

互视一眼，走了过去。

“没有真凭实据，全是一派胡言！”男声。

“有证据了你们还能站在这儿？”女声。

然后，一个三四十左右却保养得极好的中年人不知从哪儿冒了出来：“你们在干什么？”

“封大人！”歌伎们到底见多识广一些，认出了来者身份，马上闭嘴，施礼。

少年们也连忙跪下。

“皇宫大内的，竟敢这样当众吵闹？都没规矩了？”封德彝语调严厉。

“大人恕罪！”刚刚还吵翻天的两伙人这次倒是合声一致。

“为了什么事吵呀？”

“这个……”伏在地上的少男少女们你看看我，我看看你，谁也不敢接话。

“说呀。”

“回大人，”秦青开口，“是众位姐姐们指导我等技艺，小的们不服，一时才吵起来的。是小的的错，请大人见谅。”

少年们瞪大眼睛看他，少女们则满脸羞红，为首之人投过来感激一瞥。

“是这样吗？”封德彝走到他面前，“怎么我听到的好像有所不同？”

“那是……那是后来激动过了，才有些口不择言。”

封德彝不说话。

秦青只觉心跳如鼓捶。

“抬起头来。”

浑身颤了一颤。

“有勇气回我话，却连头都不敢抬么？”

秦青咬一下牙，终于，极其缓慢地抬起了头。

封德彝眼中似是闪了一下。

他赶紧又把头低下了。

“既是太常寺的人起的头，那就放姑娘们一马。男的杖责三十，女的先退下吧。”

少女们看着另一侧的少年，慢慢站起来。领头之人突又咚地跪下：“大人——”

“众位姐姐还不快走？想留下来看我们的笑话么！”秦青冷然打断了她的话。

领头少女看他一眼，站起来，匆匆朝封德彝再一福，突然掩面跑开。

众少女迟疑一下，也跟着疾步离去。

五名少年直挺挺地跪在地上。

其余四人虽心有不甘，但少年的热性还是有的，刚刚歌伎们感激的神色，让他们硬是将责任扛了下来，不再多话。

封德彝又笑一笑："不想挨打呢，也是可以的。"

四人抬头。

他却只把目光定向低头的秦青："到我府上去表演一回，就算抵过。"

众人心想，这么简单？

突然另一人走了进来："封大人。"

封德彝一瞧，连忙躬身："微臣见过太子殿下。太子殿下千岁，千岁，千千岁！"

少年们依样画葫芦，跪地行礼。

"平身吧。"建成看看，"这几个人怎么了？"

"哦，没什么。犯了点规矩，臣正说处罚他们呢。"

"这样，"建成点头，"那你继续——"

跪在最前头的少年忽然抬头来看他，打个照面，他一愣："你——孤好像见过？"

"回殿下，"秦青答，"小的曾在一品香与殿下有过一面之缘。"

"一品香？"建成恍然大悟，"是了是了，你叫秦……秦青是吧？史安的朋友。"

"正是。"

"你犯了什么事情？"

"小的稍前与人喧哗，有碍深宫清静。"

"原来是这点小事。"建成笑，"行了行了，都起来吧。"

"谢太子殿下。"少年们跪得久了，赶紧起身。

"好了，封大人，"他转向封德彝，"这个秦青我也认识，卖本太子个面子，不用再追究了。"

"太子殿下发话，臣岂敢不从。"

"寿筵快结束了，我们一起回去罢。"

"是。"

两位大人物相携而去。

"恭送太子殿下，封大人。"少年们齐刷刷又下跪，心中同时哀叹：我的膝盖啊！

"秦青！"

哀叹还没完，接连居然又冒出两人来，一人边叫边奔向最前头的少年。

"史公子！"秦青不敢相信地揉了揉眼。

后面四人思索着要不要再度下跪。

"好久不见了！"安逝拉住少年的手，怎么感觉他又长高了许多。

"是啊。听说您随秦王出征去了，战场上刀枪无眼，真让人担心。"

四人耳朵竖得笔直：这个以这种口气说话的人，真是他们所认识的秦青？不是突然转性了吧？

"不会的不会的，"安逝笑，"你上下天竺给我求的护身符我一直带在身边呢，怎么会有事？"

"真的？你一直随身带着？"少年一双琥珀色的瞳仁柔得水都要化了。

站在旁边的世民心底突然冒出一股莫名的不快。

"当然。"安逝从领口中掏出红线结着的护身符，"你看！"

秦青笑眯眯的。

"哎，刚才你做得不错哦！"安逝拍拍他肩膀（踮着脚的），又冲后面四人笑，"应该说大家表现得都很不错。虽然歌伎们不该那样说你们，但她们也不是成心的，大家牺牲自己，保护女性，看来太常寺教育得很成功嘛！"

"公子——"秦青哭笑不得。

"怎么，难道不是这样？"她反应也很快。

他怎能告诉她，身后这几个少年，只是因为年龄还小，受污染还不多，所以才会保留几分血性。其实，歌伎们说的并没有错，太常寺里那些没办法成名成佳的同学，真的有很多——是去"巴结"朝中大臣的。

他本以为只有唱戏的才是那样，才会身不由己。后来明白，身不由己好歹也算是个借口，明明不是身不由己，却还要那样做，只为了出人头地，浮名虚衔，才是最悲哀的。

见他不说话，安逝沉静下来，半晌道："那个封大人——你小心一些。"

"我知道的。"

"安弟，走吧。"

"这位是——"秦青看向世民。

"哦，不好意思，"安逝介绍，"这位是秦王殿下。大哥，这位是我的好朋友，秦青。"

"参见秦王殿下！"少年们心中再次哀叹：我可怜的膝盖啊——

三十五　房妻吃醋

城南墓场。

天气有些热，空气干燥。

两座高大的墓穴前，站了一个少年。

他怔立一阵，低头，弯腰，然后蹲下来，开始拔墓边斜长出来的野草。

细细的汗渐渐从额边渗出。

直到草全部拔完，他才往额际抹了一把。

甩手，细碎的汗珠自指间泄下，映着亮亮的阳光，没入土地。

尘归尘，土归土。

人生一世，最后不都是一抔黄土？

“我再陪你们坐会儿吧。”少年喃喃自语，走进拜亭，倚栏坐下。

太阳渐复西斜。

少年从默思中惊醒，目光移了移，一个黑纱身影不经意落入视线。

一诧，起身，走过去。

隋故恭帝杨侑之位。

“杨侑？杨广的儿子？”他低呼一声。

黑纱女子返过头来，：“是——史公子。”

“杨侑是你的——？”安逝指指牌位。

“他是我弟弟。”

“杨姑娘——杨姑娘原来竟是隋朝公主？”怪不得她身上有种与生俱来的高贵气息。

“公主一词，我早就弃之不用，公子还是叫我姑娘习惯些。”杨姑娘顿一顿：“也更符合我此时的身份。”

“敢问姑娘芳名？”

“杨絮。”

原来她就是杨絮，杨絮就是她！

长安三大美女之一、才情超群的杨絮姑娘，背景来历居然是前朝公主！

只能道一声："失敬失敬。"

"公子不必如此客气。"女子的嗓音有丝怅惘，"前事过往，不敢说看得通透，却也不会再时时神伤。此生如梦，不过蜉蝣一刻、飘萍一世罢了。"

"世人只恨人生苦短，似姑娘这般，又未免有些过头了。"

杨絮微笑，虽看不见纱下面容，想来却必是秀丽过人："人生苦短，只是那些活得有滋有味有意义的人发出的吁叹，时间于我，一瞬与十年，毫无区别。"

安逝摇头："闲将风月从容赋，醉把茱萸寂寞簪。这何尝又不是一种意境？"

杨絮一怔。

"姑娘若觉无趣，可随时来找我下棋喝酒弹琴聊天啊。要不，我就厚着脸皮上门去叨扰贵府啦，姑娘到时可别赶人就是。"少年朝她眨眨眼，哈哈笑着去了。

良久。

立着的少女绽出一朵笑容，缓缓抚上墓碑，头逐渐靠上去，低喃："侑儿，也许，姐姐以后不会再那么孤单了呢。"

桌上摆着一只碧玉茶盏。

迎着阳光看，一片片如同莲心的新绿，茶尖上的茸毛，在水里飘着，像丝丝的斜雨。

一股清香沁人心脾，再仔细闻，香气杳然。

一只手越过茶盏，在它旁边的一个玛瑙碗中停住，拿起碗中两颗晶润如鸡蛋大小的石头，滴溜溜转动起来。

"爷，在想什么？"慵懒的声音飘进，随之走进一名丝袍少年。

他未梳发髻，乌丝泻肩，衬得肌肤如冰雪般洁白。

卧椅上被称为爷的人并未睁眼，手中珠子偶尔碰撞出脆脆的音响。

少年走到他身前，趴在椅缘上："想不到以前被人呼来喝去的小厮竟成了太常寺乐府中最红的主唱，真让人吃惊不小。"

爷勾唇，似是笑了一下。

"听说他们昨日回去时受到一伙贼人的袭击，那小子倒也有些运气，居然碰上了太子的行队，太子向太常寺留人，可不攀了高枝了！"

珠子顿了顿，接着又旋转起来："茗云想去东宫那里否？"

"不不，能一直待在爷身边，已是茗云最大的福气了。"少年眸如秋水。

他本身就生得极为美丽，加之有种说不出的妩媚融在骨子里，便是

鲜妍娇俏的少女，也要逊上三分。

爷终于睁开眼睛，对他的风姿视若无睹，放下珠子，端起茶盏吹口气："可知这茶，香在何处？"

茗云一愣："香么，香在……"

"香在虚无飘渺间。"

爷抬起他的下巴，将他仔细打量一番："也算是个难得的尤物，可惜——"

"爷！"他突然跪倒在地上，连连磕头，"爷！您要茗云做什么都行，可千万别不要茗云啊！若嫌茗云服侍得不够好，茗云可以努力学的！茗云保证——"

"来人。"

立时走进来两名强壮的家丁。

他挥挥手，家丁们会意，架起地上的美少年，拖了就往外走。

"不要——"茗云蛮力一上，硬是挣脱，扑过来抱住他的腿，泪流满面，"爷，我求您——"

他一脚将他踢开，神色漠然。

两名家丁不敢再拖延，上来使劲将茗云按住，若说刚才还有些犹豫要不要下重手的话，现在就真是毫不怜香惜玉了。

茗云瞬间放弃了挣扎，死死看着爷，之后放声大笑："我知道，你看上他了对不对！那个贱人！我早知——"

身子被门槛挫了一下，家丁们不管，反正这人是失宠了，他好歹也受宠了两年，已经创下惊人的纪录。本来还以为这次爷总算对人起了丝怜爱之心——如今看来，府中又快要有新少爷了罢。

"但见新人笑，哪闻旧人哭……"

声音渐竭，慢慢的，远去了。

院中宁静得好似什么也没发生过。

"大哥，你这是干吗？"

安逝从墓场回来，路过秦王府大门，正好门一开，世民走出来，后面跟着两名侍从，各抱了一个鎏金香炉。

世民朝她招手："我给房先生送对香炉去。你也去看看吧。"

"远不远？"

"就在王府东墙外，几步就到了。"

"那好。"她上前与他并排走，"你这主子不错嘛，挺关心属下生活起居的。"

世民微笑："房先生的老母喜爱烧香，我上次见他家后庭的香炉已经长满了绿锈，想是早年从临淄带过来的，太旧了，正好府中有，就给他们送过去。"

边说边到了房宅门口。

房玄龄听到动静走了出来，见到世民，知其来意，又是感谢又是客气一番。

进到客堂。

"绣儿，秦王来了，快沏好茶上来！"房玄龄朝内厅叫道。

随他叫唤，一名妇人低头走出来，徐徐向世民行一礼："臣妾见过秦王殿下。"

"免礼免礼。"世民坐下摆手。

卢绣儿抬起头，似是笑了笑，转身去沏茶。

安逝却在她抬头时一愣，妇人的一只眼睛竟然是瞎的！而且好像是用什么利器戳进去又翻转过，眼珠已无，息肉外翻。

可以看出是多年前的伤口，真不敢想象当时是怎样一副惨状。

虽然探听别人的隐私不对，但她还是忍不住往世民那边靠了靠："房夫人的眼睛——怎么会那样？"

"房夫人刺目示贞的故事，你没听过？"

她摇头。

"我长话短说。当年房先生得了场大病，自以为不久于人世，便将夫人叫到床前，劝她在他死后改嫁。岂知夫人性烈，反身就到房里拿了剪子将自己左目剜下，以示忠贞不二。也许苍天有眼，房先生的病后来竟奇迹一般地好了。"停一下，"所以啊，房先生对夫人又敬又爱，未曾娶过一房小妾。"

安逝马上对卢绣儿起了尊敬。这种女子，又怎能不让人尊敬！

"不过，夫人对先生有时也未免太严了。"世民叹息，而后又笑起来，"不如我们逗上一逗，怎样？"

安逝皱眉："你想干什么？"

"你且看着。"世民咳一声。

正好卢绣儿端了茶进来，等她摆完，世民严肃道："房先生与我情同手足，今天本王给他做个媒，赏个美人当你妹妹，如何？"

房玄龄在一旁慌忙扯他袖口，世民佯装不觉。

卢绣儿脸色一冷："殿下的心意臣妾心领了，只是我们家屋子少，怕是容不下第二位夫人的。"

世民笑着说："那好办。我既然能给先生修这座宅院，就能给你们

再扩大几间嘛！”

卢绣儿端详他神色，见他不似说笑，有些急了：“殿下当得大唐一半的家，就没有别的好赏赐了么？臣妾虽然丑陋，却也给他生了儿子呢！”说罢竟有泪花在那只独眼里转着。

安逝不忍，悄道：“差不多就算啦。”

世民做个别动的手势，续道：“大臣迎娶妾媵都有制度，本王府中凡已婚的官员，好像只有房先生一人没娶妾了，知道的说他从一不二，高洁自守，不知道的会说本王亏待谋士呢！”

不管他怎么说，卢绣儿只是摇头。到了后来，竟独自回内堂，避开了。

“你家厨房在哪儿？”

“殿下这是要——”房玄龄奇怪。

“烦先生带路就是。”

一会儿，世民从厨房出来，手里端一碗褐色的汤汁，放到一旁，旋身坐好，又隔着门帘道：“夫人这便是抗旨不遵了，怎能如此对待本王？来人哪，给本王拿一杯鸩酒来！”

谁知卢绣儿一点也不含糊，一阵风似的撞出来，见秦王手边放着一只碗，端起来就喝，点滴不剩。

“喝就喝！”她放下陶碗：“只是殿下这酒有些酸哩！”

一句话说得世民再也绷不住脸面，放声大笑起来：“醋焉能不酸？夫人原来善吃醋啊！”

安逝在一旁也忍俊不禁，捂嘴笑了起来。

卢绣儿满脸通红：“殿下也真是——”

没说完，又咚咚咚地跑回房。

之后。

房玄龄将他们送至门外。

世民道：“好一位刚烈的夫人，先生一生怕是脱不了‘惧内’这顶帽子喽。”

房玄龄认真地答：“夫人有恩于我，千金不换。”

“好了，你回去吧。”世民摆手。

“臣看殿下和史公子走了再进去不迟。”

一条巷子，安逝走得极慢。

听到关门的声音，她终于忍不住回头，看着那门，眼光里有感叹。

“怎么了？”

“千古风流一坛醋。吃醋的故事竟是由此而来……”安逝停下脚步，

“房先生与房夫人，两个人都很让人感动呢。”

世民道：“我认为房夫人的做法还是太激烈了些。久而久之，不会让人产生负担？”

“真正的爱，即使是负担，也是甜蜜的负担吧？”她瞟他一眼，“你不懂，不跟你聊。”

世民笑：“你就懂了？那正好说给我听听，我好受教。”

“说是没用的，你只会认为它莫名其妙，虚无缥缈。等哪天你真正经历过了，自会懂得。”

“越说还越像回事了。依我看房先生后来就带了报恩的性质，义大于情。”

“到了他们这个阶段，所有的情都融到了一种名叫‘亲情’的关系里，就像绚烂后的平淡，花开后的果实，最平凡，最真实，也最珍贵。家，不就是这样组成的？”

跟一个人一直在一起啊……世民好像从来没考虑过这个问题，在他的世界里，从来围绕着一大堆人，父母兄弟姐妹，亲朋好友相知，有来有去，人数永远是那么多。有谁，现在突然想一想，有谁，是一定要跟自己永远在一起，而自己又想跟他在一起的呢？将来的妻子？脑中浮起无垢的脸，无垢哪里都好，还舍命救过自己，可自己跟她，总像少了点什么。

那么，或是就像现在这样，房玄龄杜如晦李靖世勣尉迟敬德……君臣兄弟，驰骋天下？

抽丝剥茧开来，只剩下一个人。

这个人，如果这个人愿意，自己好像也很……也很愿意跟他一直在一起的啊。

听他语出惊人，看他运棋如飞，时而犀利如锋，时而痴傻迷糊……

只是他，却不见得愿意一直待在自己身边罢。

自己从不喜欢强留于人，觉得没意思。

现在却疑惑，是真的觉得没意思呢，还是抱着弃之亦不可惜的心态？

因为自己，竟有了把那人强留在身边的冲动！

说是没用的，你只会认为它莫名其妙，虚无缥缈。等哪天你真正经历过了，自会懂得。

因果循环报应不爽，他有预感，以前自己所不信的，将会降临在自己头上。

战场上常胜将军的他，这次恐怕……会走得艰难。

三十六　香冷胜水

一座高高的假山。

下面砌了一个池子，池子旁立了块碑，碑曰“放生池”。

池子呈长方形，两面用青石做成的栏杆不规则地围着，颇得几分闲趣。开着的那一面，几级石阶顺水势延伸，暗绿色的青苔铺张开去，共水幽荡。山壁上的枝枝蔓蔓洋洋洒洒低垂而下，赭褐金黄，墨绿淡紫，如一幅天然的织帘，又如少女头上结就的角辫，临水自照，五彩斑斓。偶尔有飘舞的落叶和未名的飞虫，缓慢地，无声地，飞快地从水面上滑过，或是漾在水里，或是终究不留半点痕迹，平添一份落寞。

池边，立着一个男人，正低头看着水里的鱼。

忽然间，安逝想起来不知在哪儿读过，爱看鱼的人，是寂寞的。

水中的游鱼，似乎总以最自在的形态游弋着，仿佛游在无始无终的时间里，不受任何拘束。

男人抬起头来：“史公子。”

她笑：“太子殿下。”

建成平展眉头：“每次看到史公子，总是让人心情为之一松，空气都清爽自在了。”

“殿下可是在笑我不拘小节，疏于礼数？”

“你若对我来个三叩九拜，我就要怀疑来的是不是真正的史安了。”

“呵呵，太子殿下在信中既以朋友身份相邀，史安自当从命。”

天上一只飞鸟掠过，影子投入了池心。

建成瞥一眼：“我看着鱼，鱼儿也许看着天上的飞鸟，飞鸟也许正看一片白云，白云也许在看着风——”

“就好像，人羡慕着鱼的自由，鱼羡慕着飞鸟的自由，飞鸟羡慕着白云的自由，白云却羡慕着风的自由。”

“那么，风又羡慕谁呢？”

池塘一方水晶似的清澈见底，鱼儿们追逐嬉戏，一忽儿东，一忽儿南，一忽儿西，一忽儿北。

放生，多么自认宽容的字眼。

如果不是被束缚，又哪来的放生？

放生之后，又怎知能重得人们所认为的应有的自由？

安逝沉吟许久，方答："风啊，也许羡慕的是我们的心吧。虽然我们的肉体受着种种羁绊，但我们的灵魂却能自由飞翔。"

建成默然。

"太子不是说请我来喝酒？"安逝打破宁静，"这半天也没见到哪儿有好酒啊。"

建成微笑："喝酒不在这边，设在荷塘旁。"

"边赏荷边喝酒？"

"去了自然知道。"建成卖个关子，举步带她往荷塘走，"上次祝寿时你那杯'旭日东升'，真让人印象深刻。"

安逝扑哧一声："不过是一种最简单的鸡尾酒罢了。"

"鸡尾酒？"

"我曾经生活过的一个地方，那儿的人把这种五颜六色的酒统称为鸡尾酒。"

"名字果然贴切。想那大公鸡的尾巴，不正是花花绿绿，色彩丰呈？"

"太子殿下一点就透，佩服佩服。"

两人说笑着到了荷塘，塘边已有人备好了桌椅酒筷。

水上系了一只轻舟，舟上两个侍女。

还未到盛夏，荷花并未开放，只隐隐有几个小荷花苞探出头来。

倒是那大片大片的翠绿，真让人感慨古人吟咏"接天莲叶无穷碧"之精妙。

"史公子是酒中高手，必知酒杯于酒的妙处，"建成带她坐下，"可曾使过碧筒杯？"

"是用荷叶做的杯子来装酒吗？"

"正是。公子喝过？"

"以前在书上看过这种喝法，却未曾实践。"

"那今日便不算枉来一遭了。"建成显得十分高兴，招手对舟中侍女道，"去摘两片连茎荷叶来！"

"等等！"安逝阻止，"与其让侍女们帮忙，还不如亲自动手。泛舟湖中，穿莲而过，想来更有意味。"

"好好好。"

当下携了酒，带上一个划桨的宫女，登了船。

“来,”建成拔过一片荷叶，取出簪子把荷叶刺穿，使之叶茎相连，放到她手中，“拿好。”

安逝咬住荷茎末端，建成往荷叶里倒上美酒。一股好酒的醇香，带着荷叶丝丝的香气清凉，慢慢滑进嘴里。

她吸了一口，然后用手捻住茎管：“酒味杂莲气，香冷胜于水。古人诚不欺我！”

建成也帮自己做了个杯子：“酒妙，史公子说话更妙。香冷胜于水，佳句，佳句！”

“我也是从别处看来的。”安逝往他那片荷叶上倒了一杯，微笑道，“秦青既在太子府上，可否请出来与我一见？”

“不急。”建成浅啜一口，“听说，公子是二弟的结拜兄弟。”

点头。

“如此——我也认了公子当弟弟如何？”

她瞧着他：“太子殿下说笑了。”

他一笑，轻叹：“难得有人与我感觉相投，却不想——”

“虽没福气与殿下做兄弟，当朋友也是可以的。”

“好，那就当朋友。”建成意味深长地加重语气，挥手示意丫鬟将船往岸上划，“希望是像公子与秦青那样的朋友罢。”

岸边伫立一个身影。

疏疏朗朗，韶秀如画。

她跳上岸去：“秦青。”

秦青静静地注视她：“公子。”

三人在桌前坐定。

“秦青得太子相救，真是老天保佑。”安逝端起一杯酒，“我先干为敬，敬太子一杯。”

言毕一口喝光。

建成举起杯子：“举手之劳，何足挂齿。”

“不然。”她看向秦青，“这次到底是怎么回事，你可清楚？”

秦青摇头：“我们一行从封大人府中出来不久，就被一伙蒙面人围住，动手即杀了车夫。问他们是不是要钱，或是有何仇怨，或是抬出太常寺的名头来，都不顶用，后来只剩下我——”他顿了一顿，续道：“还好那时太子殿下的卫队经过，我大声呼救，才保住性命。”

“那那些蒙面人呢？总有抓住一两个吧？”

建成道：“凶手身手甚为灵活，竟一个也未擒获。”

“这可奇怪了，无缘无故劫杀太常寺的几名学生。我查过，死的几人来历背景都较为单纯，不可能是寻仇而来——也不是为钱，又不畏势，难道，”她好笑，“还是为色不成？”

建成看秦青一眼。少年迟疑道：“可是，他们把人都杀了呀——”

“等等！”安逝突道，“你刚才说只剩下你的时候停了一下，那时是不是发生了什么事？”

“几个蒙面人下手很快，我们根本毫无还手之力，只几下就满地血污了。”秦青皱眉，十分不愿再次想起当时的惨状，“但是，只剩我一个的时候——他们围了上来，却一时没人出手，当其中一人走到我跟前时，太子殿下就出现了。”

安逝推敲着他的每一个字：“这样看来，恐怕还真是与你有关呀。”

“公子，”秦青侧头想了想，“我也想过这个可能，但秦青自问未曾得罪过何人到要杀人示愤的地步。”

“错，”她答，“杀了所有人而不杀你，一开始还可以认为是巧合，但经刚才这么一说，这帮人恐怕就不是要杀你，只是为了劫走你罢了。而且，劫走你这件事，还不想让任何人知道。”

“劫走我？做什么？”

建成见他俩讨论得起劲，并不插话，坐在旁边边听边点头。

“太子殿下真乃先见之明，将你留在宫中。”安逝若有所思地朝建成一笑，“若是回太常寺，说不准风波不断。”

秦青跟太子谢过。

建成道：“我却没想这么多，查案是京兆尹的事。只是觉得秦青唱歌实在动听，故将他留了下来。”

“不管怎么样，还是该谢的。”安逝转向少年，“既然蒙太子殿下看得起，我们家秦青也不会让人失望，是不？”

秦青点头：“太子大恩，秦青没齿难忘。”

建成摆手：“已经谢过多次啦，不必客气。”

安逝再敬他一杯：“秦青是我视若亲人的朋友，太子救了他，也相当于救了我。史安感激不尽。”

建成微笑着将酒一饮而尽：“那么，我可以提个小小的要求罢？”

“太子请讲。”

“做一场真正的朋友。”

“……当然。”安逝一怔，“刚才不就说了当朋友的？”

“是真正的朋友啊。”建成笑得开心，“喏，从称呼起，我就不叫你史公子了，叫什么好？小史？小安？史兄弟——”

安逝额头冒出三根黑线："我叫秦青都直呼名字，你称我史安吧。"

"史安？"建成念了念，"不够亲近哪——"

还是不要太亲近的好。她心里暗想，以后建成世民迟早相争，自己若一个处理不好，就成了猪八戒照镜子——里外不是人了。知道点历史的都明白该选哪头吧？

"太子殿下，所谓称呼不是距离，年龄——"

不是问题四个字被建成阻了去："公平起见，你也别太子殿下太子殿下地叫我，叫建成——"

觑她一眼。

看吧看吧，年龄果然还是有问题的，总不至于她也直呼他名字吧？

建成犹豫一下："叫我建成大哥吧。"

"俗话说君臣之礼不可废。"她嘴角一弯，"这样一叫，别人听了就越发觉得史安放肆了。干脆折中，我叫你太子大哥行不？"

"不错，"建成拊掌，"史安果然机灵，以后就这么叫！"

一名宫女上前："禀太子，齐王、齐王妃到。"

"请他们过来。"

话音未落，笑声已至："大哥，给你带样好东西来啦！"

看得出来，他们兄弟间比较随便，受宫廷规矩约束不多。

"什么好东西？"

"一张白狐皮，毛色很纯。"边说边看到了桌旁的安逝，"你？"

杨媚跟着走过来。她穿一件束胸叶带大幅长裙，外罩镶锦翻领荷色短襦，丝绸衬裙露于外衫，拖曳在地。既端庄，又十分幽柔。

明媚逼人中，徐徐一福，先行见过太子殿下。

安逝及秦青亦同时行礼："参见齐王、齐王妃。"

"起来吧。"元吉摆摆手，"大哥，怎么这小子也来了？"

建成接过狐皮，不答反问："又去射猎？"

"是啊，在城外山林中猎的。怎么样，不错吧？"

建成点头："骑射固然重要，不过，该你处理的政事都处理了没？"

"大哥！"元吉发蔫，"你知道我宁三日不食，也不能一日不猎的。"

"都已经娶妻成亲了，总该长大些。"

"是是是。"元吉又笑，拉过杨媚，"媚儿也常这么说，你们真像一国的。"

杨媚飞快地瞄建成一眼，扯扯元吉："说什么呀，还不是为你好。"

安逝起身："太子齐王慢慢聊，臣先行告退。"

"去吧。"

秦青跟着道："我送送公子。"

元吉瞧那两人离开，道："史安除了能言巧辩些，有什么好的，值得你跟二哥对他如此另眼相看？"

建成淡淡一笑："有些人，往往出乎你的意料。"

琼花瑶草，珍禽异兽，宫外难得看到的景致，宫内随处可见。

"秦青，你在东宫奉的什么职衔？"

"乐官。"

"还想回太常寺吗？"

秦青一时沉默，好久才道："太常寺里，人人争得头破血流，只为进宫。秦青现在已身在太子东宫，是不是也算因祸得福？"

"那么，"安逝停住脚步，"你愿意待在东宫吗？"

秦青轻道："身为艺人，能得一份温饱，为皇族歌唱，该知足了。"

"那我换句话问，你——快乐吗？"

秦青一震，抬首，却看进一双湛亮的水眸："公子……"

他何其有幸，这世上有一个人，关心自己快不快乐？

低下头："我……很快乐。"

她看看他，然后目光落在一只悠然行走的仙鹤上："不久又要打仗了，我会随秦王出征，照应不到你。所以，暂先待在太子这儿，应该安全些。"

"公子随二殿下出生入死，却不要功名，为何缘故？"

"呵呵，"笑起来，"为了去见我那些老朋友啊！"

阳光下，她神采飞扬。

他忽而有些羡慕，若公子换作是自己，会怎么做？

"那我就走了。"她远眺宫门，转过身来握住他的手，"遇袭之事我会继续查，别担心。"

"嗯。"

"还有，"她放低声调，"太子必不简单，你要小心些。无论如何，最首要的是保护自己，不要怕连累我。"

"嗯。"

她笑："回去吧。别送了。"一扬手，大步而去。

他看着那洒脱的背影，鼻头突然有些酸。

公子，其实我已经连累到你了，是不是？

三十七　医谁谁死

房门轻响。

“进来。”

阴玉真推门进去，将一盏青花瓷茶放到桌上，撤下已冷的杯盘。

目光转换间，瞥到青年有些发呆的样子，心下微微起了好奇，顺着他的视线望去，瞧见修长的指尖夹了一张小小的纸条，隐约可见最末“是何期”三个字。

用体清俊跳脱却未脱于端方，很是好看。

青年微叹一声，顺手将纸条折起，纳入旁边一个精巧的银色小盒。

盒子里还有一张叠得四四方方的纸。

她收回目光，不该看的就不要多看。

一福身，准备退下。

“慢着。”青年喝上一口，“蒙顶茶？”

“回殿下，正是新送到的蒙顶。”

“……包上一包，送到杜参军府上去。”

她微微一笑：“是。”

“等等，他比较喜欢品酒啊——”青年沉吟，“最近有没有贡上什么好酒？”

杜公子爱喝酒吗？她想着，边道：“回殿下，好像没有。”

“下去吧。”

有人敲门。

上前把门打开：“史公子。”

“玉真姐姐好。”来人笑着打招呼。

“不敢。史公子好。”

“问声好有什么不敢的？”安逝进了门，冲青年道，“大哥，刚刚才知道原来你还兼任京兆尹哪，可方便多了。”

世民轻笑：“是为了太常寺学生被杀一案来的吧。”

“是啊，你怎么知道？”

“正看这件案子呢，一见秦青的名字，想必你会来探听了。”

她叹气：“大哥就是大哥，怎一个强字了得。”

玉真在旁抿嘴而笑。

世民也笑：“我这个大哥若不强些，怎罩得住你这朋友遍天下的义弟？”

“那案子查得怎么样？”她问，“知道凶手是谁吗？”

“此案刚由府衙整理送至我手中，略看一看，恐怕不是一般的凶杀案。”

“没错。”她把秦青的描述重复一遍，并说出自己的推测。

“劫人？”

“对啊，想来想去，我想不出别的原因。”

“动机呢？”

她把手一摊：“那就要看大哥的本事了。现在我们只能从凶手的行为来猜测他的目的，至于他为什么要这样做，只有抓住了才知道。”

“秦青既未与人结怨，又无显赫背景——从常理上看，似乎无迹可寻。”

“那就不要从常理上来判断。”

“安弟，”世民笑，“官府办事是要讲证据的，一味揣测不是办法。”

她撇撇嘴：“现在你准备怎么查？凶手不但以黑巾蒙面，而且别说活的，死的都没留下半个。”

“先找到当时所有在场之人，逐一问询。”

“太子卫队？”

浓浓的墨，匀匀地贮在砚池中，毛笔徐舒轻展地舔着，吸吮着，直到饱满丰盈。

执笔的手，洁白修长。

执笔的人，高梳黑发，一袭蓝衣，蹙眉瞑目，端坐沉思。

“立身成败，在于所染，慎乎所习，不可不思。”思字最后一点勾出，他手一顿，向门口望去。

玉真手挎一个小小竹篮，浅笑若兮：“院门开着，敲之不应，故尔不请自来。”

如晦站起：“哪里。姑娘请进来坐。”

玉真又一笑，自篮中取出一个瓷罐：“秦王命奴婢送一斤蒙顶过来，公子喝着尝尝。”

他双手接过：“秦王费心了，姑娘代我好生谢过才是。”

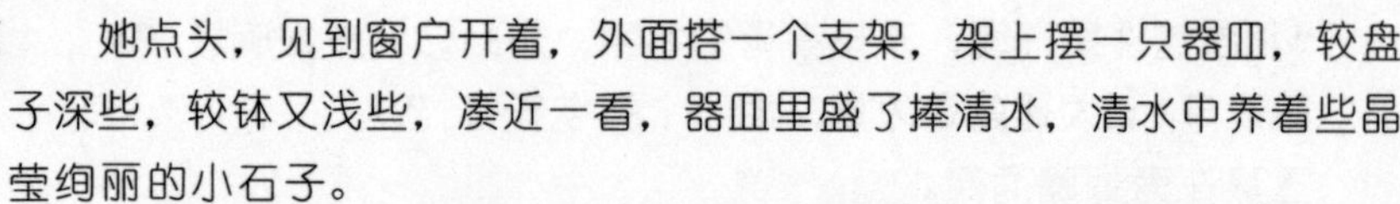

她点头，见到窗户开着，外面搭一个支架，架上摆一只器皿，较盘子深些，较钵又浅些，凑近一看，器皿里盛了捧清水，清水中养着些晶莹绚丽的小石子。

“呀，好美的石子儿，怎么不养朵花呢？芙蓉，或是莲花？”

“什么都能养啊。”他看着水光中飞掠的巧云，“瞧，且能养天呢。”

她俯面望着姹紫嫣红的石子，禁不住用手指轻轻拨弄。

水面倒映出一张娇靥。

也许，可以供养一朵素色容颜？她想。

脸上忽然抑不住烧红。

一个声音化解了她的尴尬：“史公子在吗？”

如晦应声而出，见到一个小厮打扮的二十岁左右男子：“你是？”

小厮躬身：“小的是长孙府的家丁。我家姑娘让小的送些核桃过来给史安史公子。”

如晦一笑：“今天是什么好日子？接二连三有人送东西来。”一边道，“小哥进来喝杯茶。”

“不敢。”小厮打开身后布包，露出里面的竹篾筒子，装了满满一筒核桃，“公子是姓史罢？”

“不，小逝出门了，我姓杜，是她大哥。”

“那交给杜公子也是一样的。”小厮规规矩矩双手奉上，“姑娘说让史公子先试着，若觉得好了，只管说一声，家中有的是。”

“难为长孙姑娘惦记，改天一定亲自登门拜谢。”

“公子忒客气。”小厮放下东西，并不喝茶润口，如来时般轻快地去了。

如晦打开竹筒，拿出一个核桃，以手摩挲。

玉真看着：“史公子刚刚才跟秦王出府查案呢。”

“哦。”不置可否。

“公子觉不觉得，秦王殿下对史公子特别纵容？”

“秦王对属下，向来都是恩宠有加的。”

“也许吧。”她想一想，“不过像他这么，呃，不拘一格的，实在是异数。”

他微笑：“别忘了两人还是结拜兄弟。”

可她觉得太子三兄弟的感情也不见得有这么好呀！边暗忖边瞅了下天色，出来太久了，于是福一福身：“劳公子招待，奴婢这就走了。”

如晦送到门口：“姑娘慢走。”

她趋出五步，回头，门正好阖上。

心底悄悄叹了口气。

他掩上门，停一会儿，忽对空无一人的院落道："来了这么久，看够了罢？"

树杈间落下一个玄衣人影。

眉淡，眼也淡："有时，真让人恨不得除了你去。"

如晦装做没听见："有件事想请你帮忙。"

玄衣人抱胸，做洗耳恭听状。

"太常寺——"才说三个字，见对面人眉梢微挑，瞬间明白过来，"他也叫你去查？"

玄衣人叹笑："如晦啊如晦，所以说你是太聪明了，小心寿不长啊。"

他自动忽略他后半截，在院中石凳坐定："刚到的蒙顶，来一杯？"

"好。"拂袍，落座。

于是如晦去沏茶。

水雾如烟升起。

他把茶末投入壶中和水一块煎煮，看茶末打着漂儿，然后沉下去，只觉得心也一起沉静下来。

"喂，我说，"音色同眉眼一样淡的声音自背后传来，"不如你——放弃吧。"

人头攒动的小面店。

一少年拉着个青年进来："大哥，我跟你说，别看这家店门面小，面条做得可是真好吃啊。你看人这么多就知道了。"边说边瞅准一张刚空下来的桌子，火速窜了上去。

青年跟着踱步前行。

少年把头发一甩："老板，两碗葱不要面！"接着又加一句，"多下点面啊！"

半天老板的声音传来："……你到底是要葱还是要面？"

青年已经笑倒在桌台上。

少年反应过来，脸红到了脖子根，嘟囔着："当然是要面啦。"

青年还在笑，少年推他一把："大哥，这不像你哎。"

"好，好，我不笑。"青年从桌上筷筒里抽出竹筷，递给他一双，"刚刚问了那么多人，有何收获？"

少年将筷子在小茶杯里转转，刚要答话，抬眼见一布衣年轻人进门，店里有同伴招呼他，他边走近边道："孙思邈来了，我装病让他看

一看，试试他的医道如何。”

几名同伴笑嘻嘻地：“好啊。”

于是高声喊：“孙思邈快来呀，有人病了。”

那小伙子便一头栽倒装病。

一名三十岁左右、面白须长的男子蹒跚而来。

安逝奇道，年龄不老却留一把长至胸前的胡子，是学关公么，还是秀个性？

孙思邈把小伙子放平，手按寸、关、尺，号一下脉，遂站起来道：“准备后事吧，没救了。”

众人大笑，一个个笑得前仰后合，把孙思邈笑得一头雾水。

内中一人道：“他是装病逗你的，其实根本没有病。”

孙思邈一本正经：“他已死了，怎么没病，他的胆已破了，心脉也乱了。”

众人大惊，只见那装病的小伙子已经脸色发紫，不一会儿，便气息皆无。

出了人命，店中一下子慌了饺子。

“真是个‘背时郎中’哟！”

“找他看病，没有一个被医好的，啧啧啧，看谁谁死啊。”

人们议论纷纷，孙思邈神情一黯，在一片耳语声中低头出了门。

安逝扔下筷子：“我去看看。”

世民摇一摇头，却紧步跟上。

没出一条街，就见孙思邈被一江湖术士拦住去路：“先生相貌大有来头，绝非等闲之人。”

孙思邈先一怔，后苦笑：“实不相瞒，在下坐堂行医，医谁谁死，无人上门，何来非常之论？”

术士道：“生死有命，所说被医死之人，并非你医术不精，只是在你施救之前早已死去，命中如此，与你何干？”

“但愿世人都像先生般作如此想。”

“不过，依先生这样作游医度日，未免空费满腹才学。不如云游天下，等待时运好转，再作打算。”

“到何处方能发迹？还望先生指点迷津。”

术士将手拢入袖中，占卜一课，神秘地说：“长安已不能留，据卦象看，利在东，必须东出潼关，若是遇到有一丈二尺高的茅草的地方，脚穿三十斤重的靴子时侯，就不要再走了，那就是先生发迹的地方。”

孙思邈一喜：“多谢多谢，卦金——”

术士摇摇手："刚刚说过，先生乃特殊之人，休提卦金之事。日后说不得还会再见面呢！"

"看先生清渺之姿，必是道中高人。"孙思邈打个揖，"以后若有所成，定不忘先生指点之恩。"

术士点点头："去吧。"

孙思邈再次称谢，毅然去了。

"大哥，"安逝悄道，"那术士真的假的？"

"信则有，不信则无。"

她突发奇想："要不我们去让他占卜一下太常寺案的杀人凶手？"越想越不错，真要这么灵，岂不是什么都不用忙了？

"傻瓜！"

"哎呀，去试试吧！"眼见术士要走，她急道。

世民一笑，饱含着自己也未曾察觉的轻柔："随你。"

安逝野马脱缰似的奔到术士面前："这位大师——"

眼前突然冒出个人，术士不惊也不诧，只微侧头："小公子相貌大有来头，绝非等闲之人。"

这话怎么听着这么熟？

世民走了过来，术士一直半眯的眼突然瞪开，闪过一抹精光："公子相貌大有——"

被安逝打断："大师，我们想让您帮忙占卜个人。"

术士不理他，只把世民看了又看。

"我大哥这么好看？"安逝哭笑不得，"不用您算，他确非等闲之人。"

术士慢腾腾地收回目光："小公子所求之事，恕老夫无能为力。"

"为什么？我还没说是什么事呢。"

术士眼复半垂地往外走："世间因果，皆有轮回。不是不告，时候未到——"

背影还颇有几分神仙风味。

"喂喂！"她扯开嗓子喊。

"你就当他天机不可泄露吧。"

安逝义愤填膺："什么呀，惩恶除凶，本来就该早发现早办，难道还留着等他们去多害些人不成？"

世民拍拍他肩："别急，起码秦青现在是安全的。"

"唉，也只有这点，是让我目前稍微宽心些的了。"

三十八　兵逼洛阳

收复太原、平定河东之后，李唐王朝空前强盛，大后方越加巩固，修整一段时间后，君臣们便开始谋划天下了。

太极殿。

建成奏请："父皇，出兵关外，克复洛阳，东进南向以争天下，儿臣以为，现在正是时机。"

李渊抚须点头。

裴寂出列："启禀皇上，攻打东都洛阳，比消灭薛仁杲、扫荡刘武周更加艰难，臣恐将是一场旷日持久的苦战哪。"上次他由晋南逃归，丢了大片国土，本是罪不可逃，但李渊却以胜败乃兵家常事为由，只是将他臭骂了一顿，并未治罪。他在感恩的同时，对这打仗却是再也不敢掉以轻心了。

世民道："裴仆射说得不错，若要围困洛阳，就须全力以赴，不能受任何外力的干扰。如今天下群雄，除王世充外，尚有河北窦建德，江南杜伏威、萧铣，对这几股力量，应分化瓦解，勿使其增援洛阳。"

李渊说道："秦王所言极是，此事朕亦思之日久。窦建德正在幽州跟罗艺交战，罗艺既然已归大唐，且派使者告其尽力拖住夏军，使之无力与王世充联兵抗我；至于杜伏威，过去曾一度上表于洛阳杨侗，被封楚王，此人执掌江南，心思机敏，想来是个识时务之辈，我们遣人劝说于他，加官晋爵，应该安抚得住。唯有这萧铣，一介武夫，恐仍需以武力遏制。但不知以谁为帅，可稳操胜券？"

世民一笑："儿臣保荐一人，独挡萧铣，可胜任有余。"

"谁？"

"李靖将军。"

一切准备就绪，该联络的联络，该封赏的封赏之后，公元620年7月1日，李渊再次下诏，以秦王李世民统帅诸军，东进攻取洛阳。

同时，还命齐王李元吉以副帅的身份同往，说是让他在这次战争中

经受磨砺，以抵上次私自丢弃太原之罪。

房玄龄对世民道：“齐王虽与殿下性情不同，毕竟年纪尚轻。玉不雕不成器，殿下抽空多与他谈谈。齐王常在您面前自惭形秽，而太子却时常给他以宽容，太子仁厚可效。”

世民点头，忽指着大树道：“你看那上面是什么？”

房玄龄仰头看去：“好像是个鸟巢。”伸手招来一士兵，“小伙子眼力好些，树上是个鸟巢吧？”

封德彝正巧过来，看看：“恭喜殿下，贺喜殿下，是个吉兆啊！”

“哦？”

“您看，槐树上白鹊筑两巢，状如腰鼓，形似合欢，是有凤来仪的征兆啊！”

士兵跟着道：“好兆头，好兆头！”

世民又看了看：“我常笑隋炀帝喜欢祥瑞之兆，天下都要亡了，还不断有人向他报告祥瑞。国家得贤任能才叫祥瑞，几只鸟儿，两个巢穴，算什么祥瑞？”

封德彝汗颜：“殿下说得是。”

房玄龄在一旁点头微笑。

“去，”世民吩咐士兵，“把巢散了，白鹊么，放到野外去吧。”

“是。”

一名传信士兵匆匆走过来，双手呈上一封信：“禀告秦王，夏王窦建德遣来使者，并有书信送上。”

世民拆开快速将信扫过，笑道：“窦建德让我不要出兵洛阳，真不知他是天真还是强横。”

封德彝道：“看来王世充果然向他求援了，殿下打算如何应付？”

世民随手将信撕掉：“不理。”

房玄龄一笑：“那使者呢？”

人已离去，留下两个字：“扣押。”

王世充于公元619年杀皇泰主杨侗，自己称帝，国号为郑。

听闻唐军前来，他自是早已开始调兵遣将，严阵以待。除了向窦建德求助外，还选调了各州镇骁将至洛阳集中，置四镇将军，摆开了一副生死决战的阵势。

一时间，洛阳附近布满了军寨，旌旗招招，铠甲耀日，鼓角之声震耳，人喊马啸喧天，战事仿佛一触即发。

洛阳城内。

秦琼、程咬金、罗士信坐在房内喝酒。

程咬金道："不知兄弟两个怎么看，俺觉得王世充气量狭浅，平日里胡乱妄语，跟个跳大绳的巫婆没两样，根本就不是拨乱济世的料！"

罗士信转着手中的小酒杯，若有所思。

秦琼喝了口酒："那老程你的意思？"

"听闻秦王李世民是当世英雄，招贤纳才，待人仁厚，十分了得，不如咱们投奔了他去。"

秦琼思索着。确实，自归王世充以来，王表面对他们非常优恤，还封作将军，但却不给他们实权，只放心自己本家那些姓王的亲戚。非但如此，士信还发现，他竟然派人暗中监视他们的一举一动！李密是真能容人，而此人却完全只是作态，长此下去，难展抱负。

他看看程咬金，后者一脸期盼地看他，见他有些犹豫，又道："你们愿意待着就待着吧，俺可憋不下去了！"

"可是雄信他——"

"唉，"程咬金叹一声，"如今他做了姓王的妹夫，你还指望着他跟俺们一块儿走不成？不阻止就不错啦！"

秦琼升起一股无奈感。别人都说程咬金粗直，可他其实并不缺圆滑；而单雄信，就真是一根肠子通到底的人。王世充把妹妹许给了他，既然成了亲戚，他就不可能再斩断这层关系——若投了大唐，难道将来真要兵戎相见？

程咬金见秦琼久久不语，又转向士信："罗兄弟，你呢？"

士信以极慢的速度将酒喝光，而后才道："你们先走。等我办完一件事，就去跟你们会合。"

闻言，另外两人都投过来疑惑的目光："什么事？"

士信无声地笑笑，用手擦了下唇，薄唇在酒色润泽下更显潋滟："靠山王，杨林。"

秦琼心中一震。

次日，王世充在阵中巡视，远远看见秦王李世民在对面的唐营中，骑马瞭阵，便在文武众臣们的簇拥下，隔阵对秦王高声喊道："隋室倾覆，唐帝关中，郑帝河南，本井水不犯河水，今世充未曾西征，秦王殿下却忽然举兵东来，其理何在？"

世民微微一笑："四海皆仰皇风，唯公独阻声教，我等为此而来。"

王世充道："两军各自息兵，唐、郑永为睦邻，不亦善乎？"

世民还是笑："奉诏取东都，不令讲好也。"

王世充见他神色，知和谈无望，愠怒道：“既如此，世充便与尔等拼个鱼死网破！”

身后突然起了一阵骚动。

王世充刚来得及回头，就见十余骑突然离队而出，直奔了十余丈才停下来。

王世充一愣：“秦琼，程咬金，你们这是做什么？”

秦琼马上一揖：“荷公接待，极欲报恩。然公生性猜疑，不能用人，又傍多煽惑，实非吾等托身之所，今谨奉辞。”

一旁程咬金也朝他拱拱手：“俺们投奔唐军去啦！”

转头，十几骑扬尘而去，竟无一人阻拦。

王世充目瞪口呆。

侄子王琬急道：“射！快给我射！”

可此刻哪里还赶得及？

世民迎秦、程二人入帐：“得两位将军，真如虎添翼耳！”

刚入座，一个人影飞进帐来：“程伯伯！秦叔叔！”

程咬金站起来：“娃儿啊，可想死俺们喽！来来来，让俺看看长高了多少？”

安逝满面笑容地任他拉着瞧。

秦琼也笑着上前：“越长越好看啦。”

帐内一派喜悦的气氛。

世民也笑了。安弟这么快活，果然跟瓦岗旧臣相交匪浅。

她左右看看：“咦？罗大哥呢，他没跟你们一起过来？”

秦琼程咬金互看一眼：“这个……”

“他怎么啦，是不是出了什么事？”

“别急别急，”程咬金朝她眨眨眼，“没事。”

她稍微放宽心，想想又道：“你们投了唐，王世充会不会对他怎样？”

秦琼笑笑：“放心，王世充面子还是要的，再说，还有雄信在呢，怎么样也能照应到。”

她突然皱眉：“单叔叔他——真的娶了王世充的妹妹？”

秦琼点头。

一人大步进来：“秦兄，程兄！”

两人一喜：“徐老弟！”

世勣有些尴尬：“蒙皇上恩宠，我现在姓李啦。两位大哥直接唤我

名字吧。”

“啊？”秦、程二人先是一愣，后反应过来，“好啊，有出息！”

程咬金续道：“你现在混的是啥官职？还可以跟着皇帝老子姓？”

世民笑：“赐世勣姓李是因为他的一片忠诚，与职位无关。他现任左武卫大将军，两位便同等军位。封程将军为左三统军，秦将军为马军总管，两位意下如何？”

“谢殿下。”

世民高声道：“传令，召众将进见！其一见见两位将军，其二，咱们开始对东都外围分兵切割！”

不一会儿，各位将军依次而来。

程咬金低头：“那个一张黑脸两道浓眉的丑人是谁？”

安逝哈哈一笑，悄悄地说：“那是尉迟将军，可厉害了。”

程咬金又多看他两眼，尉迟敬德察觉有人看他，目光一凛扫过来，程咬金扮无辜地朝他嘿嘿一笑，尉迟敬德又转过头去。

“啊哈，杜兄弟来啦。几年不见，他的风采越来越盛了。”

安逝望望刚进帐的如晦，那人如有感应般看过来，她吓一跳，匆匆把视线移了开。

如晦勾唇笑笑，朝秦琼程咬金点头示意。

程咬金扯扯他：“跟杜兄弟走一块的那个黄脸人又是谁？怎么瞧着俺们笑那么欢？”

“他姓房名玄龄，任渭北道行军记室参军，学问功劳高着呢。每次作战后，别人争抢的都是金帛财物，唯他首先挑选人才，纳入秦王麾下。所以秦王府中谋臣猛将，大部分与他交情甚好，甚至相盟发誓，愿效死力。”

程咬金挠挠头：“难怪笑得让俺有些毛惨惨的，原来是把俺们当鱼儿看呐！”

只听世民道：“史将军。”

“臣在！”史万宝佩剑上前。

“命你自宜阳北上，占据龙门，切断王世充南路。”

“遵令！”

“刘将军。”

“臣在。”

“你自太行东下，围攻河内，切断郑军北路。”

“是。”

“王将军。”

“臣在！”

“命你在洛发兵，逼近东都，从东面切断王世充的退路。”

“是！”

“注意，敌军饷道亦是这条。”

“臣明白。”

“黄将军。”

“臣在。”

“命你西上攻取回洛城，切断郑军东北路。”

“遵令。”

一番军令颁布完毕，世民稍呼一口气，见了帐中剩下的人，笑笑：“除了造成四面合围之势，各位还有什么好建议否？”

如晦拱手：“可派幕府宾客，利用熟人、亲戚等各种关系，采取投书散信、化装潜入、游说用间等手段，对洛阳周围各州县守将展开心理攻势，使其策反。”

安逝心说，怎么这么像古代版“无间道”？

世民边想边道：“配合军事攻势的威慑，此计甚宜。你和房参军仔细筹划安排。”

“是。”

中秋节的前一天，公元620年8月14日，攻取东都的外围战打响。

尉迟敬德请令出战。秦王准。

于是敬德出了营来，背倚千军万马，胯下踏雪乌骓，手持水磨竹节鞭，对着城门叫阵。

喊了一阵，吊桥放下，城中冲出一人来，举着金色大槊，声如巨雷：“丑鬼通名！”

尉迟敬德呸一声：“大爷我丑，你那尊容却也齐整得有限。”

那人大怒，操槊奔将过来，直戳他要害。

尉迟敬德大手用力一甩，竹鞭就势如长蛇般缠住了金槊，将其牢牢定住：“慢着！我尉迟敬德不打无名之辈，你快报个名来。”

那人被他架得一架，知道厉害，心说我若报名，这丑鬼不就把我朝死里打了？立刻回马就走，扯上吊桥。

尉迟敬德不敢追得太近，又叫骂半天，只得回到营中。

世民一行看着他：“今日战况如何？”

敬德撇嘴：“城中出来一个青面红须客，持把长槊，才打两下，名也不通，回马就去了，真没意思。”

秦琼想了想："估计是雄信。"

世民道："算啦。他们不敢迎战，我们慢慢围着便是。"

且说单雄信回到城中，心中本就为秦、程二人的投敌郁闷不已，今又碰上个叫尉迟敬德的强将，更是堵得慌，进了府，"砰"一声就把自己房门关上了。

清英公主站在外头，犹豫了很久，敲门："驸马，吃点东西吧。"

"不吃！少来烦我！"

清英公主眼睛一酸，又强自忍住，只站着不动。

手持托盘的丫鬟上前："公主，菜都凉了，不如热热再来。"

公主摆手："你去弄吧，我在这儿等他。"

丫鬟低头应一声，心里为公主抱不平，又不敢多说什么，福身去了。

夜渐渐深了，北方秋意正浓。

她抬头看看月亮，明天就是十五，月儿显得又大又亮又圆，印着这更显混乱的人世。

中秋节啊，本该是合家欢乐团圆的日子，只是……为什么要有战争呢？

她见过流离失所的难民，见过孤苦无依的孩童，见过断臂残肢的兵士，见过暴尸荒野的白骨……

如果可以，她真不愿顶着这个公主的头衔，而是跟着心爱的人一起隐居山野，日出而作，日落而息。

可是，她心爱的人哪，他是草莽英雄，豪侠仗义，怎会知晓她这卑微的愿望？

一声轻叹，一件长衣披落肩头。

她蓦然回头。

"夜深风冷的，待在我门口作甚？"略嫌粗暴的口气，说话之人明显不习惯这种稍显温情的动作。

她抓紧长衣，一瞬间泪睫盈眶。

"好端端的怎么哭了？是不是我，我刚才——"

她掩住他的口，缓缓伏到他胸前。

单雄信微愣，而后双臂慢慢将她环住了。

泪中浮起一抹浅笑，她的夫君啊，既会犯错又会承认错误，既会凶她又偶尔露出温柔……

你可知，妾既嫁你，是富是贵，是贫是贱，是刀山是火海，此生永不移？

三十九　靠山王薨

庭院深几许。

此刻，星悬满天，夜虫呢喃，静谧的气息洒满整个院落。

如果，不是那个比星光更耀眼的人存在的话。

杨林缓缓走出房门，四周已立满了他的近侍，个个都是百里挑一甚至万中选一的好手，人人手按兵器，神色严肃。

只待他一声令下，别说是个人，恐怕就是只蚊子，今晚也别想飞出这院子去。

可是，要对付的是那个人啊……

那个立在当中，一身黑衣，银色面具，视旁人为无物的少年。

自己当初，到底养了个什么样的怪物？

他暗自收神，举步欲走到少年面前。

一边心腹阻道："大王——"赫然竟是阿良。

他不看他，阿良却已感到无形中散发出来的逼人气势，不再说话。

隔五步之遥站定："你终于来了。"

少年只拿一双黑曜石般的眼睛看着他。

杨林忽然笑起来，笑得惊天动地，地动山摇："罗，我好歹是你义父，你竟没有一句话要对我说？"

少年静看他笑，等他笑完了，仍是不说一句话。

"好，好！当日本王既能杀你一次，今日就能杀你第二次！"他一挥手，自己迅速退出几丈开外。

所有人同时动了起来。

剑、槊、戟、锤、刀、鞭、棍……还有神出鬼没的银针暗器，纷纷往少年招呼过去。

少年神色未曾稍动，身形乍起，一片银光四射开来，星月失辉。

最里面围住他的一圈人像是同时感到了什么，不由自主地低头看向自己的胸口：心脏之处，霍然被扎了一个洞，血渐渐流了出来。

然后，同时倒地，瞬间死亡。

外围的人被吓了一跳，即使他们个个身经百战，或是独霸一方，也未曾见过如此精准的刺杀，如此纯熟的技艺。

那仿佛——成了血色的艺术。

少年的黑发随风飘扬。

银色面具后看不见任何表情，只是枪尖红丝微微一闪，就勾得他们心惊胆战。

突然间有了犹豫。

这到底是个什么人啊？

这还是个人吗？！

“给我上！”杨林飞身屋顶，一声沉喝。所有人不得不又蠢蠢上前了一步，却全无了刚才的狠厉气势。

杨林冷哼：“一群废物！”

一枚黑色圆球从天而降。

少年目光一凝，枪尖一挑，似乎有粘性似的，黑球竟被他稳稳当当地挑在了枪尖之上。

“霹雳子！”一人忽然大叫。

近侍们骚动起来。霹雳子是传说中的凶器，乃火药研制而成，威力巨大，一旦爆炸，犹如晴空起了霹雳一般，中者无不烧焦而死。

靠山王——是想把他们一起烧死么？

“大王！”有人忍不住了，再顾不得地位尊卑，仰头直接寻找答案。

杨林扫视他们一眼：“完成不了任务就给本王一起去陪葬，明白了吗？”

众人悚然一惊，又看向少年。

这一看，心却是更加提到了嗓子眼。

少年随意地将球在枪杆上滚来滚去，好像那只不过是一个普通的圆球罢了，一点都不担心掉下去。

众人头皮都麻了。这碰上的是两个什么主啊！

杨林见自己的霹雳子反而威胁了自己人，不由一恼：“再接第二颗试试！”

少年嘴角一挑，无端生了股魅惑，忽地将第一球往近侍群一抛：“接住了！”

近侍们一慌，手中兵刃习惯性地朝球席卷而去，快到球体的时候突然发觉自己没有少年那份功力，又纷纷撤了回来，眼看霹雳子就要落地……

终于一人急中生智，在上百道目光的注视中，脱了上衫往球滚去，

霹雳子被网在了衣服中，总算被接住。

所有人冒了层冷汗。

再转向少年，他他他……他枪头居然又挑了一颗！

老天啊，霹雳子不是很难弄到手的吗？大王到底藏了几颗？再这样下去，不被炸死也被吓死，不被吓死也被这少年玩死呐！

少年道："跟当年一模一样的手法——没有新招了？"

杨林哼一声："能达到效果，管他新招旧招？"

"达到效果？"一飘身，再看人已到了屋顶之上，杨林对面，"就怕你达不到当年那个效果了啊。"

"把本王的兵器抛上来！"

檐下阿良听令，与另一人合力抬来他那杆重一百五十斤的水火囚龙棍，一个使力，将其送上。

杨林手腕一沉，翻掌将之握在手中，横胸而立："今夜本王就亲手了结你这个叛逆！"

少年敛去面具后的吊儿郎当之色："叛逆？我是叛逆？"

杨林不再说话，肃杀之气乍起，水火囚龙棍飞舞张扬，势如惊雷，漫天棍影竟似化身为龙，恣意劈来！

"囚龙出渊！"檐下一人惊呼。

一众人等多年以来还是第一次看到大王亲自出手，隐约间只觉寒影交错，恍惚上古神物长啸清吟，万钧忽至。

少年足下微移，眼神清明得不带一丝情意。

亮银镔铁仿若脱离了战场，银芒飘洒，柔若浅雨。

杨林只觉棍势之前唯余虚空，一种失落感无端袭来，心中暗自一惊，突然变招。

袍袖鼓荡，他的动作一瞬之间极慢极缓下来，送出简单的一招，无论远近，每个人心中仿佛都升起了一种纯然喜悦的感觉。

由至刚至烈到最轻最柔，不过花开。

旁人看得大起大落，身不在战场，心却已为棍法营造的万象所惑。

唯有银枪，依旧畅如流水。

杨林忽然有了长江后浪推前浪之感。

一幅幅画面从脑中闪过：被手下甩在马前仰头看着自己的孩童，面无表情背脊挺直的少年，熊熊烈火中一闪而过的不信神色……

棍与枪交锋。

棍法招式精准无伦，分毫不差。

枪势角度奇诡回旋，妙到巅峰。

扑簌一声，光华划着流星般的轨道落下屋檐，众人闪身，原来是个银色面具。

月光下，少年的容颜被镀上了一层白霜，清冷的，无喜也无愁。

杨林忽然笑了："真是我所见过的最俊的一个孩子啊——"

众人心道，还是大王厉害，三下两下就把那小子的面具给挑了。

"大王！"一个男孩闯进后院，蓦然失声。

在他的大呼中，杨林捂住胸口，砰，铁棍摔落，人也随之掉下檐来。

所有人大惊失色。

阿良飞身而上，一把抱住他，另两人也拢了上来，将杨林围住。

"我杀了你！"男孩冲上屋顶。

"阿让，回来。"杨林咳一声，血沫涌了出来。

阿让迟疑。

杨林已开始涣散的目光扫了眼身前几人："阿良阿恭阿俭阿让……还有死了的阿温……我待你们，其实并不好啊。"

"大王！"阿良轻唤，声音哽咽。

"温良恭俭让，咳，有些自欺欺人的味道呢。"杨林笑着，"不要……怪那个人……"目光移到了屋顶上如神的少年，"我其实……其实……很高兴，自己能培养出这么出色的人哪……"

"大王！您别说了！"

"我很……"累了。余下两字含在嘴中，豹目低垂，灰眉微敛，叱咤风云，让多少英雄折腰含恨，又让多少先臣谈之色变的靠山王杨林，隋文帝杨坚的兄弟，杨广的亲叔叔，隋朝开国五老之首，含笑而终。

"大王！"阿良阿恭阿俭阿让四人终于落泪。

"你！"阿让大叫，"虽然大王一再派人暗杀你是他不对，但你……"有些羞愧，却仍一鼓作气喊了出来："但你不都容忍了吗？为什么突然要杀他？他毕竟是你义父啊！"

少年一直伫立不动，他看着杨林，澄澈的眼底闪了又闪。

"你说话呀！"阿让一跺脚，这个人总是这样，总是这样什么也不说！

"虽然伤不了我，却可能连累了她。"

抛下一句，少年自院门走了出去。

阿让丈二和尚摸不着头脑：连累他（她）？男的他还是女的她？他（她）又是谁？

踏出院门，一只手自门边拦了出来："罗兄弟。"

“是你。”

单雄信指指院内：“杨林是郑王座上宾，你却杀了他，这如何使得？”

士信不发一言，向前直走。

“而且——他是你义父？”

士信脚步一顿，雄信突然冒寒，道：“算了算了，杀就杀了罢，反正他也不过是强弩之末，并无多大用处。我替你担着就是。”

士信停了下来：“谢谢。”眼前这人还不知道他抱着必走的决心，却仍愿为自己分忧，确实是条讲义气的好汉。

两人一前一后地走着。

“还有事？”

“这个，”雄信搓下手，“是这样，今天我出城应战，岂知那叫阵的是个非常厉害的紫脸丑鬼，我敌他不住，左思右想，这整个洛阳城中，怕也就你罗兄弟能打得过他了。”

“他叫什么名字？”

“自称尉迟敬德的，熊得不得了。”

“好。”

“嗯？”

“明日我出阵。”

第二日尉迟敬德依旧来叫阵。

这次没叫两下，就见城门砰然大开，一行十二匹黑色骏马井然有序地踏出门来。

马上骑士均是战甲护身，头罩银盔，端的凛然英爽。

他心道，不料想王世充还有这等军士，先前确实太小瞧于他。

正方思忖着这十二骑是要单挑呢，还是群架的时候，骑士们刷地分成两排，迎出一个人。

他不懂文人们那些清词雅句，只暗奇这人咋地长得比画上画的还漂亮！

但听那人问：“你可是尉迟恭？”

“然也。你是谁？通个名来听听。”

“我叫罗士信。”

“原来你就是罗士信！来得正好，我专门拿了你立功去。”说着鞭子就挥了过来。

士信举枪格开，回手马上一枪。

敬德未曾招架，见一枪刚过，另一枪又跟来，连忙闪身。

士信一连六枪，尉迟恭手忙脚乱，别说使鞭，身子都来不及闪，叫声“不好”，得儿得儿赶紧拉了马就往回跑。

单雄信在城上看见，立刻提兵杀出，唐军一时没来得及防，被冲了前锋，还好世勣在后方指挥若定。郑军杀了一回，互有胜负，最终只得又退回城中。

这边尉迟恭杀得喘吁吁地回到营中，见了世民，叫声：“厉害！”

世民正与安逝下棋，还没说话，一旁观棋半天的程咬金无聊得开始找地上的蚂蚁数，见他模样，心中暗笑，道：“想是你得胜回来了！”

尉迟恭摇手：“程将军休得取笑，没想到罗士信如此厉害，这人我是战他不过的。”

安逝落子，抬头：“今日是罗大哥应战？”

世民道：“罗士信大名，耳闻已久，明日我亲自会会他去。”

程咬金笑：“尉迟将军都打不过的，怕是只有秦王出马才行了。”

敬德看他一眼，忽道：“久闻程将军混世魔王的大名，明日不如你去，说不定自然得胜。”

他想这人明明武功不咋地，偏爱把自己吹得天上有地上无，还来讥诮自己，倒要煞煞他的锋头。

老程摸摸腰间的大斧：“不敢相欺，若是俺去，不但得胜，还要降服他来归投。”

口出狂言。敬德根本不信，嘴上却道：“秦王，既然程将军如此神勇，那就让他去吧，我在一旁掠阵，也好亲睹程将军的风采。”

程咬金开头不过随便说说，见他较起真来，暗想不给这人露两手，这人还就不把自己当回事了！念头一转，必须如此如此，方可安妥。

盘算好之后，对世民道：“尉迟将军看得起俺，初来乍到，该立新功，俺愿意出阵。”

安逝跟着：“程伯伯去打的话，那我也要去看看啊！”

世民没了下棋的意思：“是去见你的罗大哥罢。”

余下三人都看向他。

世民有些烦起来，起身：“去吧去吧，想去的都去！”

转步出门了。

安逝低下头。

“史公子，原来你跟罗士信认得？”尉迟敬德刚才没注意听，直到此刻秦王反应，才发现安逝叫士信为兄。

“认得又怎样？”老程讽他两眼，过去拍拍安逝肩膀，“秦王这是怎

么回事？下棋下输了不成？”

安逝把目光移向面前的黑白子。

中盘交错。

死局。

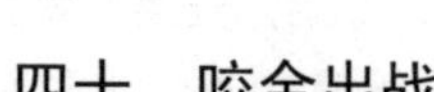

四十　咬金出战

次日。

程咬金在前，尉迟敬德及安逝在后，锵锵出营。

士信骑马过来，远远瞧见后面的清俊少年，心中无端泛出浅浅喜悦。

大肚子蝈蝈红嘶鸣两声，程咬金朝士信丢了个眼色。

士信眉心微蹙，不动声色。

程咬金又向他努努嘴，然后叫道：“昨日你为何欺侮我们的尉迟大将军？”

又把眼睛向士信眨眨。

尉迟敬德在他身后，哪里晓得他搞什么鬼？

安逝却是看着那道人影，一时有些痴了。

士信见老程做出许多鬼脸，不知何意。咬金一马上前，轻轻说道：“罗兄弟，你今日长俺些威风，这一遭儿，俺感激你不尽了。”

士信笑了一笑，两边会意。

于是老程放心大胆地举斧就砍，士信假意回手。

不知情的看着，觉得那板斧真是虎虎生威，银枪翩练如虹，好不精彩！

战了二十余合，士信虚闪一枪，回马就走。咬金大叫小呼，随后追赶，追至城外，见他进城去，方才一脸得意地回来。

敬德怎知他们是相好的兄弟？见了他今日交锋，这般威风，心内不解，就问道：“程兄，前几日在校场比试，你的本领也只平常，为何今日大不相同了？”

咬金道：“难道是假的么？校场俺是怕伤了兄弟，故而手下留情。你

若不信，就与你试试。”

敬德摆手：“这有什么要紧，何必如此？”

咬金道：“料你也不敢。”

三人回营，见秦王说明战胜之事，世民一笑，夸老程几句，眼睛却溜到后头的安逝身上。

安逝本欲当做不觉，后一想，我又没做啥错事，有什么好怕的？于是把头一抬，笑得无比灿烂地迎了上去。

世民先一愣，后哑然失笑：安弟，安弟，我到底该拿你怎么办才好？

旁人自是不知他们之间的暗流汹涌，世勣在一旁道：“程将军今日果然有功。明日可再去，若能说得动罗将军前来，可又算首功一件。”

咬金闻言，暗想：“这是难题来了！我是与黑炭团说耍儿的话，谁知今番弄假成真起来。”没奈何，只得先哼哼答应了再说。

再说士信进城回府，单雄信在城上坐看，见他两个眉来眼去，又见士信败了回来，心中疑惑，遂下城来见士信道：“兄弟，愚兄有一句不怕人怪的话，要与你讲。”

士信道：“但说何妨。”

“方才我在城上，见你同程咬金交头接耳。他的本事，我岂不知，如何胜得你来？”

“你这是只知其一，不知其二。”士信神色淡淡，“昨日与尉迟恭交锋，只消六七枪，就杀得他大败。今日程咬金来，我正要拿他，不知他却鬼头鬼脑。一会儿猜他不出，只道他有意归降洛阳，故此假败一阵。”

“原来如此，那我就放心了。”雄信呵呵一笑，“走，兄弟俩喝酒去！”

士信收枪，顿一顿：“好。”

两人到了驸马府，清英公主出门相迎：“呀，罗将军好像还是第一次到我们家来呢。”

雄信答：“既知道，还不嘱咐下人去准备好酒好菜。”

公主一点架子也无，笑笑的：“好好好，两位英雄先进西厅喝酒，小菜一会儿就上。”遂张罗着去了。

“公主待你，原是极好的。”

“妇道人家，不就这样？”雄信摸摸头，拉他坐下，“兄弟是不是也该娶房娇妻美妾了？就凭你这人才模样，还不是想挑哪样就哪样！”

仆从们上来摆碗筷。

士信道：“这是扯远了。”

雄信帮他斟酒：“莫非洛阳城里没有你看得上眼的？哈哈，这倒也

是。不急不急，等咱兄弟打跑李唐，夺得天下，还怕找不出个天仙美人儿来。”

“依妾看，不但要相貌好，心地更是要良善的。”清英公主过来，“准备了水晶肘子，不知合不合罗将军口味？”

士信点点头。

“想当年咱率着一众兄弟大碗喝酒大口吃肉，如今却变成了小杯小壶，一条猪肘还要过锅蒸煮煎炸个三四遍，不晓得哪弄来这么精细的吃法？”雄信碗酒下肚，兴致上涌，话也滔滔不绝起来。

公主歉意地朝士信看看，士信只是聆听。

“我算看出来了，当初瓦岗恁多人，结义拜把的有多少！如今——呵呵，如今，”再灌一口，“徐世勣那小子，变得是最快的，魏公一死，巴着李唐顺杆爬，怎不看看人家王伯当王兄弟，那才叫一个舍命陪君子！刘黑闼投奔窦建德，得，人家跟夏王从小交情在，咱也就不说什么；秦琼，程咬金，我就不明白，大家在一起不是好好的么，兄弟对他们不薄，为何一定要对着干？”

“原因不在你，在郑王。”

“嗬，”雄信抱头想了想，“哦，是郑王，是郑王……”也不知该说什么了。

士信端起杯子：“我敬你一杯。”

雄信又惊又喜：“兄弟敬我，当真难得。”

士信一笑，仰口喝下。

虽然他没说为什么要敬，雄信也顾不得原因，跟着连忙喝了：“兄弟，今日才知你是我真兄弟！”

士信起身，看旁边清英公主一眼：“即使取不了天下，守得如花美眷，也是逍遥乐事。”

公主惊讶抬头。

雄信却听得晕晕乎乎：“要走了？菜还没上呢！”

“不用了，告辞。”

雄信站起来，刚刚一口气喝太多，踉跄一下，公主连忙扶住他。

“喂，我送你——”晃悠中人影远去，他迷惑：“这是干吗？来去如风的。”

公主用力将他扶稳，语气似有所慨：“这个罗将军，与众不同呢。”

雄信沮丧长叹：“说实话，我从来也没弄懂过他。”

又过一日。

程咬金依令来到城下讨战，尉迟恭照前掠阵。

单雄信闻知，赶来对士信道："罗兄弟，今日该把程咬金拿进城来，不可又被他杀败了。若再杀败回来，到时你罗大将军的名声面子都无，说你一个程咬金也战不过，岂不被人取笑么？"

士信听了，并不言语，依旧提枪上马，开了城门，来至阵前。

咬金又做出鬼脸，使了眼色。

士信又好气，又好笑。只听咬金说道："罗兄弟，昨日承你盛情让俺，今日俺有一句好话对你说。但此处不是说话的所在，你略略让俺三分，俺与你战到没人处，细细对你说明。"

士信点头，二人就假意杀起来。战了七八回合，咬金虚闪一斧，回马向北落荒而走，士信随后追赶。

尉迟恭道："程咬金这鬼头，今番输了，想他追去，决然无命。我奉命掠阵，岂可袖手旁观？殿下知道，岂不有罪？不免前去帮他一帮。"就纵马往后追来。

士信同程咬金到了一个所在，离洛阳差不多二十里，周围并无人家。

咬金道："罗兄弟，俺看这里无人来往，正好说话。"

"有什么话，就快说吧。"

咬金道："那日我与秦兄投唐，你说尚有事要办。至今可办好了？"

士信点头。

"那正好，"老程眉开眼笑，"今咱弟兄们都聚集唐营，你还等什么？"

士信微笑："这我自然知道。然单兄在洛阳毕竟对我们甚厚，总归报答一番再走。"

老程叹一声："没想到你原来却是最重情重义的那个。不过一直拖下去也不好，打算什么时候过来？"

"今日战后，自当来归。"

"如此甚好。"老程大喜，"还有一句话对你说。今日俺与你在此说了半日，还有尉迟恭在那里掠阵。就是单雄信想必也在城上观看，他不见了俺们两个，岂不生了疑心？俺今与你杀出去，若遇见尉迟恭，须要给他一个辣手段看看，日后使他不敢在俺朋友面前放肆。"

"没问题。"

两个重新杀转来，士信拖枪败走，咬金在后追来，恰好遇着尉迟恭。

敬德哪晓其中底细？心中想道，这小子前日卖弄手段，说不定只是一时之勇，今日待我报仇。

持鞭一喝："罗士信，你前日的威风哪里去了？今天莫走，吃我一鞭。"遂捽鞭扫来。

士信正为单雄信在城上观看，想着烦心，一见尉迟恭，十分欢喜，二话不说就回了一枪。

尉迟恭连忙招架，士信又连耍了三四枪。

敬德招应不下，指望程咬金前来帮忙，回头一看，却根本不见那鬼头的人影，手一松，腿上先着了一枪，叫声："呵唷，不好了！"拍马就逃。

士信紧紧赶追，追到一株大树边，尉迟恭就往大树后走，被他灵诡一枪又正中着。

不防树后闪出一员大将，用两根重锏把枪架住，叫声："不要动手。"

士信一看，原来是秦琼。

秦琼进树后，把手一招，士信点头会意，回马往洛阳去了。

咬金回了大帐，禀道："今日大战罗士信，被俺一番言语，他已依允，明日准来归顾。"

秦王齐王皆在座，元吉道："早闻尉迟将军英勇绝冠，前日却输在姓罗的手里，姓罗的又输在你手里，原来程将军才是最强的。哪日本王跟你切磋切磋。"

咬金笑到一半顿时收不回来，齐王的大矟是相当有名的强，且又凶狠，绝不可能点到为止或是手下留情，当下急急呼道："齐王误会！昨日俺只是一时运气好，今儿罗士信就打得俺无处可逃了，若不是看在往昔情分兼俺说得动听的话，怕是命也没有……"

"这么说来，却是那罗士信最强？"

"是是是。"咬金头如捣蒜。罗兄弟啊，你可别怪俺，齐王对你不过小菜一碟，可若对俺就是猛虎一只了！咱们交情如山高，如海深，过了这关，俺把你当菩萨供着！

不多时敬德被秦琼扶了进来，见到咬金："你跑哪儿去了？我去帮你，你倒好——"

世民见他腿上两个洞，"怎么搞的？"

咬金插嘴："俺去劝降，哪想到他会跟来。打不赢人家就不要打嘛，非要逞能。"

敬德气得吹胡子瞪眼："你，你个死鬼头！"

"乱叫啥呢，黑炭团！"

"你叫我什么？"

"原来你耳朵不好使啊，我再说一遍？"

“你——”

“好了好了，二位殿下还在呢！”秦琼见两人竟为了这点称呼小事越吵越来劲，劝哪个都不是。

“哼！”两人互瞪一眼，撇头。

见属下如此耍宝，世民亦是首见，只觉好笑，毫无被冒犯之意。

“真是不是冤家不聚头呀。”安逝顺口溜出了《红楼梦》里老祖宗的名话。

元吉坐在一边嫌那两人嚷得慌，可二哥不发话，他就不兴多言，听安逝这么一句，嘿嘿道：“本王看是冤家路窄。”

“四弟错了，依我看，这‘冤家’，应该是欢喜冤家才对，是否？”世民望向安逝。

“正是。”她答得飞快。

不是冤家不聚头啊……

士信回到城中，雄信下城相见，叫道：“罗兄弟，今日辛苦了！方才愚兄在城上看战，虽不能生擒程咬金，但这尉迟恭被你杀得大败，躲入林内，兄弟正好拿他，为何又放走了？”

士信道：“那树后有埋伏，故此回兵。”

雄信放下疑心，遂道：“一连三日都劳你出战，明日上朝，我定然代你跟陛下讨个赏来。”

士信心内深叹，不再作答。

等到后来雄信得到他弃郑投唐的消息后，怒极攻心，竟比之前知道秦程二人投唐的事还来得忿恨，大骂一通后，重病一场。

清英公主端汤送水衣不解带地服侍着他，一边为驸马的憔悴忧心，一边有种不祥的预感。

是关于夫君？还是关于大郑？

她不敢去想。

四十一　绿鸢寻情（上）

当一行十三骑整齐地从地平线上出现时，宛如一幅豪美的画卷。

世民率众相迎。

“罗士信见过秦王殿下，齐王殿下，及各位将军。”白衣少年下马，拱手为礼。

“免礼免礼。”世民双手相扶，心中先为少年的风采喝了声好。

士信一一环视众人：秦琼，程咬金，徐世勣……还有她。

微笑起来。

“将军里面请。”顺着目光，世民自然知道他看向了谁，压住不知道从哪里冒出来的不快，不露声色地挡在两人中间，“本王已为将军设下酒宴，接风洗尘。”

士信调回目光，复看他时多了丝意味：“谢秦王殿下。”

“罗将军枪法如此神妙，可与我大唐幽州罗艺罗总管家有没有什么联系？”史万宝持酒笑问。

士信与他对饮一杯：“我虽姓罗，不过枪法可叫姜家枪呢。”

“原来不是同一家啊。”史万宝喃喃，“不知哪家更厉害些？”

房玄龄过来：“以后与将军同殿为臣，深为荣幸。”

“大人过奖。”

“罗兄弟罗兄弟，”程咬金端个海碗，“咱就不说什么了，干了这杯！”

秦琼同时举起手中酒碗，三人一饮而尽。

尉迟敬德暗想：这小子年纪不大，怎么马上如此厉害？想必是操练惯的，他的本事，料也有限。待我假做敬酒为由，抓他一把，擒将出来，与众人笑一笑，有何不可？就满斟一杯，走上前来，叫道：“罗公子，我敬奉一杯。”双手将杯送来。

士信笑笑，瞧他两眼：“多谢将军。”

才要把杯子接过，敬德右掌一翻，一个倒抓扣着他的脉门，左手擎

住酒杯："公子请。"

士信看看自己的右腕："尉迟恭，你放了吧。"

敬德道："不放。如今怕你怎么？"

"真个不放？"

安逝正与如晦说话，瞧见过来，道："尉迟将军，罗大哥，呃，不喜欢别人碰他的。"

敬德一怔："这又怎地？我看他在阵上威风八面，如今何不再使出来看看？"

话未说完，双手同时一痛，右手不由松开，待看时，两手已被士信牢牢擒住。

长年习武的手腕固然粗壮有力，换了平常人根本抓都抓不稳，但被那两根手指捏着，就怎么也挣不脱来。

尉迟敬德涨红了脸。

士信另一手轻轻松松端过杯盏："你这酒，我是该喝，还是不喝呢？"

众人在一旁看得分明，世勣道："尉迟将军开个玩笑，罗兄弟不要见怪。"

士信手一松，敬德头晕目眩，扑通一跤，跌倒在地。

咬金扶起他："黑炭团，你没事吧？"

"没事。"

"哦。"放手，扑通又是一声。

地上敬德七荤八素地抬头："死鬼头！"

"怎么啦，不是你自己说没事的？"咬金大眼眨眨，很好心地又过来扶。

"别别。"敬德连忙摆手，自己努力站起来，走到士信面前，抱拳，"今日我算彻底服了，兄弟，刚才那杯，一定要喝！"

"多有得罪。"酒杯一晃，士信仰头喝光。

敬德哈哈大笑："痛快！"

一个蓝衣无尘、身长玉立的青年走过来："罗将军，在下杜如晦，以前常听秦将军提起你，今日终于得见，请！"当先举杯喝尽。

士信瞧他风流儒雅，又不乏大义之气，甚有好感，斟满又是一杯。

"好了好了，该我该我。"安逝拿过一个杯子，"罗大哥，我敬你。"

士信看着她，轻笑："你也来敬，可要把我灌醉了。"

"呵呵，后头排队等着敬酒的多着呢。今天晚上，不醉无归。"

"好个不醉无归！"世民不知何时来到她的身后。

她退开一步："大哥怎么下来了？"

世民一笑，面向士信："我也敬你一杯。"

"谢殿下。"

"罗将军天降英物，如今得之，大唐甚幸，天下甚幸。"

"殿下过奖了。"

安逝瞧他两个互视着对方，虽然在笑，目光里却有互相探究的意味，当即道："王世充连番失去大将，这仗我们赢定了！"

世民士信同时调转视线过来。第一个微笑，带着赞赏；第二个还是微笑，却只是，纯粹的微笑。

安逝进了营，洗把脸，略略去了些酒气。刚才喝多了几杯，估计现在脸还是红的。

擦下手，扶着凳子坐下，以手撑额。

酒气上涌，头感觉有些发晕。

"哗啦"，有人掀帘进来，她看一眼后垂下眼帘，有气无力地唤声："杜大哥。"

一只手在她额头蹭了蹭，冰冰凉凉，然后如晦的声音传来："烧上脸了，把这解酒丸吃一颗。"

"唔？"她抬头。

如晦将手掌摊到她跟前，一粒朱色指甲大小的丸子黯淡无光。

她捏起来看看，就着手边的水一口吞下。

"去床上歇会儿，起来就没事了。"

她趴在桌上："我还不困，先在这上面歇一歇。"

如晦没作声，她笑，知道他是默许了。

看着他走去将烛心拨亮，而后在案桌前坐下，拢一拢头发，开始研墨。

真是个很有气质的人哪，一举一动就是让人很有感觉。她喃喃开口："今天晚上还有事做？"

如晦执起笔，在铺好的纸张上写着："是啊。"

她吁口气，不再打扰他，缓缓将眼睛阖上。

良久没有声息。

如晦反过头来看她一眼，见她呼吸均匀，摇摇头，抽出压在最底下的第一张白纸，再看一遍，终于，将其置于烛火之上。

三杯竹叶穿胸过，两朵桃花飞上来。

纸烬纷飞中，注视着最后一个字也化为飞烟，他清楚地知道，最初

的梦想，已经改变。

再次睁开眼，还是在桌上。

她揉了揉枕得发麻的胳膊和僵硬的颈项，发现蜡烛只剩最后一截。

杜大哥呢？环视四周，没人。

站起来，有什么东西从肩头滑到了地下。

一看，是层薄毯。

蹲下捡起，走到帐外。

外面早已全黑，月亮升到半空，除了远处几堆篝火和偶尔巡查的士兵，一切仿佛都已入睡。

一阵风从北方吹来，带着秋凉。

她一抖，酒意全醒，裹了裹毯子，打算随便走走。

咦？

没等反应至大脑，嘴上已经叫唤着："绿鸢姐！"

戎甲女子顿住脚步："安——史公子。"

安逝匆匆上前，见她手上端着个瓦罐："好久不见啦，这是干吗？"

绿鸢笑笑："醒酒汤。"

她明白过来："他醉了吗？"

绿鸢只是笑。

"我也去看看。"

"好。"

两人并肩同行，安逝叹道："绿鸢姐真的很强呀，又会练武又懂医药，十二骑里要没你怎么办哟。"

"姑——公子太看得起我了。"

"怎会？想当年我跟你学煮药，卖力却不讨好，搞得瓦岗乌烟瘴气……唉，那时……"

复又无语。

"对了——"

"我想——"

同时一笑。安逝道："你先说。"

绿鸢捧着罐子，低着头："公子近几年来的经历想必是不少的。我想，跟您打听一下——"

安逝看不见她的神色，此刻却也揣测出几分，听她始终说不出那个人名来，叹气，接话："我想说的正好也是这个。绿鸢姐，对不起。"

绿鸢抬头，一瞬间迷惑、惊讶直至淡淡有些明白过来，待说话时，语气里仿佛有了悲哀的领悟："他——怎么了？"

"有一次打宇文化及，他为了保护我，受了很重的伤。"安逝哀叹，"然后，我们一起从悬崖上跳了下去，我被人救起，却不知道他——"

瓦罐轻抖，绿鸾指尖发白。

"是我害了他。他根本可以不来救我，根本可以不必跳崖，他本来是为了你才——"

"不要说了！"

安逝一震。

绿鸾的脸显出一种奇异的神色，明明是痛苦，却露出微笑来。好半天她才道："也许他还活着啊，也许他也被人救起来了啊，也许，也许他根本就没事，对不对？！"

"对！"安逝使劲点头，用力眨眼将眼角的液体逼回去，紧紧握住她的手，"王将军一定没事！"

绿鸾将瓦罐放到她手中，指指前面："主人的帐营到啦，麻烦公子代我将汤送进去吧。绿鸾突然想一个人静一静。"

不待安逝回答，匆匆一礼，头也不回地奔了出去。

一点晶莹，却终是泄漏了悲伤。

安逝看着那泪珠儿随着惯性甩到瓦罐上，突然浑身没了力气，跌坐到地上。

"殿下，别喝了。"看着桌下三个酒坛，殷开山终于再也忍不住开口。

三坛酒对旁人来说也许算不得什么，但这个是不擅喝酒的秦王殿下，是平常最多一壶就再也不肯喝多一滴的镇定的殿下啊。

秦王看看他，又看看地上的酒坛，眯眼："原来我这么能喝呀！奇怪了，我以前怎么就说不能喝呢？"

那是因为你说过喝酒误事，而且酒后的感觉很难受。殷开山暗暗摇头，上前一步。

"你……别过来！"秦王指着他，又笑，"不如再去给我搬一坛来吧。"

"殿下！"

世民晃晃头："都说一醉解千愁……原来这醉的滋味，也是不容易的。"

殷开山瞧他又要仰杯，一个箭步，劈手将杯子夺下："殿下，您还是去休息吧！"

世民皱眉："什么时候你管我休不休息了？到底何事禀报，只管说

便是！”

殷开山本以为他醉了，见他现在说话语气又似正常，当下暗责自己放肆，退后俯身道：“处罗可汗前日病逝。”

“嗯。”世民哼一声，摸过酒杯继续倒酒。

“处罗可敦义城公主嫌处罗之子奥谢设丑且小，废而不立，改立处罗之弟咄苾，号颉利可汗。颉利又娶义城为妻，封前始毕可汗之子什钵苾为突利可汗。至此，突厥新政权建立，并同时有一大一小两位可汗。”

“什钵苾——二弟，看来你很努力哪。”世民呵呵一笑，“打刘武周时所遭那次偷袭，查出什么没有？”

“由于突厥内部政权交替，终于有了些线索。那一晚的偷袭确与刘、宋没有任何关系，却跟王世充有关。”

“哦？”

“前几日抓获郑一个送暗信的，竟想联络突厥进犯我境，以解洛阳之围。综合各方面情报得知，那晚应该是王世充通信处罗可汗，两方一起合力偷袭。”

“真是只老谋深算的狐狸，手伸得够长。”世民打个嗝，“他许了处罗什么好处？”

“这个——”殷开山顿了顿，“只隐约得知处罗当时好像并不同意，后来义城插了手。”

世民喝一杯：“下去吧。”

“是。”担心地瞄一眼倒歪的酒坛，殷开心终于举步退了出去。

半晌，椅子上的人轰然倒下，望着帐顶，一动不动，最后以手覆眼：“房夫人，原来醋，是这种滋味。”

四十二　绿鸢寻情（下）

酒醉待醒的时光，耳际再不闻沉厉的马蹄和慌忙的鸣钟，唯有偶尔妙闲的鹊语，密接着恋枕依衾的甜梦。

有多久，自己再没做过噩梦？

士信睁开眼，听到浅浅的呼吸声。

离得很近，很近。

迅速坐起来，一看，却惊动了床边伏着的人影："啊，醒了？"一边连连打着呵欠。

"你——"士信难得表情呆愣，"你怎么在这儿？"

安逝调整一下姿势，似是想接着睡："我给你灌了醒酒汤，怕你不舒服，打算多待会儿，谁知就睡着了。"

士信心中一动，推推她肩："回去睡吧，这样不舒服。"

安逝已经梦周公去了。

他下床，伸出手，停在半空，终于碰到女孩儿的衣襟。正欲抱起，门外突然一声："主人，绿鸢求见。"

像做了坏事的小孩般，少年赶紧立直身体，混着自己也不知道的含糊："什么事？"

门外犹豫一下："请容属下当面禀报。"

安逝动一动，压到他下袍边缘，然后，来不及阻止地，就见那颗脑袋往侧一滚，咚，砸到木床尖角。

"哎哟！"这下不醒也被痛醒了，她揉着额头，"干吗？！"

士信忙蹲下来："我看看。"

她还处于半迷糊状态："你干吗打我？"

他哭笑不得，扬声道："绿鸢进来。"

绿鸢瞧见地上的两人，吃了一惊："这是——"

"她撞到额头了，你快帮她看看。"

"是。"绿鸢一同蹲下，仔细瞧了，一笑，"主人放心，先用冷巾敷一敷，再擦些膏药，定无甚大碍。"

士信点头，起身去打水。

绿鸢将安逝扶到椅子上，接过士信手中毛巾，轻轻贴到她的额头，安逝不由叫一声。

士信紧张地看着她。

"一开始是有点痛的。"绿鸢温柔道。

安逝此刻完全清醒，见两人瞪大眼睛看着自己，大窘，按住毛巾："我自己来吧。"

士信咳一声，直起身子，朝向绿鸢："找我何事？"

绿鸢突然跪下："主人恕罪，请赐绿鸢脱离'燕云十二骑'！"

安逝骇住，士信却看不出神色变化："说说原因。"

绿鸢朝安逝看来，安逝瞬间明白了，胸中涌出激昂之感。

只听绿鸢一字一顿道："我要去找一个人。"

士信盯着她："那个人，对你很重要？"

跪着的女子点头。

"五年了。"他悠悠发声。

"是。自十六岁被主人救起，至今已五年有余。"绿鸢轻轻地，"主人救命之恩，并有幸成为十二骑中一员，属下毕生难忘。"

"成为十二骑是你自己的努力，与我无关。"他摆手，"你该知道，找一个适合人选并不容易。"

绿鸢的心沉了沉。

"如果不让你走，你怎么办？"

"属下之命是主人救的，自当终身追随主人。"

良久。

"抬起头来。"

绿鸢仰首。安逝这才发现她眼下微黑，并带浮肿。

"去吧。"

她愣住。

"从今以后，燕云十二骑里，再没有绿鸢这个人。"

"主人！"绿鸢明白过来，喜色上涌，咚咚咚连磕三个响头。

安逝上前扶起她："放弃同伴，放弃之前所有，值得？"

绿鸢嘴角含笑，有璀璨的光芒一闪而过："我相信，他一定在某个地方等着我。"

冲两人深施一礼，去了。

安逝沉默良久，欣羡的感觉油然而生。

见旁边立着的人，推一推："刚才做什么一副不放人的样子？"

"有时候，人会一时冲动作出某种决定。我不过让她冷静下来真正衡量而已。"

原来如此，她轻叹："所以我很佩服她啊。为了爱，可以做到毅然决然，无牵无挂。"

"来，把毛巾给我。"

"哦。"伸手递给他。

士信重新洗一遍，拧水，袖口滑了下来，她瞅到右前臂中间一排牙印。

"这个……"突然结巴起来，想起了什么，"该不会是我——"

顺着她指的方向一看，士信笑："没错，正是柏壁小树林里拜你所赐。"

她冲上去端起来细瞧。天，原来自己咬得那么深，上下一共九个牙

齿凹痕，足可媲美胎记。

士信被看得不自在，缩手："行啦行啦，又不痛。"

她突然笑起来，嘿嘿嘿像偷了腥的猫。

他将毛巾"啪"地按到她头上："还笑！"

她叫一声，嗔他一眼："哈哈哈，这是我的专有印记，以后就是想逃也逃不掉啦！"感觉如同占地为王的山霸王，到哪儿都贴个"××归我所有"的字号。

士信瞬间脸隐隐发红，腾地站起来往外走："我去帮你拿药。"

"喂喂喂，"她拿了外衣冲上去，"早上冷，披件衣服再走吧！"

心中想的却是，此等可爱的小罗，怎能错过？

秋天的早晨，特别是像这种天还未全亮的早晨，确实风寒露重。

"啊——嚏！"

"都说让你不要跟来，还非不听。"士信解开身上外套，围在安逝身上。

她正想回答，又是两声喷嚏。

"知道给我拿衣，怎么就不知道自己多穿点？待会儿感冒了怎么办。"边说边给她围得紧紧的。

"不会啦。"安逝抹两下鼻子，想起刚才军医大人开门时的起床气，暗道还是少领教为妙。

"先送你回去歇着。"他回首，"你住哪个帐？"

"不远。一直往前走再向左拐，有个参军帐营就是了。"

"参军帐？"皱眉，"你的？"

"这个啊，"她挠头，"有一半是我的。"

见他挑眉，她连忙坦白，弃械投降："其实我一直跟杜大哥住一块啦，他很照顾我的。"

"杜如晦？"他想起那个有着神秀之气的男人。

"是啊，杜大哥真的是很好很好的人呐，多亏一直有他——"心中忽然一滞，多亏一直有他，说出来容易，可这六个字，包含了多少默默无闻的关怀与无微不至的照顾？

她想到的，他想到了；她没想到的，他也一样帮她想到了。

多少次她的回眸，总能迎上他温和的目光；多少次他的回眸，她却总是四处逃避……

士信察觉她神色的微微变化，想起刚才出门时帐旁那个不易发觉的脚印，慢悠悠道："他知道你——"

“是啊。”吸一口气，她静静地，“不过，我喜欢的人，是你。”

仿佛一缕天籁之音，穿越时空踏破云彩而来，在无比的静谧中悄然耳语，在花儿与露珠之间互相诉递，由远而近，似有还无。

是聚集了所有力气的一个深呼吸，却不忍惊动什么，沉沉提起来，又轻轻放下。

是蓦然回首时，一个千转百回的凝噎。

是银光闪耀下如花的笑颜。

所有伤逝已久的情绪，在这个声音里一齐醒来——

我喜欢的人，是你。

这一刻，时光停住。

空气中仿佛可以闻到甜蜜的芬芳。

隔了几丈远的树后，紫袍青年拂袖而去。

北邙山。

北邙山位于洛阳西北，山北崚嶒，古树蓊郁，盘山道斗折蛇行，蜿蜒而上。山南却是一面缓坡，千军万马可以从此俯冲而下，从而此处变成了既是保卫洛阳的天然屏障，又是攻取洛阳的理想战场，可谓兵家必争之地。

尉迟敬德跟着前头那人登上山顶的魏宣武陵，心中暗暗纳闷：表面看起来与寻常无异，可怎么就是觉得浑身不爽？突然提出来要察看山势道路，像掺了火药似的，动作快得仿佛跟谁赌气。嗯，全军上下除了史安之外，当属李世勣最会揣度秦王心思了，房玄龄杜如晦也不错，看来哪天应该好好找这些人搞搞关系才是。

这边还在想，秦王已经道：“此山是对洛阳发动总攻的制高点，我军必须迅速占领。”

敬德忙答：“末将也正是这样想的。奇怪的是王世充那老贼何以不在此设防？”

“想必是这几日忙于争夺兹涧，因而防备松弛。”世民话刚说完，便听一名士卒大声疾呼：“殿下，山下有敌军兵马！”

敬德往下一看，惊得倒吸一口冷气：乖乖！山下来了王世充的兵马约二三万之众，正黑鸦鸦地从四面包抄过来。

原来王世充今早率人再次攻兹涧，行至半路，有哨兵来报，说在北邙山发现李世民行踪，所带兵马不多。王世充大喜过望，立即掉转马头，率大军猛扑过来。

观察战场竟与敌军猝然相遇，且己方只有五百甲士，众寡实在悬

殊。敬德心急如焚，长鞭当空，吼道："四面护住秦王，纵然拼将一死，也要保得殿下出去！"

包围圈越来越小，敌军越来越近。

只听对方阵中有人喊道："那个骑黑马的就是李世民。弟兄们，冲啊！陛下说了，活捉李世民者封公拜相！"

敬德不听还好，一听之下万分耳熟，仔细一看，竟是之前叛逃的寻相。

真是冤家路窄，他暴雷一般骂了声："王八蛋！"迅速挽弓抽箭，飕地一声射了出去，不偏不倚正中寻相咽喉，登时他一个倒栽葱跌于马下。

趁着敌军一时混乱，他沉声道："殿下，跟我来！"

世民一面点头，神色丝毫不变，一面飞驰着搭箭开弓，连珠射出，凡敢拦者，无不应弦而倒。

敬德看那气势，觉得青年竟似快意发泄般，比自己还暴烈几分。

真是多担心了。

正在此时，斜刺里突然杀出一员郑将，持槊直奔世民而来。

刚闪到秦王面前，蓦地见到敬德，怪叫："怎么是你！"

原来是单雄信。

敬德嘿嘿笑一声："我道是谁，却是你个名也不通的手下败将。"

雄信遇了他，自身气势就先矮了一截，及待奋力拨开长鞭，咬牙进招之际，却被敬德顺势用鞭尾一扫，恰恰甩在他的腰间，如挟千钧余威，雄信把持不住，身子向前一顿，轰然跌于马下。

敬德也顾不得取他性命，与世民并马齐驱，奋力斩杀，一路向西南杀出。

"娃儿，罗兄弟！"

魔咒般的气氛被打破。

士信咳了一声，别开脸去。安逝也颇不自在地望向声音来源："程伯伯，什么事？"

程咬金大步过来："你瞧见杜老弟没？"

安逝摇头："找他干吗？"

"又来了几个献州投降的人。秦王不在，俺记着这事杜老弟一道负责，便想让他过去看看。"

"哦，他可能跟房先生在一起吧。"安逝答，"大哥不在吗？"

"好像叫了黑炭团去北邙山察看地形了。"

安逝一愣："北邙山？察看地形？"

"是哇。"

"如果没记错的话……"她喃喃自语，忽叫，"程伯伯，你快带多些人马前去接应，恐怕要生事端！"

"事端？什么事端？"咬金不解，士信也回转头来看她。

"现在解释不清，"她急了，"秦王可能会有危险！快去救驾！"

咬金还要问，士信拉住他："走吧。"

她感激地看士信一眼。

突然想到，这个人，刚才还没做什么反应呢！

北邙山下，血肉横飞。

双方的士兵们像一群群生死恶斗的野兽，已经杀红了眼，以至于地上都卷起一股冲天黄尘，四处飘荡弥散，呛得人睁不开眼睛。

重重阻杀下，白蹄乌被流矢射中，挣扎着跑了一段路程，终于倒地。

"殿下！"敬德腾身下马，把自己的坐骑拉过来，"快上！"

白蹄乌杏仁般的大眼眨了两眨，平日里时常迸发的桀骜之气尽去，流露出不舍和眷恋。

一瞬间，世民就那样毫无防备地，被感动了。

是不是，有些东西，一定要等到失去的时候才明白？

"殿下！"尉迟敬德再叫一声。

世民最后看了白蹄乌一眼，终于翻身上马，再次冲入敌阵厮杀。

两人一个马上，一个步战，上下配合，奋力杀敌，终于听到前面传来一声大骂："小兔崽子，你爷爷程咬金在此，不怕死的就拿命来！"

尉迟敬德从未觉得这人嗓门亮得这么动听过。

以后还是忍让些，少跟某人大呼小叫，该亮的时候就亮，某人的嗓门某些时候还是有点用的。

视线中大斧翻飞，一招过去，就是五六个郑兵毙命。

有的从左肩到右胯，竟被血淋淋地劈作两半。

而另一边，士兵们则像见了夜叉魔鬼，自动散出一条路来。

两个男人的目光相撞。

"罗兄弟，"程咬金赶到跟前，"你与尉迟将军护驾，俺负责断后！"

"不用了。"秦王转过目光，语气坚定，"援军已到，该逃的就不再是我们。传令，所有士兵，调转马头，杀回去，把他们打个片甲不留！"

这一仗，可谓绝处逢生，败中取胜。王世充麾下大将陈智略被生擒，步兵斩首千余级，其六千名"排槊兵"则乖乖做了俘虏。王世充见没讨

到好处，率余众赶紧撤了。

“还是秦王强，反败为胜打得漂亮！”返回大营的路上，程咬金手舞足蹈。

“你怎么知道我们遭围了？”想想之前的险境，饶是尉迟敬德，亦仍有余怖。

“是娃儿，那，就是史安说的。”

敬德一脸不可思议：“他说你们就信？”

“喂喂喂，怎么说话呢！”老程不乐意了，“人家这叫救了你的命！有你这种态度的吗？”

“不是不是，”敬德连忙摆手，“我只是好奇，毕竟这么多大军就因为他一句话——”

“咳，”老程一声打住，有些尴尬地对秦王道，“娃儿直觉奇准。俺们临时出兵是未经正常程序，不过，咱也不要啥奖赏了，就算功过相抵，殿下不介意吧？”

世民道：“用人不疑，何来介意？不但无过，反而是大大的有功哩。”

“殿下英明！”老程大喜。敬德呆掉。

“罗将军怎么一直不说话？”世民侧头看看。

士信稍微松动马儿的缰绳，淡淡答道：“秦王决策，十分明理。”

秦王似笑非笑：“是吗？”

一旁程咬金看看天色，明明太阳还很大嘛，怎么有些发寒？

四十三　避稍夺稍

九月，秦王中军顺利拿下北邙山，结阵青城宫，与王世充主力遥相对峙。

东都外围已经大致扫清，河南州县相继来降，洛阳几乎成了汪洋大海中的一座孤岛。

然此城毕竟自古便是中原重镇，城墙巍峨高耸，护城河宽数十丈，引洛水灌之，水深难渡。

王世充更加不是等闲之辈，为了抗拒唐军，早在洛阳城里做了大量

的长期防御准备。城上备有大驳飞石，重五十斤，能抛出二百步远；还有“八弓弩箭”，箭杆粗若车辐，箭簇大如巨斧，可射五百余步。

其他如滚木、礌石、火箭、滚水自不必说，更是准备充裕，多不胜数。

世民下令攻了好几次城，有时昼夜轮番不息，云梯、铁索、抛石车、排炮等各种攻城战具全都用上了，一连猛攻十几天，竟不能克。而唐军将士伤亡惨重，有上千名士卒战死城下。

战事进入胶着状态。

燕赵之地，英雄之地。

自燕太子丹开养士之风、不爱后宫美女爱英雄以来，民间就形成了敬重好汉的风气。平民百姓，若闻敌虏来，不是怯懦哀嚎，而是父母拉出战马，妻子取来弓箭，男人们甚至不待穿好盔甲就急于上阵。

统领燕赵大地的，正是大唐一品公、幽州总管罗艺。

前线战报被扔到一边，一个四十岁左右、方脸浓眉的英挺男人拿着一封火漆过的快件，若有所思。

“夫君，”一个美貌妇人从内室走出，见他模样，轻道，“莫非战事不顺？”

妇人乃罗艺之妻，姓秦名胜珠。

罗艺摇头而笑：“窦建德之流，去打打孟海公徐圆朗也就罢了，我还不把他放在眼里。”

“那您——”

他将手中快信一扬：“杨林死了。”

“靠山王？”秦夫人一诧，“风云似他，竟然就死了么？”

“你也不信吧？”罗艺摸着下巴，“想当年衡水之滨，他劝我弃陈降隋，手段使尽，其老谋深算、阴诈诡变亦令我防不胜防。罗某一生，难逢对手，他倒走得爽快。”

“是寿终正寝而死，还是——”

“被一个叫罗士信的少年杀死。”

“罗士信？”夫人念着，“此人却是未曾听过，是妾孤陋寡闻了。他也姓罗，好巧！”

罗艺微微一笑，并不答话，心思却已经围着“罗士信”三个字打转。

杨林的义子，杀手起家，十二岁与秦琼为大隋转战沙场，十四岁倒戈瓦岗……无父无母，枪法奇绝，未有对手。

看着架上自己惯使的滚银枪，闻名天下的三十六路罗家枪啊——

此子到底是谁？

“总管。”一名属下立到门边。

“进来。”

“报总管，窦建德已率夏军撤退。”

“哦？”他微眯双眼，继而朝夫人眨眨，一副“不出我所料”的神气。

秦夫人掩嘴而笑：“夫君不乘胜追击？”

罗艺摇头：“如果不能彻底消灭他，那还不如减少自己的损失。”

说罢对属下挥手：“三日内维持原先戒备，谨防有诈。”

“是。”

“俺听说王世充派了王琬当使者跑到洺州向窦建德求救去了，姓窦的不理他，他便赖着不走，整日间哭哭啼啼，向那些人哀哀乞怜呐！”程咬金端个盘子，一半摆花生，一半摆香干。两者混在一起吃，有牛肉的味道——这是娃儿特别告诉他一个人的解馋秘方。

秦琼道：“窦建德正忙着与罗艺、孟海公交战，又与我朝通好，哪里愿管他的闲事？”

“俺看王世充倒也是个强悍与善于忍耐的主，这都围了三四个月了，还丝毫不显败迹。”咬金咂嘴，“之前魏公打他那么多次，最后居然还是他胜，难料啊，难料！”

“王世充或许是个小人，却绝不是庸人。”如晦坐在椅中喝茶，“洛阳西郊与魏公最后那次决战，堪称经典。先假传神灵旨意打消将士对瓦岗军的惧意，又准备好一个貌似魏公的人在激战最酣的时候突然出现，称魏公被擒，致使瓦岗军心大乱，一败涂地。由此可见，他是有军事才能的。”

秦琼一叹：“当时真是被吓了一跳，兵败如山倒。”

“嘻嘻，其实只要看他能挺到最后，参与唐、郑、夏三国角逐之中，就知道他不是泛泛之辈啦。”安逝笑着，“现在这种状况，倒是让我想起了一首打油诗。”

“念来听听。”

“百万贼兵困洛阳，也无救援也无粮。有朝一日城破了，哭爹的哭爹，哭娘的哭娘。”

程咬金最先抑不住，捂住肚子大笑起来。

秦琼、如晦也不由发笑。

“好啊，安弟竟然把我大唐神兵称为‘贼兵’，该当何罪？”朗朗男

声传来，带了几分笑意。

“参见秦王殿下！”帐中几人起身行礼。

“起来起来。”世民摆手，望向安逝，“怎么说？”

安逝不慌不忙：“这首诗是站在洛阳士兵角度来说的，难道他们会称唐军为神兵不成？”

“就是就是，”咬金插道，“娃儿随口说说，当不得数。”

世民一笑，不再计较：“现在洛阳城中已经出现缺粮现象，等到他们粮尽草绝、不战自乱的那天，我们发动总攻，必能将伤亡降至最低。”

众人点头称是。

“刚刚听你们说到魏公李密，”世民落座，“以前他也同样围洛阳、打王世充，最终却败，诸位看法如何？”

秦琼与程咬金对望一眼，不说话。

如晦道：“依我看，其中一条，就是他的不善胜，遇事不尽。”

安逝叹息：“困东都不肯力克，讨宇文化及而不尽灭，终使王世充等坐大，加之——”摇摇头，没再说下去。

世民颔首：“正是如此。前车之鉴，本王怎会重蹈覆辙？故尔洛阳，势在必得！”

那瞬间，她仿佛依稀看到了他将来君临天下的帝王气概。

四海夷服的“天可汗”！

硖石堡。

“罗将军可真行，才一个上午，就把这堡给踹了！”一名唐军士兵边记录着府库里珍玩器皿的数量，边对做封存工作的同伴道。

“那是。”同伴贴好封条，“你没听说么，当年只他一人，就破了大名鼎鼎百来人的长蛇阵！可了不得啊！”

“难怪秦王要将这么重要的堡垒交给他来打。唉，就是看着冷了些，要是像殿下还有秦将军程将军他们常笑就好了。”

见他露出向往的表情，同伴暗暗摇头。也难怪罗将军不但冷漠如冰，有时还要带上面具，若是哪天真平易近人起来……岂不要被蜂拥而至的崇拜者们活活堵死？恐怕连家门都迈不出了。

巨汗，就连现在这样都有无数人想方设法接近他哩……

咳，做人还是不要太完美了才好。

自古红颜薄命……

呸呸呸，想到哪里去了？

一人发呆一人乱想间，有将士进来：“打理好了没有？要出发了！”

两人一愣，不约而同："这么急？"

将士不耐烦地说："将军说顺手把前面的千金堡也一并拿下，已经在整队了！"

两人心叹：强人就是强！

千金堡虽为小堡，却十分易守难攻。

士信大军将堡团团围住，抢攻几次，一时怎么也攻不下来。

堡里人也很无奈，简直就是池鱼之殃嘛！一面死命守城，一面破口大骂。

士信才不管这些，想了想，利索指挥人马全部撤了。

堡中守将不敢置信地登上城楼，望向城下一干二净的原野，这这这……唐军也撤得太彻底了吧？！

不过好歹总算舒了口气。

入夜。

城门外突然来了百十号人，抱着几十个婴儿，孩提哭闹之声不绝于耳，城上士兵皆感到奇怪。

只听大人们嚷嚷：

"我们好容易从东都跑来找罗将军的，罗将军跑到哪儿去了？"

"嘿！这儿是千金堡呀，我们可跑错地方了，快走吧！"

"真倒霉，黑更半夜的，怎么会走到这儿来！"

"少说两句，走吧走吧。"

"……"

吵吵嚷嚷、啼啼哭哭了一阵，又听不见人声了。

堡里面的人听得一清二楚，还真以为罗士信已经撤了，来的人是洛阳难民，是投奔罗士信的，当下非常得意，未等天明，就出兵来追赶士信。不料一出来便中了埋伏，燕云十二骑，哦，现在是十一骑，眼疾手快，一下子就突入城堡，把守军杀个精光。

是夜，千金堡破。

"父王，您刚刚收服徐圆朗、新灭孟海公，我军士气正盛之时，怎么反而忧眉不展？"夏王大帐，红线为父亲端上一碗莲子粥。

窦建德叹口气，拿过粥喝起来。

她瞧见桌上摊着的行军图，了悟："是在考虑日间刘侍郎的建议么？"

闻言，建德放下调羹："我儿聪慧，对此有何看法？"

红线思索一番，方郑重答道："唐军举兵临东都，经秋涉冬，大师已乏，郑军日蹙。然若郑亡，则唐益盛，恐我方不能独立矣。刘侍郎说的有一定道理，不如暂先解除以前和郑的仇忿，发兵救之。毕竟，唇亡齿寒哪。"

建德连连点头："其实我又何尝不晓唐派使者过来拉拢，不过想临时稳住我们而已。真是打得一副好盘算，先郑再夏，各个击破！"

"既如此，父王为何还有所踌躇？"

他一声长叹，似万般苦恼，还夹了三分无奈："幽州罗艺，此人真真我命中克星，若发倾国之兵援郑，他便如芒刺在背，利剑高悬，威胁着我们的大后方呀！"

红线一时无话可接。

那个守护幽州的男人，宛若上神。

纵然南有隋、唐及现在各阀变迁，纵然北临突厥虎视眈眈，但幽州有了他，就有了数十年的安宁平静。

使的也是枪啊……

她不禁怀疑，心中的那个白衣少年，是否和他有什么关系？

"而且，"敬德又道，"此计攸关天下。刘彬劝我联郑击败唐军后，趁郑的力量严重削弱时干脆一举灭了王世充，如此我方势力大增，而唐师已老，则天下可取也。"

原来父王心怀夺取天下之志，故而犹豫再三。红线心想，要一举灭掉两国，实在是大不容易，确需思量，不过："父王，不管郑可不可取，女儿认为，咱们还是先解了他的围再说，待破唐之后，再徐观其变不迟。"

建德点头，重新恢复雄心壮志："我军与唐军多次交手，都是负少胜多，岂能因罗艺一人就缚手缚脚起来！古云，天下精兵尽在赵代，拥此强劲之师，挟胜势，救危难，大业必成！"

"大哥也真是的，怎么清剿周边的事儿全落到你身上？"安逝无精打采地坐在马背上，抚着鬃毛嘀嘀咕咕。

"都是些小型州郡，却也不难。"士信跟她一起溜达，"我看，他是别的事惹到你了吧。"

"咳咳，"安逝清了清嗓子，"不就是配置火药的事！那天不过随口说说硫磺、硝石、皂角的比例不对，换一换就能发出更大的威力来，结果——"吐吐舌，"你看我这脸就知道了。"

谁知士信还真把脸凑近了来，她吓一大跳，愣愣地看着放大了依旧

精致完美的眉、唇、鼻……直到那双眼睛里飞掠过一丝忍不住的笑意，才恍然惊醒，吞吞口水："干，干吗呢？"

"看你的脸啊。"士信重新坐回去，理所当然地，"还是那么丑，没有变得更漂亮。"

她倒，趴在马背上有气无力地呻吟："我说的不是这个……"

前面传来将士的呼喝声，她望过去："北邙山下这块旷地一向都很空的，今天怎么这么多人？"

"好像在操练。哦，秦王齐王也在。"

安逝一听，立刻打住马头："那我们换个地方吧。"

真是的，想找块清静地都这么难。

士信点头。两人正要"轻轻的我走了，正如我轻轻的来"时，前面传来一声浑厚嘹亮加强八度的嚷嚷："娃儿，罗兄弟，快过来！"

安逝很想哀号。

空地中，秦琼正带领部下做徒手格斗演练。看着士卒们龙腾虎跃，大汗淋漓，谁也不怀疑这支军队的素质。

秦王与齐王坐在马上，后面是尉迟敬德、李世勣、程咬金、史万宝一行，想来是到各营巡察时正好经过。安逝与士信两个上前见了，便立在一边看着。

元吉朝这边睇望两下，驱马前来："听闻罗将军身手不凡，本王心痒，乘今日余暇，可否讨教一二？"

士信道："齐王过誉了，何言讨教。刀枪无眼，恐伤殿下千金之躯。"

元吉却坚持要比，又道："将军要是担心彼此误伤，我们各自去刃，点到为止就是了。"

她忍不住提醒："齐王殿下，长矟对长枪，不见得是好武器。"

"你懂什么？"元吉斜睄一眼，一副漫不经心的口吻。

安逝黑着脸勒马到一旁，哼，不知好歹的家伙，爱丢脸你就丢去吧，撞到枪口上活该！

世民素知自己这个四弟心性骄狂，平素并不将大将们放在眼里，可正好借此煞煞他那股傲气，因道："罗将军，就陪齐王练练无妨。"

士信颔首，越马到场中："齐王，请。"

操练的士兵已经散开，偌大一片平地空了出来，伴着呼呼的风声，及踝的枯草，有种电影里夕阳西下，武士两人相约决斗的味道。

元吉从部下手中接过长矟，飞驰冲至。

就见左一矟，右一矟，密如雨点，招招凶狠毒辣，直戳要害。

在场众人大吃一惊，咬金叫道："这哪是点到为止？简直像上辈子

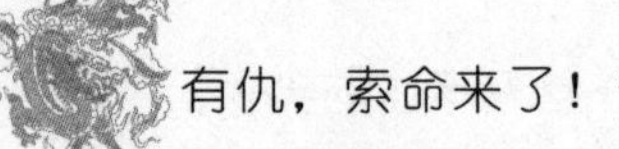

有仇，索命来了！”

敬德心道，不想齐王如此阴鸷，两人往日无怨近日无仇，何以要痛下杀手？

秦琼手心捏了把冷汗。

史万宝看看世民：“秦王，齐王他——”

世民微蹙起眉，扭头看向后侧的人。

白雪马上的少年只是默默地注视着，一声不哼，睫毛微微颤抖。

停止比武的命令卡在喉中，不顾程、史二人的频频侧目，青年掉头不言不语。

好在士信虽不还手，躲闪矟刃却是游刃有余，辗转挪闪，巧妙至极。

元吉矟矟刺空，已累得如牛喘月。就在此刻，银芒从眼前一耀而过。

“胜负已分，可以住手拉！”咬金拍手大笑。

元吉初时疑惑，直到前胸“咔嗒”细响，战甲裂开，才惊回神来，一张脸顿时紫涨得像猪肝一样。

“殿下以为，避矟与夺矟，孰难？”安逝问。

元吉哼哼：“自然是夺矟更难。”

“刚才一阵，想必齐王不一定心底服气的。”安逝端着跟元吉之前一模一样漫不经心的口气，“不如，再与罗将军比比夺矟？”

“好！”他想方才不过疏忽，再加上比的是夺矟，自己胜算更大，一口应承下来。

安逝轻对士信道：“不诚服则心不死。罗大哥不要怪我多生事端。”

士信笑答：“不过浪费点时间罢了。”

二人再次交锋，你来我往不过三五回合，元吉的长矟不知怎的就握到了士信的手里。

咬金把眼睛睁得铜铃大，看趁机能不能偷师几招，只可惜士信速度太快，反复格斗不过短半柱香，竟一连三次夺下了元吉之矟，银枪却丝毫未动，让围观众人不由自主地爆出一片喝彩之声。

“早知道他手段厉害，却不料这般全才！”敬德自言自语，从此以后，对士信再也不敢小觑。

元吉两额青筋暴动，口里说着：“承教，承教。”内心却感到蒙受了奇耻大辱。

他阴沉着脸，但听世民笑道：“世间武艺杰出之人，原本多不胜数。四弟，以后要多向罗将军学习学习。”

“是。”二哥你不帮我也就算了，竟然还向着外人，让我难堪。元吉咬牙切齿，总有一天，本王定雪今日之耻！

四十四　东取虎牢

转眼到了第二年春。

“敢言班师者，斩！”中军大帐颁下一道强硬军令。

领令的史万宝一抖，平日面对千军万马亦毫不退缩的他，此刻竟然抖了。

帐中气氛沉重。

自强攻洛阳未果，改为长期围困以来，迄今已有八个月，军中出现了疲惫不堪、人心厌战的现象，甚至不断发生军士乃至大将逃亡之事。以秦王治军之严竟然发生这样的事情，足可见情况之严峻。

他把目光飘向一旁正襟危坐的史公子。

安逝咳嗽一声：“人心散乱乃兵家大忌，大哥所虑极是。将军快颁军令去吧。”

史万宝点点头，转身而去。

一士卒在门口报：“禀殿下，唐俭唐大人到！”

世民皱了下眉。

唐俭一身风尘地进来：“微臣唐俭，见过秦王殿下。”

“请起。唐大人远在长安，这是——”

唐俭抬头，见到一旁的安逝，先笑笑示意，后道：“微臣受皇上密使，来军中了解情况。”

想必这边将卒纷纷逃回京师，惊动了朝廷。

世民佯装不解：“不知要了解的是哪方面的情况？”

真是个棘手的差事啊！唐俭心念一转：“此刻殿下是把臣当内史侍郎看呢，还是把我唐俭当成老朋友来看？”

世民立刻明白了他的意思，哈哈一笑：“当然把唐兄当朋友看。”

“朋友之间，就有话直说了。”唐俭正中下怀，“皇上担心他的儿子心高气傲性情倔犟，碍于颜面在这边硬撑，故让我看看，若真有心退兵却拉不下脸，就由他来出面，下诏让大师回京，可谓爱心一片。如此天

恩，某人何故给我这个跑腿的一副臭脸色看？”

“你啊你，”世民释然，走下来拍一下他肩，“我怎么敢跟你摆脸色？刚才只是一时气愤，士兵们太不争气罢了。”

唐俭正色：“如今情况到底如何？大半年都过了，朝廷市井议论纷纷。”

“你来得正好，把事情与父皇解释清楚。如今洛阳城内已经在啃吃树皮，若无救援，不日必破！”

唐俭啧啧：“洛阳百姓好可怜哪！”

安逝道：“百姓们早饿死了，现在还活着的，除了士兵，随便一个，怕都是公卿巨贾。”

唐俭再叹：“大家好可怜哪！”

安逝暗地里白他一眼。

世民忍笑：“大家这么可怜，唐兄你回去是否该替我们这些可怜人多美言几句？”

“那是，那是。”唐俭点头，“此事你不说，我也会尽力而为。”

之后。

长安传来一道圣旨：“克城之日，凡是乘舆法物、图籍器械等非私家所需者，可为朝廷收之。其余子女玉帛，金银财物，可全部分赐将士。”

如此巨大的物质刺激，三军顿时欢呼沸腾一片。

洛阳城。

暮春三月，本该是草长莺飞，花放柳舒的时节，但此刻环绕在城中的，却是战争与死亡的阴影。

三匹绢换一升米，十匹布换一升盐。昔日引以为豪的金银财宝、服饰珍玩，全被视若草芥。

在将树皮草根也全部吃光之后，居民们便开始用浮泥和着糠屑做饼充饥，吃后腿肿身虚，然后成批成批地病倒，最后大街上到处都是死尸，苍蝇结阵，蛆虫列队，满城臭气熏天。

当原来的三万多户变成三千户都不足，王世充瘫在椅子上闷想着怎么投降才比较划算的时候，窦建德的援军，终于来了。

青城宫前线，紧急军事会议。

封德彝道：“据三方情况分析，我军攻城半年有余，师老兵疲；王世充凭坚守城，未易猝拔；而窦建德席胜而来，锋锐气盛。相比之下，我方腹背受敌，若不顾一切继续攻城，实非善策。”

史万宝点头："不如先退保新安以避敌锋，他日再待时机。"

大半人附和称是。

秦琼道："王世充现行将被俘，而窦建德不识时务，远来助之，正是天意让他们两亡之时，不若派兵据守虎牢，抗拒夏军，使其不得前行。"

"对！"程咬金呼应，"秦将军说得对！王世充是煮熟的鸭子——不能让他飞了；窦建德是肥猪拱门——送肉来的，也不能让他跑喽！"

"你倒是胃口不小，"尉迟敬德瞄瞄他肥大的腹部，"还想把鸭子、肥猪一锅端了！"

帐中一阵轰然大笑。

如晦起身道："王世充现在只是缺粮，若放窦入城，以河北之粮供之，佐以精兵，大唐何年何月才能一统天下？为今之计，应分兵两路，一路扼虎牢，一路困洛阳。困洛阳者，只管围住，仅不令其逃逸为要；据虎牢者，亦死扼通衢，勿使其蹿入。只要建德一破，则王世充必定就缚。"

房玄龄点头："如晦说得极是。"

一直未曾出声的世民嘉许地看了如晦一眼："现在局势其实很明朗，洛阳只要围困住就是成功，窦建德则要力战拿下。他若冒险来攻，我破之不难；若狐疑不进，延迟数十日，王世充哪里经得起一拖再拖？到时洛阳自乱，乘机破城，我势倍增。若让两贼并力，还有何弊可乘！"

言下之意是主战了。

史万宝又道："万全之计，即使不撤兵西归，亦应解围据险，以观其变。请秦王思之。"

"我计已决，诸位毋须多言。"当下起身，"走，调兵去！"

元吉道："二哥你亲自去吗？打算带多少兵马？"

"留十五万与你继续围困洛阳，史将军、卢总管等为副帅；我率三千五百骑兵为先头部队，之后再增兵进援。"

"三千五？"众人瞠目。

夏军的战斗力远胜郑军是众所皆知的，且他们号称三十万众——虽说细作探明只有十来万，但这也太冒险了吧？！

安逝也在一旁咋舌：3500VS10 余万，真佩服这位老兄的勇气。

他打哪儿来的自信？总不至于他自己也知道以后将会是真龙天子吧？

想了想，她叫声："大哥，我也去！"

世民的眼神瞬间变得异样："为什么？"

看热闹哇！她差点冲口而出：“这个，我怕你有危险嘛！”

说出口的刹那她就知道自己说错了，因为任谁都看得出来，秦王那一刻的目光温柔得能醉人。

大家千万千万不要误会呀，她心中惨叫，又急急加道：“我们结拜过的，当然要互相关心才对。”

世民一笑，走出帐外：“那就来吧。”

3月24日上午，当着王世充的面，秦王从容指点，率骑抽兵而去，丝毫不把郑军放在眼里。

“秦王秦王，那是秦王帅旗！”虎牢关口的唐军守将忽然大叫。

“是吗？在哪儿？”另一名士兵揉揉眼睛，然后高兴得跳起来：“真的是秦王帅旗！老天保佑！快，快去通知王将军！”

“是是是！”同伴应道，“蹬蹬”去了。

只要秦王在，虎牢就一定不会失守。

因为在所有人心里，他是神明一样的存在。

虎牢，北濒黄河，南依嵩山，当东西交通要冲，扼古代中原腹地，系中州之安危，古有九州咽喉之称，并“一里之厚，而动千里之权”的说法，历来为兵家争战之地。春秋鲁隐公五年，燕助卫伐郑，郑凭虎牢之险战败燕国。汉高帝二至四年楚、汉相持于成皋、荥阳之间，汉军凭虎牢之险，与楚军抗衡，最后迫使楚军议和，划鸿沟为界。历经百余年修葺扩建，虎牢已经成为雄奇险峻的赫赫关城，整个中原的西大门。建在大伾山的中央山腰，居高临下控制着东西两面的要道，南有汜水，北有济水萦绕，城高四十多丈，依山势开合，险峻异常。

与此同时，窦建德大军的推进速度也很快。由于唐军主力尚在洛阳城下，根本组织不起像样的抵抗，夏军穿州过县，如入无人之境，转眼就从河北打到了虎牢，以至于窦建德一边高兴的同时又更加小心：唐军如此不堪一击，是不是耍诈？

所以，当第二日傍晚，也就是25日秦王一行赶到虎牢的时候，看到的是虎牢东原整齐严谨密如蚁巢的夏军营帐。

不知听谁说过，美景并不都是良宵。

就像现在这样，清月长风，空气里似乎酝酿着绿意春水的芬芳，安逝却没有欣赏的兴致。

踏出房门，凌空一只巨鸟扑来，她让它停在臂上。

“好久不见啦，”她轻轻为它梳理羽毛，“小鸢是不是有家了？”

小鸾长鸣一声。

“真好，那要好好珍惜啊。”

小鸾又叫一声。

“瞧你多棒，鸳鸯可羡头俱白，我却还卷在一团乱中。为什么两边都是我认识的人呢？”

小鸾不答，突然扑棱一声，振翅飞了。

她望向来人：“大哥。”

世民踏着月色而来，每一步都迈得极慢，仿佛每个脚印都在思考：进，还是退？

“这么晚了，不睡？”

“大哥也一样。”

世民终于一笑，严肃的神情轻缓下来：“此据虎牢，生死难料，大哥不该让你涉险。”

她明白。

在他强硬主战姿态的背后，却是率久战之师，统弱势兵力，且士气低迷的事实。由于过去对夏战绩不佳，唐军普遍存在着浓厚的畏敌情绪，从大将史万宝也主张撤围即可知一二。这个人是主帅，做出了迎战的决定，那么，当然也就需要他独自去承担后面所有的责任。而此刻唐军唯一的倚仗，就是由他过去平西秦战河东完胜的骄人战绩而建立起来的个人威望，士兵们对他那近乎盲目的崇拜和信赖。

只是，在数千对十万这样悬殊的兵力对比下，这些不过如美丽的肥皂泡，可以自我安慰，却不可以视为取胜的凭仗。

倘若自己不是知道历史……汗，说不定她就是带头使劲劝他不要冲动的那个。

而并不知道未来的他，这个年仅24岁的年轻统帅，此刻又背负了多少压力？

她心头微微痛了起来，面上却微笑：“大哥说什么话，一定会赢的！现在兵力已经严重不足了，如果士气再不振作，那可只有等死了。”

世民道：“所以啊，我在想要用什么方法来鼓舞我军的斗志和战意呢。”

她头一偏，星辉下的脸庞熠熠生光，他突然涌出伸手抚摸的冲动。

明明只是清秀啊，为何神采却这般夺目？

瞻彼淇澳，绿竹猗猗。如切如磋，如琢如磨。

“不如下盘棋？”她道。

他用极大的毅力控制住自己：“好。”

月色溶溶。

一边摆棋盘，她状似无意地道："夏王还不知道你已经到达虎牢了吧？"

世民眼睛一亮，试探性地："应该不知道。我瞧他们纪律有些松懈，猛将亦不多。"

"新驯那匹紫色的马可真不错，叫什么？"

"飒露紫。"

"呵呵，撒丫子跑起来估计没几个追得上的。"

真是个妙人！他按不住心中的惊讶与激动："你已经知道我要做什么了？"

"嗯？"她抬眼，递给他盛棋的篋镙，笑眯眯地，"我什么也不知道哇。"

他失笑，心中已定，又道："下场彩棋吧。"

她看向他，不解。

他取出一个巴掌大的竹笋，哦，是竹笋造型的酒壶："我以此倒装壶为注。"

"倒装壶？"她伸出手去，翻转壶底，果然，注酒口子在底下，正看的话根本看不出来。

"别人初观此壶，都奇为何只有出酒之口，没有注酒之口，你却爽快，直接就给找着了。"世民心中暗叹，本来还想给他一个惊喜的。

安逝挠挠头，心道此物在古代虽算十分稀少的酒具品种，在现代却早有见闻，只是未曾见过珍品罢了。

当下道："这么珍贵的壶压注，大哥原早存了下棋的意思。"

世民执起一粒子："你快拿出你的注来。"

她耍赖："我一文不名，什么也没有。"

"唔？"世民上下细瞧她。

她干脆装强盗："要钱没有，要命一条。"

本以为世民会嘲笑，谁知他的目光却暗了起来，仿佛吸得人溺入其中。

她不是未谙世事的小丫头，自然明白这意味着什么。本该避免的，因她有好感的是士信呀！

可是，这潭幽水太深沉，太坚定，她移不开目光。

"好，若你输了，你的命就归我，再也不许给别人。"青年的声音恍若从远方飘来。

她一惊："我是开玩——"

“君子一言，驷马难追。”

“我不是——”倏地住口。

“你不是什么？”

她重重落下第一子：“狡猾的家伙！”

青年嘴角上弯得厉害：“‘要钱没有，要命一条’，可不是谁逼的。而且这么有创意，哪个想得出来？”

她在另一边的四三路再置，不答。

“起手于角上四三路置子，虽为固守之计，然变化少矣。”青年看看，在四四路置第二子，“此谓势子，这样一来，彼此皆不能借角以自固，非力战不足以自存也。”

她没好气：“是是是，你是真英雄，不肯先割据偏隅以自固，先思奠定中原也。”

这人真是永远都会给他惊奇，世民喜悦非常，又道：“我虽战斗上喜欢冒险，但战略层面决不打无把握之仗。”

她开始下快棋。

世民沉着应对。

比平常短了一半的时间，棋已终局。

“我输了。”她捶肩。

他观她神色并无不快之意：“刚下时还不甘愿，这会子下完了却好了？”

她努努嘴：“愿赌服输。输了就输了，况且下到一盘好棋，有什么计较？”

世民只觉此人可爱异常，将笋壶递给她：“拿着。”

她推辞：“我都输了，你还给？”

他笑：“你的命既已归我，留着做个纪念。”

小小的笋壶，竹笋连着笋箢，笋箢连着笋鞭，笋鞭曲卷连着笋身，弯曲盘旋，实在有趣。她咽咽口水：“大哥，你这样口口声声说我的命是你的，小弟实在不敢接啊！你不会叫我去做什么杀人放火的事吧？”

世民喷笑，终于忍不住伸手摸摸她的脑袋：“傻瓜！”

你的命是我的，只不过，是让我有个更能接近你的借口而已。

四十五　半路截粮

公元621年3月26日，一个天高云淡的日子。

窦建德与部下正在大帐开会，突然一名士卒连冲带跑滚进来："禀、禀大王，李、李世民来了！"

"什么？！"窦建德一拍桌子站起来，文臣武将们也纷纷起立。

士卒缓着气："小的也不知道，那人骑匹紫色的马，称自己是大唐秦王李世民，并一箭射杀了我军斥候！"

建德皱眉："多少人马？"

"仅有六骑！"

"区区六骑？"建德心中疑惑。一，自己这边根本没有任何李世民到虎牢的消息，所以此人是真是假尚不能判断；二，六个人就来挑营，统帅一般不会这么冒险吧？简直就是疯狂！所以真的可能性很小；三，即使是真的，万一是个圈套怎么办？

犹疑间，只听中书侍郎刘彬对士卒道："他说是李世民就真是李世民了么？值得你们这般慌张？"

士卒点头，唯唯诺诺。

"况且，"刘彬训道，"李世民应该在洛阳解围，怎么反而跑到虎牢来鸡蛋碰石头？六个人也害怕成这样！"

"是是。"士卒身子转向夏王，候请指示。

"殷秋，石瓒。"建德点名。

"末将在！"两员骁将上前。

"带五千人出去。不管他是谁，人家打上门来了，总要给点颜色看看，不要以为夏军是好惹的！"

"末将领命！"

当殷秋、石瓒二人率队浩浩荡荡出营时，刚看清楚前面立了六骑人马，耳边就听"嗖"的一声，一支硕箭当空飞来。

两人反应还算快，低头一闪，然后后面“哇哇哇”三声哀叫。

回头一瞧，立时惊出一身冷汗：那箭竟从第一人穿胸而过，再串入第二人，直到第三人心口，才颤巍巍停下来！

更诡异的是，头一个人胸口留了片箭羽，纯白无暇；第二人的稍微带红；到第三人，长长箭翎已然鲜红，一滴黏血正欲垂下。

好恐怖的箭法！

离他们最近的是一匹紫色骏马，马上青年玄衣玄甲，三弓并举——晕！有必要三张弓一起射吗？难怪穿透力这么大！

“请教对面是——”石瓒亮起嗓子问。

紫马旁边有张紫脸的大汉将鞭子一甩，“连秦王殿下鼎鼎大名的大羽箭都不认识，夏军里没人了吧！”

石瓒捺起性子：“你又是哪位？”

“行不更名，坐不改姓，尉迟敬德是也！”

如此看来，说不定真是李世民本人了。殷秋石瓒点头示意，叫道：“将士们，前面那人便是李世民，大伙追啊，天赐良机，是死是活都有重赏！”

部众几千人一听，明白机会来了，呼喝着一拥而上。

五千人咬紧六骑，在东原上演一场追逐战。

世民、敬德及其余四名玄甲军士不断开弓放箭，一拨就是十几人倒地，加上他们所骑的均是千里挑一的好马，夏军追得累得慌不说，更见六人如此神勇，渐渐停下来，不再追赶。

世民示意左右把速度放慢，待夏军又有人追上了，才不紧不慢射杀几人，等着后面的人继续追。

夏军士兵不敢追得太近，又不忍舍弃可望兼可及的名禄富贵，拖拖拉拉追上来，终于被钓进了伏击圈。

随着一声锣响，大将李世勣、秦琼、程咬金各率人马，从三面冲杀过来。

夏骑登时大乱，混战之中也不知对方到底多少兵马，一个个心惊肉跳，只恨不得自己两条腿也长到马身上，看六条腿能不能跑快些。

蹿得灵敏的，有幸奔回大营；溜的慢的，当场被杀。最后连殷秋、石瓒也乖乖投降做了俘虏。

这一仗，杀死敌军一千多名，俘获近半，凯旋而归。

自此，窦建德更小心谨慎，不敢贸然轻进。秦王立了威名，也乐得这一路平安无事，反正就算夏军有十万之众，只要闭关不出，虎牢自保几个月就没问题。不过洛阳却是经不起拖的，几个月下来，洛阳一破，

何愁摆不平窦建德？

双方相持于此，一晃便过了二十多天。

“从这儿，”如晦手指指着洺州，“数百车军粮由旱路转水路，又弃水路走官路，再过十天左右，就能到达板渚。”

世民以手环胸：“此运粮大队由谁押送？”

如晦按在地图上的手抬起：“夏军大将刘黑闼。”

房玄龄研究着粮队行经路线：“看来窦建德此次也是万分小心，毕竟这关系着他十几万大军的撤留问题。殿下所谋，真乃一步险棋啊！”

“确实。”如晦接口，“板渚以北，全属夏军势力范围。我方若出动大股部队前往拦截，必为窦所知，他回师相救，则偷鸡不成反蚀一把米；若派少量人马前去，亦如杯水车薪，无济于事。”

“所以只能智取，不宜强攻。”世民熟思一会儿：“有了！”

众人眼睛一亮，正要相问，只听帐门士卒报：“罗将军到！”

“罗士信见过秦王殿下。”

“罗大哥？”一直没出声的安逝疑惑，他不是在打共州？

“罗将军毋须多礼。”世民抬手，“是不是出了什么事？”

“禀殿下，”士信直身，“共州已破，并无阻碍。但当我回赴洛阳的第二天，郑将杨公卿、单雄信引兵出城约战，齐王不听规劝，结果迎击失利，行军总管卢君谔战死。”

“这个糊涂蛋！”世民拍桌而起，“早让他只围不攻，是不是手痒了！”

一时大家都被他震到。

房玄龄迟疑片刻后答道：“也许齐王殿下想立奇功，早日拿下洛阳，好解虎牢之急。年轻气盛，一时冲动也是免不了的。”

安逝一笑：“本来我们还等他的增兵。这下，便是有些，也没多少指望。”

世民略略平息怒气，召来送信兵：“传本王帅令，洛阳方面不准再主动出战，违令者斩。”

“是。”

“怎么办？没有援兵，咱们还继续守着？”

世民摇头：“现在这种状况，打个比方来说，如同一个人已经卡住了另一个人的脖子，而且让对方喘不过气来了，是不是松开手，让对方休息一下再卡？又或者，一张网已经将鸟网住，但那网上有一处绳也已经不结实了，是先把鸟抓了再补网呢，还是回家去拿绳子来，等补好网

再抓网里的鸟？”

就知道他不甘心放弃将近一年的攻郑成果。安逝撇撇嘴：“三千五百名骑兵，再加上虎牢原有守军，总共不到一万人。夏王现在只是没有下定决心，一旦知道了真实情况，十万大军哪，每个人上来拆块砖，也能把虎牢拆没咯。”

众人皆笑。

世民道：“安弟说得没错。不如……给他使个障眼法？”

“什么法子？”她来了兴致。

“当初董卓定洛阳——”

大伙都明白了，会心齐笑。

东汉末年，董卓初入洛阳，步骑不过三千，自嫌兵少，不为远近所服。率四五日，辄夜遣兵出四城门，明日陈旌鼓而入，宣言云“西兵复入洛中”。人不觉，谓率兵不可胜数。

官路上车轳滚滚，二百多辆大车首尾相接，两侧护行做士兵打扮，荷刀仗剑，戒备森严。

“将军，再过三十里，便是荥阳。”打前哨的士卒来报。

刘黑闼点点头，神经丝毫不敢有所放松。

虽然出洺州以来，一路平平安安，离板渚也越来越近，但自己押送的可是前线夏军的命根子，若有闪失，难负大王所托。故而出运以来，他便提了十二分的心，一有风吹草动，全军上下即刻拉弓上弦，刀剑出鞘，准备格杀。

前方隐隐驰来一哨人马，他皱皱粗眉，命粮车停住，攥紧兵刃。

待人马驶近之后，才看清是自己人。殷秋、石瓒二人滚鞍下马：“刘将军一路辛苦，末将在此恭候多时了。”

“两位将军为何至此？”

“将军所解粮草事关重大，夏王陛下不放心，特遣末将前来接应。”

刘黑闼拱一拱手：“如此有劳二位将军。”

“哪里。”

“近日前线战事如何？”

石瓒笑道：“仍在对峙之中。”

“唔。走吧。”

粮车前行了三四里，朝西南方向出现一条岔道。

殷秋道：“将军，前面不远便是荥阳，县城虽为我军所占，但城外却常有唐军骚扰，若被其发现，必前来抢粮。不如走此小路，绕道板渚，

更为稳妥。”

刘黑闼自言自语道：“唐军被我军与郑军两处拖着，还能分出这么多游兵散勇出来干扰？”

殷、石两人对看一眼，殷秋正待说话，又听他问：“需绕行多远？”

“不过多行十几里路。将军，我们来的时候都已经探好了，绝对安全。”

荥阳一带刘黑闼也不是没来过，当年瓦岗军在大海寺大败张须陀时，他还曾见过李密在地图上对这里指指划划，只不过当时自己职位卑微并未研究过此地的地形，加之多年不曾前来，想了一想，便点头应允了。

粮队转进岔道，又行七八里，到了一个峡谷。

峡谷两旁尽是高矮不一的山峦和层层密布的树林，刘黑闼走一阵，见山路并不拐弯，却向西南插去，心中狐疑，问道：“这方向不对吧，照这样下去，几时能到板渚？”

石瓒拱手：“将军莫急，再有两三里就可走出这谷，自然拐弯。”

正说着，前头路面乍然出现上百块巨石横亘，严严堵住了道口。

最前沿的士卒放下兵器，七手八脚去搬巨石。恰在此时，陡听一声轰响，两边密林中钻出无数兵将，各搭弓持箭，有的箭矢上还带了火种，呐喊着：“想要命的，快快放下兵器！”

刘黑闼心知有变，急忙伸手拔刀，刚要喊出队形，却发现殷石二人带的队里出来一名骑兵，勒马到他跟前。

“徐世勣？”

世勣缓缓一笑：“刘将军。”

刘黑闼转头看了看殷石二人的样子，马上明白发生了什么事。他心思机敏，脑中迅速转了一圈，皮笑肉不笑道：“两年不见，夏王可是很想念将军呐。”

这话是有缘由的。当年窦建德收拾了李神通未能克败的宇文化及之后，又率军大举进攻李神通部。李神通抵挡不了，退到黎阳跟世勣共同防御，但最终还是没顶得住。李神通被俘，而世勣虽然成功突围却又因老父徐盖被建德要挟，不得不重回黎阳做了窦建德手下。不过他是典型的身在曹营心在汉，渐渐取得建德信任后，便与其不满的一个属下商定共同消灭窦氏重新归唐，可惜运气不好计划败露，世勣无奈忍痛放弃了父亲，只身逃回唐朝。他逃走后夏王部下群情激愤，一致认为其背信忘义，应该处死他的父亲作为惩罚，窦建德却非常大度，说世勣是唐朝的臣子，其所作所为都是忠于唐朝，并没什么错，也不该受什么惩罚，于

是饶了徐父不杀。

被讽刺得脸微微一热，世勣旋即道："夏王体恤之情，世勣铭记在心，日夜思报。各位有立场责怪世勣，但是，"他顿了一顿，"站在自己的立场，世勣自认并无任何过错。"

"站在自己的立场？"刘黑闼注视着他，"从瓦岗到唐国，到大夏，再回到李氏，你的立场变得倒快。"

"我的立场，一直都没有变过。"

刘黑闼慢慢瞪大了眼睛，没来得及说什么，便被身边士兵的惨叫声拉回了注意力。他扬起刀："你对李唐忠心耿耿，可我不是；我对夏王敬重有加，可你不是。如此无话可说，请亮剑吧！"

世勣却未有任何动作："只这火箭一下，谷中顷刻便是火海，将军手底数千名士兵即刻丧命。恁多生灵，将军让他们活活送死吗？"

刘黑闼道："你是劝我投降？"

"昔日在瓦岗与将军曾有同事之谊，虽然相处时日不多，但将军之文韬武略，大家有目共睹，秦王殿下——"

"够了。"刘黑闼一挥手，决断地，"我不是你，我也不是殷秋、石瓒！弟兄们，大家伙儿听着！愿意降唐的，放下你们的兵刃，本将决不怪他半句。不愿意的，就勇敢地举起手中的刀剑来，以报大王的知遇之恩！"

谷中突然一片寂静。

蓦地半空爆出一阵"喝喝"之声，三千名护粮的兵士，竟齐齐围拢到刘黑闼身后，无一愿降！

男儿重诺轻生死，只缘未到义激处。

唐军士兵们居高临下怔怔地望着这一幕，手中的弓变得沉重万分。

世勣轻叹："在离狐时，我曾以为杀一浊官可使周围获救；在瓦岗时，我又以为略具气候可灭所见不平。到头来所杀之人越多，越发明白，要想荡尽世间冤苦，岂是仅凭一股血气可臻？天下雄豪良多，称王称帝者亦众，而真具救斯民于水火之志却不以私欲为先的，寥寥可数。所以说，世勣的立场始终只有一个。也希望将军不要囿于小局，枉送许多性命。"

刘黑闼闻言，敛容正色："我已经完全了解了将军的心意。可是还有那么一句，叫道不同不相与谋，我亦有我的坚持。不如咱俩来打个赌，看看谁才是世间真正的英雄！"

"那我岂不是该放你走？"

"我本未抱活命的意思——"他眼神一厉，持刀纵马，突然带头往

前冲去！

“大将军！”殷秋、石瓒看过来。

世勣扬起的手到半途，又慢慢放下。

“也好，咱们就来赌一赌罢。”

四十六　凌敬献策

“想不到小小一座虎牢关，竟成了铜墙铁壁，阻截我军一月有余！”夏王大营，窦建德拧着刘黑闼呈上来的粮食被劫的报告和请罪书，脸色涨红。

帐中一刻无人敢言。

沉吟良久，刘黑闼道：“刚开始，我们就有轻敌之心，犯兵家大忌；而后，李世民拒不解围反转赴虎牢的应变方式，显然出乎所有人意料。加之首场遭遇战上门挑挫我军，给士兵们造成了强大的心理压力，如此种种，导致现在每次打仗，均未战先衰。”

高雅贤点头：“还好都是些小打小闹而已。总的说来，我方还是拥有占绝对优势的兵力，就是对于这日渐严重的厌战情绪，要想个法子处理。”

大帐又陷入沉默之中。

国子监祭酒凌敬抚抚衣角，突道：“陛下，微臣有几句话，如骨鲠在喉，不吐不快。”

“说吧，众爱卿有何意见，皆可畅所欲言。”

“以臣下之见，当此之时，陛下应该撤军，方为上策。”

“哦？”不仅建德，所有人都惊讶地望向他。

“各位大人都清楚，以秦王李世民之盛名，又以近日援军之众，若死扣虎牢，我军必不得进。不如北渡黄河，攻取怀州、河阳，遣将据守；然后鸣鼓建旗，北上越太行，直捣上党；继而分掠汾、晋，径取浦津。”他分析着，“这样做有三大好处，一是大军如捣无人之地，取胜可以万全；二是借机拓地收兵，壮大军力，使形势益强；三可令中原震颤，唐兵自退，郑围自解。”

“对啊！”刘黑闼拊掌，“此计不失上策！大王！”他激动地看向建德。

建德亦觉不错。尤其是前两点，是夏军摆脱目前困境的最佳选择。那个李世民，实在是让他颇多忌惮。

在场众位文臣武将，也都意识到了此策的可行性。然而这些日子以来，大多数人已经接受了王琬所馈赠的大量金银珠宝，甚至不乏绝世古玩。受人钱财，与人消灾。因此有人讥道：“凌敬你不过一介书生，安知战事？不可不可。”

有的则嘲讽道：“纸上谈兵，误国误主。酸腐之儒若能打仗，还要我们这些当将军的干什么？”

见大家众口一词，建德正欲下定采纳的决心又动摇起来。

凌敬面红耳赤，争执着：“一着不慎，全盘皆输。陛下，请三思！”

刘黑闼再想一想，说道：“祭酒说的确实有道理。”

部将诸葛德威言：“现在我军明明势胜，若全力攻打，他李世民再强，也不过多苟延残喘些时日罢了，何以放弃这大好机会？”

帐里嘈杂一片。建德不胜其烦，不知道到底该听谁的，最后大吼一声：“都给我出去！”

凌敬深知这是关系到夏国生死存亡的决策，直拖到最末一个离开，又道：“陛下，古人云——”

敬德见他喋喋不休，不待他把话说完，召来虎贲军：“把他给我叉出去！”

凌敬放声大哭：“陛下不听臣言，将祸不旋踵，他日必悔之莫及！”

建德更怒了，“砰”地一个茶杯甩出门帐。

只听“哎哟”一声，帐外士卒惊呼：“皇后没事吧？”

“没事。”曹皇后拉着裙裾进来，边上沾了些茶水，见敬德气鼓鼓地坐在一旁，先福一礼：“臣妾见过陛下。”

“起来吧。”他没什么好气。

曹皇后重新帮他续上一杯茶，默默坐了，隔良久才道：“祭酒之言不可不听。陛下若是能乘唐国之虚，从滏口发兵，联营以取山北并、代之地，再合突厥西抄关中，唐必还师自救，郑围何忧不解？若长期屯兵于此，劳师费财，想要成功，望之何年！”

她虽为妇人，却实有些见识。无奈此刻建德最不想听的就是这些，火气不但没熄，反而更升了：“一个妇道人家懂什么，也来插嘴。吾来救郑，郑今倒悬，亡在朝夕，而我却舍之而去，此乃畏敌而弃信之为，岂不为天下英雄所耻笑！”

边说着，甩手而去。

当夜下令全军，准备决战。

“喂，我跟你说——”

安逝掀起帐帘，顿时目瞪口呆。

少年的黑发湿漉漉地垂在肩头，双臂劲瘦有力，漂亮到性感的锁骨下是由于长期习武而练成的结实的胸膛，水滴随着呼吸起伏，一路滑下，流入显然是刚刚胡乱围起来的腰腹间。

他的身体是美的，比例均匀完美，绝不似健美先生般全是硬邦邦又夸张的肌肉。他的骨架纤长，肌理分明，望之即有天鹅绒般丝滑的质感。

她咽了咽口水，口不能言，耳不能听，满眼尽是迷蒙的红雾。直到对视良久，才发出一句声音，哑如老妪：“你卖肉啊！还不把衣服穿上！”掉头冲了出去。

留下士信，原地无声笑开。

呼气，吸气，再呼气，再吸气。

拍拍烧到脖子根的脸颊，她郑重声明，自己绝不是没见过男人的裸体，只是时隔太久了，一时被吓到而已。

“哪，本来就缺草了，再拔，白雪就要饿肚子了。”地上出现一袂月白色衣角。

她慢慢抬头，一时还是尴尬：“啊？——哦。”

士信拉她起来：“找我说什么？”

“没有啊，没什么。”她拍拍屁股上的泥土，左顾右盼。

“真的？”

安逝努力放松心情：“真没什么。不过看到《楞严经》上的一句话，很有感触，就想过来聊聊。”

“什么话？”

她嘻嘻一笑：“现在我又不想说了。”

士信看看她，吐气：“佛教若是浪漫起来，即刻可教人泣不成声的。”

她大讶，没想到他也有这么感性的时候：“你研究过佛经？”

他微微一笑：“有段日子，我什么书都看。”

“之前听你说，”她略微迟疑，“所使枪法叫姜家抢，是你什么师傅教你的吗？还是属于你母亲那一系的？”

士信步子停了停，而后继续往前漫步：“是我母亲的传家枪法。”

她被他的语气震动。

其实这并不是什么激动或悲伤的语气，更可以说，甚至一点情绪都

没有。但偏偏，正是这种平静过头的声调，让她觉得如同一面再也惊不起半丝波澜的湖，使人更加心疼。

有种哀莫大于心死的感觉。

还是不要问了吧。他的过去，是一段揭之见血的隐晦，并非美丽的回忆，何必事事明了？她要的，是他的未来而已。

“怎么不问了？”士信回头，看到一张温柔的脸。

她摇头。

“虽然不愿提起往事，但如果对象是你，我并不介意呢。”

她笑，还是摇头。

士信有些迷惑。

安逝主动上前两步，眸如熠熠朗星：“喂，我说，我许你一个甜蜜的未来，可好？”

他的心，刹那间轻舞飞扬。

“哈哈哈，你脸红了！”月上半岭，偷映着少年的俊颜。

“嘘——”士信面色更绯，努力板起脸，指指前方。

安逝一看，原本黑黑的秦王大帐倏忽亮起了灯，外面站两名守卫，门前立了一道人影。

“咦，后半夜了，谁急着待见？”她收起笑容，拉住士信，往前几步。

那是个不认识的人，二十多快三十岁的样子，脸上有着忧愤之色，衣鞋沾土，束发也不甚齐整，像是赶长路而来。

“谁啊？”安逝捅捅士信。

士信摇头。

“去看看。”

“秦王待你虽至为厚爱，然有些事若是隐私，你也明白要避讳。”

她看向他变得严肃的神色，一时心生感慨，好久后点头：“嗯。”

但见世民出了帐门，迎着那人道：“凌大人经夜到访，失敬失敬。里面请。”

那人略一推辞，进去了。世民又对门口左右道：“跋涉一晚，必又饥又累。去告诉厨上，烹几个小菜，烫一壶热酒来。”

“我知道那人是谁啦。”安逝眨巴眨巴眼，“夏王国子监祭酒，凌敬。”

“那边是谁，出来！”一声低喝，几名持戟的轮岗哨兵围过来。

“是我。”安逝绕出矮树丛，打声招呼。

士兵将她照照，同时看到士信，忙跪下：“见过史公子，罗将军。”

“起来吧。”

“这么晚了，两位还未就寝？”他一脸好奇，目光不住在两人身上穿梭。

“这个，”安逝笑笑，指一下前面大帐，“我们找秦王有事。”

“哦。”

“你们继续吧。”见他们立着不走，安逝只好开口“请”人。

士兵摸摸脑袋，满怀失望地去了。多好看的两个人哪，原本还指望有点什么独家内幕第一曝料的说……

“秦王正在帐中与人议事，若有事要见，恐要稍等一会儿。”一个人突然幽灵般出现在后头，快速说了一句。

安逝吓一跳，下意识巴住士信，返过头来。

却是手端酒菜的帐门士兵。

真是高人辈出啊……她擦了把冷汗：“谢谢，我们知道了。嗯？张亮？”

“正是属下。”张亮一笑：“请跟我来。”

她打量着他：“你现在是——”

“属下现任秦王近侍戍卫队副队长，今晚轮值。”

“这样。”她点头，“常何呢，常何怎样？”

“他呀，已经是玄甲队中的一员了。”

“哇，你们俩混得不错呀。”安逝十分高兴，蓦然发现快走到帐前，忙道，“我们还是不进去了，也没什么要事。”

张亮会意，先端着酒菜进帐。

安逝士信站在帐旁，听到帐中传来说话声：

“我向夏王献了一策，可保他……”

正凝神倾听，张亮出来。她打个手势，他明白地点头，不做声，任他俩旁听。

好一会儿，又听里面道：“来人，安排凌大人住宿！”

两人一眼即通，移步闪开几丈。

直待凌敬走远，安逝才道：“其实，我觉得所谓的洛阳之围自解，是不怎么可能的。”

“为什么？”

“你想，洛阳城缺粮已久，全仗着城池坚固死撑，夏王的援军是他们唯一的指望。要是得知夏王临门甩手一走，奔自己的前途去了，只怕那口气就撑不下去了，一时三刻就会全城陷降。”

“对窦建德而言，洛阳并不是非救不可，”士信抱着枪，“他若采取

凌敬之策，趁着乱世多占地盘，对他来说只有好处。真不明白他在想什么。”

“所以说世事就是难以预测啊！”她抬头望星，星空皓渺，“倒是草料用尽之事，该值得我们的秦王殿下大伤脑筋呢。”

“安弟有什么办法没有？”冷不防一个声音插来。

她随口应道：“有啊——”等意识不对时，已经晚了：“大哥——”

世民笑吟吟地站在身后。

士信朝她耸耸肩，她点头：“大哥怎么出来了？”

“有人到了门口，却不进来，我当然要出来看看。”世民摸摸新长出胡髭的淡青色下巴，“要是哪位高人，岂可怠慢？”

安逝扑哧一笑：“不是高人，却是两个偷听的小贼。”

“敢问高人，对夏军已知我战马草料不济打算率军来袭之事，有何高见？”世民一连送上几顶高帽。

“既然认定我们是高人，”她跟着玩，“那——高人可不是有问必答的。”

世民爽快大笑：“尽管开出条件来！”

“本高人一向无欲无求。不过，暂时保留开条件的权利。”她先双手合十，然后咧嘴一笑，“我们牧马河北，虽泄露出草料快尽的事实，然若能借此引诱敌军主力出战，不正好变害为利？夏王一直忌惮我军骑兵精锐，不肯硬打，但这样一来，他就认为我方骑兵失去了作用，一旦真作此想，那么，正好来场决战。”

世民眼睛逐渐发光，一字一顿道：“将、计、就、计。”

四十七　牧马之计

天空是蔚蓝色的，地面是草绿色的，云是白的，风是暖的。

黄河北峰的西广武一带，数千匹战马悠然游散于大草甸上，一会儿“沙沙”啃食着青草，一会儿“咴咴”嘶鸣，有的振鬃摆尾，有的追逐嬉戏。

战马如此悠闲，它们的主人也很轻松，或三三两两，或四五一群晒

着太阳，时不时聊聊天。然若仔细了看，就会发现他们的眼睛其实一刻也未离开过自己的坐骑。

能真正放下心来自由散漫的，非安逝莫属。瞧，就连秦王及他那一众平日里威风凛凛的大将，都还得遮着掩着上某处高阜，来秘密观察夏方形势，唯恐被敌人发现呢。

她就不同啦，虽然大家都极力反对她一个人到处乱跑，不过，若真有心，谁又管得了？

她躺在厚密松软的草地上，昏昏欲睡间，耳际忽然传来若有似无的箫声。

心一动，站起来，循声而往。

高岗上，碧草的清淡混合着泥土的沉香，盈盈钻入鼻尖，让人心情为之一朗。再看向临风独立的背影时，也就不会显得那么惊诧："杜大哥。"

箫声戛然而止。

如晦并未回头，掺了寂静与了然的声音轻道："是你啊。"

她走过去，在他旁边坐下，仰头："这是什么箫？"

"紫竹箫。"

"是用紫色竹子做的，还是制成后再把它漆成紫色？"

"用黑紫竹削成。"

她点点头，又眼巴巴道："我能看看你这箫么？"

如晦一笑，递过来。

箫身被摸得很光滑，有的地方甚至已泛出浅浅白色。式样也是最简单的那种，并未有任何坠饰。然而，就是这样一根箫，却是很幸福的啊，因为它被主人珍爱着，蕴着晶莹的光芒。

她递回去，若有所思地笑起来。

"想到好笑的事了？"他低头，凤眼带着问询。

"记起一句话，是讲女孩子的。"

"说来听听。"

"对于一个女子，如果还有一个人视她若珍宝，那么她就真的可以矜贵若珍宝。这个人，是她的退路。"她嘻嘻一笑，"跟你的箫，像不像？"

如晦摩挲着箫身，看向远方。

隔一会儿，她道："箫比琴真是方便许多呢，随时都可以拿出来吹奏。"

"你想弹琴？"

"不是。只是想唱唱歌，却没有伴奏。"

他俯身戳一下她光洁的额头，笑意隐隐："鬼丫头，想让我吹什么？"

"蓝蓝的天上白云飘，
白云下面马儿跑。
挥动鞭儿响四方，
百鸟齐飞翔……"

她的青丝飘动。

他的蓝衣轻扬。

脚底下，群马奔昂。

一连在北岸随意放牧了三天，终于，夏军倾巢出动。

自板渚到牛口渚，短短一日间，铺出的军阵北距黄河，西薄汜水，南抵鹊山，连绵二十余里。

建德亲自上场："各位将士，擒斩李世民，解东都洛阳之围，在此一战。诸君各须用命，大胜之后，加官晋爵，必有重赏！"

"父王。"红线策马过来，递给他一张小纸条。

"这是什么？"他疑惑接过。

"在军帐外拾得的，到处都是。"红线边说边略略移远些。

"豆（窦）入牛口，势不得久。"刚念完八个字，果然炸雷般，"小人，小人，全是李世民那厮的奸计！"

左右扫视一番，越瞧越觉有士气不振之象，又道："这是流言！谁敢再传，惑乱军心，立斩不赦！"

只是说归说，对于童谣已经造成的消极影响，他又如何堵得住？犯小人语是可怕的，历史上，这样的童谣往往不幸言中。

"偷偷摸摸来了三日，今日终于可以光明正大地上来啦！"程咬金立在高丘之上，今儿个肚子显得特别挺。

敬德向对方阵营望了一阵，道："夏军主力既已出动，殿下为何反而按兵不出？"

年轻的主帅扬眉："贼起山东，未见大敌，有轻我心。我按甲不出，彼勇气自衰，正所谓三鼓而竭。且等他列阵时间一久，士卒势退之时，再追而击之，无有不克。"

凌敬故意道："战场之中，变中生变，殿下就能如此笃定？"

世民冲他一笑："我在此与公一赌，午时不破，任公惩之。"

凌敬慌忙打拱："殿下言重了。"

“李家二郎，你若是个男儿，就选数百精骑，过来玩玩！”汜水之滨，一声暴喝。

众人看去，竟是夏王窦建德。

“看来他果然忍不住了。”程咬金哈哈一笑，“秦王，就让俺过去陪陪他吧！”

“也好。烦请将军率长槊营二百人前往应战。”

兵对兵来将对将。

建德大眼一瞧：“你这个私盐贩子——”

老程毫不示弱：“你这个泥巴腿子——”

双方高喊着交手，杀成一团。两边观战的人马则大叫助威。

世民心中好笑，这哪像生死之争？简直如同一场赛事，游戏一番罢了。

他撇撇嘴，转头低声对世勣道：“安弟右腿又犯毛病，军医去瞧了没？”

“一大早就赶去了。”

他点头：“秦琼罗士信那边怎么样？”

“已按殿下吩咐，准备出发。”

“好。”

又过了近一个时辰，汜水畔对打的双方不分胜负，于是鸣金收兵，各自退回本队。

建德在阵前徘徊多时，见唐军始终坚壁不战，由一开始的烦躁慢慢转变成为无聊，最后实在没意思了，只好嘱咐刘黑闼率军守阵，待机而战，自己先回了大营。

世民吃点东西回来，觑到对方不远处有一将领铠甲鲜明，浑身上下打扮得十分齐整，金玉镶嵌，在两军间来回奔驰，夸耀于军。

“那是谁？”

跟随在侧的凌敬回道：“禀殿下，此人乃王世充派内侄，使臣王琬。”又见世民直把目光放在那匹红马上，明白过来，失笑，“其坐下骏骥非同寻常，是当年隋炀帝的亲乘御马，来自波斯，名唤‘什伐赤’。”

“真是匹无双的良马啊。”

不料尉迟敬德听见了，高声说道：“殿下既然如此喜欢，待末将前去夺来便是。”

世民一愣，连忙阻拦：“不可不可，怎能以匹马之故而损我勇将！”

敬德却摇手：“无妨。”策马直去，身后仅跟两员副将。

程咬金鼓掌：“俺看他是手痒啦。上吧，上吧！”

世民一面佩服敬德的勇气，一面佩服咬金的乐观，一面还想着怎样指挥人马随后掩杀，以保敬德安全——

结果，转瞬之间，在双方对阵数万军将眼皮子底下，众目睽睽中，三骑旋入夏阵，敬德像抓小鸡一样把身着连城铠甲的王琬擒过，同时一并将“什伐赤”送到秦王面前。

两军静得可听见双方的呼吸声。

昂然意气，成竹于胸的英雄气概，无论敌我，那一刻，皆心悦诚服。

良驹在前，刚才还赞叹不已的秦王却看也不看，一把握住敬德：“马虽好马，却远不及我良将重要。如此冒险之举，将军万不可再为之！”

敬德大嘴咧开：“是，末将谨遵王命。”

五月的天气已然十分炎热，夏军的二十里长阵，从辰时到午时，一直全身披挂，曝晒在阳光之下。

眼看太阳渐渐爬到头顶正上方，夏军将士们也仿若进了一个不断升温的蒸笼，兼之腹中又饿，嗓中又渴，初时还井然有序的队伍慢慢骚乱起来。稍微自制点的原地跌坐在地上，有的则已经开始争抢饮水，还有一些妄图不露痕迹地朝后面那片树荫迈进。

而唐军据险不出，大队人马躲在虎牢关内，既无烈日烤炙，又有水有饭，一个个精神抖擞，只等主帅一声令下。

看着已是午时三刻，细作来报夏军士兵开始分批吃饭，夏王在帐中未出，好像是召集将领议事。

世民一听，一丝不易察觉的微笑爬上嘴角，召来咬金，嘱道：“你率二千余骑掠过夏军阵西，他若不动，切勿闯阵，引兵绕行一圈，然后归来；若彼大动，即率军杀出，自有大军掩护。”

老程点头，即刻领兵率队驰经夏军阵前。人家已经苦等了大半天，终于候到有人出战，安有不理？个个操戈上马，前来抵挡。

世民见状，立即下令大军出击，分成四队，列四路向敌阵插去。

唐军的骑兵队是非常厉害的，突厥都不得不防，更何况还是秦王转战天下未逢敌手的大唐最精锐的雄师！

几下便如利刃破帛，毫无阻滞，直把人马皆乏的夏军捣了个鸡飞狗跳。

窦建德正与一班朝臣商议破敌之策，岂料半途一支唐军骑兵突然冲至，登时惊惶失措。他一看形势不好，忙召自己的骑兵上前，可那帮议事的书呆子实在太碍事，手无缚鸡之力偏吵吵嚷嚷着“护驾护驾”，结果众臣和骑兵挤成一团，进退之间，眼见唐将已到跟前。

不过建德到底是见过大世面的人，一瞧领头的是程咬金，便知来者并非唐军主力，于是冷静下来，指挥近卫退出帐外，一边迎战，一边集结。

“你爷爷的不要跑！”老程急得大叫。他这队是孤军深入，眼看不顾生死即将有了结果，怎可轻易让建德逃脱？

“父王！”红线全副武装地驰马过来，一名唐兵突见女将，稍有迟疑，即刻被她挑下马去，顺手夺了他的战骑，牵过拉给建德。

建德腾身上马，这才面向咬金：“你再纠缠不休，休怪本王不客气！”

咬金哟了一声：“客气？谁跟你客气？今日俺便取了你这鸟皇帝的狗头！”

建德狂怒，一杆长枪密如急雨，犀利无匹地舞将出来。咬金一番对挡，手臂发麻，暗叫怎么今儿上午好像没这么厉害？

殊不知建德本就有万夫不当之勇，如今又作困兽之争，自然潜力无穷。

正当咬金渐落下风叫苦不迭之际，世勣带了人马风驰电掣杀来，两人合力，建德开始吃不消了。

红线看见，丢了被她打得四处乱跑的唐兵，入阵来帮父王解围。

与建德大力刚猛的套路不同，她走的是轻巧灵敏的路子。

双方战成平手。

程咬金叫：“世勣，人家虽说是女娃子，你也不能老挨打呀！”最主要的是过来帮把手！

红线冷哼一声，神色满是不屑。

世勣只堪堪架住她的长枪，闻言看老程一眼，仍不还手。

“李大将军再若如此，我可不客气了！”

世勣轻道：“公主出招便是。”

“那好。今日我便诛了你这个反反复复、背信弃义的小人！”红线英眉半挑，毫不留情地直向他心窝刺来。

“小心！”

电光石火间，少女只听耳旁一箭破空，然后被人搂住，一齐从马上滚落下来。

咬金、建德同时停住，张大了嘴，看向地上两人。

戏剧性地静场一分钟，而后，咬金哇哇大叫：“你小子，俺让你小心，你却叫人家小心，还抱着人家大姑娘作甚？”

红线被摔得金星直冒，定睛一看，却是被世勣圈在怀里，又急又羞

又怒，赶紧七手八脚从“人肉垫子”上爬起来，这才发现不远处插了一根兀自簌簌抖动的箭。

世勣也想站起，却发现落地的左半边痛得厉害。

手挽弯弓、骑跨紫马的秦王过来，俯头看他：“伤到哪儿了？”

建德见世民追到，心知此刻走为上策，朝红线使个眼色，对世勣粗声粗气道：“虽然你救了我女儿，不过这箭本来就是你家主子放的，可别指望我们领情！”

世勣咳出一口鲜血，咬金赶紧下马相扶。

红线一直鄙夷的脸变了变，但马上恢复常态，头也不回地随父王突围去了。

只听后面咬金道：“看上了人家就说嘛，虽说是……”

渐渐再也听不见了。

四十八　夜踹唐营

黄河北岸。

数十里的大战场已被各路唐军分割成无数的小战区，到处都是激烈的拼杀和肉搏。世民先让军士抬了世勣下去好生安置，又带了尉迟敬德等继续驰杀。

一行人有计划地冲到夏军背后，然后展开之前卷起的唐军大旗，张扬着，鼓噪着，再一路杀回来。

夏军见状大惊，全都懵了，以为被人前后夹攻，更无斗志，很快溃败。大批大批的人扔掉兵器，跪地求降；一部分人且战且退，被势头正猛的唐军奋力追杀，死伤无数。

建德跟红线逃到南面主阵，试图组织反扑，然此刻溃兵如洪水决堤，哪有这么容易控制？两人及一些亲随被夹在滚滚人流中，身不由己地向东南退去。

夏王左看右看：“见到刘黑闼了么？”

听不见女儿回应，他微愕转身，却见红线直直盯着最前方，眼中似闪烁着异样光彩。

顺着看过去。

远远的前头的前头，人流涌动处，一人白马横立，衣冠胜雪。

“怎么又是骑兵？！”建德惊叫，“那人是谁？”

高雅贤道：“唐行军总管，罗士信。”

“士兵们太不经打啦！”看着那么多人一到他们面前，不是四散奔命，就是弃戈投降，建德不满，“总共不过一二百号人，我们冲出去！”

高雅贤慌忙拉住他的缰绳：“陛下，此人不比寻常！就臣目前掌握的资料来看，不说单打独斗，要论横扫千军，也没有他不胜任的。”

“这人名字我也听过。”建德咂嘴，压抑许久的豪情涌上来，“然而不冲过他去，保命的机会就变得渺茫。不若一试。”

伸臂格开高雅贤的手，打马朝前而冲。

“快，快跟上，保护陛下！”高雅贤只好一叠声地吩咐。

两杆长枪已绞在一块。

“叮叮叮”不过三响，建德惨叫一声，左腿被戳了个窟窿。

“父王！”红线飞身上阵，举手架开士信致命一击。

士信收手：“女孩子？”

红线转头促道：“高将军，你快护我父王离开，我挡他一阵！”

高雅贤明白，急去牵建德的马。

建德一手捂住伤口，一边吼：“不行！”

红线不睬他，又看高雅贤一眼。

雅贤凝重点头，招拢十几个贴身侍卫，不顾夏王又叫又骂，硬拧着他转向西南，往牛口渚方向逃去。

红线深吸口气，握紧手中的五钩神飞枪，抖个枪花，猛攻而上。

士信避开，暗道像她这么只攻不守的人倒是少见，虽威力倍增，然门户也随之大开，若是重手些的，一旦抓着漏洞，必死无疑。

女孩子能将枪法练到这个地步，也算难得了。他微微一叹，正打算结束这场战斗，却不经意撞入少女决绝又深凝的眼，仿佛有暗暗的火在底下燃烧。

她手一偏，咯噔，五钩神飞枪恰如其名，当真飞了出去，歪竖在几丈远的泥地上。

红线紧紧扯住马缰，才免于一同被翻下去的命运。

再抬头，银色枪尖已指在喉间。

她看向少年，仔仔细细、一寸一寸地看着，仿佛要将他看进心底，终生铭记。

“罗大哥住手！”一直被十一骑密切“关注爱护”的安逝飞驰过来，

“不要伤了红线姐！”

红线惊讶地看向他：“你是——？”

安逝打着招呼，见她疑惑的神情，才想起自己为掩人耳目特地带了个把脸一齐罩住的头盔，连忙伸手摘下：“红线姐，是我。”

“安弟？”红线意外之喜，正要过来，忽而记起此刻形势，神色变了数变，最终立在原地不动，“你也……投了唐？”

“这个，”安逝扳着手指，有些不安，“也不算吧——只是有一些朋友在，所以——”

红线已然明白。

有满肚子的话想要问他，既然没死，为何不通信报个平安；为何不来看看自己跟父王；为何……

他到底知不知道，他们有多挂念他？

罢了罢了，事到如今，这些都不重要了。

再次相逢，昨是今非，教成敌我。

心内倏然沧桑。庆幸的是他依旧不变的温暖容颜，以及那一声红线姐。

“你平安就好。”

五个字一出，安逝险些当场落泪。

士信早已收枪，来回在两人间打量。

“你们俩是……”红线问。

“哦，”安逝解释，“罗将军年纪比我稍大，所以我叫他大哥。罗大哥，红线姐跟我结拜过，是我义姊。”

慢着，她怎么好像、隐约、似乎记得，红线姐对罗大哥婉转有那么点意思？

赶紧冲红线看看，红线已然恢复了平常神色，根本窥不出任何端倪，只冲士信抱拳道：“如果将军不再阻拦，小女子就要寻父王去了。”

士信无可不可地点头，一贯的冰冷。

红线垂眸。安逝拉道：“红线姐，你还是……别去了吧！”

“怎么？”红线警觉。

她不敢看她的脸色：“牛口渚那边，早有秦琼秦将军守在那儿。”

“什么？！”红线大惊，想想建德才十几骑人马，“那我父王他——”

“……”

“驾！”红衣褐马，箭一般冲了出去。

“红线姐！”

“父亲有难，即便是死，又焉能不往！”

暮云蔼蔼，晚岚四合。

秦王命军士们将窦建德及王琬等打入囚车，押至洛阳城下，唤王世充出来相见。郑、夏两位皇帝，一个在城头之上，一个在囚笼之中，相顾黯然，忍不住悲伤而泣。

当天夜里，王世充召来众臣，商议突围逃往襄阳。

但诸臣皆已心灰意冷。

一人道："我等所依恃者，唯有夏王。今夏王被擒，我们便是冲出重围，也终无所成。"

大家纷纷点头。另一将道："李世民一日之间便大败夏军数十万，人心武功，咸不归附。若与他斗，无异以卵击石耳！"

这么一说，更是没了信心。

王世充自知大势已去，再无重新崛起的希望，流泪叹道："天欲亡我，如之奈何？"

"驸马，驸马，你这是干什么？"清英公主见夫君穿起盔甲，绑紧头发，佩上短刀，忙碌而镇定。

雄信将金钉枣阳槊一下一下擦得铮亮，并不回答。

公主急了："不是听说要投降？哥哥他——"

"公主！"雄信回转身来，按住她肩，"我保你哥哥，本想可以得到天下，谁知天不从人愿，如今洛阳难全，快快收拾东西去吧！"

"你呢？"不祥的预感如乌云罩顶，她死死盯住他。

不忍再看那双敏感的灵眸，他对准厅前听令聚集而来的众人道："大乱将生，诸位在我府中经年也好，刚来也罢，总归都是父母生养。"边说边指着桌子上一大堆花花银子，"如今驸马府已经保不了你们，这些按月例加倍发放，快快逃命走吧，只是不要争夺打闹。"

仆婢们连声称谢，纷纷磕头。

她益发不安，揪住他衣袖："不管你要去做什么，请先告诉我！"

雄信目光连闪，终于道："我决定今夜乘唐营庆贺不备，单人独骑去偷营劫寨，杀他们一个人仰马翻，然后一死以报郑王待我之恩。公主！我走之后，你要自己保重！"

公主如遭雷击，尖叫："不！不！！！"

"单某半辈江湖，结交朋友无数，到头来却没有一个在身边。"他迷惑而又郁冷地笑，"郑王固然名声不佳，但待我以厚却是事实，还把你嫁给我这样一个粗人……"

她急急插嘴："驸马，我——"

雄信摇了摇头："今晚一去，决计难活。大丈夫倥偬一生，战死沙场，理所应当！然而，"粗糙的指腹轻轻抚上她莹白的面颊，深情道，"清英，我对不住的，唯有你啊——"

清英！他终于肯唤她的名字，叫她清英！

公主柔肠寸断，哽咽不能成语："我——"

老天爷，为什么巨大的喜悦背后，却是让人窒息的残酷？！

雄信顺顺她的鬓角。

终于，放手快步走了出去。

没有停顿，没有迟疑，没有哪怕一丝一毫的留恋。

背着余晖，她永远也不会忘记这个凄残的画面。

"夫君……"她颓然坐倒在椅子上，"我想告诉你的是，妾身腹中，已经有了你的骨肉……"

如雄信所测，大获全胜的唐营此刻正沉浸在胜利的喜悦中，军帐里大摆庆功宴，觥筹交错，开怀畅饮，笑闹声此起彼伏。

"谁？是谁！"护守栅栏的士兵看到一骑飞驰而来，未等看清人影，哀叫一声栽倒地下。

哨楼上见惊变突生，呼喝着从四面八方拥过来，但毕竟大多数还在吃喝之中，紧急间赶来的人有限，一时之中就见那人挥舞大槊东闯西杀，所到之处尸横遍野，鲜血四溅。

世民闻讯赶至，见状皱眉，左右一看，程咬金眼睛瞟天瞟地，就是不敢瞟向他；安弟右手成拳，紧张地眺望局势……

"尉迟将军，你去。"

"末将遵令。"

"等等——只许生擒。"

"是。"

待敬德上手，单雄信已呈体力不支状态，故而没两下，就被尉迟恭擒过马来，扔到地上。

帐中的残羹冷炙尚未撤去。

雄信五花大绑被押解到一旁，呼哧呼哧直喘气。

"单将军，"世民上前，"本王素知你勇猛非常，如今王世充气数已尽，天下归一，劝你降了吧。"

雄信呸一声："旧主未灭，叛主背盟，岂是英雄所为！"

"嘿！"敬德叫道，"给你脸不要脸，想吃罚酒怎地？"

雄信狠狠盯住他。

世民并不气馁："王世充已递来降书，即刻便是我大唐之臣。将军来归，哪里算得上叛主背盟？"

单雄信昂首而立："李世民！我告诉你，要我的脑袋请便，要我投降，万万不能！"

世勣走到他跟前："单兄，事已至此，你就降了吧！秦王对你十分喜爱，不愿伤你，要不然唐营这么多将士，能让你东冲西撞没人管吗？再看看如今大势，还能保谁？还是归顺大唐，你我弟兄也好时常聚首，这有多好。"

雄信气得目眦欲裂，一脚朝他踢去，世勣躲闪不及，被踢在肩膀上："徐世勣！咱们已经割袍断义，你不必多说了，单某至死不降！"

只见世勣冷汗直冒。他日前因红线落马之伤伤势甚重，被这么一踢，脸马上白了大半。

史万宝看不过去："说话就说话，这会儿逞能，算什么好汉？"

雄信不想他本身带了伤，也觉做了小人，偏过头。

"不要以为靠以前的老交情便在这儿不把人放在眼里，"敬德叉腰，"大家还念着你是朋友，才容忍你这么放肆，要不然，哼哼……"

雄信"切"一声："尉迟恭你懂个屁！不就打赢我几次么，却还轮不到你来教训我！"

敬德蓦地伸手按鞭，臂上青筋暴涨。

世民伸手拦住他。

他忍了又忍，终是按捺下去。

咬金远远立在一边，出奇安静。

"咦？"雄信突然瞄到一直站在角落阴影里的人影，"丫头？"

世民一听，回头看来。

四十九　哀斩雄信

"咦？丫头？"

世民一听，回头看来。

敬德爆笑："丫头？你叫谁？"

雄信只看着那道人影，目光灼灼。

安逝一步一步走出来："单叔叔。"

"真的是你！"雄信盯着她，"长大了呀！要不是你腰间那个酒筒，我还真不敢认呐……哈哈，给你铸的剑也在。"

安逝缓缓绽笑："是啊，都还在。"

敬德一手指他，一手指她："丫头，你叫他丫头！"

雄信凶他一眼："本来就是个姑娘家么！虽然作小子打扮，不过我可是看着她长大的，他们不是都知道？"

朝世勣斜两眼。

敬德已经惊愕到说不出话来，瞪大了眼瞧安逝，又转向世民："秦王——"

世民心内翻江倒海。

丰色楼上的宛然一曲，白雪马前的轻盈一抱，介休营中的惊鸿一瞥……

雄兔脚扑朔，雌兔眼迷离。

不是没想过去调查这个让自己困惑的问题，只是在某一个细雨霏霏的早晨，当他看着流光飞舞，心底不经意间就想到了这个义弟的时候，心头已然明白，孰男孰女，已经不再重要。

男也好，女也罢，只要喜欢的人还在，又有什么关系？

若是男的，管它禁忌世俗，他全不看在眼内，也不屑去关心；如是女的，她爱女扮男装，就女扮男装好了，只要她高兴，又有何不可？

真不像自己的作风呵！他甚至不知道自己这样做，到底是有信心，还是太懦弱？

因为，她喜欢的，并不是自己啊。

冲向北邙山的那一刹，他从不知道自己也能爆发出那么惊人的嫉恨情绪。

敬德见秦王不理自己，安逝也不甩他，倍觉受挫，万分无奈兼千分好奇并百般不愿地巴向咬金："鬼头，哦不是不是，程大将军，这个，史安公子他……他他他，她她她，真是个……女的？"

咬金白他一眼："这么明显，你看不出来么？"

明显？哪里明显了？！敬德郁闷，看老程端着那副瞧着笨蛋样的眼神就不爽。秦王神色复杂，却没有过多表示，不知道他到底一开始就知道呢还是在装深沉；李世勣程咬金这些一齐从瓦岗出来的，看来一开始就知道了；转来转去，恐怕就史万宝那副活吞了一个生鸡蛋似的模样跟

自己有点相似……嗯嗯，还算有一两个正常的，绝对不能被死鬼头打击了自己的信心，若他换了自己的位置，保不定比他更夸张呢！

“单叔叔，”安逝不管加诸在自己身上的各种目光，“王世充对你好，那是要拉拢你。虽然各为其主忠心该嘉，但他确实已经快要当唐臣了，你跟着一道有何不可？为何一定非要寻死呢？”

雄信叹：“没想到你也来劝我。当年在瓦岗，有一次你研读佛经，魏公笑着要你拿我们与各路神佛对比做个例子，还记得，你是用什么来比喻我的吗？”

昔日游戏，已隔经年，他却还记得。她低头：“金刚。愿持雷霆力守护，愿效大丈夫担当。”

“没错。在那之前，单某一直在江湖绿林中闯荡，虽有薄名，却都是靠模仿以前英雄所为而来。直至那一天，我才真正有了立身处事的目标。”

“可是，投归唐廷，并不违反——”

“早前为王世充所俘，我并不甘愿。然大家都降了，又碰上了清英……”他脸色转柔，不过也只一刻的工夫，“即便如此，已觉生而有愧。如今若复再降，纵得泼天富贵，宁得夜夜安枕乎！”

世勣咬金不觉脸上发赤。

世民冷笑：“简直愚见。你可知群雄并起，受害的只是平民？又可知早日一统，不仅仅是李氏一门的荣耀，更是我们所负的重逾千斤的希望？拯救万民于水火，靠的不是哪一个人，更不是你降了哪个又忠于哪个，而是要看清楚，怎样做才能让更多苍生得救！你在这里求死，却可晓得，有多少人挣扎着拼了命也想活下去！”

“我……我……”

咬金道：“单兄，秦王说得对。俺知道你对俺们这帮兄弟失了信心，但所谓好死不如赖活着……”

衣袖被拉了拉。回头一看，安逝朝他摇摇头。

今儿个是僵了。咬金叹气，刚才雄信的目光还有些动摇，现在，又回复了执拗。

唉……本来也是。一个是个人英雄主义，一个是群众英雄主义，怎么也说不到一头啊。

世民一叹：“既然如此，算我唐朝没有福分得你这员大将。来人，给他松绑，放他回洛阳去吧！”

“李世民！今天既然来了，我就没打算回去。单某已无国可投，无家可奔，不求一活，但求一死！”

秦王沉吟不语。

程咬金在旁边干着急："秦王，俺这兄弟忒直，你放了他，俺愿削了这一身官职，来赎单兄之罪！"

世民看看安逝，有些无奈："将军，如此多人为你求情，你难道仍无半分感动？也罢，本王今日情愿下你一个全礼！"说完，作势便要跪下。

旁边世勣连忙托住他："殿下，这怎使得？"

雄信偏头哼一声，不理不睬。

所有人都沉默了。

良久，世勣咬牙："这件事，就不必殿下再伤脑筋了，交给我来办吧。"

释迦牟尼入涅槃前，曾嘱咐地藏菩萨曰：我所分身，遍满百千万亿恒河沙世界；每一世界，化百千万亿身；每一身，变百千万亿人，令归敬三宝，永离生死，至涅槃乐。

又曰，是诸众生，若能得一佛名，一菩萨名，一句一偈大乘经典，是诸众生，汝以神力，方便救拔，于是人所，现无边身，为碎地狱！

安逝突然很想拜佛。

又或是，其实，根本不必去拜？

金刚本性佛啊。

法场。

瓢泼大雨欲来天际。

世勣端起一碗酒："单兄，要怪就全怪我一人。上面下不来台，做属下的，实在没有办法。"顿一顿，"当初瓦岗之盟，兄弟丝毫未忘。然世易时移，身不由己。若还念着旧日之谊，请满饮此杯。"

"哈！"雄信睨他一眼，将碗推开，"我们现在各人走各人的路，过去的事，不用再提。"

世勣碰了一鼻子灰，却也不动怒，默默站到一旁。

雄信瞧到一个白衣人影，已冷寂的心又倏地跳起："罗士信，你过来！"

士信抱枪，上前两步。

雄信破口大骂："你个不忠不孝不仁不义的东西！呸，也敢出现在我面前！"

众人吓住。安逝期期艾艾地问："单叔叔，他……他怎么啦？"

"怎么？"雄信哈哈大笑，"背叛大隋，是为不忠；杀死义父，是为

不孝；心狠无情，是为不仁；辜负旧友，是为不义！如此畜生，有何节义可言！”

安逝拿眼偷瞅士信，见他依旧一脸平静，仿佛说的不是自己。

想代他反驳，又住口。

程咬金斟一杯，叹道：“单兄，我敬你三杯。”

雄信扬眉。

“第一杯，不降就死，倒也爽快。”

他一听，点头喝下。

“第二杯，愿你来世做个有本事的好汉，来报今日之仇。”

“好！”

“第三杯，愿你来生将这些无情无义的朋友，一刀一个，慢慢地杀掉。”

“今生不能冤仇解，十年投胎某再来！”雄信连饮而尽，瞬间豪气冲天，脸上现出些笑意，又道，“秦兄弟在哪儿，怎么不见他呢？”

咬金答道：“他奉命押运粮草，到现在还没回来呢！”

雄信长吁一声：“我单某死而何惜，只是临死之前未能见他一面，实在令人痛恨。”说到这儿，忍不住落下眼泪，对咬金道，“等他回来后，你一定要代我问候一声。”

老程连忙点头。

“丫头，你没有什么话对我说么？”——掠过众人的脸，他的目光最后定在她身上。

“众人皆惭……而你问心无愧。”

“好，好，独我问心无愧！”雄信此刻已再无留恋，当即朝行刑的士兵大声喝道，“老子等得不耐烦了，还不赶快开刀！”言罢，仰天狂笑不止。

执刑者被他的浩然英气瞪得目定口呆，怔了好一会儿，才哆哆嗦嗦举起刀来……

“罗大哥，你的理想是什么？安定天下，出候入相？”

“呵，我可没那么大志向呢。”

“啊，你这么强，那想做什么？”

“我的愿望啊——说出来，你不会相信的。”

“那个……今天单叔叔说的话，不介意吧。”

“不忠不孝不仁不义？”

“嗯。”

“你呢，你怎么看？”

“……忘恩负义不难，能够向自己坦诚这个事实，却不容易。”

“……”

“更何况，这所谓的不忠不孝不仁不义，又是没有道理的。”

“要是哪天真的做了不好的事，某个人，也还是照样喜欢我？”

“有什么办法呢？好或不好，怎么说都是多余的。喜欢就是喜欢，毫无道理，它永远走在理由的前头。”

“……所以，我更要为那个理想努力啊。”

“啊？你说什么？怎么声音变那么低？”

“没什么。好了好了，快进去睡觉去，天晚了。”

“这么快就到帐了呀——”

“进去吧。”

“我看着你先走。”

“……”

直到人影远去，安逝才回头。

帐旁绕出来一人：“安弟，已经给你单独置了一帐。”

她脸色一沉，冷冷看着他，他心一惊。乌瞳里面，是他全然的陌生。

安逝不言不语。

“安弟？”

她扭头往外走：“你那一跪，已经断了单叔叔的生路，是也不是？”

“怎么说？”

她蓦地刹住脚步，冷笑：“怎么说，你还问我怎么说？被擒之时，君君臣臣，名分已定，哪有君给臣跪之理？劝降就劝降，怎又用得着跪！一跪，即使降了，也是死路一条。秦王殿下，在下佩服，您实在是好演技哪！”

世民脸色青了又白，白了又青。

她不再看他，刚走两步，被他一把用力抓住，对上一双隐隐燃着怒火的眼睛：“你就是这样看我的？”

她毫不退却：“是！”

肩膀被扼得发疼，世民深吸一口气，声音像是从喉咙里一个字一个字挖出来：“杀雄信者，非李氏也，自己兄弟也。”

她一怔，凄然一笑，挣脱开来，继续向前走去。

“你去哪儿？”

“让我安静一下。”

雪白的匕首，在月光映照下，沁出煞人的寒光。

刷地一声，一块血淋淋的肉，自大腿生生割了下来。

“平生誓共灰土，岂敢念生。但以身许国，义不两遂。”大汉燃起烟火，将肉掷于其中，“兄弟，秦琼没赶得及送你，就以肉代身，权当共兄赴死耳！”

长身拜于新坟前，两行热泪滚滚而下：“示无望前盟，以慰在天之灵。”

“秦叔叔。”

秦琼赶紧擦泪：“丫头——”

安逝一步步走到木碑前。

单雄信之墓。简简单单五个字，她伸手抚过，心中欲碎。

“不义友立。”秦琼念着左侧一竖小楷，仿佛顷刻间苍老了十岁：“是我们害了他啊。他对朋友掏心掏肺，我们却没能救得了他——”一把揪住自己的头发，“不救者，不义也！”

安逝似乎忘了身旁还有他这么个人，伸手解出腰间的软剑，端详半天，然后，捏住剑尖，绕到木碑后头，一笔一划、认认真真地凿刻起来。

“你干什么？等等，割破手了！”

不过点滴而已，比起刑场上喷射的大朵血花，算啥？

终于刻完了。她甩甩头，站起来，有些摇晃。

秦琼伸手欲扶。

“我来吧。”耳畔响起一个让她安心的声音。

她顺声倒过去，落入恍若熟悉已久的怀抱。

甚至没有看清是谁，眼睛已然阖上。

想睡了呢……

“睡吧。”那人仿佛知道她在想什么，安心的声音再次传来。

终于，陷入昏沉的黑暗。

秦琼看着蓝衣人影带人离开，良久，才回过头来，看向碑后殷红斑斑的一片：

尘世如潮人如水，只叹江湖几人回。

（上集完）